唐诗里的大历史，历史中的小细节

章雪峰 著

唐诗里的唐朝

SPM 南方传媒 ｜ 花城出版社

中国·广州

图书在版编目（ＣＩＰ）数据

唐诗里的唐朝 / 章雪峰著. -- 广州 ： 花城出版社，
2023.7（2024.1重印）
ISBN 978-7-5360-7114-8

Ⅰ. ①唐… Ⅱ. ①章… Ⅲ. ①唐诗－诗歌欣赏－通俗
读物 Ⅳ. ①I207.227.42-49

中国国家版本馆CIP数据核字(2023)第123660号

出 版 人：张 懿
责任编辑：周思仪　王梦迪　王子玮
责任校对：衣 然
技术编辑：凌春梅
封面设计：L&C Studio

书　　名　唐诗里的唐朝
　　　　　TANGSHI LI DE TANGCHAO
出版发行　花城出版社
　　　　　（广州市环市东路水荫路 11 号）
经　　销　全国新华书店
印　　刷　佛山市浩文彩色印刷有限公司
　　　　　（广东省佛山市南海区狮山科技工业园 A 区）
开　　本　880 毫米 ×1230 毫米　32 开
印　　张　13　1 插页
字　　数　290,000 字
版　　次　2023 年 7 月第 1 版　2024 年 1 月第 2 次印刷
定　　价　68.00 元

如发现印装质量问题，请直接与印刷厂联系调换。
购书热线：020-37604658　37602954
花城出版社网站：http://www.fcph.com.cn

新版序

五年倏忽过，弹指一挥间。壬寅初秋，本书就要着手推出新版了。

既然推出新版，自然要对旧版的文字有所修订，缺憾有所弥补，内容有所增补，这样才能对得起新版的读者们。同时，为了回应旧版在网上书店销售时的读者评论，我想做如下说明：

一、新版重点增加了唐诗名句的内容。旧版销售时，网上书店读者的评论甚是精当，指出"所写名句太少"。虽然旧版已有"画眉深浅入时无""前度刘郎今又来""开箱验取石榴裙""我花开后百花杀"等名句，但我仍然在这次近五万字的增补部分中，着重增加了唐诗名句的内容。

《元稹：藏在唐诗里的罗曼史》，写的是元稹名句"曾经沧海难为水"；《刘禹锡的桃花与大唐王朝的回光返照》，写的是刘禹锡名句"沉舟侧畔千帆过，病树前头万木春"；《韩愈：庙堂、江湖都是人生舞台》，写的是韩愈名句"雪拥蓝关马不前"；《大唐音乐家的非凡朋友圈》，写的是杜甫名句"落花时节又逢君"。

二、新旧两版关于学术争论的处理方式，仍然保持不变。有读者指出，书中某些诗篇的作者及相关问题，在学术上是有争论的，我不应该"径取其一，不及其余"。

学术争论，自然是存在的。比如书中所写名句"近乡情更怯，不敢问来人"的那首《渡汉江》，其作者一说是盛唐诗人宋之问，还有一说是晚唐诗人李频。而我在书中只采取了宋之问这一种说法，并没有向读者说明还有其他作者的可能性。

但需要说明的是，我之所以采取了"径取其一，不及其余"的处理方式，并非不知或者无视学术争论，而是出于行文需要，采用了最主流的学术观点而已。我此篇的标题是"'烂人'偏吟得一手好诗"，当然只能指向宋之问，因为史上李频的为人处世，并无烂评。

如果我为了表现学术争论全貌，而在文中涉及学术争论的地方，或者加个注释或者加个括号，处理成这样："这位官员正是宋之问（也有可能是李频）。在唐朝，诗人中人品最烂，'烂人'中诗才第一（如果是李频，则人品不烂）。"那就出戏了。而且，这篇文章也会逻辑混乱，写不下去了。

所以，关于书中没有展现学术争论全貌的问题，还要请读者们谅解，只是行文需要，行文需要而已。

另外，与旧版不同的是，新版收入了一首宋诗。在《陆放翁的松滋两日游》中，我写了本书中唯一一首宋诗，陆游的《松滋小酌》。诗人是名人，诗则非名篇。而之所以在三十余首唐诗之中突然掺入了一首宋诗，实在是因为我个人的一点小私心。

因为我是湖北省荆州市松滋县人。基于此，我希望在个人作品里，致敬生我养我的家乡；同时我也极为佩服陆游，希望借此机会，代表家乡，表达对于"亘古男儿一放翁"曾经履足乡关山水的荣幸。

是为新版之序。

章雪峰
二〇二二年八月二十七日
武汉墨水湖沜

自 序

中国，是诗的国度。唐诗，是诗的巅峰。

那些或浪漫雄奇，或慷慨激昂，或厚重沉郁，或清新脱俗的唐诗，首先是脍炙人口、千古传唱的文学作品，其次又是亲临其境、现场记录的珍贵史料。这是从唐朝就开始形成的共识。

"诗史"之说，源于唐朝。唐人孟棨在其著名的诗论著作《本事诗》中说："杜逢禄山之难，流离陇蜀，毕陈于诗，推见至隐，殆无遗事，故当时号为'诗史'。"

延及民国，开创"诗史互证"史学方法的国学大师陈寅恪先生的论述，则更为详尽："中国诗虽短，却包括时间、人事、地理三点。中国诗既有此三特点，故与历史发生关系。把所有分散的诗集合在一起，对于时代人物之关系，地域之所在，按照一个观点去研究，连贯起来可以有以下的作用：说明一个时代之关系；纠正一件事之发生及经过；可以补充和纠正历史记载之不足。"

当然，本书不是学术著作，本人也无此能力开展新一轮的"诗史互证"学术实践。但是，我在写作本书的过程中，的确是秉承这一原则，去解读这些唐诗，并因此才有了《唐诗里的唐朝》的。

千年前的唐朝诗人们，仅仅用短短的二三十字，就把"时间、人事、地理"交代得清清楚楚，并由此带着我们走进一个又一个历史记忆，宛如穿越，如临现场。

在《淮阳感怀》，隋末枭雄李密正惨兮兮地亡命天涯；在《不第后赋菊》，唐末枭雄黄巢正恶狠狠地诅咒命运。

在《夏夜作》，一代名相武元衡未曾料到，几小时后自己就会有杀身之祸；在《哭卢仝》，苦吟诗人贾岛不会想到，甘露之变那天的长安城中鲜血流成河。

在长安菩提寺，"诗佛"王维正打算把安史叛军的牢底坐穿；在洛阳履道坊白府，"诗王"白居易正慨叹自己一生与宰相宝座无缘。

在《终南望余雪》，参加科举考试的祖咏，正在耍酷；在《元和十年自朗州承诏至京戏赠看花诸君子》，刚由贬地返京的刘禹锡，正在任性。

在《樱桃子诗》，爱子殷殷的史思明，正给大儿子史朝义送去新摘的樱桃；在《黄台瓜辞》，夺权心切的武则天，正想着如何像摘瓜一样除掉碍手碍脚的儿子们。

在《赠魏徵诗》，唐太宗李世民正用内行的舌头，品尝诤臣魏徵酿造的葡萄美酒；在《赠张云容舞》，唐玄宗李隆基、杨贵妃正以行家的眼光，欣赏宫女张云容献上的霓裳羽衣舞。

这些诗人，大致可以分为两类。

第一类是诗界赫赫有名的大诗人，如白居易、王维、刘禹锡、张九龄、李商隐、贾岛、宋之问、杜牧、沈佺期等。

第二类是在政界如雷贯耳、在诗界却鲜为人知的诗人，如女皇帝武则天、唐朝第一个大权宦高力士、四大美人之一杨贵妃、一介武夫史思明、反隋枭雄李密、反唐枭雄黄巢等。

最让我惊艳的，就是这第二类诗人。

今天的我们很难想象，以心狠手辣著称的武则天，也有哭得梨花带雨，"开箱验取石榴裙"的时候；以貌美如花著称的杨贵妃，不仅仅是一个"花瓶"，还是一位杰出的音乐大师和舞蹈大师。

我们也很难想象，曾经位高权重，深得唐玄宗李隆基信任的高力士，在临终时刻，还怀着对李隆基的忠诚，感叹自己"气味终不改"；安史之乱中杀人如麻、心狠手辣的史思明，也曾爱子心切，派人奔驰六百里，只为了给儿子送上"樱桃一篮子"，虽然他转年就被这个儿子杀了。

这些诗、这些人、这些事，共同编织成了这本《唐诗里的唐朝》。

需要指出的是，本书大部分文章，最初都是通过网络进行发布的。当时正值2015年末，我刚刚花了近两年时间，完成了一部处处需要注释的学术书稿，烦琐头痛之余，打算尝试一种不需要注释和说明的轻松写作方式，这才有了本书轻松、活泼，甚至有点随意的网络文字风格。当然，我的出发点，还是为了让读者有愉快的阅读体验。

是为序。

二〇一七年二月九日

目 录

叁 唐人日常

（壹） 帝国风云

造反者李密：
隋末大变局中一个枭雄的剪影

　　大约隋大业十一年（615）初秋的一天，一位身在淮阳郡、三十出头、名叫刘智远的私塾先生，写下了一首五言诗《淮阳感怀》：

> 金风荡初节，玉露凋晚林。
> 此夕穷涂士，郁陶伤寸心。
> 野平葭苇合，村荒藜藿深。
> 眺听良多感，徙倚独沾襟。
> 沾襟何所为？怅然怀古意。
> 秦俗犹未平，汉道将何冀？
> 樊哙市井徒，萧何刀笔吏。
> 一朝时运会，千古传名谥。
> 寄言世上雄，虚生真可愧。

　　诗虽然长了点儿，但内容相当正能量。来看各句的意思：

　　金风荡初节，玉露凋晚林：初秋时节，在金风玉露的映衬之下，树林呈现一片凋零肃杀之象。

此夕穷涂士，郁陶伤寸心：在这样的一个晚上，穷途末路的我，很是郁闷伤心。

野平葭苇合，村荒藜藿深：看看自己所在的这个穷地方，空旷的田野上只有兼葭、芦苇，荒凉的村落杂草丛生，藜藿纵横。

眺听良多感，徙倚独沾襟：郁闷的我感慨良多，徘徊感伤不禁泪下。

沾襟何所为？怅然怀古意：为什么我的眼中饱含泪水？因为我想起了历史上的那些往事。

秦俗犹未平，汉道将何冀：如今像秦末一样的乱世还未被荡平，汉朝那样的太平年代何时才能到来？

樊哙市井徒，萧何刀笔吏：身处乱世的樊哙不过是一个市井之徒，萧何也不过是一个刀笔之吏。

一朝时运会，千古传名谥：可是时势造英雄，出身低微的他们居然就能顺时应势，并得以青史留名。

寄言世上雄，虚生真可愧：所以我寄语如今世上的那些豪杰英雄们，千万不要虚度此生。

整体来看，诗的意思是诗人不希望虚度此生，立志干一番事业，争取青史留名。

满满的正能量，人人都赞：有志青年啊。可是，该私塾先生"诗成而泣下数行"。这就奇怪了，你写诗就写诗，都这么正能量了，哭什么？不光是今天的我们觉得奇怪，当时亦"时人有怪之者"。于是，"时人"起了疑心，"以告太守赵佗，下县捕之"。结果呢，该私塾先生跑了。这就更奇怪了。你跑什么？

不跑？不跑他就麻烦了。因为该私塾先生的真名，并不叫刘智远，而是叫李密，当时隋朝官府的"A级"通缉犯李密。写这首诗时的李密，正处于亡命天涯的途中，也正处于他一生中最黑暗、最艰难的三年之中。而他此时写下的这首《淮阳感怀》，也成为他在史上留下的唯一一首诗。

"官二代"李密是如何走上造反之路的

李密本是官二代，之所以落到"A级"通缉犯的地步，实在是因为他自己交友不慎，朋友圈里混进了损友。

其实一开始，李密朋友圈的档次并不低。因为李密的出身可以用显赫形容。在当时，他跟谁"拼爹"，也不落下风。李密的亲爹李宽，是隋朝上柱国、蒲山郡公；爷爷李曜，北周柱国、邢国公；曾祖父李弼就更猛了，西魏司徒、"八柱国"之一。

"八柱国"指的是西魏时期受封的八位柱国大将军，分别是宇文泰、元欣、李虎、李弼、赵贵、于谨、独孤信、侯莫陈崇。此后，"八柱国"成为崛起于南北朝时期、纵横中国近二百年的关陇军事贵族集团的别称。这是一个史上非常牛的集团。因为这个集团创造了我国史上的四个王朝：西魏、北周、隋、唐。

"八柱国"中的宇文泰，是西魏的实际掌权者，亦是北周政权的奠基者；李虎，唐朝第一位皇帝李渊的祖父；独孤信，北周第二位皇帝宇文毓的岳父、隋朝第一位皇帝杨坚的岳父、唐朝第一位皇帝李渊的外祖父。顺便说一句，独孤信可谓史上最成功的岳父，没有之一。闹了半天人们才明白，原来南北朝时期的北朝，就是这"八柱国"集团的内部人士，轮流坐庄，在过家家玩儿。

同时，"八柱国"集团中的李弼还有李密这样一个曾孙，隋朝最猛的造反派、"A级"通缉犯。

出生在这样的贵族家庭，李密一开始还是充满正能量的，"趣解雄远，多策略，散家赀养客礼贤不爱藉"。李密二十多岁的时候，以门荫入仕，担任了"千牛备身"这样的六品官。千牛备身，就是手执千牛刀侍奉皇帝左右的禁卫武官。千牛刀则来自于著名寓言"庖丁解牛"中的这一句话——"今臣之刀十九年矣，所解数千牛矣，而刀刃若新发于硎"。于是，大约从西魏时起，人们开始把锋利的刀称为"千牛刀"。千牛备身作为皇帝身边的人，本来是一个很有前途的活计。可惜李密当时的老板隋炀帝杨广觉得"此儿顾盼不常"，不喜欢他。李密刚刚到手的工作，又丢了。丢了工作的李密，开始苦练内功。别误会，他不是在打通任督二脉，而是从公元605年到613年，整整读了八年书，"专以读书为事，时人希见其面"。就在他读书期间，朋友圈里混进了一个损友——杨玄感。

李密和杨玄感成为朋友，源于他和杨玄感父亲、越国公、尚书令杨素的偶遇。偶遇后，杨素"奇之"，将他推荐给同龄的儿子杨玄感，说"吾观李密识度，非若等辈"。从此，损友杨玄感进入了李密的朋友圈，并直接改变了李密三十岁以后的人生。之所以说杨玄感是损友，是因为他有胆量造反，却听不进李密的正确建议，以致痛失好局，功败垂成，结果害一帮子人掉了脑袋，也害得李密亡命天涯。

大业九年（613）春，隋炀帝杨广再次出兵征伐高丽，委派时任礼部尚书的杨玄感在黎阳（今河南浚县）督运大军粮草。觉得机会难得的杨玄感，决定纠集李密等一帮志同道合的朋友，起兵造反。李密八年的书没有白读啊。此时的他，向杨玄感建言，献上、中、下三策。

上策：攻克幽州，控扼远征军的咽喉要道。理由：隋军远征高丽，距离幽州尚有千里，南隔大海，北有强胡，政令、粮草都只能通过榆林塞（今陕西榆林）一条道路与内地沟通。此时，如果攻占幽州，即可凭借临渝关（今河北抚宁），控扼远征军的咽喉要道，截断大军粮道。不出一月，远征军就会断粮，加上高丽军队的反攻，大军不乱即降。消灭了远征军之后，再回过头来，天下可传檄而定。

上策的最狠毒之处，就是掐断了隋炀帝远征大军唯一的粮草和政令通道。原来，隋炀帝远征高丽，粮草给养不是辽东供应，而是靠关内运送过去。如果杨玄感率军直扑幽州一带，切断隋炀帝政令入关和粮草出关的唯一通道，那么隋炀帝将会陷入全盘被动。政令不能入关，隋炀帝就不能号召和指挥中原的军事力量一起平叛，只能依靠手中的远征军转身西向攻击；粮草不能出关，隋炀帝手下的远征军将很快出现饿肚子的状态。大军饿着肚子，又屯兵幽州坚城之下，背后还有高丽军队的反攻。如此危局，隋炀帝手下军队人数越多，将死得越难看。而打败了隋炀帝之后，再乘胜直捣隋朝统治中心长安，那时隋朝群龙无首，一举可胜。

高，实在是高。

中策：攻克长安。理由：我军直扑关中，攻克长安，然后据潼关和崤山天险而守之，伺机东出潼关平定中原。这样一来，即使隋炀帝率远征大军返回，也已失去根本之地，我军则进可攻退可守，居于万全之地。

李密的中策，其实就是四年之后李渊的成功之路。当时，隋炀帝为了远征高丽，几乎把国家所有的军队和勇将都抽调到了前线，因而，都城长安所在的关中地区相当空虚。受命留守长安的代王杨侑和刑部尚书卫文升，少的年仅九岁，老的时已七十二，做事基本靠这个七十二岁的老人。卫文升虽有忠心与谋略，但年纪不饶人，已没有能力有所作为。在杨玄感起兵后，卫文升曾从关中率军七万驰援东都，但与杨玄感大军屡战屡败，死伤大半，可见卫文升及其部队的软弱无能。

四年后的大业十三年（617），李渊从太原起兵，进攻长安。其实，此时的长安，经杨玄感之乱后，已经大大加强了防守力量，由大将屈突通镇守。但李渊还是仅仅用了不到半年的时间，就从太原一直打进了长安，这充分说明关中地区的防守始终较为薄弱，容易攻取。

关中，地处泾河、渭河、洛河三水交汇而成的河谷平原，东有崤山、潼关天险，北绕黄河和广阔的沙漠，南屏秦岭、武关，西为大散关，历来称为"四塞之国"和"天府之国"，易守难攻，是当时天下的根本之地，也是秦始皇、汉高祖等著名帝王成就一代帝业的福地。占领了关中，不仅占据了隋朝首都，也等于掌握了天下根本，进可攻退可守。

高，实在是高。

下策：攻克洛阳。理由：就近迅速攻克东都洛阳，并以此号令天下。但是，如果洛阳得讯后坚守不降，导致我军久攻不克，等到天下救兵四面而至，那后果就不堪设想了。

遗憾的是，杨玄感采纳的，是李密的下策。而且，进展得很不顺利。其实，李密的下策如果进展顺利，也不失为权宜之策。因为，当时隋炀帝东征高丽，把洛阳作为战略大本营，不仅将百官家属作为人质安置在这里，还在此囤积了大量的粮草兵器等战略物资。如果进展顺利，就近袭取东都洛阳，杨玄感既能彻底解决部队的物资供应问题，还能控制百官家属动摇隋军的军心。问题是，他没有得手。因为此时洛阳已经有了防备。杨玄感信任的原河内郡主簿唐祎，在被杨玄感任命为怀州刺史后，逃归东都洛阳，向东都留守、越王杨侗告了密。有了防备，洛阳就不好打了。结果，杨玄感屯兵洛阳坚城之下，苦战一个多月，毫无收获。这时，隋炀帝已派大将宇文述、屈突通、来护儿快速率援军抵达洛阳外围，杨玄感腹背受敌，只好另谋出路。

这个时候，杨玄感仍有进军关中的机会。他的大将李子雄建议，东都援军日益增多，我军屡败，坚城之下不可久留，不如直入关中攻占长安，开永丰仓赈济百姓，关中地区指日可定，然后再东向争天下，王霸之业就可成功。这其实还是李密此前提出过的中策。

事已至此，杨玄感只能接受这个中策，集中主力直指潼关，隋将宇文述等则率军随后追击。可恨的是，杨玄感进军至弘农郡（今河南灵宝），居然轻信当地百姓的话，一厢情愿地认为弘农宫囤有大量粮草，决定停下来攻打弘农宫。对于杨玄感这一几近自杀的行为，李密极力反对："我们如今哄着部队进军关中，兵贵神速，何况追兵马上就要到来，怎么可以停留！如

　　　　　唐诗里的唐朝

果前不能占据潼关，后不能攻占弘农宫以为据点，追兵一到，我们必然大败，那时何能自保？"可是，损友杨玄感的笨劲儿上来了，就是不听。结果苦攻三天，弘农宫稳如泰山。进退失据的杨玄感只好放弃，准备继续挥军西进。晚了！隋将宇文述、来护儿、屈突通、卫文升从四面围了上来，杨玄感势穷自杀，李密只好亡命天涯，然后流着眼泪，去吟诵"满满正能量"的《淮阳感怀》了。

乱世未显英雄本色

在杨素与李密的那场偶遇中，杨素曾问李密读何书，李密回答说《项羽传》。从李密后来的人生历程来看，他真不该读《项羽传》。从杨玄感起兵到失败的过程中，可以看出，李密的每一次策划和建议，都是正确的。这也体现出李密这辈子的最大特点：轮到他当参谋，给主帅出主意的时候，他特别高明；轮到他当主帅，做战略决策的时候，他特别低能，特别像项羽，总是在手握满把好牌的情况下，葬送好局。

大业十二年（616）十月，李密结束了"A级"通缉犯生涯，加入翟让的瓦岗军，开启了他一生中最辉煌的阶段。李密加入瓦岗军后的"第一桶金"，是在当时隋朝名将张须陀身上取得的。张须陀是曾随杨素平定过汉王杨谅的叛乱，后又多次率军平定各地叛乱的隋朝平乱小能手。这样一位百战名将，使翟让有点儿害怕，因为翟让在他手下多次吃过败仗。此时还在当参谋的李密，出了一个高明的主意："须陀健而无谋，且骤胜易骄，吾为公破之。"他的战术是，让翟让率军正面佯败诱敌，自己与徐世勣、王伯当等将领率军埋伏于大海寺以北的森林里，给张须陀来一个前后夹击的小"惊喜"。结果，张须陀及两万精锐部队全军覆没，隋朝"河南郡县为之丧气"。此战让翟让认识到了李密的才能，开始让他独当一面。翟让"令密建牙，别统所部，号蒲山公营"，从此李密掘得了第一桶金，有了嫡系部队。瓦岗军攻占洛口仓之后，又是在李密的高明指挥下，采取以逸待劳、佯败伏击战术，再次取得了击败隋将刘长恭的重大胜利。此战也使李密个人，成了其中最大的胜利者。因为此后不久，翟让的瓦岗军主帅的位子，就让给了李密。

李密成为瓦岗军主帅后，以洛口仓城作为新的根据地建立政权，自号魏公。手下文有魏徵、许敬宗、柴孝和、祖君彦、房彦藻、郑挺、郑德韬等著名谋士，武有单雄信、王伯当、徐世勣、秦叔宝、程咬金、罗士信等知名大将。河南、河北、山东各地义军纷纷前来投靠，部队人数猛增到数十万，成为全国义军中的主力，威震中原，声名远播。满手的好牌啊，形势一片大好。下一步向何处打，就当时的情况来看，李密也有上、中、下三策可供选择。

上策：攻克扬州。李密率瓦岗军调头向南，直扑江都（今江苏扬州），消灭隋炀帝和在他身边的隋军主力。其实这也是李密当年提供给杨玄感的上策。其中的变化在于：一是李密现在的军事实力强于杨玄感当年；二是隋炀帝当年在辽东，如今在扬州。

中策：攻克长安。李密迅速以主力袭占长安，之后再徐图天下。这实际上也是李密当年为杨玄感提供的中策。

下策：攻克洛阳。可惜的是，这时的李密，已是主帅，而且已经是像项羽一样的低能主帅，他坚决地选择了下策，一根筋地死磕洛阳。

这实在让人百思不得其解：李密在杨玄感起兵时如此策划，在翟让面前也是如此建议，高明的策略论述起来一套一套的，等到他自己作为三军主帅，需要做出战略决策时，却重蹈当年杨玄感的覆辙，坚决拒绝了手下谋士柴孝和等人的正确建议，而把攻克东都洛阳作为首选的战略目标。结果，从大业十三年四月至武德元年（618）九月，李密猛攻洛阳达一年半之久，在先后拼掉了王世充和宇文化及两个军事集团的精锐部队之后，李密和瓦岗军也油尽灯枯，流干了最后一滴血，全军覆灭。

李密不知道的是，他在这一年半里任性浪费的，不仅仅是他手下瓦岗军的军事实力，其实也是他自己一生的机会。在李密与王世充死磕的一年半中，全国的政治大势，悄悄地发生了翻天覆地的变化。一年半里，全国各地的农民起义风起云涌，各地军阀也趁机割据一方，逐步形成了临济的辅公祏、江淮的李子通、历阳的杜伏威、渤海的高开道、朔方的梁师都、马邑的刘武周、陇西的薛举、河西的李轨等几大军事集团。

更要命的是，在大业十三年（617）五月，即李密拒绝柴孝和直扑长安的建议而开始全面进攻洛阳的次月，太原留守李渊举兵反隋，按照李密提供给杨玄感的中策，率军南下，从龙门渡过黄河，于十一月成功攻克长安。随后，李渊立代王杨侑为傀儡皇帝，并在肃清关陇敌对势力的同时，很快派其长子李建成、次子李世民率军出关，争夺东都洛阳。

成功的路只有一条，你李密不走，我李渊走。

成者王侯败者寇

武德元年（618）十月，已经走投无路的李密，只好率部属两万余人至长安，归降李渊。归降之际，李密的理想还是很丰满的，他本来以为会有一个相当的职位在等着他。不料现实比较骨感，李渊封他为"光禄卿""上柱国"，赐爵"邢国公"。李密对"上柱国"和"邢国公"应该还是满意的。因为这都是他祖上曾经得到过的封赐。"上柱国"是正二品的勋官。这是一个来源于楚国的职官名称，到了唐朝，已不再是实际官职，而成了最高一级的勋官，也就是有品级而无实际岗位职责的荣誉称号。"邢国公"则是从一品的爵位。要知道，后来像李靖、秦叔宝那样百战功高的凌烟阁二十四功臣，其爵位也不过是国公。李密此时对大唐尚无寸功，李渊就封他为国公，很够意思了。

最不能让李密满意的，是他的实际职务——从三品的"光禄卿"。这个职务的岗位职责是"掌酒醴膳馐之政"，说白了，李渊就是让他管个食堂罢了。相信李密当时一听到这个任命，内心肯定是崩溃的。李渊让一个曾经坐拥百万之师、驰骋疆场、威震天下的枭雄，去管理食堂和操心油盐酱醋？说轻一点儿，这是用人失当；说重一点儿，李渊这是有意侮辱李密。双方的嫌隙，就此埋下。接着，在仅仅两个月之后，李密就被唐将盛彦师斩杀。发生这一突变的原因，《旧唐书》及《新唐书》的记载大同小异：

未几，闻故所部将多不附世充者，高祖诏密以本兵就黎阳招抚故部曲，经略东都，伯当以左武卫将军为密副。驰驲东至稠桑驿，有诏复召密，密大惧，谋叛……乃简骁勇数十人，衣妇人服，戴冪，藏刀裙下，诈为家婢妾者，入桃林传舍，须臾变服出，据其城。掠畜产，趣南山而东，驰告张善相以兵应己。

李密受到李渊的派遣，率部去招抚老部下归降大唐。结果刚刚离开长安，李渊又突然宣召李密。李渊这个举动，使得本来就与李渊有嫌隙，担心他对付自己的李密，"大惧，谋叛"，并且联络旧部一起反叛，"驰告张善相以兵应己"，最后事败被杀。

但是，此处有冤情。记载在《魏郑公文集》《文苑英华》《全唐文》等文献中的《李密墓志铭》和河南浚县城关罗庄西出土的《李密墓铭》，都可以为李密洗清冤情。这两个文献均显示，李密当时的确"大惧"了，但他并未"谋叛"。按照王国维的"二重证据法"，《李密墓志铭》是纸上材料，《李密墓铭》是地下新材料。就李密"谋叛"这个事情而言，两个材料的说法是一致的。《李密墓志铭》说的是，李密降唐之后，"以名重自疑，功高是惧，将远游以避难"；《李密墓铭》说的是，当时李密收到李渊重新召他回长安的命令之后，"想淮阴之伪游，惧彭王之诈返。内怀震恐，弃军宵遁"。以上文字表明，李密当时不是想"谋叛"，而是想"远游"，想"遁"。李密当时的真实想法是，太吓人了，我不玩了还不行吗？

必须指出，不玩了想跑和主动谋叛，两者有着本质区别。

李密的结局虽然已经注定，但正史对此处的记载，有冤情，不可不为之一辩。回想当年，李密在写下《淮阳感怀》时，曾有一句"寄言世上雄"。说是寄言，实是自勉。当时的他，是以"世上雄"自居的。事实上，他一贯自视颇高。在李密刚刚认识损友杨玄感时，就对其吹过牛："决两阵之胜，噫呜咄嗟，足以詟敌，我不如公；揽天下英雄驭之，使远近归属，公不如我。"李密的意思是说，杨玄感是能够在两军阵前决胜的将军之才，他自己呢，可以使远近的英雄都来投奔，并驭使天下英雄为自己效力，是个帅才。

人呢，最怕的就是不能正确地认识自己，李密就是一个典型。从李密一生的军事生涯来看，他长于战术，短于战略；善于小谋，拙于大计。让他当一个军事统帅的高级参谋绰绰有余，让他亲自去当一个军事统帅，实在是难为他了。至于当时他自吹自擂的"揽天下英雄驭之，使远近归属"，起码，对他有知遇之恩的翟让肯定不同意。

翟让作为瓦岗军的前任老大，是主动把自己老大的位子让给李密的。翟让对李密而言，不仅仅是个他要延揽的英雄，还是他的大恩人。对于这样一位大恩人，李密居然就在其并无明显反迹的情况下，悍然将其诛杀，不仅寒了大部分瓦岗军将士的心，还由此种下了自己事业的最大败因。一个恩人翟让都容不下，还谈什么"揽天下英雄驭之，使远近归属"？纯属不能正确认识自己的胡吹。

事实证明，李密与杨玄感，既不是将才，也不是帅才，都是蠢材。

玄武门前血犹未干：
记一场影响唐朝命运的政变

贞观七年（633）正月癸巳日，长安太极宫玄武门。唐太宗李世民正在请客，"宴三品已上及州牧、蛮夷酋长于玄武门，奏《七德》《九功》之舞"。李世民专门写有一首《春日玄武门宴群臣》，描述这个大场面：

> 韶光开令序，淑气动芳年。
> 驻辇华林侧，高宴柏梁前。
> 紫庭文珮满，丹墀衮绂连。
> 九夷簇瑶席，五狄列琼筵。
> 娱宾歌湛露，广乐奏钧天。
> 清尊浮绿醑，雅曲韵朱弦。
> 粤余君万国，还惭抚八埏。
> 庶几保贞固，虚己厉求贤。

到底是皇帝的诗，看完感觉就两个字：大气。

"春日玄武门宴群臣"，意思就是这年春天，李世民在宫中玄武门，请群臣吃个饭。玄武门，是李世民所住的太极宫的北门。

我国古代都城城门，多以"四灵"神兽名之。《三辅黄图》载："苍龙、白虎、朱雀、玄武，天之四灵，以正四方，王者制宫阙殿阁取法焉。""四灵"中朱雀主南方，玄武主北方，所以长安城的皇城南门叫朱雀门，宫城北门叫玄武门。

《春日玄武门宴群臣》全诗的意思，也不难理解：

韶光开令序，淑气动芳年：今天是个好日子。

驻辇华林侧，高宴柏梁前：我在华林之侧驻辇，在柏梁台前大宴群臣。

紫庭文珮满，丹墀衮绂连：应邀来现场参加宴会的，有身穿官服、佩戴玉佩的朝中高官。

九夷簉瑶席，五狄列琼筵：应邀来现场参加宴会的，还有"九夷""五狄"等少数民族的首领。

正如李世民在这里所炫耀的，今天宴会的参与者，共有三类人：第一类是"九夷""五狄"等少数民族的首领，第二类是地方州牧，第三类则是朝中三品以上的高官。

第三类人，本来就是住在长安的京官，大家平时低头不见抬头见，请他们吃个饭也好请，招呼一声就来了；问题是第一类人、第二类人可不是常住长安的，少数民族首领和地方州牧都是负有地方行政长官责任的，怎么说来就来了？其实，他们去年十月就来了。换句话说，他们等这顿饭很久了。怎么回事呢？原来这些参加宴会的少数民族首领和地方州牧，都是朝集使。

朝集使是地方州郡每年派往京城汇报地方工作、接受中央考核的使者。由于当时规定"凡天下朝集使，皆令都督、刺史及上佐更为之"，所以这些使者一般都是地方州牧。这些朝集使每年"皆以十月上计京师，十一月礼见，会尚书省应考绩事。元日陈贡棐，集于考堂，唱其考第，进贤以兴善，简不肖以黜恶"。朝集使远来不易，在地方工作也挺艰苦的，到了京城由皇帝出面请吃个饭，太应该了。

娱宾歌湛露，广乐奏钧天：歌手高唱《湛露》之诗，乐队高奏神仙之乐。

清尊浮绿醑，雅曲韵朱弦：绿色美酒盛满酒杯，朱红琴弦奏响雅曲。

粤余君万国，还惭抚八埏：在这样的宴会上，我想到自己作为万国之君，责任重大，还要进一步抚慰八方民众。

庶几保贞固，虚己厉求贤：我只有进一步谦虚谨慎，进一步任用贤才，才能维持国家安定团结的繁荣局面。

吃着火锅唱着歌，喝着美酒吟着诗，李世民还不忘自己作为大国之君的责任，还提醒自己要谦虚谨慎、任用贤人。

时任太子右庶子兼崇贤馆学士的杜正伦也参加了宴会，并针对李世民的《春日玄武门宴群臣》，作了一首《玄武门侍宴》的和诗，也是鸿篇巨制，也是宏大叙事。

可就在同一个地方，曾经发生的事件，与此时宴会的热闹和谐反差巨大，实在是不能不让人感慨万端，所以还是得在此提一提。其实，这一天，李世民是作为杀人凶手，在杀人现场大宴宾客的。

七年前，也是在这个玄武门，一出悲剧曾经上演：李世民率领手下，杀兄屠弟，骨肉相残。

杀兄屠弟的玄武门之变

唐太宗李世民写《春日玄武门宴群臣》的七年前，也就是武德九年（626）六月，秦王李世民集团和太子李建成集团的皇位之争，已经白热化。而且，整体态势已逐渐开始对李世民不利。

不利之一：李建成已对李世民起了杀心。对于今天的我们而言，武德九年六月李唐皇室的皇位之争，结果只会有两个，不是李世民杀李建成，就是李建成杀李世民。

不利之二：老爹李渊貌似中立，其实是站在太子李建成一边的。今天我们可以看到的史料显示，李渊曾在晋阳起兵、攻克长安等至少六个关键时刻，"私许"李世民，说要立他为太子。问题是，这是没有第三人在场的情况下的"私许"，还是在李渊死后死无对证的情况下，李世民的自说自话？公认的是，李渊在自己任内，从未在公开场合与任何人讨论过废立太子的事情。他的态度一直很明确，李建成作为嫡长子，应该当下一任皇帝；李世民功劳很大，也应给予相当的地位予以尊崇，但不必当皇帝。换句话说，作为老爹，李渊希望儿子们各守本分，不要互相争斗，更不要互相杀戮。而且，李渊对于立有大功的李世民，并非全然满意。事实上，武德五年（622）十一月，他曾对左仆射裴寂说："此儿久典兵在外，为书生所教，非复昔日子也。"《资治通鉴》记录说，李渊对李世民孜孜以求皇帝之位，相当反感。武德七年（624）七月，在李建成、李世民、李元吉兄弟三人都在场的情况下，李渊公开训斥李世民说："天子自有天命，非智力可求；汝求之一何急耶？"因此，李渊默许了李建成、李元吉逐步侵夺李世民军权的行动。李渊的这个态度，在玄武门之变前是贯穿始终的，这也使得李世民陷入了被动和危险的境地。

不利之三：李世民集团的军队人数不占优势。当时的长安城内，共有三支武装力量。第一支是禁军三万人。主要是"元从禁军"，"初，高祖以义兵起太原，已定天下，悉罢遣归，其愿留宿卫者三万人。高祖以渭北白渠旁民弃腴田分给之，号'元从禁军'"。在编制上，这三万"元从禁军"又分为南衙和北衙，"南衙，诸卫兵是也；北衙者，禁军也"，也就是南衙护城、北衙护宫。所以，北衙禁军更为关键。第二支是李建成集团的东宫兵和李元吉的齐王府兵，约四千人。按照编制，李建成的东宫，包括太子左右卫率府（统领亲府、勋府、翊府三府）、太子左右司御率府、太子左右清道率府、太子左右监门率府、太子左右内率府等机构在内，他应该掌握有近一千人的直接兵力。李建成感到力量不够，"私召四方骁勇，并募长安恶少年二千余人，畜为宫甲，分屯左、右长林门，号为长林兵"；他还交结外藩，让燕王罗艺送来幽州突骑三百，"置诸宫东诸坊，欲补东宫长上"。这样一来，李建成手上的直接兵力就超过三千人了。李元吉的齐王府兵，也有包括亲事府、帐内府的亲兵近一千人。第三支是李世民的秦王府兵。作为亲王，他和齐王李元吉所拥有的亲事府、帐内府亲兵力量大致相当，也就一千人左右的兵力。

这样一来，即使李渊的"元从禁军"保持中立，李世民集团也是一千打四千，一个打四个。两军如果正面开打，李世民个人再猛，也不是李建成的对手。

在这样的不利态势下，六月初二，李世民收到了自己收买的东宫内奸、时任东宫太子率更丞王晊的密报：李建成集团真的打算在朝廷为李元吉大军出征饯行之际，杀死李世民，同时坑杀秦府尉迟敬德、秦叔宝等武将。并且，已商量好，事后向李渊"奏云暴卒"，"主上宜无不信"。事情明摆着，先下手为强。李世民必须下决心了。当天，李世民就做了一个艰难的决定。他连夜召集长孙无忌、房玄龄、杜如晦等核心部下入府商议，制订了一个政变计划，随即分头开始准备。

虽然今天的我们没有参与六月初二晚的秦王府密议，但我们仍然可以从政变结果来推知李世民的政变计划。计划的第一个目标，是监视并限制父亲李渊的人身自由，在时机成熟后，逼迫父亲李渊交出全部权力；计划的第二个目标，才是杀死李建成。

第一个目标，才是政变的核心。为什么？不是应该先杀了李建成吗？怎么先跟李渊较劲儿呢？

所谓政变，是指统治集团的少数人经过秘密策划和准备，通过暴力或非暴力等非正常途径，实现最高权力转移的行为。可见，政变的核心目标，就在于权力转移。

玄武门之变前，最高权力在谁手里？李渊。玄武门之变后，最高权力在谁手里？李世民。

唐朝史上，还有一次失败的"玄武门之变"，正好可以作为反面例子。

景龙元年（707）七月，李世民的重孙、李显的太子李重俊，因愤恨韦皇后和武三思等人的猜忌和倾轧，悍然发动了唐史上的第二次"玄武门之变"。

李重俊对唐中宗李显没意见，所以他压根儿就没有想过要控制李显。政变开始后，他顺利地调动"羽林千骑兵三百余人"，把住在皇宫外面的武三思、武崇训杀了，然后"自肃章门斩关而入"，到处搜捕武三思的情妇上官婉儿和韦皇后，但"上乃与韦后、安乐公主、上官婕妤登玄武门楼以避兵锋"，双方形成了对峙局面。然后唐中宗出面一句话就解决了问题。他对政变士兵喊话说："汝辈皆朕宿卫之士，何为从多祚（李多祚）反？苟能斩反者，勿患不富贵！"然后政变士兵临阵倒戈，太子出逃身死。

只有控制最高权力人，才是对政变这一特殊"工作"起码的尊重。试想，如果李世民不从政变一开始就控制住李渊，等到关键时刻，行动自由的李渊也出面喊上那么一嗓子，李世民就只有下地狱了。

所以，李渊才是李世民政变的第一个目标。政变也是围绕着这个首要目标来准备的。

六月初三，作为政变准备的一个必要步骤，李世民求见李渊。见面时，李世民向李渊诬告李建成、李元吉淫乱后宫。这一诬告让李渊感到愕然，决定明天"开会"查明此事，对李世民说"明当鞫问，汝宜早参"。这正是李世民求见的目的，他需要制造一个所有目标人物进入太极宫"开会"的机会。

六月初四，决定命运的一天来临。这一天清晨，由尉迟敬德率少量精兵，在不惊动第一号目标人物李渊的情况下，对李渊的人身自由进行了监视和限制；同时，"世民帅长孙无忌等人，伏兵于玄武门"，等着第二号目标人物李建成、第三号目标人物李元吉的到来。其实，在杀身之祸到来之前，李建成、李元吉本是有机会逃脱的。因为"张婕好窃知世民表意，驰语建成"，他们已经知道李世民在搞小动作。当然，他们并不知道李世民已经下定决心要在今天要他们的脑袋。在当天早晨二人的商议中，李元吉主张"宜勒宫府兵，托疾不朝，以观形势"。李元吉是对的。如果按照他的意见行事，这一天他们就不会人头落地了。但是，李建成认为"兵备已严，当与弟入参，自问消息"，"乃俱入，趣玄武门"。这一下，彻底坏了，两人就此走上了不归路。

李建成认为"兵备已严"，是想到了两点：一是己方兵多；二是玄武门是自己人在守卫。万一有事，自己的兵可以通过玄武门进入宫中，救援自己。李建成没有想到的，也是两点：一是秦王府的"勇士八百人悉入宫控弦被甲矣"；二是玄武门的守将已被收买。这样一来，有事之时，玄武门将被关闭，宫中禁军将保持中立，从而隔断宫内宫外的联系。这样一来，秦王府的兵将在宫中形成局部兵力优势，从而要了他的命。

事情的经过，也正是如此：当李建成、李元吉入宫来到临湖殿时，"觉变，即跋马东归宫府"，但他们已跑不了了，伏兵出来了。搏斗中，"世民射建成，杀之"，"元吉步欲趣武德殿，敬德追射，杀之"。

当宫中有变的消息传到宫外时，李建成的亲信将领冯翊、冯立、薛万彻、谢叔方"帅东宫、齐府精兵二千驰趣玄武门"。可是，玄武门按照李世民的政变计划，关闭了，"张公谨多力，独闭关以拒之，不得入"。就在"守门兵与万彻等力战良久"之时，"尉迟敬德持建成、元吉首示之，宫府兵遂溃"。

唐诗里的唐朝

政变的第二号目标人物、第三号目标人物就此解决。下面该是解决政变第一号目标人物的时候了。可人家李世民毕竟是"孝顺"儿子啊，此事不便亲自出面。于是，"世民使尉迟敬德入宿卫，敬德擐甲持矛，直至上所"。司马光《资治通鉴》这一句话中，"使"之一字，用得极妙。按照唐制，尉迟敬德在并未担任宫中宿卫将领的情况下，突然"擐甲持矛"出现在李渊面前，是个什么性质？造反的性质！所以，李渊的反应是"大惊，问曰：'今日乱者谁邪？卿来此何为？'"尉迟敬德回答说："秦王以太子、齐王作乱，举兵诛之，恐惊动陛下，遣臣宿卫。"尉迟敬德一介粗人，此时的回答如此艺术，估计是李世民事先教过的。事情的真相，不是"恐惊动陛下，遣臣宿卫"，而是恐怕你乱说乱动，不肯交权，遣我来软禁你。李渊到底也是一位人物，既拿得起，也放得下。到了这个时候，他明白，该放下了。他在迅速判明当时的形势以后，采取了承认政变、认账配合的态度。"敬德请降手敕，令诸军并受秦王处分，上从之"，不久，李渊下诏，"自今军国庶事，无大小悉委太子处决，然后闻奏"，彻底退出政治舞台，当上了唐朝的第一位太上皇。

至此，李世民在玄武门之变中，杀兄屠弟，逼父交权，成为大赢家。

权力博弈间的"父子深情"

玄武门之变后，李世民与李渊这对父子的首次见面，气氛注定是尴尬的。史书中如此描述这一幕：上乃召世民，抚之曰：

"近日以来，几有投杼之惑。"世民跪而吮上乳，号恸久之。

李渊说的这句话，大有讲究。李世民虽然没有说话，但他干的这一件事，也大有讲究。李渊这句话中的讲究在于"投杼之惑"。所谓"投杼之惑"，是指曾参的母亲前后三次听说自己的儿子杀了人，前两次根本不信；在听到了第三次之后，曾母相信了，丢下织布的梭子，逃走了。

李渊在这个时候引用"投杼之惑"，至少有以下两层意思：一是曾参没有杀人而被人误传。那么以前我李渊听别人说你的话，也是一种误传，但我李渊几乎相信了。这是对两人以前的过节做一隐晦的解释；二是曾母逃走，是怕受到曾参的牵连。你现在杀了李建成和李元吉，我却不怕受牵连，因为我没有逃走。"投杼之惑"这四个字，的确在这种难以言状的政变时刻，起到了非常微妙的作用。

尴尬之中的李世民，无言以对，只能跪倒在李渊面前，放声痛哭，并做了一个现在看来非常奇怪的举动——"吮上乳"。换句话说，李世民当时跪在地上，吮吸了李渊的乳房！

有学者认为，这个"跪而吮上乳"，不是实指，而是指李世民趴在李渊的胸前，大哭了一场。但此说似乎不确切。比较靠谱的分析是，李世民当时确实吮吸了李渊的乳房。他的这一举动，来自唐朝当时还残存的"乳翁"习俗。

所谓"乳翁"习俗，主要表现为两种情况：一是妻子分娩时，丈夫在旁作产妇状；一是妻子生产后即外出干活儿，而丈夫代替妻子坐月子，象征性地卧床，象征性地给婴儿哺乳。既"产"又"乳"，由此表明父亲在生产和哺育子女中的主导作用。"乳翁"习俗形成于母系社会向父系社会过渡的时期，主要为父权制的确立服务。不过，随着氏族遗风的日渐减弱和父权家长制的日益强化，这种"乳翁"风俗，唐朝以后在中原地区就逐渐消失了。这也是我们今天感到奇怪的原因。

更为重要的是，通过这个举动，勾起了双方对当初李世民身为小儿、李渊按照"乳翁"习俗亲乳之的美好回忆，进而部分消除了两人心中的芥蒂和忧伤。

"跪而吮上乳"这一幕之后，父亲李渊退居幕后，儿子李世民走向前台，完成了最高权力的交接。但是，这对父子的心结，却再也没有打开。一方面，儿子李世民对晚年的李渊不大孝顺，这是史实。贞观六年（632），监察御史马周上疏，说了三条：一是李渊的住处大安宫不好，"大安宫乃在宫城之西，制度比于宸居，尚为卑小，于四方观听，有所不足。宜增修高大，以称中外之望"；二是李世民不陪李渊吃饭，"太上皇春秋已高，陛下宜朝夕视膳"；三是李世民不管李渊，而自己跑去九成宫避暑，"今九成宫去京师三百余里，太上皇或时思念陛下，陛下何以赴之？又，车驾此行，欲以避暑；太上皇尚留暑中，而陛下独居凉处，温清之礼，窃所未安"。

李世民可是从谏如流的好皇帝，知错就改。冬季的一天，"帝侍上皇宴于大安宫，帝与皇后更献饮膳及服御之物，夜久乃罢。帝亲为上皇捧舆至殿门，上皇不许，命太子代之"。和李渊同住一个太极宫的李世民，带着老婆孩子，拎点儿东西去看老爹李渊，一起吃个饭，还被记入正史，可见平时这些事儿，李世民没怎么做过。当然，人家是皇帝，忙着呢。

另一方面，父亲李渊为李世民的成就而感到欣慰，这也是史实。

第一次感到欣慰是在贞观四年（630）。李渊听说擒获突厥颉利可汗，很高兴地说："汉高祖困白登，不能报；今我子能灭突厥，吾托付得人，复何忧哉！"为此，特地招来李世民和"贵臣十余人及诸王、妃、主"喝酒庆祝。酒酣之际，李渊甚至起身"自弹琵琶"，李世民也随之起舞，"逮夜而罢"。

第二次感到欣慰是在贞观七年（633）。李渊在酒宴上"命突厥颉利可汗起舞，又命南蛮酋长冯智戴咏诗"，既而笑曰："胡、越一家，自古未有也！"李世民给李渊敬酒，谦虚地说："今四夷入臣，皆陛下教诲，非臣智力所及。昔汉高祖亦从太上皇置酒此宫，妄自矜大，臣所不取也。"李渊"大悦"。又是一次父子同乐的欢宴。

贞观九年（635）五月，李渊在大安宫孤独地生活了九年之后，于七十一岁时驾崩。

集权政治的"政变综合征"

玄武门之变对李世民本人及其子孙的影响，是巨大而且深远的。司马光就曾经指出李世民树立的这个坏榜样，对其子孙的负面影响："夫创业垂统之君，子孙之所仪刑也，彼中、明、肃、代之传继，得非有所指拟以为口实乎！"简单地说，在李世民玄武门之变的"率先垂范""以身作则"之下，唐朝成了史上宫廷政变最多的一个朝代，没有之一。司马光所说的唐中宗、唐明皇、唐肃宗、唐代宗，均是通过政变上台的皇帝。至于那些失败的政变，就更多了。

玄武门之变对李世民个人的影响就更大了。首先，他从此睡

唐诗里的唐朝

不好觉了。因为他在宫中做噩梦，睡不着觉，需要尉迟敬德、秦琼在门口站岗才能睡着，由此催生了这二位的门神形象。他晚上睡不好觉，白天还不厌其烦地拉着魏徵等大臣们，不停地讨论秦二世而亡、隋二世而亡的原因。我相信，在这些讨论中，他有一句话，一直不好意思说出口："胡亥杀了兄长扶苏，杨广杀了兄长杨勇，秦、隋的二世而亡，不是因为这遭到的报应吧？"

说起来，李世民和胡亥、杨广，还真有点儿像。他们都不是长子，都曾杀兄屠弟，通过政变上台，都是本朝的第二代皇帝。所以，李世民是发自内心地担忧自己也会重蹈覆辙，唐朝也会二世而亡。其实李世民大可不必担心，从他当上皇帝后的作为来看，他压根儿跟那二位不是一个类型的。杀兄屠弟后如何当皇帝，史上共有三种类型。

胡亥属于快乐至死的"不作为"型。胡亥上台当皇帝后，曾经跟赵高谈到了自己的人生理想："夫人生居世间也，譬犹骋六骥过决隙也。吾既已临天下矣，欲悉耳目之所好，穷心志之所乐，以安宗庙而乐万姓，长有天下，终吾年寿，其道可乎？"在这样的人生理想的指导下，胡亥根本就没有打算好好当皇帝，他想的就是"不作为"，就是要快乐至死。这样，他留在史书上的事迹就非常"快乐"。长期不上班，"乃不坐朝廷见大臣，居禁中"；沉迷女色，"二世方燕乐，妇女居前"；看戏，"二世在甘泉，方作觳抵优俳之观"；整天打猎，还无故杀人，"日游弋猎，有行人入上林中，二世自射杀之"。像他这样作死，秦朝不亡才是奇迹。

杨广的情况则和胡亥正好相反，他是真心想当好皇帝的。可惜的是，他太想当好皇帝了，成了用力过度的"乱作为"型。在杨广仅仅十四年的皇帝生涯里，他至少干了三件动辄调动百万人的大事：

一是营建东都洛阳。这一大工程，每月役使民工约两百万人，从大业元年（605）三月到大业二年正月，仅仅十个月就建成！

二是修建京杭大运河。大业元年，杨广在营建东都的同时，征发几百万人，挖通济渠，连接黄河、淮河，同年又用十万民工疏通古邗沟，连接淮河、长江；三年后，征用河北民工百万余人，挖永济渠，通涿郡（今北京）；又过两年，疏通江南河，直抵余杭（今杭州）。至此，前后共用五百余万民工，费时六年，大运河全线贯通。

三是三打高丽。尤其是第一次出征，"总一百一十三万三千八百，号二百万，其馈运者倍之。癸未，第一军发，终四十日，引师乃尽，旌旗亘千里。近古出师之盛，未之有也"。

他南巡江州，"舳舻相接，二百余里"；他北巡榆林，"发河北十余郡丁男凿太行山，达于并州，以通驰道"。把把都是大手笔，次次都是征用几百万人。

据《通典·食货典》记载，大业二年（606），全国的户口总和达到了8 907 536户，共46 109 956人，这是"隋之极盛"时期的数字。可以大致模拟计算一下：杨广当皇帝时的总人口为46 109 956人，而按照国家统计局最新发布的数据，截至2015年末，我国十六周岁以上至六十周岁以下（不含六十周岁）的劳动年龄人口为91 096万人，占总人口的比重为66.3%。

唐诗里的唐朝

参照这一比例，杨广当时拥有的劳动年龄人口为3 057万人。由于打仗、修河、建城不是女性能够承担的劳役，加之当时一般情况下女性是不计算劳动力的，我们再假设当时的劳动年龄人口男女比例为1∶1，所以杨广手中实际上只有约1 528.5万男性可供使用。手上就这么点儿人可用，他就敢同时打大仗、兴大役、建大城，是不是有点儿用力过度？

李世民就认真吸取了杨广用力过度的教训，自己开创出了一条千古明君之路，属于心怀恐惧的"合理作为"型。

事实上，记录杨广上述事迹的《隋书》，就是由李世民手下的魏徵等贞观史臣所撰写的。对于杨广的用力过度，他们是这样评价的：

> 骄怒之兵屡动，土木之功不息，频出朔方，三驾辽左，旌旗万里，征税百端，猾吏侵渔，人不堪命。乃急令暴条以扰之，严刑峻法以临之，甲兵威武以董之，自是海内骚然，无聊生矣。

这其实也是李世民对杨广的总结。所以，李世民一直心存"二世而亡"的恐惧，为了"庶几保贞固"，吸取杨广用力过度的教训，他采取了"隋以富强动之而危，我以寡弱静之而安"的指导方针。这个指导方针说穿了就是，杨广当皇帝，纵欲而折腾，以"动"为主；李世民当皇帝，控制欲望而不折腾，以"静"为主。正是在这样的指导方针下，李世民"虚己厉求贤"，偃武修文，戒奢从简，轻徭薄赋，恢复经济，追求政治清明，才最终开创了"贞观之治"。

杨炎的鬼门关，两税法的阳关道

　　建中二年（781）十月，一位被贬往崖州（今海南海口）、时年五十五岁的官员，从长安出发，沿着驿路，一路向南。这天，他到达容州（今广西北流）以南三十余里的地方。只见两山夹峙，状若关门，驿路从仅仅宽约三十步的两山之间穿过，险峻之极。官员一打听，原来此地居然是"通三江、贯五岭、越域外"的咽喉要地，名叫"鬼门关"。还有个民谚说："鬼门关，十人去，九不还。"鬼门关？那可是传说中人间和阴间交界的地方啊。官员再联系到自己的人生际遇，很是感慨，作了一首《流崖州至鬼门关作》：

　　　　　　　　一去一万里，千知千不还。
　　　　　　　　崖州何处在，生度鬼门关。

　　一去一万里：我这次被贬往崖州，大约要走一万里。诗人在这里并没有吹牛，《旧唐书·地理志》说崖州"至京师七千四百六十里"，真的差不多有一万里。
　　千知千不还：我知道，这一次可能就回不来了。
　　崖州何处在：崖州还不知道在哪里。

生度鬼门关：我竟然活着经过了一道鬼门关。

诗中这位官员慨叹，人人死后都要经过的鬼门关，他竟然能够活着度过，的确是难得的奇遇。

其实，他大可不必如此感慨。因为，他经过广西鬼门关的时间，距离他经过阴间鬼门关的时间，已经相当之近了。经过了广西鬼门关之后，他并没能到达流放的目的地崖州，而是在"去崖州百里"的地方，被从后赶上的皇帝诏命赐死，终年五十五岁。

他叫杨炎，那个为中国历史贡献了"两税法"的杨炎。这一首《流崖州至鬼门关作》，是他留在史上的绝笔诗。

仕途坎坷的名门之后

杨炎的曾祖父，叫杨大宝。杨大宝在武德初年，就已经是唐朝的龙门令了。"曾祖大宝，武德初为龙门令，刘武周陷晋、绛，攻之不降，城破被害，褒赠全节侯。"死在刘武周手上的杨大宝，就此成了大唐的烈士。

杨炎的爷爷杨哲、爸爸杨播，均未出仕，但都以孝行知名，得到朝廷"旌其门闾"、树立牌坊的奖励。受爷爷和爸爸的影响，长大后的杨炎也以孝行闻名于世，"庐于墓前，号泣不绝声，有紫芝白雀之祥"。搞得灵芝和白雀都来捧场了，朝廷没有办法，只好又给他们家树了第三个牌坊，史称"孝著三代，门树六阙，古未有也"。

杨炎不仅孝顺，而且长得极帅，"美须眉"。明明可以靠脸吃饭的他，偏偏还很有才。一是擅长诗文，"文藻雄丽""文敌扬马"，那可是与扬雄、司马迁相匹敌的文笔；二是擅长画画，"画松石山水，出于人之表"，画艺那也是相当不赖。这样德才兼备的帅哥，岂能长居人下？自然是到处有人抢了。和当年大多数人不一样，杨炎没有经过科举考试，就直接被河西节度使吕崇贲辟为掌书记。

杨炎出仕的起点相当不错，以今天的眼光来看，起步就是司局级干部，直接跨越科级和县处级。因为掌书记是节度使的主要幕僚，"掌朝觐、聘问、慰荐、祭祀、祈祝之文与号令升细之事"。一般情况下，掌书记的迁转，要么在地方幕府系统内迁转为节度判官、节度副使，甚至节度使；要么进入中央，担任监察御史、殿中侍御史、拾遗、补阙或各部郎中这样的清望之官。

果然在不久以后，又帅又有才的杨炎上调中央，去了吏部任司勋员外郎，转任礼部郎中、知制诰，又迁中书舍人，进入了仕途升迁的快车道。大历九年（774），杨炎当上了副部级高官——吏部侍郎。

杨炎此时之所以官儿升得很快，是因为他得到了权相元载的赏识。杨炎与元载的关系之好，从诗中可以看出：

杨炎在史上只留下了两首诗，除了前面那首《流崖州至鬼门关作》外，还有一首就是《赠元载歌妓》。

然而好景不长，到大历十二年（777）三月，元载触怒了皇帝，出事了，唐代宗李豫"遣左金吾大将军吴凑收载及王缙，系政事堂，分捕亲吏、诸子下狱"。这时受到牵连倒霉的"亲吏"，就有杨炎。那位史无前例地在家中收藏近八万斤胡椒的宰相元载，真的把唐代宗惹毛了。唐代宗不仅派了"吏部尚书刘晏、御史大夫李涵、散骑常侍萧昕、兵部侍郎袁傪、礼部侍郎常衮、谏议大夫杜亚"的强大阵容来审他，而且"遣中使临诘阴事""责辨端目皆出禁中"。对元载的处理也极重，不仅杀他本人，杀他的妻与子，还罪及死人——"遣中官于万年县界黄台乡毁载祖及父母坟墓，斫棺弃柩，及私庙木主"。

很明显，是唐代宗一手整死了元载。而且这种整法，是恨之入骨的整法。对于杨炎这样的元载党羽，唐代宗本来也是打算下狠手一杀了之的。如果真是这样，杨炎在大历十二年就挂了，那么他在史上就只能留下一首《赠元载歌妓》了，至于建中二年（781）那首《流崖州至鬼门关作》，就彻底没戏了。

当时，幸亏主审的吏部尚书刘晏仗义执言，"法有首从""不容俱死"，杨炎这才被贬为道州司马。道州（今湖南道州）在唐朝是中州，道州司马为正六品以上的级别。

按照唐律，一般的流贬官员，本来还有三五天的时间收拾行装、告别家人的，"贬降官并令于朝堂谢，仍容三五日装束"。可是在皇帝穷治元党的大环境下，杨炎"自朝受责，驰驿出城，不得归第"。一路上"日驰十驿"，即日行三百里，还得在沿途驿站画押签到，不得在途中应酬流连。到达道州以后，由于他是中央贬谪下来的官员，所以人身自由受到严格限制，"如擅离州县，具名闻奏"。这样的日子，实在是生不如死。

这是杨炎人生中第一次被贬谪，他第一次遭受如此严苛的待遇。此前，他顺风顺水，走的一直是上坡路，这反差也太大了。

杨炎当然不可能知道，刘晏在皇帝那里，保住了他的脑袋。恰恰相反，他由于不敢恨皇帝，所以在心里把这笔账记在了本案的主审官刘晏身上，惦记上了刘晏的脑袋。这样的误会，在两个人之间存在了一辈子。更是在以后的日子里，同时铸就了刘晏与杨炎两个人的人生悲剧。

此时的杨炎虽然身份已是偏远州县的贬官，但他仍然希望自己有朝一日能够咸鱼翻身，拿刘晏的脑袋，为自己、为元载报仇雪恨。杨炎接下来的际遇，真是验证了一句话，不想翻身的咸鱼，都不是好咸鱼。

两年之后的大历十四年（779）五月，唐代宗走了，唐德宗来了。很好，很好。这两件事都是值得庆祝的，对于杨炎来讲。唐德宗李适对杨炎的印象，早就相当好了，"德宗在东宫，雅知其名，又尝得炎所为《李楷洛碑》，寘于壁，日讽玩之"。有才的"杨咸鱼"得到了唐德宗的破格提拔，直接从正六品提拔为正三品的门下侍郎，关键是任命诏书中还给他加了一个耀眼的后缀——"同平章事"。这意味着，"杨咸鱼"的翻身实在漂亮，他坐着直升机，直接由道州司马变成了当朝宰相。

所以，梦想还是要有的，万一实现了呢？

刚刚当上宰相的杨炎，被唐德宗和朝野上下寄予厚望，"炎有风仪，博以文学，早负时称，天下翕然，望为贤相"。然而，两年零十一个月之后，包括皇帝在内的所有人，都失望了。

杨炎的缺点，在他当上宰相之后，都彻底地暴露出来了。用一直对他印象挺好的唐德宗的话来概括："杨炎以童子视朕，每论事，朕可其奏则悦，与之往复问难，即怒而辞位；观其意以朕为不足与言故也。"杨炎用这样的态度，跟皇帝讲话，在官场上肯定是混不长了。但他能够混到让皇帝将他流配万里，并且起了杀机的地步，也是蛮拼的。

就这样，杨炎来到了鬼门关前，作出了这首满篇都是绝望的《流崖州至鬼门关作》。作诗时，他为什么这么绝望？说起贬谪，他也不是第一次啊。

第一个原因恐怕还在于他知道自己这次真的是直接地、深深地得罪了皇帝。我相信，即使是从陕西的长安远行到了广西的鬼门关前，贬谪诏命中皇帝对他的指责，仍然如雷声一般在他耳边回响："而乃不思竭诚，敢为奸蠹，进邪丑正，既伪且坚，党援因依，动涉情故。隳法败度，罔上行私，苟利其身，不顾于国。加以内无训诫，外有交通，纵恣诈欺，以成赃贿。询其事迹，本末乖谬，蔑恩弃德，负我何深！"总共180字的诏书，就有76个字、接近一半的篇幅，是直接罗列他的罪状的。可见，唐德宗仇恨杨炎的程度。

第二个原因恐怕在于这次被贬得太远了。崖州，大约相当于今天海口的位置。崖州在当时是下州，崖州司马是从六品上的级别。杨炎这次被贬的官职——崖州司马同正，前四个字好理解，就是"同正"二字，令人费解。其实，"同正"应该是三个字——"同正员"。简单一点儿说，在崖州，崖州司马其实另有一人在履责，杨炎的"崖州司马同正"，是唐朝的"员外官"。

"员外官"，是指在正员编制之外供职的官员。杨炎这样的编外官员，即使到任也会被限制人身自由，不用履行岗位职责，只是享受与编制之内同级别官员相同的禄、俸、赐等经济待遇。

至于杨炎的任职地点，有人说了，流放到海口，多好的地儿啊，有海鲜有水果，发配我去吧，我愿意去。我不知道唐朝时海口市的大海里有没有海鲜，也无法确知当时海口市周边的水果数目。但当时海南岛的生存环境如何，还是有记录的。

当时的岭南人包括海南人，吃的可不是海鲜和水果。《朝野佥载》记录说，当时的岭南獠民将刚刚出生的老鼠"饲之以蜜"，然后生吃，吃时那些小老鼠还"唧唧"作声，称为"蜜唧"。

苏轼也和杨炎一样曾被流放到海南岛。几百年的时间，经济水平总该有所发展了吧？可苏轼的描述仍然是"五无"："食无肉，病无药，居无室，出无友，冬无炭。"元稹虽然没有被流放到海南岛，但他先后被贬到湖北、四川这样的内陆地区。他的描述是"三无"："邑无吏，居无室，百姓茹草木，刺史以下计粒而食。"这些流放地由于人烟稀少，所以蛇虫出没，动物凶猛。韩愈有诗说到"一蛇两头见未曾。怪鸟鸣唤令人憎，蛊虫群飞夜扑灯"，想象一下，双头蛇、怪鸟、蛊虫，还是很吓人的。

最麻烦的还是瘴气。所谓"瘴气"，指南方山林中的湿热空气蒸郁后，产生能致人疾病的毒气，也就是热带或亚热带原始森林里动植物腐烂后生成的毒气。唐朝刘恂《岭表录异》说："岭表山川，盘郁结聚，不易疏泄，故多岚雾作瘴，人感之，多病腹胀成蛊。"

这样的地方，别说是流放了，就是当一把手，也有人不愿意去。贞观二年（628），唐太宗李世民决定派才三十多岁的年轻干部卢祖尚，去今天越南中北部的交州，当交州都督。卢祖尚先答应了，后来一想不行，决定即使抗旨也不去，他的理由是"岭南瘴疠，皆日饮酒，臣不便酒，去无还理"。如此出尔反尔，惹怒了李世民，这还是千古明君呢，气得一刀把他砍了。

史料表明，卢祖尚并不是唯一一个害怕前往岭南的官员。比杨炎稍晚、担任唐顺宗宰相的韦执谊，从进入官场那一天起，就有个怪毛病——"常忌讳不欲人言岭南州县名"，而且不看任何一个岭南州县的地图。这个怪毛病，他保持了大半生。不料人算不如天算，等到他拜相之后，出了意外。

原来，韦执谊当时到自己的宰相办公室一坐，就发现北面墙壁上有幅地图，当时也没怎么在意。等坐了七八天才发现，居然是最不愿意看到的崖州地图！这下可就把韦宰相恶心到了，觉得不妙之至。结果，最后他真的就被贬往崖州，并且死在了那里。

可见，当时岭南、崖州、交州这些地方生存环境多么恶劣，让唐朝官员打心眼儿里怕了。《琼州府志》指出："当唐宋时，以新、春、儋、崖诸州为仕宦畏途。"这种情况下，怎么能叫杨炎不绝望呢？怎么能不让他把人间鬼门关直接当成了阴间鬼门关呢？

两税法的诞生

在不到三年的短短宰相任期内，杨炎却为中国历史贡献了"两税法"，延续近千年、直到明朝中期"一条鞭法"出现才被废止。

所谓"两税法"，是指主要征收地税和户税的新税法。由于分夏、秋两季征收，由此得名。"两税法"是唐朝中后期用以取代唐朝前期"租庸调"的赋税制度。

那么，什么叫"租庸调"？什么叫"两税法"？为什么要用"两税法"取代"租庸调"？

还是举个例子来说，比较简单明了。

在唐朝山南道江陵郡的松滋县，农民老王一家共有三口人，三十五岁的老王、三十岁的老婆、三岁的儿子。在"租庸调"下，年龄在十八至六十岁之间的成年男性老王，是政府的征税对象。他的老婆、三岁儿子，他们不属于政府的征税对象。于是，政府分给老王100亩田。其中20亩为永业田，在老王死后由儿子继承，不必还给政府；80亩为口分田，老王死后要还给政府。与此同时，老王同村的也是三口之家的四十岁的邻居张三，同样作为丁男，因为种种原因，则只被政府授田50亩。老王、张三既然接受政府的授田，就必须承担向政府纳税的义务。但无论是老王的100亩还是张三的50亩，都必须向政府交纳等额的"租庸调"。

租：老王、张三每人每年，要向政府交纳稻米三石。这是因为松滋县为传统产稻地区。若是北方，则应纳粟二石。

庸：老王、张三每人每年，要为政府免费劳动20天；如果当年政府不需要他们的免费劳动，则老王、张三要按每天交纳绢三尺或布三尺七寸五分的标准，将乘以20天之后的绢布总数交给政府，用来代替应该付出的免费劳动时间；如果当年政府需要他们的免费劳动，并且时间超过了20天，则延长至25天免其"调"，延长至30天"租""调"全免。

调：老王、张三每人每年，要向政府交纳绢二丈、棉三两或布二丈五尺、麻三斤。

政府给你田，你就好好种，然后拿出一部分产出交给政府，作为政府的税收。

但张三会觉得不公平，老王100亩田交那么多"租庸调"，我只有50亩田，也交一样多的"租庸调"，凭什么？时间一长，或者由于张三的不公平感越来越强烈，或者由于张三田地收成不好导致家里越来越穷，张三开始想办法逃税。

用什么办法逃税呢？张三想出的办法是逃跑，全家离开江陵郡松滋县，跑到夷陵郡长阳县去。这样，自己的50亩地固然是没人种了，可在当时的交通通信条件下，松滋县政府也就找不到张三交"租庸调"了。夷陵郡长阳县又没有张三的授田记录，所以长阳县政府也就不会找张三收"租庸调"了。这样一来，"租庸调"当然是逃掉了，可田地也没有了。一家三口怎么活？

放心，由于土地兼并越来越严重，拥有大量田地的富户、大户越来越多，而他们的这些田地总是需要农民耕种的，所以逃离了家乡的张三，多的是活法。如以下五种：

一是唐朝九品以上的官吏，不仅享受免税待遇，而且占有大量的田地。这些官吏的田地，需要农民耕种；二是唐朝的僧侣寺院也享受免税待遇，也占有大量田产。这些寺院的田地，也需要农民耕种；三是找一家田地较多的地主，佃他的田地耕种。这样，只需要地主交一份"租庸调"，而张三则继续免税；四是开垦荒地，自己耕种口粮，至少短期内不用交"租庸调"了；五是铤而走险，干脆走上反抗政府这条路，那就更不用交税了。

还是在国力强盛的武则天时期，陈子昂就曾上奏这些逃亡农民的生活状态："今诸州逃走户有三万余，在蓬、渠、果、合、遂等州山林之中，不属州县。土豪大族，阿隐相容，征敛驱使……其中游手惰业亡命之徒，结为光火大贼，任依林险，巢穴其中，以甲兵捕之，则鸟散山谷，如州县怠慢，则劫杀公行。"

至此，无论张三在上述五种活法中选择哪一种，政府都损失了张三这一税源。

而张三这一逃跑，可坑苦了隔壁老王。松滋县政府的税收工作，江陵郡是有考核指标的。今年的征税对象跑了一个，怎么办？当然不能如实上报了。地方官员要保住自己的官帽子，唯一的办法是，把张三的"租庸调"平均摊到老王、李四等同村邻居的头上。这样一来，老王、李四受不了了，也只能走上张三的逃跑之路。至此，政府又将损失老王、李四等越来越多的税源，可以征收的"租庸调"也年年减少。事实上，像张三、老王、李四这样的农民逃亡问题，本就是唐朝中后期最为严重的社会问题。

简单对比一下数据就知道了。

在农民逃亡现象还不太普遍的唐玄宗天宝年间，天下约有900万户交纳"租庸调"，总税额折钱约2 000万贯，平均每户负担的税额约在2贯左右，负担较轻。可是，到了杨炎所在的唐代宗大历年间，由于农民大量逃亡，政府所控制的纳税户已降至120万户，而政府每年的费用高达3 000万贯，平均每户负担的税额需25贯以上，是天宝年间的12.5倍！换句话说，逃亡的人占便宜，站在原地不逃的老实人，只能傻傻地吃大亏。可是税源不断减少，唐朝政府也没法儿活啊，"官厨无兼时之积""太仓空虚，雀鼠犹饿"，官员们的工资都开不出了。穷得没有办法的唐朝政府，只好采取措施，严厉打击农民逃亡。

政府规定，对于不自首的逃亡农民要治罪，"逃亡之民，应自首者，以符到百日为限，限满不出，依法科罪，迁之边州"；对于自首的逃亡农民，"殷富者令还，贫弱者令住"；凡是愿意还乡的，"逃人括还，无问户等高下，给复二年"。可是逃亡出来的农民，哪有殷富者？最后绝大多数只好"听于所在隶名，即编为户"，逃亡农民在新地方定居之后，他们就成为当地的"客户"。"客户"是客居他乡的意思，可不是我们今天"企业客户"的意思。对于客户，政府就不再征收"租庸调"了。不仅免税五年，而且到了征收的时候，也只是每丁征收1 500文的户税。在征收户税的同时，还按亩征收"粟二升"的地税。

要说政府还真是有办法，总能找着人和理由收钱。"租庸调"收不上来了，户税、地税却收上来了，弥补了政府的巨大赤字，使得政府可以继续运行。

到了建中元年（780）二月十一日，唐德宗终于接受宰相杨炎的方案，废除收不上来的"租庸调"，将收得上来的户税、地税进一步合法化，实行"两税法"。

在"两税法"下，已经逃亡到夷陵郡长阳县的张三，还能逃税吗？不能了。

长阳县政府收税的来了，见到张三就说："那个谁，现在朝廷实行'两税法'了，无论你是松滋的还是长阳的，都得交税。来，先交1 500文，这是户税！还有，你这地是谁的？如果是你开荒的地，那交地税，每亩二升！不是你的？那把地主叫来。他以前是免税的？现在没有免税的了。无论是谁，都得交地税！都折成钱上交！"

不仅张三,老王也一样,所有外逃他乡的农民都一样。更重要的是,以前在"租庸调"下可以享有免税免役特权的皇亲国戚、九品以上的官僚以及孝子烈妇,在"两税法"下都必须交税。可见,"两税法"至少是实事求是的,它承认了农民负担过重不得不逃亡的现实,还解除了以前免税人群的特权,把以前政府流失的税源又重新找了回来,然后采取新的办法重新收税。

"两税法"实施以后,唐朝政府的税收每年达到了3000万贯,增加了至少一倍。于是,不仅唐朝政府,此后的历朝政府都觉得"两税法"是个好招儿,一直沿用了近千年。

以上老王、张三的例子,虽然还没有囊括两种税制转变的全部细节,但大致也就那个意思了。

"两税法",是杨炎为唐朝做出的最牛政绩,也是他为中国历史贡献的最牛智慧。

杨炎的末路

杨炎在担任宰相期间,还做出了另外一个"最牛政绩",整死了刘晏。其实,这是他一生中最大的败笔、最黑的污点、最丑的劣迹,更是他一生悲惨结局的主因。

刘晏,那可是唐朝著名的经济改革家和理财家,也是后来受到历史肯定,并得以名列《三字经》的人物。

刘晏与杨炎矛盾由来已久。早在吏部共事的时候,"杨炎为吏部侍郎,晏为尚书,各恃权使气,两不相得"。这是两个人交恶的开始。

不是我偏袒从小就有"神童"之称的刘晏,两人之间从一开始，就是杨炎不对。人家是正部长，你是副部长，做副手就必须遵守副手的规矩。在正部长履职行为并无明显不当的情况下，你一个副手凭什么"恃权使气"？在杨炎的好友兼恩人元载被唐代宗严肃查处时，两个人的矛盾进一步激化了。当时被贬为道州司马的杨炎，把这笔账记在了刘晏头上。"杨炎独任大政，专以复恩仇为事"，"及炎入相，追怒前事，且以晏与元载隙陷，时人言载之得罪，晏有力焉。炎将为载复仇"。杨炎复仇的办法，说白了就是诬陷：一是诬陷刘晏参与皇室内部另立太子的家务事，引起唐德宗的反感，罢了刘晏的官；二是诬陷刘晏谋反，从而置他于死地。

当时同样是宰相的崔祐甫，作为冷眼旁观的第三方，还劝唐德宗"此事暧昧，陛下以廓然大赦，不当究寻虚语"。可惜唐德宗不听。

建中元年（780）七月，刘晏被唐德宗以"谋反"的罪名赐死于忠州，家属被流放岭南。刘晏死后，杨炎还派人去抄他的家，只有杂书两车、米麦数斛，可见其清廉。杨炎整死了"天下称冤"的刘晏，让群臣"为之侧目"。他把人整死了，又开始推卸责任，"恐天下以杀刘晏之罪归己，推过于上耳"。唐德宗是老大啊，岂是代人受过的人？从此"有意诛炎矣，待事而发"。

先贬官，再流放，最后杀掉。这是杨炎整死刘晏的三部曲。此时春风得意的杨炎，绝不会想到，整人者的下场，一般都是被人整。仅仅在他整死刘晏一年零三个月之后，就有人以其人之道还治其人之身，同样用这三部曲，整死了他。这个人叫卢杞，唐朝著名的奸相、整人小能手。

这样，杨炎才来到了他笔下的鬼门关。

藩镇之祸：
靖安里杀人事件背后的政治博弈

　　元和十年（815）六月初二深夜，长安城，靖安里。天上有新月如钩，地上有烟锁重楼。长安的夏夜，格外静谧，格外美丽。正在靖安里府邸中的帝国宰相武元衡，一边欣赏夏夜美景，一边却在心事重重地想着国家大事。当前国家最大的事，就是藩镇之乱。由"安史之乱"后手握重兵的降将而形成的藩镇，一直是大唐帝国难以治愈的癌症。这些藩镇"相望于内地，大者连州十余，小者犹兼三四"，仗着手中的刀把子，犹如独立王国，擅署官员，侵吞赋税，不服诏令，和朝廷的关系也时好时坏，"喜则连横以叛上，怒则以力相并"。其中最让朝廷头疼的，就是魏博、成德、卢龙"河朔三镇"，以及一直想效法前者的淄青、淮西两镇。元和九年闰八月，淮西节度使吴少阳卒，其子吴元济不仅匿丧不报，而且自总军柄，企图造成父死子继的世袭事实。朝廷当然不能允许，于是战事又起。然而前线一直打得不顺利，这也正是武元衡最忧心的地方。

　　更可气的是，可能是怕唇亡齿寒，本应全力协助朝廷征讨淮西吴元济的成德节度使王承宗，居然还派他的牙将尹少卿来为吴元济游说。这个尹少卿到了中书省，口出狂言，言辞不逊，

　　　　　　　　唐诗里的唐朝

被武元衡"叱出之"。王承宗知道这件事后,从成德直接上书皇帝,肆意诋毁武元衡。看来,武元衡和王承宗之间的这个梁子,从此结下了。

算了,不想了。如此夏夜,岂可无诗?武元衡略一沉吟,随即有了一首《夏夜作》:

> 夜久喧暂息,池台惟月明。
>
> 无因驻清景,日出事还生。

夜久喧暂息:在寂静的深夜,白天的喧嚣暂时没有了。

池台惟月明:唯有天上那一轮明月,照耀着池台。

无因驻清景:我实在没有办法留住眼前的美景。

日出事还生:等到明天日出时,那些烦心事又要来了。

那么,天亮后,还有什么烦心事在等着武元衡呢?此时的武元衡当然不知道,明天等着他本人的,将是一起轰动整个长安城的恐怖杀人事件。

就在他吟出《夏夜作》的时刻,谋杀他的刺客已经避过负责宵禁巡逻的金吾卫,进入了距离他不远的预定埋伏位置。而他本人,将在几个时辰之后,身首异处,横尸街头,将自己的生命献给大唐帝国。这个夏夜,是他人生中的最后一个夜晚;这首《夏夜作》,是他人生中的最后一首诗。

震惊帝国的恐怖杀人事件

六月初三清晨,天刚蒙蒙亮,又到了武元衡上朝的时间。

唉，"日出事还生"。武元衡一边叹息，一边走出府门，跨上坐骑，在几个打着灯笼的家仆的陪同下，向靖安里的东门走去。每次上朝，都是这样的固定路线。出了靖安里的东门之后，他将左拐向北，经过永乐坊、长兴坊、崇义坊、务本坊、崇仁坊、永兴坊、永昌坊、光宅坊，最后经建福门进入大明宫。

"莫道君行早，更有早行人。"长安城参加早朝的官员中，武元衡显然不是动身最早的那一个。事实上，散居在皇城以南各里坊的官员们，也纷纷骑马走出坊门，向北走去。

御史中丞裴度也一样。不过，他住在通化坊，比之武元衡，府邸离大明宫更近一些。他出通化坊东门以后，也是左拐向北，沿朱雀大街经善和坊后，右拐经兴道坊、务本坊，再左拐经崇仁坊、永兴坊、永昌坊、光宅坊，最后经建福门进入大明宫。

这是帝国首都长安城里，又一个平常而又繁忙的早晨。

然而，这样一个平常的早晨，随着刚刚走出靖安里东门的武元衡听到的那一声"灭烛"口令，而变得相当不平常了。"灭烛"声后，武元衡家仆手中的灯笼，就被远处射来的箭射灭了。在武元衡前面导骑的家仆惊恐之下，大声喝问，结果被箭射中肩部，掉下马来。街边的大树丛中，突然有人跳出来，抢着大棒向武元衡冲来，打中了武元衡的左股。

平时陪同武元衡上朝的家奴们，何曾见过这种阵仗？大惊之下，四散而逃，再也顾不上自己的主人了。于是，刺客们就将尚在马上的武元衡挟持到靖安里东北外墙之下，残忍地砍下了他的头颅。

武元衡身为文人，本就没有多少反抗能力，而且当年他已有五十八岁，更是年老体衰。猝然受袭，随从又保护不力，遂使堂堂帝国宰相，竟然就在自己的家门口身首异处，横尸街头。

武元衡遇刺的同时，裴度在距离他至少有四五坊距离的通化坊，也遭到了同样的狙杀！在突袭之中，裴度三次中剑。第一次砍烂了他的靴，第二次砍烂了他背上的衣服，第三次才砍中了他的头。万幸的是，当时裴度戴着帽檐很长的扬州毡帽。被砍断了的帽檐，抵消了来剑的大部分劲道，使他的头只受了点轻伤，但这一剑也把他砍下马来了。此时掉下马的裴度，本已死定了。但他比武元衡幸运的是，他有一个忠心耿耿的仆人王义。正是这个王义，在裴度其余随从哄逃之际，在刺客准备再度砍杀裴度之时，死死地一把抱住了刺客。刺客脱身不得，返身砍断了王义的手臂。这时，裴度已堕入街边用于排水的深沟，察看不易。时间紧迫的刺客无暇细看，料想中了三剑的裴度已经死了，逃逸而去。幸运的裴度，就此保住了一条命。

同一天的同一时刻，在靖安坊、通化坊两个不同的地方，宰相遇难，御史中丞受伤，震惊了整个长安城。很显然，这是一场精心策划的谋杀行动。

杀手们肯定是在昨夜就到达了埋伏位置。而且，有人埋伏在树丛之中，有人埋伏在街道之上。行动开始后，至少动用了弓箭、剑、棒三种兵器，有人负责灭烛，有人负责对付随从，有人负责杀死武元衡。杀死目标人物之后，又从容逃逸。组织严密，分工合理，协作密切。

要知道，在唐朝的长安城，要做到携带上述兵器提前到达埋伏地点，非常不易。有人说，月黑风高，正好杀人放火啊。

这有何难？那如果月黑风高之际，街道上实行宵禁，处处有人巡逻，空旷的大街上飞过一只苍蝇都要认下公母，还好杀人放火吗？

唐朝的城市，是严格实行宵禁的。首都长安城，就执行得更加严格，从每天日落时开始，以八百鼓声为信号，关闭所有城门、坊门，正式开始实行宵禁。宵禁开始后，城门、坊门不许打开，街道上不许有行人走动。居民只能在自己居住的坊内活动，不能走出坊门，违者打二十下屁股。

街道上，由金吾卫的士兵负责夜间巡逻。如遇"犯夜"的行人，金吾卫先是厉声质问，行人若不及时回答，士兵则先弹响弓弦警告，再旁射一箭示威，第三次则可以直接射向行人。要知道，金吾卫是有权射杀"犯夜"行人的。同时，长安城的公共场所，是绝对禁止携带兵器的。元和元年（806）三月，还刚刚下敕重申过，"京城内，无故有人于街衢带戎仗及聚射，委吏执送府县科决"，还有"坊市诸车坊客院，不许置弓箭长刀。如先有者，并勒纳官"。

在这样的情况下，白天就携带兵器去靖安坊、通化坊的坊门埋伏，显然不现实；夜晚宵禁之后再去的话，则不仅需要高超的翻墙技术，还需要巧妙地避开巡逻。可见难度，也可见刺客用心之深。为了杀掉武元衡、裴度，他们也是蛮拼的。

令人费解的是，我们在历史影视剧里见得最多的是，一个小小的县官出行，都是前呼后拥、"肃静回避"的。武元衡可是比县官高了七八级的宰相，哪就那么好杀？

事实上，唐朝的宰相们在长安城的日常出行，相当低调，身边也就打灯笼的、导骑的三五个人，而且这些人的身份就是自己家的仆人。这些仆人并非专业士兵或保镖，手中又没有武器，所以在刺客面前不堪一击，不是一哄而散，就是仓促被杀，哪儿还谈得上保护宰相？

唐朝宰相第一次拥有公派卫队，就是在武元衡被刺杀之后。"京城大骇，于是诏宰相出入，加金吾骑士张弦露刃以卫之，所过坊门呵索甚严。"亡羊补牢，犹未为晚。这次派给宰相们的卫队，由专业的金吾卫士兵担任，而且配有武器，一般的刺客当然是不在话下了。

当时的两拨刺客，一个也没有抓着。武元衡、裴度的随从也好，闻讯而来的金吾卫士兵也好，都被这前所未有的惨案惊呆了，"铺卒连呼十余里，皆云贼杀宰相，声达朝堂，百官恟恟，未知死者谁也"。马上，大唐皇帝唐宪宗也知道了这个让他"惋恸者久之，为之再不食"的噩耗。

凶手是谁？为什么要杀武元衡、裴度？这是朝野上下都想知道的问题。

刺杀计划背后的阴谋

凶案发生后，时任东宫左春坊正五品上左赞善大夫的大诗人白居易，在这天的上午，第一个站了出来。在百官之中第一个上疏，要求责成有司，迅速采取行动，抓住凶手，洗雪宰相当街被杀的国耻。

挺好的建议，却捅了马蜂窝。当权者认为白居易作为东宫官员，不应该先于朝廷谏官言事，有了这个由头，再加上平时妒忌白居易的人在一旁下了点儿烂药，朝廷就把白居易贬到了九江，这才有了著名诗句"江州司马青衫湿"。

虽然白居易被贬，但他说的事儿还是对的。唐宪宗要求金吾卫、京兆府、通化坊所在的长安县、靖安坊所在的万年县，抽调精干人员，组成了代号为"'六〇三'大案"的专案组，在长安城里迅速展开搜捕凶手的行动。

凶手居然没有在第一时间逃出长安，不仅如此，而且还不是一般的嚣张。针对"'六〇三'大案"专案组的搜捕行动，凶手马上就通过不明真相的群众，放出消息说"无搜贼，贼穷必乱"，还在大街上丢出传单，上写"毋急捕我，我先杀汝"。

这也太嚣张了！凶手如此嚣张，也提供了线索。朝廷马上明白了本朝开国以来第一个敢杀宰相的人是何方神圣。肯定是藩镇派来的！排在第一位的嫌疑犯，就是淮西藩镇的吴元济。因为他正在与朝廷交战，最恨的就是武元衡和裴度这二位主战派。而排在第二位的嫌疑犯，则是成德藩镇的王承宗。谁让他刚刚派人到中书省找武元衡吵架。

嫌疑犯是确定了，可"'六〇三'大案"专案组感觉有点儿惹不起他们，不敢全力搜捕凶手了——"故吏卒不穷捕"。朝廷内部的主和派们也跳出来，散布谬论，既然武元衡已死，不如干脆罢了裴度的官，"以安二镇之心"。

这是什么逻辑？淮西、成德两个藩镇仇恨我们朝廷中的主战派，我们就让他们杀一个，罢一个。堂堂朝廷，伸着脖子任由藩镇宰割，如此示弱之后，朝廷就"以德服人"了？藩镇就老实了，从此不再反叛了？

还好唐宪宗是个明白人。他大怒："若罢度官，是奸谋得成，朝廷无复纲纪。吾用度一人，足破二贼。"是的，此时如果真要罢了裴度的官，那就是向这两个藩镇投降。

最可怕的，还不在于这两个藩镇的不老实，而在于天下所有藩镇看到朝廷示弱后的连锁反应。那样一来，唐宪宗的诏书，大概就会像今天微信朋友圈的文章一样，阅读范围就只限长安、洛阳两个城市，阅读量大概也就只有几十几百了。

可见，能够一手缔造唐朝史上"元和中兴"的唐宪宗，还是有两把刷子的。他一边派出金吾卫保护请假在家养伤的裴度，一边于六月初八下诏，"京城诸道能捕贼者，赏钱万贯，仍与五品官。敢有盖藏，全家诛戮，乃积钱三万贯于东西市"。

皇帝下了决心之后，在长安开始了大搜捕。大搜捕的范围扩大了，文武百官、"公卿节将"的府邸，都得搜查；查得也很仔细，"复壁重轑者皆搜之"，也就是官员家里有夹墙或套室的，全部都不放过；甚至连"伟状异服、燕赵言者，皆验讯乃遣"。谁让这些人长得又壮，还说着一口燕赵土话。搜了两天，有线索了。吊诡的是，不仅有了线索，而且线索一个个地冒了出来，让"'六〇三'大案"专案组有点儿措手不及。等到所有线索都汇集到一起的时候，专案组不禁倒吸了一口冷气。原来，刺杀武元衡、裴度并不是他们唯一的目标。除此之外，这帮也许是史上最早的"恐怖分子"，还在下一盘很大的棋。

幕后总指挥：淄青节度使李师道、成德节度使王承宗。

看看，吴元济这"皇帝"还没急，旁边的"太监"倒急了。据《新唐书·李师道传》记载："又有说师道曰：'上虽志讨蔡，谋皆出宰相，而武元衡得君，愿为袁盎事，后宰相必惧，请罢兵，是不用师，蔡围解矣。'乃使人杀元衡，伤裴度。"

原来，这起恐怖杀人事件的源头，就是这个在史上连姓名都没有留下的给李师道出坏点子的狗头军师。《旧唐书·王承宗传》也指出，王承宗"自是与李师道奸计百端，以沮用兵"。

现场行动总指挥：中岳寺僧圆净。

这个圆净，又是何方神圣？说起来，他还是六十年前那场安史之乱的漏网余孽，是史思明的部将，在叛军中号称"伟悍过人"。叛乱失败后，他流落嵩洛间，在中岳寺出家为僧。虽然已是出家人，但他对大唐帝国的刻骨仇恨却一刻也没有放下，一直在寻找机会，准备颠覆唐朝中央政府。

圆净与李师道、王承宗同流合污，更增加了他的危险性。"初，师道多买田于伊阙、陆浑之间，凡十所处，欲以舍山棚而衣食之。有訾嘉珍、门察者，潜部分之，以属圆净，以师道钱千万伪理嵩山之佛光寺，期以嘉珍窃发时举火于山中，集二县山棚人①作乱。"

李师道、王承宗有经费有武器，而圆净有强烈的意愿和强大的行动力，两者一结合，就有了开展恐怖活动的良好条件。

现场行动小组：淄青一组，组长訾嘉珍、门察，组员人数不详；淄青二组，组长王士元，组员约十六人；成德三组，组长张晏，组员约十八人。

行动总目标：制造恐怖事件，形成恐怖氛围，吓得朝廷停止针对淮西吴元济的军事行动。

行动具体目标之一：焚烧军粮，四处放火，大搞破坏活动。

此项目标由淄青行动小组于四月初十完成。《旧唐书·宪宗

---

① 唐代东都西南山区的民户。以射猎为生，无定居的人。

纪》记载，"辛亥，盗焚河阴转运院，凡烧钱帛二十万贯匹、米二万四千八百石、仓室五十五间"。

直到这年十一月，他们焚烧了洛阳附近的柏崖仓，焚烧了襄州佛寺军储，焚烧了唐朝开国皇帝李渊献陵的寝宫、永巷，折断了唐肃宗李亨建陵的47根门戟，大搞破坏活动，制造恐怖气氛。

还好，总体来讲，这些恐怖行动给朝廷造成的损失并不太大，并没有对淮西的军事行动形成实质性影响。但"计毒莫过断粮"，恐怖分子多次针对军储的放火行动，实在是处心积虑。

行动具体目标之二：刺杀主战派武元衡、裴度。

此项目标由成德、淄青两方的恐怖行动小组，于六月初三，共同完成。只是行动的效果稍稍打了点折扣，裴度未死，只是受了轻伤。后面的事实证明，没有杀死裴度，实在是巨大的失误。正是在裴度的坚定主张下，朝廷才在最后灭了淮西吴元济和淄青李师道，逼降了王承宗。

而裴度在刺杀中只受了一点儿轻伤，其中一个原因就是他当时戴着扬州毡帽。《太平广记》说："度赖帽子顶厚，经刀处，微伤如线数寸，旬余如平常。"裴度如此幸运，"既脱祸，朝贵乃尚之"，这推动了此帽子在唐朝上层社会的流行。

裴度因帽子遮挡而受轻伤这不假，但帽子能够在那个关键时刻遮挡刀锋，主要原因不在于帽子厚，而是在于这种帽子不仅有一个长帽檐，而且其帽顶是用藤条、金属细丝等透气散热的材料制成。

要知道当时是六月初三，那可是天气炎热的夏天。在夏天，刚刚年满五十岁的裴度，怎么就这么怕冷，要戴厚厚的毡帽呢？就是这顶从此引领长安城戴帽新时尚的大帽檐扬州毡帽，坏了"恐怖分子"的大事。

行动具体目标之三：血洗洛阳！

就在武元衡被杀一个月之后，李师道利用其在洛阳设有"邸院"即"淄青驻东都办事处"的便利，输送了大批"恐怖分子"到洛阳，"兵谍杂以往来，吏不敢辨"。加上此前就由圆净大和尚指挥的伊阙、陆浑两县的"山棚"，"欲伏甲屠洛阳"。

洛阳是帝国的陪都，是具有如此重要的政治地位的城市，如果被"恐怖分子"血洗，很可能直接导致朝廷停止针对淮西吴元济的军事行动。还好，这个行动计划因为圆净部下有人告密而胎死腹中了。于是时年八十岁、既不好好在寺庙念经又不好好在家里抱孙子的"恐怖分子"首脑圆净，被东都留守吕元膺抓获了，余党也被一网打尽。

圆净倒也是条汉子，"初执之，使折其胫，锤之不折。圆净骂曰：'脚犹不解折，乃称健儿乎！'自置其足教折之。临刑叹曰：'误我事，不得使洛城流血！'"

此时和圆净一起被抓获的，还有淄青一组的组长訾嘉珍、门察。在吕元膺的审讯之下，"始知杀武元衡者乃师道也"。"元膺密以闻，以槛车送二人诣京师"，被处死。

在此之前的六月初十，即武元衡被杀七天之后，成德三组的张晏等18人，已由成德节度使王承宗在长安禁军任职的叔父王士平出首，在"成德进奏院"（成德驻京办）被抓获，二十八日被全部处死。

淄青二组的王士元等十六人，则在四年之后灭了淄青节度使李师道才落网，"田弘正送杀武元衡贼王士元等十六人，诏使内京兆府、御史台遍鞫之；皆款服……悉杀之"。

虽然"恐怖分子"下的这盘大棋最终被朝廷粉碎，但是当时唐朝的衮衮诸公，根本没有弄清楚，在淄青一组、淄青二组、成德三组中，到底是哪个小组的"恐怖分子"直接杀死了武元衡、伤了裴度。反正是抓一个杀一个，抓两个杀一双。武元衡和裴度的仇，算是报了。可"'六〇三'大案"专案组这活儿，干得挺糙啊。

"聂隐娘"在唐朝一直是普遍的存在

2015年的电影《刺客聂隐娘》以及对其有记录的《太平广记》，为今天的我们呈现了活灵活现的聂隐娘。虽然内容均有些离奇，但却在一定程度上反映了唐朝这个"刺客王朝"的历史真面目。

事实上，"聂隐娘"在唐朝一直是普遍的存在。有唐一代，像武元衡被杀这样的恐怖杀人事件，史不绝书，几乎在每个皇帝执政时，都有刺客的影子。

百姓杀官员，官员杀官员，都会派出刺客；有时甚至连皇帝不好公开杀掉权臣时，也会求助于刺客。

来看看唐朝刺客大事记。

唐朝第一个遇刺的，是著名的武将尉迟敬德，派出刺客的则是当时与秦王李世民争夺储位的齐王李元吉。"元吉等深忌敬德，令壮士往刺之。敬德知其计，乃重门洞开，安卧不动，贼频至其庭，终不敢入"，刺杀失败。

唐朝第二个和第三个遇刺的，则是齐王李元吉和他的哥哥李建成，这次派出刺客的，变成了秦王李世民。著名的玄武门之变，其实就是一场阴险的刺杀行动。史书上没有这样定性，只是因为成王败寇罢了。在这次恐怖袭击中，李世民召集"在外勇士八百余人，今悉入宫，控弦被甲"，刺杀成功。

唐朝第四个遇刺的，是李世民的儿子魏王李泰，派出刺客的是想学李世民又没有学像的太子李承乾。"又尝召壮士左卫副率封师进及刺客张师政、纥干承基，深礼赐之，令杀魏王泰，不克而止"，刺杀失败。

唐朝第五个遇刺的，是唐高宗时的官员正谏大夫明崇俨，派出刺客的，不知其人，武则天怀疑是明崇俨的政敌、当时的皇太子李贤，"及崇俨死，贼不得，天后疑太子所为"。这次刺杀事件，成为李贤被废为庶人的一大诱因。

唐朝第六个遇刺的，是唐代宗时的大宦官李辅国，派出刺客的，就是唐代宗。李辅国自恃对新上台的唐代宗有拥立之功，骄横不已，对唐代宗说了一句找死的话："大家但内里坐，外事听老奴处置。"然后，"十月十八日夜，盗入辅国第，杀辅国，携首臂而去"。你要说这事儿不是唐代宗派刺客干的，我是不信的。堂堂皇帝，混到杀个大臣还要派刺客"偷偷地进村，打枪的不要"，也算混得很差劲了。

唐朝第七个和第八个遇刺的，就是武元衡和裴度了。

唐朝第九个遇刺的，是唐文宗时的宰相李石，派出刺客的，是当时大权在握的宦官仇士良。"李石入朝，中涂有盗射之，微伤，左右奔散，石马惊，驰归第。又有盗邀击于坊门，断其马尾，仅而得免。"李石比武元衡命大啊。两次遇袭，居然逃得一死。

其实，还有更多的"聂隐娘"，活跃在唐朝的刺杀事业之中，就不一一列举了。那么问题来了，为什么唐朝刺客如此之多呢？这恐怕与唐人胡化胡风、尚武任侠、好勇斗狠有关。

比如李白，是个大诗人，可是他写的诗，就带着刺客味儿，"十步杀一人，千里不留行""纵死侠骨香，不惭世上英"。难怪金庸先生据此写出了著名武侠小说《侠客行》。

元稹也是文化人，他居然也写了"侠客不怕死，怕在事不成"。那位写出了名句"羌笛何须怨杨柳，春风不度玉门关"的王之涣，"少有侠气，所从游皆五陵少年，击剑悲歌，从禽纵酒"。这二位，像不像大侠郭靖、乔峰？

还有一位进士崔涯，一介文人，居然"即自称侠"，作诗说"太行岭上三尺雪，崔涯袖中三尺铁。一朝若遇有心人，出门便与妻儿别"。诗是不怎么样，可这份豪情是真牛，只是他家妻儿可怜。

帝国夕阳：
牛李党争的众生相

　　会昌五年（845）的一天傍晚，当时在长安担任正九品下秘书省"正字"一职的李商隐，突然莫名地感觉心情不爽，于是驾车登上了长安城内升平坊的最高点——乐游原。在这里，他挥毫写下了著名诗篇《乐游原》：

> 向晚意不适，驱车登古原。
> 夕阳无限好，只是近黄昏。

　　在这里，李商隐为什么要把"乐游原"称为"古原"呢？因为"乐游原"确实很"古"，从先秦时就有了。

　　先秦时期，这里是杜国。到了秦朝，在这里设置杜县，成为供皇室贵族游猎的皇家园林，称为"宜春苑"。汉朝，改叫"宜春下苑"，后被并入著名的"上林苑"。《汉书·宣帝纪》记载，"神爵三年，起乐游苑"，同时在此处建了一座乐游庙。至此，"乐游"二字，有了。

　　再说"原"。关中人习惯把渭河南岸到终南山以北，开阔平原上隆起于地面的高地，叫作"原"或"塬"。今天我们最耳熟能详的就是白鹿原。距离白鹿原不远，就是乐游原。

隋朝建设长安城时，乐游原的西北部被城墙围入城池之内。在长安城内，乐游原其实总共占据了四坊之地，即升平坊、宣平坊、新昌坊、升道坊，最高点在升平坊。乐游原向东就是长安城的延兴门，向南就是著名的曲江池，向北则是繁华的长安东市。

当时的乐游原，古木森森，芳草萋萋，有山有水，是长安城著名的公共游览胜地，其地位约相当于今天城市中的"中山公园""解放公园"。所以，李商隐才在心情不爽时，驱车登临此地，散心解闷儿。

诗的最后两句是千古名句，全诗读下来，平白如话，也没有使用深奥的典故。但在其浅显的表面意思之下，潜藏的含义却很深。

登古原　望夕阳

《乐游原》全诗共四句，第一句交代时间，第二句交代地点。真正潜藏含义的，是千古传诵的第三、四句——夕阳无限好，只是近黄昏。

李商隐当时肯定是看到了天边的夕阳，才突然有此佳句的。而在后人读来，李商隐所感慨的，似乎又不仅仅是当时他眼前的那个天边夕阳。

那么，李商隐当时所感慨的，到底有几个夕阳？

有人说，"夕阳"一句，是在感慨自己已是夕阳之年。但这并不靠谱。因为李商隐大约生于唐元和八年（813），此时的他，才刚刚三十出头。虽然当时人们的平均寿命并不长，但一个三十多岁的壮年男人，是无论如何不会有韶华易逝的夕阳之叹的。所以，李商隐当时感慨的，另有对象，而且起码有三个。

李商隐感慨的第一个夕阳，是当时的皇帝——唐武宗。

唐武宗在史上以"灭佛"著名。其实，他在当皇帝的短短六七年中，还有很多值得称道的政绩：他对内打击藩镇，对外击败回鹘，一手开创了晚唐短暂的中兴局面，史称"会昌中兴"。但到了会昌五年（845），李商隐写诗这会儿，唐武宗已是天边的夕阳。他最大的问题，是在灭佛之后又信奉道教，"躬受道家之箓""服药以求长年"。可是，"长年"没有求到，身体却每况愈下，此时他已经重病在床。他将在一年之后撒手西去。

清人朱鹤龄、程梦星也认为，李商隐感慨的是唐武宗。他们在《李义山诗集笺注》中指出，"过乐游原而作是诗，盖为武宗忧也。武宗英敏特达，略似汉宣，其任德裕为相，克泽潞，取太原，在唐季世可谓有为，故曰'夕阳无限好'也。而内宠王才人，外筑望仙台，封道士刘玄静为学士，用其术以致身病不复自惜。识者知其不永，故义山忧之，以为'近黄昏'也"。

此时此刻，作为京官，尽管只是最低级别的京官，面对即将去世的皇帝，李商隐是有理由感到担忧的。

李商隐感慨的第二个夕阳，就是当时唐武宗倚重的宰相——李德裕。

李德裕在碌碌无为的晚唐诸相中，堪称"宰相中的战斗机"。他一生中，外拒异族，内安朝廷，发展经济，造福百姓。处庙堂之高则忠直敢言，德政流布；居江湖之远则清正廉洁，心系百姓。

历朝历代，都对李德裕评价颇高。此时正在作诗的李商隐，誉他为"万古之良相，一代之高士"。宋人叶梦得在《避暑录话》中，称他为"唐中世第一等人物"。清人毛凤枝在《关中金石存逸考》中，赞他"才不在诸葛下"。近代梁启超甚至将他与管仲、商鞅、诸葛亮、王安石、张居正并列，称他为"中国六大政治家"之一。

然而，李德裕的这一切政绩，都是建立在唐武宗和他之间君臣知遇的基础之上的。唐武宗一死，必然人亡政息，在一朝天子一朝臣的古今通则下，李德裕能否得到新皇帝的赏识，能否保住宰相的位子，甚至能否保住性命，都还是一个未知数。此时此刻，作为政见倾向于李德裕的官员，李商隐也是有理由感到担忧的。

李商隐感慨的第三个夕阳，就是大唐帝国的国运。

《乐游原》在实质上也是李商隐为大唐帝国唱的一曲挽歌。李商隐当然不至于在会昌五年（845）就能预见到五十多年后帝国的覆亡，但以他对朝廷政局的敏感和对国计民生的关心，他肯定感觉这个帝国已经到了"如今外面的架子虽未甚倒，内囊却也尽上来了"的地步。特别是，在他写出这首诗的时候，能够主宰大唐帝国命运的皇帝和宰相，一个即将死去，一个存在变数，岂能不让他感到担忧？

如火如荼的牛李党争

按说，帝国已经到了这步田地，朝中衮衮诸公应该精诚团结才算有点儿希望。但是，帝国的几十上百号高官，可不这样想。他们一直在斗，在争，而且一争就是四十年。这就是唐史上著名的牛李党争。

牛党，是指以牛僧孺、李宗闵等为党魁的四十余名高官；李党，是指以李德裕为党魁的二十余名高官。

牛李党争，说白了，就是今天牛党人物上台执政，明天李党人物就得全部被贬官、罢官、流放；后天李党人物上台执政，大后天牛党人物也得全部被贬官、罢官、流放。

双方所争的，固然主要是国事，但基本上没有一个想到国是；有的只是"以你是为我非，以你非为我是"，有的只是对方的"不是"；所争者官位，所报者私怨，为了反对而反对，为了否定而否定；"你方唱罢我登场"，管他大唐帝国什么时候散场。

这场长达四十年的牛李党争，发源于唐宪宗元和三年（808）的科场案，激化于唐穆宗长庆元年（821）的科场案，胶着于唐敬宗、唐文宗、唐武宗三朝，最后于唐宣宗时期牛党完胜李党。

大体上，牛李党争可以分为五个阶段。第一阶段，是牛党和李党的各自形成阶段，从唐宪宗元和三年（808）到唐穆宗长庆元年（821）。

唐宪宗元和三年，当时还是低级官吏和进士的牛党核心人物——牛僧孺、皇甫湜、李宗闵，参加了当年"贤良方正、直言极谏"考试。这些年轻人在考卷中直陈当前政治得失，激怒了当时的宰相李吉甫，也就是后来李党党魁李德裕的父亲。

牛李党争的第一枪，倒是李党打的。李吉甫把这些关心国事的热血青年，贬斥到地方任职，长期不得重用。虽然当时的李德裕"以父秉国钧，避嫌不仕台省，累辟诸府从事"，并未参与此事。但双方的梁子，就此结下了。

十几年后，唐穆宗长庆元年的科场案，让牛李党争硝烟再起。这一年的贡举，由礼部侍郎钱徽（中立派）主持，右补阙杨汝士（牛党）担任考官，录取了给事中郑覃（李党）的弟弟郑朗、重臣裴度（中立派）的儿子裴譔、中书舍人李宗闵（牛党副党魁）的女婿苏巢、杨汝士的弟弟杨殷士。这遭到了西川节度使段文昌（中立派）和翰林学士李绅（李党）的举报。唐穆宗在征求当时已任翰林学士李德裕（李党党魁）的意见之后，全面推翻了第一次的录取结果，派人重新考试。最后，郑朗、苏巢、杨殷士均落第，主考官钱徽被贬为江州刺史，李宗闵被贬为剑州刺史，杨汝士被贬为开江令。

这是牛李党争中，两党的党魁级人物第一次公开对垒，从此李德裕和李宗闵两人"比相嫌恶，因是列为朋党，挟邪取权，两相倾轧。自是纷纭排陷，垂四十年"。

第二阶段，是牛党专权阶段，从唐穆宗长庆二年（822）到唐文宗大和七年（833）；

第三阶段，是两党势均力敌阶段，从唐文宗大和七年（833）到开成五年（840）九月；

第四阶段，是李党专权阶段，从唐武宗会昌元年（841）到会昌六年（846）四月；

第五阶段，是牛党完胜、党争结束阶段，从唐宣宗大中元年（847）到大中三年（849）十二月。

牛李党争之所以在大中三年十二月结束，是因为为帝国立过大功的李党党魁李德裕，被新上台的唐宣宗流放到了崖州，客死他乡。"李"没有了，"牛"还争什么？牛李党争最后居然是牛党完胜的结果。对于大唐帝国而言，这实在不是好事。

因为关于两党的执政处世，史有公论。王士禛的说法基本符合史实，牛党"皆小人也"，李党"皆君子也"。

牛党党魁牛僧孺，虽然为官清廉，但为政不思进取、碌碌无为。副党魁李宗闵，史上则全是负面评价，"崇私党，薰炽中外""舍彼鸿猷，狎兹鼠辈，养虞卿而射利，抗德裕以报仇"。至于牛党其他骨干，不仅政绩乏善可陈，而且史籍明确指出"二李三杨，偷权报怨，任国存亡"。这里"二李三杨"，就是指李宗闵、李珏、杨嗣复、杨虞卿、杨汝士。也就是说，牛党成员人品好的不多，政绩好的则一个没有。

相对来讲，李党所取得的政绩，就要比牛党高出一个数量级以上。至于说到人品，不得不说一说李党党魁李德裕的大气。

李德裕的大气，首先在于自我限权。会昌三年（843）正月，李德裕奏请科举录取榜单"任有司放榜，更不得先呈臣等，仍向后便为定例，如有固违，御史纠举奏者"。以往的科举考试，榜单一出，先呈宰相，宰相审看之时，夹袋中的私人就可趁机而入了。而按照李德裕的搞法，榜单不再经过宰相而直接颁布，包括李德裕本人在内的宰相们就失去了上下其手的机会。此举不得不说是一种大气的自我限权的行为。

李德裕最大气的，还在于对牛党政敌的援救与援引。

在李德裕执政的会昌元年（841），牛党骨干杨嗣复、李珏因曾谋立别君，站错了队而即将被唐武宗处死。这是杨嗣复、李珏自作孽，得罪了皇帝，可不是李德裕打击报复的结果。站在党争的立场，李德裕只需要置身事外，坐观牛党实力削弱即可。但李德裕不计自身利害，连上三疏援救，并在唐武宗面前泣谏说："臣等愿陛下免二人于死，勿使既死而众以为冤。"最终救了二人的性命。柳仲郢也是牛党中人，但在李德裕执政的会昌年间，三迁至吏部郎中。而且，李德裕"知其无私，益重之，奏为京兆尹"，成为方面大员。牛党后期的骨干要员白敏中，是李德裕最后的掘墓人，恰恰也是他本人援引和任用的。会昌二年（842），李德裕向唐武宗推荐白敏中，"因言从弟敏中辞艺类居易，即日知制诰，召入翰林充学士，迁中书舍人。累至兵部侍郎、学士承旨。会昌末，同平章事，兼刑部尚书、集贤史馆大学士"。正是由于李德裕的一言之荐，白敏中由此前的中级官员一跃成为中枢要员，官至宰相。可惜的是，李德裕的大气并未换来白敏中的大气。白敏中在羽翼丰满之后，借机兴起大狱，肆意诬陷李德裕，直到他被贬崖州，死在海南。史书如是评价忘恩负义的白敏中："及李德裕再贬岭南，敏中居四辅之首，雷同毁誉，无一言伸理，特论罪之。"

虽然大气的君子们，并不一定能治理好国家。但小气的小人们，却一定治理不好国家。

牛李党争的最终结果是牛党完胜，这固然是唐宣宗选择的结果，其实也是大唐帝国成为天边夕阳、走入下坡路的标志之一。

政治旋涡中的诗人们

一场参与官员达到几十上百人、时间长达四十年的党争，就像水面上的巨大旋涡，无论你是轻盈的落叶，还是沉重的艨艟巨舰，都无法置身事外，都会身不由己地卷入进去。所不同者，卷入程度的深浅而已。

这就是今天我们熟悉的唐朝诗人们，如白居易、刘禹锡、李商隐、元稹、温庭筠等人在面对牛李党争时的真实感受。

白居易，卷入最深，却又全身而退，水平不是一般地高。他卷入这么深，实在是身不由己。牛李党争中，唐宪宗元和三年和唐穆宗长庆元年那两场著名的科场案，白居易都是受命复考的考官。这已经不是卷入的问题了，简直就是身处旋涡中心了。同时，白居易还是牛党骨干"三杨"的亲戚，白居易的妻子是杨颖士的妹妹。所以，在感情上，白居易肯定是偏向牛党的；但在政见上，白居易却是偏向李党的，一生都和李党中人保持着良好的朋友关系。

虽然白居易非常注意地保持着两党之间的中立立场，很少就两党的政策直接表态，但仍然在会昌四年所作的一首诗中，泄露了天机："塞北虏郊随手破，山东贼垒掉鞭收。乌孙公主归秦地，白马将军入潞州。"白居易这是在赞赏李德裕外御回鹘的功绩。在大是大非的问题面前，白居易毕竟还是正直而且理智的。

"一边是友情，一边是爱情，左右都不是，为难了自己……最亲的朋友和女孩，我的心一直在摇摆……"张学友和郑中基合唱的那首老歌《左右为难》，正可描述当年白居易面对"牛李党争"时的心情。在这种情况下，白居易"愈不自安，惧以党人见斥，乃求致身远地，冀以远害"。你们在长安斗你们的，我主动请求外任，避到外地去，怕了你们，这总行了吧？

刘禹锡是在牛李党争中保持中立的另一个诗人。他之所以得以中立，实在是因为他的年龄及辈分比牛党、李党中人都要高，他参与的是另一场党争——"永贞革新"，没空参加牛李党争。刘禹锡是永贞革新的失败者，此后他就被贬出京，"二十三年弃置身"，度过了二十三年的流放生涯。他被贬流放之时，牛李党争还没开始；等他被召还京，牛李党争虽未结束，但他却只能围观而插不上手了。而在多年流放生活之后，刘禹锡也被磨去了年轻时的锋芒，对两党都采取了谨慎委婉、明哲保身的态度。

元稹是深深卷入牛李党争的诗人。元稹是李党党魁李德裕的朋友，又与牛党副党魁李宗闵有积怨，因此只好别无选择地成为李党中人。元稹的仕途顶峰出现在唐穆宗时期。他受到重用，甚至还在长庆二年（822）当了三个月左右的宰相。但他最终还是斗不过牛党中人，几经沉浮。特别是得罪了掌权的小人李宗闵，于大和四年（830）受排挤，出为武昌军节度使，次年即暴病而亡，年仅五十三岁。

杜牧也是深深卷入牛李党争的诗人。杜牧年轻时，是牛党党魁牛僧孺的部下，还受过后者的大恩。大和七年（833），杜牧到时任淮南节度使牛僧孺的麾下，任淮南节度推官、监察御史里行，转掌书记。淮南节度使驻节扬州，杜牧当时刚刚三十岁，身处如此繁华的烟花之地，岂能不干一把风流事儿？他那

"二十四桥明月夜，玉人何处教吹箫"的名句，就是在那前后留下的。两年之后，杜牧被召回朝廷担任监察御史，牛僧孺在为他饯行的宴会上劝勉："你未来肯定前途无量，只要注意身体，少干点儿风流事就好了。"对于这种奉劝，心里有鬼的杜牧在一开始当然是矢口否认的。但当牛僧孺取出一沓报帖后，他不仅认了账，而且泣拜致谢。原来，杜牧每次外出，牛僧孺为了保证他的安全，都派人暗中跟随保护，并且用帖子记下杜牧的去处及时间，向自己报告。时间一长，报帖竟积满了一箱。牛僧孺这一招，彻底征服了杜牧。从此以后，杜牧终生不忘此恩，"终身感焉，故僧孺之薨，牧为之志，而极言其美，报所知也"。本来，杜牧在政见上是倾向李党的，这从他的诸多诗作中可以轻易看出。但杜牧一生，一直感念牛僧孺的恩情。他为了报答其恩情，在对牛僧孺的评价中，竟然自始至终加以颂扬和偏袒，有时甚至不惜歪曲事实，虚构杜撰。杜牧的这个态度，李党自然看在眼里，记在心里，不会给他什么好脸色看。所以在李党执政期间，杜牧就比较倒霉，由京官被外放为黄州刺史、池州刺史。

温庭筠和李商隐，是牛李党争的牺牲品。这两位诗人都仕途坎坷。虽然经历各自不同，但均是在卷入党争漩涡之后，游离于两党之间，一生挣扎不得解脱。

他们在政见上都倾向于李党，但在李党掌权时，未能受到充分重视并得以援引。等到牛党掌权时，因为牛党更看重彼此关系的忠诚度和紧密度，这二位又曾有"背叛"前科，因此二人无法得到重用，只好一生蹉跎。

党争之害人，由此可见一斑。

回头来看，几十号人一争就是四十年，到底争什么？国家肯定是受害者，"党争误国"是史家共识；被裹挟参与党争的人肯定也是受害者，诗人们的遭遇就是证明。

那么，党争的始作俑者，就是受益者吗？除了都当过三五年的宰相，过了一把执政的瘾以外，三个人基本上拥有差不多的仕途经历、差不多的人生结局。

牛党党魁牛僧孺，被贬为循州长史，召还不久即于大中元年（847）病逝，活了六十九岁；牛党副党魁李宗闵，被贬为郴州司马，会昌六年（846）死于贬所，活了五十七岁；李党党魁李德裕，于大中三年，在崖州司户贬所病逝，享年六十三岁。不过，牛僧孺和李宗闵的收获，倒是比李德裕多了那么一点点，那就是他们还收获了史上著名小人的骂名。

还是身处牛李党争旋涡中、深知党争之害的白居易概括得好："相争两蜗角，所得一牛毛。"可惜的是，白居易概括的这个道理，历史上没有几个人记得住。倒是历朝历代热衷党争的人，不断涌现。那些为了一己之私，或者仅仅因为彼此政见不一，就不惜使出诬告陷害等下作无耻手段，直到把对方置之死地的例子，史不绝书，代代皆有。

宦官专权巅峰之始：
血洗长安的甘露之变

　　大和九年（835）十一月二十一日上午，被我们尊为"茶仙"、留下著名《七碗茶诗》的诗人卢仝，正坐在宰相王涯的官邸里，陪着王涯的族弟王沐一起，等待着主人散朝归来。

　　过了午饭时分，没有等回来王涯，却等来了一大群神策军士兵。这群士兵包围了相府，见人就抓，卢仝也被抓了起来。在被抓的过程中，卢仝还对士兵们解释："我只是隐居的山人，一介布衣，来相府做客而已。"士兵反驳说："既然是山人，来见宰相干什么？"秀才遇到兵，有理也说不清。会作诗却不善言辞的卢仝一时语塞，只好束手就擒，打算找个明白人再说理去。结果他再也没有机会说理了，因为他被直接押赴了刑场。

　　在前往刑场的途中，卢仝才知道，不仅宰相府乱了，长安全城都已经陷入了大乱之中。禁军士兵到处在抓人、抢东西，甚至当街杀人，还有趁乱起哄的"坊市恶少年因之报私仇，杀人剽掠百货，互相攻劫，尘埃蔽天"。堂堂帝国首都，转眼已成修罗地狱。

　　本来，卢仝还指望着宰相王涯能救一救自己，但到了刑场才发现，贵为宰相的王涯也赫然在绑缚之列。士兵们凶神恶煞，完全不听解释，只是在不停地为行刑做准备，"自涯以下，皆以发反系柱上，钉其手足，方行刑"。对于本来就没有那么长头发的卢仝，禁军头目"令添一钉于脑后"，用铁钉直接穿过头皮作为固定。做这样的准备，是因为即将对他们进行腰斩。直到这时，卢仝才真正意识到大限已到，在简单地向匆匆赶来的友人托孤之后，他被腰斩而死。

几个月后，站在无辜惨死的卢仝墓前，另一位著名诗人贾岛写下一首《哭卢仝》：

> 贤人无官死，不亲者亦悲。
> 空令古鬼哭，更得新邻比。
> 平生四十年，惟着白布衣。
> 天子未辟召，地府谁来追。
> 长安有交友，托孤遽弃移。
> 冢侧志石短，文字行参差。
> 无钱买松栽，自生蒿草枝。
> 在日赠我文，泪流把读时。
> 从兹加敬重，深藏恐失遗。

贤人无官死，不亲者亦悲：像卢仝这样没有官职的贤才，却无辜被害，即使不熟的人听到也会悲伤，更何况我贾岛是他亲密的朋友。

空令古鬼哭，更得新邻比：卢仝的悲惨遭遇，恐怕连已逝的鬼都会为他痛哭，还好有同时罹难的人在陪伴着他。

平生四十年，惟着白布衣：卢仝活了四十岁，还是一个没有官职的布衣之身。

天子未辟召，地府谁来追：他生前未得天子辟召，希望到了地府后有人能够对他有所补偿。

长安有交友，托孤遽弃移：临刑前，卢仝匆匆向长安的朋友托孤，之后就被害了。

冢侧志石短，文字行参差：卢仝墓前的石碑矮小，志文也写得歪歪斜斜。

无钱买松栽，自生蒿草枝：没有钱购买松柏栽植于墓旁，只有那自己长起来的蒿草环绕四周。

在日赠我文，泪流把读时：卢仝生前赠我的文章，今日重新读来不禁流泪。

从兹加敬重，深藏恐失遗：从此以后，我要更加珍重这些文章，永久收藏，永不遗失。

从贾岛的诗来看，卢仝无论是生前还是身后，都非常凄惨，可堪一哭。特别是他无辜被害的人生结局，更是令人扼腕。

事实上，在那一天，包括卢仝在内，长安城有一千多人倒下，血流成河。导致卢仝无辜卷入并被杀死的，就是唐史上著名的甘露之变。

那一天长安浸泡在血中

自古以来，甘露的降临都是太平瑞征。所谓甘露之变，是指唐文宗李昂时由观露而引发的事变。在这次事变中，甘露不再是一种祥瑞，而是成了一把打开潘多拉魔盒的钥匙，带来的不是天下太平，而是"震惊乘舆，骚动京国，血溅朝路，尸僵禁街"的一场流血事件。

简单地说，甘露之变就是当时的朝廷之中，有一群人想杀另一群人，并且事先已在左金吾卫院内设下埋伏，然后诡称该处有天降甘露，以此作为诱饵，将其聚而歼之，一网打尽。下面我们来看看真刀真枪的史实：

事情还得从卢全遇害那一天清晨的朝会说起。这一天，本是常朝的日子。

唐朝的朝会，分为四类：一是大朝会，每年第一天即元日举行，在京所有文武百官、天下各州朝集使（包括外藩使节）参加，一般在大明宫含元殿举行；二是朔望朝参，每月的初一和十五各举行一次，在京所有文武百官参加，一般在大明宫宣政殿举行；三是常参，即日常会议，只有京官中的常参官才可参加，一般在大明宫宣政殿或紫宸殿举行；四是延英奏对，这是只有皇帝和宰相们才能参加的高级机密会议，因一般在大明宫延英殿举行而得名。

十一月二十一日的朝会，既非元日亦非朔望，所以是在紫宸殿举行的常参朝会。等到唐文宗李昂在紫宸殿刚刚坐定，左金吾大将军韩约就上奏，左金吾卫院内石榴树上昨夜天降甘露。

听说有此祥瑞，宰相李训、舒元舆便劝唐文宗李昂亲临观看。李昂一边让李训等宰相和中书、门下两省官员一起前去察看，一边自己也从紫宸殿移驾到了含元殿，等候消息。

在大明宫建筑群中，由紫宸殿去左金吾卫院，要向南经过紫宸门，到达宣政殿，再向南经过宣政门，过了含元殿，左边为左金吾卫，右边为右金吾卫。

可是等到李训率一帮官员回到含元殿时，却向唐文宗李昂报告说，可能不是真的甘露。这下李昂疑惑了，决定派神策军左右中尉仇士良、鱼弘志率领众宦官，再次前往左金吾卫院看个究竟。既然皇帝吩咐，仇士良、鱼弘志未疑有他，马上就率领宦官们去了。到了左金吾卫院内，仇士良发现带路的左金吾大将军韩约居然在十一月的天气里"气慑汗流，不能举首"，觉得很奇怪，就问他："将军何为如是？"

就在韩约还没来得及回答的当儿，突然吹来一阵风，掀起了帷幕，仇士良一眼就看到了隐藏在幕后的伏兵，同时又听到了兵甲相碰的声音。仇士良马上意识到情况不妙，虽然他并不确知发生了什么事，但他反应很快，当即率领众宦官掉头返回，先回到含元殿唐文宗李昂身边再说。

当时左金吾卫院的守门士兵还打算把门关上，结果在仇士良的呵斥之下，门竟然没有关上，遂让一众宦官逃往了含元殿方向。李训发现仇士良等人居然逃出了左金吾卫，马上号召在含元殿守卫的左金吾卫士兵："来上殿卫乘舆者，人赏钱百缗！"

瞬间，含元殿上的焦点，演变成了对唐文宗李昂的争夺。宦官们说："事急矣，请陛下还宫！"宰相李训则说："臣奏事未竟，陛下不可入宫！"随后，双方展开了面对面的肉搏。

至此，局势已经很明朗了。以宰相李训为首的一方，在唐文宗李昂的配合下，以甘露为诱饵，要用伏兵杀掉仇士良等一众掌握神策军军权的宦官。不料，事情败露，韩约也在关键时刻掉了链子，让宦官们逃了出来。

在接下来的含元殿肉搏中，李训一方虽然是有备而来，但仍然没能阻止仇士良等宦官抬着唐文宗李昂的乘舆进入宣政门。等到宣政门关上之后，李训在门外都能听到宦官们山呼万岁的声音。是的，在这一刻，肉搏的双方都意识到，李训一方已经失去主动权，行动彻底失败。胜利的天平，已开始偏向宦官一方。

此时李训手下，只有仓促召集的不到五六百人的杂牌士兵。李训一方的优势，就在于攻其不备的突然性。而宦官们则手握长安城军力最雄厚的神策军军权，可以动用的兵力少说也有四五千人。宦官们的优势，就在于人多势众。

只要宦官们不被杀死而躲进宫中，无论唐文宗李昂本人的立场如何，以李训一方微薄的兵力，绝不敢主动攻打宣政门。宦官们却在惊魂稍定之后，从宫中派出一千名神策军士兵，由左右神策副使刘泰伦、魏仲卿率领，进行疯狂的反攻和报复。

剧情开始彻底反转，作为此次政变的首脑人物，李训跑得比较早，"知事不济，脱从吏绿衫衣之，走马而出"。李训是宰相，上朝的官服是紫色的，是当时一望而知的大官，所以他需要换上低级官吏的绿衫，才好跑路。他先跑到终南山，准备投奔和尚宗密。后来觉得不妥，又逃往凤翔，打算去依附这次政变的另一个主谋凤翔节度使郑注。但出山不久就被抓了，在械送京师的途中，李训被斩首，并被灭族。

另外三位宰相王涯、贾𫗧、舒元舆，在唐文宗李昂退入宣政门之后，并不知道杀身之祸即将来临，还正常回到中书省，准备吃工作午餐，商量着说稍晚一些，皇帝"必将开延英召对两省官，就见宰相"。王涯还说："不知是何事也？诸公且各自取便。"

等到有人跑来告诉三位宰相"有兵自内来,遇人即杀"时,"宰相已下,怆惶走出,两省人吏及金吾健儿共千余,阗门争出,宰相等才及出门,兵士已合在门内,不能出者凡六七百人,皆死"。王涯、舒元舆走出大明宫即被抓获,贾餗则等到第二天才被抓,三人同样被灭族。其中就包括当时在王涯府中做客的卢全。

中书、门下和尚书三省诸司官员被杀的有一千多人,连办公场所也被捣毁,只剩下残破的房屋。"士良等分兵闭宫门,索诸司,捕贼党。诸司吏卒及民酤贩在中者皆死,死者又千余人,横尸流血,狼藉满地,诸司印及图籍、帷幕、器皿俱尽。"

因为在宫中的办公场所一北一南,所以当时宦官一党的办公场所被称为"北司",朝中官吏的办公场所则被称为"南衙"。仇士良派出的禁军这样疯狂地杀人,说明北司这次恨上了南衙全体官员,要斩尽杀绝。

在大明宫中杀人还不够,杀红了眼的禁军士兵又突入坊市,以搜捕为名进入大臣家中剽掠。已故岭南节度使胡证在长安的家,"京邑推为富家",结果这次被盯上了,"禁军利其财","乃破其家。一日之内,家财并尽"。这样的劫财杀人,已跟政治斗争毫无关系了。

宦官集团控制住长安城的局面之后,仇士良又传出密令,要求凤翔监军张仲清杀死这次事变的另一个主谋郑注。

在这样的大屠杀之后,"自是天下事皆决于北司,宰相行文书而已。宦官气益盛,迫胁天子,下视宰相,陵暴朝士如草芥"。宦官集团取得了彻底的胜利。

从此，这帮治国无术、弄权有方的阉竖小人，就成了帝国的附骨之疽，直到和帝国一起灭亡。

为什么甘露之变关键时刻掉了链子

甘露之变的结局令人扼腕。一举翻盘的大好机会，就这样被李训、郑注这两个眼高手低的大臣白白葬送了。为什么甘露之变会在关键时刻掉了链子，导致剧情大反转？这是一个史上一直在讨论的问题。在我看来，至少有这样五条原因：

一是政变人选上的饥不择食。

毫无疑问，李训、郑注这两个人是唐文宗李昂亲自选的。而且干掉专权宦官的主意，一开始肯定也是来自唐文宗李昂。要说除宦，他才是总后台。其实，他想这件事，不是一天两天了。准确地说，从被宦官们拥立为皇帝的那一刻起，唐文宗李昂就想干掉宦官了。

唐文宗李昂的祖父唐宪宗和哥哥唐敬宗，就是被宦官陈弘志、王守澄、梁守谦、韦元素等人直接杀死的。到了唐文宗李昂被拥立时，除了梁守谦已经致仕以外，其余宦官基本都还在唐文宗李昂的左右。不说唐文宗李昂要报祖父和兄弟之仇，就是为了自己的人身安全，他也要考虑干掉身边那些敢杀皇帝的宦官们。

《旧唐书·李训传》记载："文宗性守正嫉恶，以宦者权宠太过，继为祸胎，元和末弑逆之徒尚在左右，虽外示优假，心不堪之。思欲芟落本根，以雪仇耻，九重深处，难与将相明言。"虽然难与明言，但他仍然把目光投向了朝中的大臣们。

但此时他手下的大臣，正分成牛党、李党，在搞牛李党争呢。一来没空，二来两党均与宦官有着千丝万缕的关系，下不去手啊。唐文宗李昂只好在两党之外找人了。唐文宗李昂一开始选中了出身孤寒的中书舍人宋申锡，并且在短时间内就任命他为宰相，要求他联合朝官对付宦官。不料此事被专权宦官王守澄和当时还是王守澄亲信的郑注发觉，略施小计，宋申锡就被贬出朝廷。唐文宗李昂的第一次尝试，就此失败。

这一次尝试失败，也让唐文宗李昂得出一条教训：应该在两党之外找人，还应该找与宦官集团有一定联系，不至于引起宦官集团怀疑的人。于是，他选中了李训、郑注。

可是，李训、郑注二人人品之低下，也是当时公认的。

郑注，史称"诡辩阴狡，善探人意旨"，以方技药术受知于权宦王守澄。在王守澄手下，他"内通敕使，外结朝官，两地往来，卜射财货，昼伏夜动，干窃化权。人不敢言，道路以目"。后来，他在王守澄的授意下，"以阴事诬陷宋申锡"，打破了唐文宗李昂第一次除宦的希望。

本来，唐文宗李昂是很讨厌郑注这个人的，但架不住郑注医术厉害，他竟然抓住为皇帝治病的机会，一举获得重用。

李训是郑注推荐给唐文宗李昂的。史称他"阴险善计事"，李德裕更是直接指出"李训小人"。在李训进入翰林院时，两省谏官曾经"伏阁切谏，言训奸邪，海内闻知，不宜令侍宸扆"。

一个"阴狡"，一个"阴险"，在被唐文宗李昂重用之前，李训、郑注就是这样劣迹斑斑的小人。

唐诗里的唐朝

唐文宗李昂要干除宦这样关系身家性命的大事，固然一时半会儿难以找到"圣人"去干，但至少也应该找几个正人去干，而绝对不应该找李训、郑注这样的小人去干。

被李训、郑注倚为骨干的王璠、韩约，在甘露之变的当天，前者"恐悚不前"，后者"变色流汗"，才被仇士良看出了端倪，以至功败垂成。果然物以类聚，人以群分。唐文宗李昂居然想依靠这些人来干大事，只能说他有一点儿饥不择食。

二是政变策划上的各不相谋。

受到皇帝重用之后，李训、郑注迅速形成了一个新的专权小集团。特别是李训，几乎到了一人之下、万人之上的地位："天子倾意任之。训或在中书，或在翰林，天下事皆决于训。王涯辈顺其风指，惟恐不逮；自中尉、枢密、禁卫诸将，见训皆震慑，迎拜叩首。"在这种情况下，两人开始得意忘形，逮谁灭谁。

首先是除宦。在他们二人的策划下，不久就能追杀韦元素、杖杀陈弘志、赐死王守澄、杀死王守涓，顺利得超乎想象；其次是尽逐牛党和李党。无论是李党李德裕还是牛党李宗闵，哪个党的人都不需要，全部逐出京城，让他们到外地去任职，"连逐三相，威震天下"；第三就是打击异己，"贬逐无虚日"，以至朝堂班列殆空。侍御史李甘、中书舍人高元裕、吏部郎中张讽、户部郎中杨敬之等人无党无派，也有政治才能，但都因为不主动依附二人，被一贬再贬。

李训、郑注除宦没有什么不对，这本是唐文宗李昂重用他们的目的；但对于朝官中的中间派，特别是牛党和李党中的任何一党，还是应该团结其中一部分力量的。可他们偏不，觉得自己已经这么牛了，可以包打天下了，还需要团结谁？就连李郑二人，也在内部闹起了不团结，搞起了权力斗争。"始，注先显，训藉以进，及势相埒，赖宠争功，不两立。"

在甘露之变前夕，李训"出注使镇凤翔，外为助援，内实猜克，待逞，且杀之"，打算先杀宦官后杀郑注。革命尚未成功，同志们就已经开始钩心斗角了。

唐文宗李昂想依靠这种谁都不能团结、"各不相谋"的人，怎么能办成大事？

三是行动计划上的慌不择路。

为了形成里应外合的诛宦态势，在李训派郑注出任凤翔节度使之时，大家一起制订了一个完美的行动计划——"浐水之谋"。

这个计划的要点是，刚刚被赐死的大宦官王守澄，将于十一月二十七日下葬于浐水墓地。届时，由郑注向唐文宗李昂申请"入护葬事"，然后率领凤翔节度使亲兵数百"皆持白棓，怀其斧"。趁着众权宦前来为王守澄送葬之时，"令亲兵斧之，使无遗类"。

显然，"浐水之谋"是一个远远优于甘露之变的计划。原因有三：其一是行动地点选在宦官军事实力较弱的城郊，宦官仓促之间无法调动大批兵力进行抵抗；其二是以王守澄一个赐死大臣的身份，唐文宗李昂不至于亲临现场为他送葬，既然皇帝不在场，动刀动枪就少了许多顾忌；其三是以有备攻无备，以人多攻人少，宦官们几无胜算。

可是这样好的一个计划，李训就是不愿意采用，认为"如此事成，则注专有其功，不若使行余、璠以赴镇为名，多募壮士为部曲，并用金吾、台府吏卒，先期诛宦者，已而并注去之"。在怕郑注抢功的狭隘心态下，李训抢在二十一日，背着郑注，慌不择路地提前行动了。

《中庸》里说"小人行险以徼幸"，说的不就是李训吗？

四是政变时机上的迫不及待。

发动甘露之变时，李训担任宰相才一两个月，距离他被唐文宗李昂重用也才不到半年。一个任职时间不长、逮谁灭谁的宰相，我们可以想见他在朝堂之上的号召力。

李训发动政变，主要依靠的是左金吾大将军韩约和他手下的左金吾卫士兵。而这位韩约，居然由太府卿的职务改任现职才刚刚四天！一个任职刚刚四天，而且大事来临时就"变色流汗"的将军，我们也可以想见他对一支武装力量的掌控力。

李训依靠的另外几支力量也基本不靠谱。王璠刚刚由户部尚书、判度支改任河东节度使，郭行余刚刚由大理卿改任邠宁节度使。李训又不让他们离京赴镇，只让他们"托以募爪牙为名"，在长安"招募豪侠"，结果到了事变之时，仍然只招到"部曲数百"。而且这种临时招来的所谓豪侠，也就相当于我们今天的协警，能有多少战斗力？

李训还让自己的骨干京兆少尹罗立言权知京兆府事，调动长安、万年两县的"逻卒三百余"，又让刑部郎中兼御史知杂李孝本权知御史中丞，率领"御史台从人二百余"，赶到现场参加政变。

"逻卒"大约相当于我们今天的"城管"，好歹还有一定的战斗力；"御史台从人"就是典型的政府公务员了，平常干的是抄抄写写的工作，怎么能让他们去打打杀杀？

就这样，"协警""城管""政府公务员"齐上阵，准备跟训练有素、装备精良的正规军玩刀了。准备如此不足，军事实力差距如此之大，李训还这样迫不及待，只能说明他的脑子当时应该进水了。

五是政变执行时的天不作美。

对，就是事变当天，在左金吾卫院内刮起的那股妖风。要不是那股妖风，仇士良也不会看到帷幕之后的伏兵，也就不会侥幸逃脱。李训这事儿，说不定就干成了。如此凑巧，天公不作美。其实也只能怪李训这帮人搞政变没经验，之前不注意一下天气。

口口声声说李训不够聪明，其实是有理由的。别说他的甘露之变失败了，就是成功了，最终结果仍然是宦官专权。

还是司马光概括得好啊，唐朝"宦官之祸，始于明皇，盛于肃代，成于德宗，极于昭宗"。所谓"成于德宗"，主要是指宦官在唐德宗李适之时被赋予兵权，这是宦官们的关键一跳。

以前没有兵权，宦官们要弄权，就只能借助皇帝、宰相，借力打力；有了兵权，宦官们就可以由后台走上前台，想灭谁就灭谁，想杀谁就杀谁，正如他们在甘露之变中所做的那样。

唐德宗李适这么一搞，从此害得自己的子孙受制于家奴，不知有多少皇子皇孙被宦官随意杀戮。实在是蠢到了极点。

李训根本没有意识到，到了他当宰相的时候，宦官的参政甚至专权已经"成于德宗"，已经是制度化的规定。而要想改变宦官专权的局面，最根本的办法是从改革制度入手，这样才能一举治本。事实已经证明：杀了王守澄，来了仇士良；杀了陈弘志，来了鱼弘志。

事实上，在古今中外的政治史中，只要类似于宦官专权这样的现象或这类人员反复出现，屡禁不止，那一定是制度的原因，必须从改革制度入手去解决问题，绝不能像李训那样，妄想通过杀几个人和抓几个人来解决问题。

所以，李训发动甘露之变，根本就是愚不可及的自杀行动，同时也是解决不了任何问题的愚蠢行动。

政变后遗症：文官缄默，国是莫谈

经历了甘露之变而侥幸未死的唐朝文官，内心其实是崩溃且悲凉的。

作为幸存者，他们清醒地意识到：自己现在之所以还没有死，不是因为自己对帝国和皇帝的忠诚，也不是因为自己日常工作的勤勉，更不是因为自己人品好，只是因为自己家的祖坟冒了青烟，运气好躲过了屠刀而已。

然则谁也无法保证自己一直运气好，如何避祸呢？这成了他们胸口永远的痛，成了他们一直在认真思考的重大问题。

最后，他们想出了一致的答案：全身远祸。血淋淋的现实，逼着他们逃避，或纵情酒色，或迷恋道佛。忠君报国、渴望中兴的信念完全被全身远祸、独善其身的心态所代替，社会责任的担当者也彻底转化为冷漠的群众。

裴度的态度最为典型。他在当时已是德高望重的三朝元老。他在辉煌时期，也曾出将入相，为帝国立下大功。但他面对宦官专权、牛李党争，也不得不"稍浮沉以避祸"，远离政治中心而去洛阳任职。

甘露之变发生后，不仅四位宰相不幸罹难，而且株连甚广，"其亲属门人从坐者数十百人"。裴度于心不忍，"上疏理之，全活者数十家"。在那样一种恐怖氛围下，裴度敢于上疏，而且成功救人，可见三朝元老的身份还是管用的。

但此后，裴度就开始全心全意地修建位于洛阳的集贤里宅园和绿野堂别墅，准备闲居不问政事，好好地过退休生活。

白居易也算是一个典型。此时他一生的巅峰时期已过，已到了致仕的年龄。对于朝廷的是是非非，他早已懒得过问。

而甘露之变发生时，白居易正在洛阳任职，得以免遭杀身之祸。事变之后，白居易首先当然是庆幸自己当初选择的正确，其次则是对遇难同僚的深深同情，最后更加坚定了自己远离宦海、全身远祸的决心。

刘禹锡的选择和白居易一样。要知道，当年刘郎可是个"愤青"式的人物。他早年曾是永贞革新的核心人物之一，后来长期被贬任职地方。甘露之变发生时，刘禹锡正由汝州刺史转任同州刺史，也因不在长安而幸免于难。而作为一个历来反对宦官专权的强硬派人物，我们却无法从他此后的诗文中，找到他对甘露之变表达痛恨和进行鞭挞的痕迹，甚至连间接表态都找不到。我们不禁要感叹，当年那个"前度刘郎今又来"的天不怕地不怕的刘禹锡呢？

一直反对宦官专权的杜牧，当时也在洛阳任职，任监察御史。事变第二年，他写了一篇《罪言》，一篇很正常的建议用兵藩镇的文章，却这样开头："国家大事，牧不当言，言之实有罪，故作《罪言》。"说好的"国家兴亡，匹夫有责"呢？

四年后他担任左补阙，用他自己的话说是"谏官事明主"。可是他对本职工作的心态，却是"拜章岂艰难，胆薄多忧惧"，平时与同僚相处，也基本不谈国事，"出语但寒暄"。杜牧，也彻底消极了。

一群社会精英，就此变身麻木群众。而且，不是一个两个，是一个接一个。麻木群众多了，社会精英就少了；唐朝的末日，也就不远了。

黄巢起义：
文官集团集体"栽培"出的大唐"恶之花"

　　唐朝大中、咸通年间的一个春天，身在长安城的举子黄巢，再一次知道了自己科举落榜的消息。

　　唐朝的举子们在落榜之后的个人情绪方面，不外乎这样几种：最多的是失意羞愧，"年年春色独怀羞，强向东归懒举头"；当然也有满怀希望、展望明年的，"莫羡长安占春者，明年始见故园花"；还有打算千里迢迢回家再说的，"关河万里秋风急，望见乡山不到家"。性格豁达的，打算从此归隐，"年年模样一般般，何似东归把钓竿"；可是遇到性格偏激的，就会愤慨考试的不公平和整个社会制度的不公平，"只应抱璞非良玉，岂得年年不至公"。

　　性格偏激的黄巢，当然选择了后者。落榜之后，他的心中充塞着不满、愤慨的情绪。正是在这样的情绪下，他写下了《不第后赋菊》，作为自己告别长安城的礼物，在某种程度上，似乎也打算作为自己再来长安城的预言：

　　　　待到秋来九月八，我花开后百花杀。
　　　　冲天香阵透长安，满城尽带黄金甲。

　　　　　　　唐诗里的唐朝

心中充满愤慨的黄巢，硬是把植物写成了动物，静态写成了动态，亭亭玉立的菊花，被他写成了舞刀动枪的杀手。满篇的霸气，还有些杀气。

待到秋来九月八：等到秋季的九月八日。用"待"字，是因为黄巢写诗的时间是春季，而菊花要到秋季才盛开，所以还要等待几个月。

九月九日为重阳节，是登高、赏菊、敬老的节日。黄巢此处写成"九月八"，一是为了押韵，二是对当时重阳节庆活动的写实。据周密所撰《乾淳岁时记》载："禁中例于八日作重九，分列万菊，灿然眩眼，且点菊灯，略如元夕。"原来唐宋年间就已有了"重阳节前夕"。

我花开后百花杀：菊花盛开之后，就把百花都"杀"掉了。黄巢称"菊花"为"我花"，是因为他本人姓黄，而菊花最为人们所熟知的颜色就是黄色。所以他和菊花是一家人。

此句黄巢本是揭示菊花的生长规律，即菊花盛开时，百花都已凋零。这本是自然界的规律，也是我们习以为常的自然现象。但黄巢非要说百花是被盛开的菊花"杀"掉的，而且在称菊花为"我花"的语境下，暗喻的就是我"杀"掉的，这就太不友好了，太霸气了。

同样是描述这种菊花独开的自然现象，我们来看看元稹的诗句："不是花中偏爱菊，此花开尽更无花。"看元大才子多友好，多和谐。黄巢小伙子因为考试没考好，愤慨之下，就写了这首诗。

冲天香阵透长安：菊花的香气冲天而来，弥漫了整个长安城。

满城尽带黄金甲：全城上下开满了菊花，就像金光灿烂的黄金铠甲。

黄金甲，在唐朝是有过的。《资治通鉴》记载，秦王李世民在取得洛阳决战的胜利回到长安时，穿的就是黄金甲，"世民被黄金甲，齐王元吉、李世勣等二十五将从其后，铁骑万匹，甲士三万人，前后部鼓吹，俘王世充、窦建德及隋乘舆、御物献于太庙，行饮至之礼以飨之"。

中国古代盔甲的种类较多，主要有藤甲、木甲、皮甲、铜甲、铁甲、纸甲和布甲，使用最多的是皮甲和铁甲。但使用黄金制作盔甲，除李世民以外，所能见到的实例并不多。一个可能是太贵了，普通士兵装备不起；二个可能是黄金硬度并不高，比较易于分割，战场实用性不强；三个可能是黄金颜色太显眼，战场上穿上这样的明黄盔甲作战，这不是告诉人家"向我开炮"吗？所以李世民在凯旋时穿黄金甲，只是出于礼仪和炫耀。而黄巢能在此时想到黄金甲，当然只是因为其明黄的颜色。

综观全诗，至少可以做出这样一个判断：按照"得意不快心，失意不快口"的古训，黄巢此时正在失意之中，连"赋菊"都要搞得杀气腾腾，本诗是典型的快口之作。看来，黄巢的个人修养还真不怎么样，落榜也是该着。

问题是，榜也落了，口也快意了，黄巢今后的路还长，应该怎么办？有人说从诗中的杀气来看，当时的黄巢就想造反，就想灭了唐朝统治阶级。

多次落榜的黄巢，在写下《不第后赋菊》的那一刻，心中的不满甚至愤慨肯定是有的，但你要说他在当时就有过造反杀人、血洗长安的念头，那就高估他了。

无论在哪个朝代，无论那个朝代的统治者如何不堪，作为手无寸铁的一介平民，决定造反都是需要经过仔细思量和权衡的。写首诗就是想造反，你当造反是郊游啊？更何况，黄巢在当时，并没有被逼得无路可走。那时的落榜举子并不是一考定终身，出路还是挺多的。

最大的出路，自然是通过科举之外的其他途径入仕。比如，可以进入藩镇幕府，只要获得封疆大吏的赏识，仍然有机会调入朝廷任职；也可以通过朝中大佬的荐举得以任职；还可以通过直接向皇帝上书获得任职机会。其余的出路，有经商致富、回家种田或山居归隐等。

黄巢是富二代。他家"世鬻盐，富于赀"，有钱得很。他参加科举，主要目的不是为了发财，而是为了升官，从而改变社会地位。所以黄巢落榜后，谋生的手段还是有的。他最初的选择，就是和好友王仙芝等人一起经商致富，继续当私盐贩子。

但是，科举之路不通，走正途改变社会地位没戏。黄巢本人又"善骑射，喜任侠""喜养亡命""以焚劫为良谋，以杀伤为急务"。这样的人，岂能长期甘于寂寞而不闹出点儿动静来？

当好友王仙芝在河南长垣首先造反的消息传来，黄巢再也按捺不住了，也选择了这条高风险高收益的人生道路。

从私盐贩子到大齐皇帝

乾符二年（875）六月，黄巢在自己的家乡曹州冤句（今山东菏泽）聚众数千人，响应王仙芝，踏上了造反的不归路。

这一年，他大约五十六岁。这在平均年龄不高的唐朝，已是在家抱孙子的年纪了。而黄巢年过半百还出来自主创业，这份闯劲儿，实在值得点赞。造反以后的黄巢，从山东出发，经江苏、福建等地，南下攻占广州，然后从广州北上，经两湖攻占洛阳、长安，最后又败退回到山东。绕着大唐帝国的版图画了一个大圆圈后，在六十五岁时兵败身死，走到了人生终点。

从五十六岁到六十五岁，是黄巢一生中的巅峰十年。这十年，黄巢由一个愤慨考试不公、独自离开长安的落榜举子，变身为"乘金装肩舆"、在六十万人簇拥下重返长安的"黄王"；由一个默默无闻的私盐贩子，变身为名震天下的大齐皇帝。由下而上，由地而天。富贵险中求，过把瘾就死。

黄巢的巅峰十年，可以分为四个阶段：

第一阶段是五十六至六十岁，即乾符二年五月至乾符六年八月。在这一阶段，黄巢处于发展壮大时期。最大的成就，是攻占广州。

黄巢在山东起事，却南下攻占了广州，在今天的我们看来，实在是有点舍近求远了。为什么不留在北方跟唐军干？为什么不直接西向攻打洛阳、长安？

黄巢其实也是没有办法。一开始起事时，他倒是有东南西北四个方向可以选择。向东显然不行，因为距离大海不远，缺乏战略纵深；向西更加不行，因为西边的洛阳、长安是唐军的重点防守区域，以起事时尚还弱小的农民军与帝国精兵决战，无异于以卵击石。

向北也不行，因为向北就是河朔之地。安史之乱后最强大的独立藩镇如魏博镇等，都集中在这个方向。如果黄巢旌旗北指，必然会与盘踞于此的军阀们发生冲突。这是当时战斗力比帝国禁军都要强的军队，更不宜与之决战。

只好向南了。值得庆幸的是，向南比较有利。一是钱多，当时的江淮、两浙、鄂岳一带，已是帝国最为富庶的地区，有利于黄巢军队补充给养；二是兵弱，就当时全国藩镇的实力而言，黄河以北的藩镇最强，黄河以南、长江以北的藩镇较弱，长江以南的藩镇最弱，军事实力最差，这有利于黄巢军队保持胜率；三是人穷，正因为南方是安史之乱后帝国唯一的财赋重地，所以征税最重，当地民众也最穷，时有反抗，这有利于黄巢军队补充兵力。

总之，南方的沃土正在向黄巢呼唤：钱多、兵弱、人穷，快来啊。这一路向南，就打下了广州，而且兵力达到五十万之多。

在广州，黄巢与朝廷联系，"自表乞广州节度、安南都护"。他之所以有此举，是因为手下将士都是北方人，到了南方水土不服，"自春夏其众大疫，死者什三四，欲据有岭表，永为巢穴，继有是请"。黄巢想的是，就在广州、岭南割据一方算了，怎么也比做个私盐贩子强多了。

其实黄巢的这个想法，对当时的唐朝政府不失为一个选择。当时天下各地，不服中央的藩镇多了，还在乎多这一个？再说岭南一贯是唐朝政府发配犯人、贬谪官员的蛮夷之地，穷山恶水的，就给了黄巢又如何？

可是当时的皇帝和宰相可以数十年容忍"河朔三镇"不听话，就是不给一个造反的私盐贩子面子。双方谈崩了。黄巢别无选择，只好北伐，和唐军决一死战。

第二阶段是六十至六十二岁，即乾符六年（879）十月至广明元年（880）十二月。在这一阶段，黄巢处于战略进攻时期。最大的成就，是攻占洛阳、长安，建立大齐政权。

北伐的黄巢势不可当。广明元年十一月十七日，攻占东都洛阳。十二月五日，攻占首都长安，唐僖宗李儇仓皇出逃蜀地。

在帝国首都，"冲天香阵透长安，满城尽带黄金甲"，黄巢达到了自己一生中的巅峰。不仅仅是因为他在这里当了皇帝，还因为他在这里犯下了致命的军事错误和政治错误，从巅峰开始走下坡路。

致命的军事错误，是没有趁军队攻占长安，军威极盛、人数众多之时，派军追击出逃蜀地的唐僖宗李儇。虽然他当时已窜逃，但他还是名义上的天下共主，也是唐朝最后一任发号施令有人听，将就着还有点儿皇帝样儿的皇帝。追上并且杀死他，有着摧毁唐朝统治中枢、改朝换代的重大意义。可惜黄巢没有。在他看来，攻下长安就大功告成，就是彻底胜利。后来的事实证明，他错了，而且错得很厉害。

致命的政治错误则有两条：一是急于称帝，把自己变成了众矢之的；二是滥杀官员和百姓，扩大自己的对立面。

黄巢在长安城的滥杀，实在是逞一时之快，把有可能为新政权服务的大批有识之士推向了对立面。其实刚进长安时黄巢还是打算区别对待的，要求"三品以上停，四品以下还之"，也就是留下低级官吏以保证政权运转。但不久就放任士兵不分青红皂白地对长安所有官吏甚至平民百姓进行了大屠杀，"甲第朱门无一半""天街踏尽公卿骨"。

先是滥杀贵族官员。"庚寅，黄巢杀唐宗室在长安者无遗类""宰相豆卢瑑、崔沆、故相左仆射刘邺、太子少师裴谂、御史中丞赵蒙、刑部侍郎李溥、故相于琮皆从驾不及，匿于闾里，为贼所捕，皆遇害。将作监郑綦、库部郎中郑系义不臣贼，举家雉经而死"，"尚让怒，杀吏，辄剔目悬之，诛郎官门阑卒凡数千人，百司逃，无在者"。

接着滥杀平民百姓。黄巢"纵击杀八万人，血流于路可涉也，谓之'洗城'"。在大屠杀之下，长安城百姓"扶羸携幼竞相呼，上屋缘墙不知次，南邻走入北邻藏，东邻走向西邻避""东南西北路人绝""百万人家无一户"。

此时长安"我花开后百花杀"的一幕幕，我们还可以在明崇祯十七年（1644）三月的北京看到。和黄巢一样，李自成也因此而自绝后路，在短暂占领首都之后，就开始走上了败亡的下坡路。

第三阶段是六十二至六十四岁，即广明元年（880）十二月至中和三年（883）四月。在这一阶段，黄巢正式撤出长安，由盛转衰，唐军开始反扑。

这一阶段，黄巢在军事上遭遇了两个重大挫折，一个是李克手下骁勇善战的沙陀骑兵加入战场，一个是黄巢的得力部下朱温降唐。在这样的不利条件下，黄巢仍然率军进行了四次长安保卫战。在最后一次长安保卫战失败之后，黄巢还率军打了一场巷战，这才撤离。

我们可以看到，长安在这里成了黄巢的包袱。黄巢由此前不久的长安攻打者，吊诡地变成了长安的保卫者。而背上了这样沉重的一个包袱，黄巢就由战略主动变成了战略被动，无论前三次长安保卫战取得多么辉煌的胜利，其失败都只是迟早的事。

第四阶段是六十四至六十五岁，即中和三年四月至中和四年六月。在这一阶段，黄巢处于战略败退时期，最后兵败，被杀于山东泰山狼虎谷。

黄巢退出长安后，本应迅速与敌军脱离接触、避敌锋芒，实现战略转移。可他居然在路过陈州（今河南淮阳）时，因为爱将孟楷被杀这样一个简单原因，怒而围攻陈州达300天之久。这成为他又一次严重的战略失误。

首先，长期滞留陈州城下，耽误了宝贵的战略转移时间，使得唐军得以从容调集重兵再度合围；其次，陈州即使被攻下，除了泄愤以外，没有任何军事价值，还得弃城转移。

中和四年（884）六月，在把大唐帝国的经济实力和军事实力基本掏空，事实上已将大唐帝国的墓坑挖好之后，黄巢也走到了自己的墓坑旁边。

《新唐书》如此记录一代枭雄的最后时刻："巢计蹙，谓林言曰：'若取吾首献天子，可得富贵，毋为他人利。'言，巢甥也，不忍。巢乃自刭，不殊。言因斩之。"

随着林言的那一刀，那颗写出了《不第后赋菊》的脑袋，就此停止了思想。

一人造反 八方"栽培"

黄巢起义，把大半个中国搅得鸡犬不宁，一方面固然是他自己的本事，另一方面，也与前来"征剿"他的唐朝各级官员对他的"栽培"有关。

常理来讲，前来"征剿"的唐朝各级官员和黄巢之间的关系，应该像猫和老鼠一样，应该是天敌才对。然而，聪明的猫知道，老鼠不能一次性全部抓完，要分成多次慢慢地抓。为什么呢？因为老鼠抓完之后，主人就会觉得养一只猫是浪费粮食了。在这里，身为天敌的猫和老鼠之间，有了一种匪夷所思的相互依存的关系。

大唐帝国的不幸就在于，先后受命前来"征剿"黄巢的唐朝各级官员，全是聪明的猫。

黄巢起事的乾符二年（875），宋威时任平卢节度使。十二月，即被任命为诸道行营招讨草贼使，也就是"征剿"黄巢的第一任统帅。之所以任命他为"征剿"统帅，主要是因为王仙芝、黄巢是在他的辖区内起事的。

就是这位宋威，暗中与曾元裕说："昔庞勋灭，康承训即得罪。吾属虽成功，其免祸乎？不如留贼，不幸为天子，我不失作功臣。"看看，黄巢才刚刚起事，宋威就在计划黄巢成为天子之后，能够领今日放他一马的情，从而让自己也当个新朝的功臣。他在这样的心态下，怎么可能对黄巢赶尽杀绝？

宋威，第一只聪明的猫。

刘巨容，身为山南东道节度使，辖区横亘在黄巢从广州北上攻打长安的道路之上。结果他以伏兵"大破贼众""俘斩其什七八"，打得黄巢率残部渡江东走。有人劝刘巨容乘胜追击，刘巨容说："国家喜负人。有急则抚存将士，不爱官赏，事宁则弃之，或更得罪；不若留贼以为富贵之资。"一番道理说完，得到了大家的赞同，"诸将谓然，故巢复炽"，黄巢又一次得到了喘息的机会。

刘巨容，第二只聪明的猫。

高骈，当时的镇海节度使，曾有过镇压南诏叛乱的胜绩，时有"名将"之称。广明元年（880）三月，高骈继为"征剿"黄巢的统帅，成为朝廷平叛的最后希望。可就是这位高骈，在听了身边聪明人的一番话之后，也开始了对黄巢的"栽培"。而且，他还是"栽培"黄巢下功夫最多的一位。

这一番话，是高骈的爱将吕用之对他说的。"相公勋业高矣，妖贼未殄，朝廷已有间言。贼若荡平，则威望震主，功居不赏，公安税驾耶？为公良画，莫若观衅，自求多福。"听后，"骈深然之，乃止诸将，但握兵保境而已"。

此后，在黄巢向长安进军的途中，高骈严格贯彻了"握兵保境"的指导思想。这年七月，黄巢自采石渡江，高骈"自度力不能制，畏怯不敢出兵"；九月，"巢逼扬州，众十五万。骈将曹全晸以兵五千战不利，壁泗州以待援，骈兵终不出"；十二月，"贼陷河洛。中使促骈讨贼，冠盖相望。骈终逗挠不行"，最终导致了长安被攻下的严重后果。

高骈，第三只聪明的猫。

刘允章身为洛阳东都留守，在黄巢打到洛阳时，"率分司官迎之"；张直方，长安的金吾大将军，在黄巢打到长安时，

"帅文武数十人迎巢于霸上"。刘允章、张直方，第四只、第五只聪明的猫。而在史料中，我们还可以至少数出近百只聪明的猫。在这些聪明的猫的全方位"栽培"之下，黄巢想不成功，只怕都难。

那么，唐朝的各级官员这是怎么了？怎么绝大多数都变成聪明的猫了呢？说好的忠心呢？说好的气节呢？

文官集团的忠心和气节，早在历任皇帝的倒行逆施中，宦官专权的飞扬跋扈中，藩镇割据的战乱频仍中，甘露之变的尸山血海中，消耗殆尽了。而文官集团的忠心和气节一旦失去，随之而来的，就是集体不作为。

事实上，唐朝灭亡的主要原因，不是最后几任皇帝的懦弱无能，不是农民起义的摧枯拉朽，也不是藩镇势力的兼并瓜分，更不是宦官专权的肆意妄为，而恰恰是唐朝文官集团的集体寒心和集体不作为。

事实上，每到王朝末日，这样的集体寒心、集体不作为，这样聪明的猫，就不断地、反复地出现。

明末，在"追剿"张献忠时，左良玉在听到"献忠在，故公见重……无献忠，即公灭不久矣"之后，变成了一只聪明的猫；清末的袁世凯，在清廷和革命党之间左右逢源、长袖善舞，更是一只聪明到了极点的猫。

《旧唐书》如此精当地总结王朝的末世："小人谗胜，君子道消，贤豪忌愤，退之草泽，既一朝有变，天下离心。"人心散了，队伍不好带了。"天下离心"，才是最可怕的。到了这一步，再牛的帝王将相，也无力回天了；再辉煌的强盛帝国，也只能"无可奈何花落去"了。

最后，关于黄巢、张献忠等农民起义领袖的"滥杀"，大都出于当时所谓"正史"的记载，必然带有"厚诬"的成分，这是需要特别说明的。

唐诗里的唐朝

唐朝"怕老婆"风气考
——兼论唐朝女性之地位

景龙年间，在宫廷宴会上，唐中宗李显和韦皇后一起看表演。演出中，有一位优人上台，给他们唱了一首当时的流行歌曲——《回波词》。当然，歌词是他即兴创作的：

> 回波尔时栲栳，怕妇也是大好。
> 外边只有裴谈，内里无过李老。

《回波词》，又名《回波乐》，是乐府曲名，北魏时就已有，唐朝作为教坊曲名。回波，指"曲水流觞"之意。《词律·回波辞》解释说："此辞平仄不拘，即六言绝句体，当时入于歌曲。回波，其调名也，皆用'回波尔时'四字起。"

具体到这一首《回波词》，大概意思如下：

回波尔时栲栳："回波尔时"，是所有《回波词》的惯用开头，无实义。"栲栳"是指由柳条编成的一种容器。用在此处也无实义，其作用是为全诗定韵。

怕妇也是大好："怕妇"，就是我们今天的"怕老婆"。

外边只有裴谈：皇宫外最怕老婆的是御史大夫裴谈。

内里无过李老：皇宫内最怕老婆的是"李老"李显。

很明显，优人唱这首《回波词》，是当面打脸，讽刺李显怕老婆。李显听完这首歌之后的态度，史无明载，想来应是尴尬苦笑吧？倒是李显的老婆，那位韦皇后，不但没有因优人嘲讽而发怒，反而"意色自得，以束帛赐之"。说起来，李显对韦皇后这个老婆，那是真怕。他不仅在政事上，全部听从老婆韦皇后的安排，让这个有心步武则天后尘的女人干预政事，而且他居然对于韦皇后的床帷之事，也听之任之。《新唐书·后妃传》载："至是与三思升御床博戏，帝从旁典筹，不为忤。"就这样，在李显在场的情况下，二人如此，"丑声日闻于外"。不仅如此，"国子祭酒叶静能善禁架，常侍马秦客高医，光禄少卿杨均善烹调，皆引入后廷"。怕老婆怕到心甘情愿地戴上"绿帽子"，李显也算是"奇葩"一朵了。李显怕老婆的巅峰表现是，他在毫无防备的情况下，被老婆在饼中下毒，把命都送给了老婆。

令人意外的是，李显居然还不是皇帝中最怕老婆的那一个。在怕老婆方面，隋唐两代皇帝老子率先垂范，朝廷高官以身作则，普通百姓争先恐后，共同在全社会营造了"人人都怕老婆，人人争怕老婆"的良好氛围。

皇帝率先垂范

隋朝开国皇帝杨坚，在没有当上皇帝时，与老婆独孤氏新婚宴尔之际，一时头脑发热，居然答应了新娘子"誓无异生之子"的要求，从此埋下了终生怕老婆的根苗。新娘子明显有备而来，所谓"誓无异生之子"，就是说要实行一夫一妻制。要知道，那时还是一夫多妻的时代啊。

等到杨坚贵为皇帝之后，终于还是心上长草，在仁寿宫宠幸了有美色的"尉迟迥女孙"。独孤皇后也是狠角色，知道之后就趁杨坚上朝办公时，直接把这位美女给杀了。杨坚大怒，开始了激烈的反抗。他一个人骑马从宫中冲出来，也不看路，"入山谷间二十余里"。看这意思，他可能是打算撂挑子不干了。他的大臣高颎、杨素等人从后面追上，劝他算了。两口子，哪有牙齿不碰舌头的？此时，杨坚仰天长叹："吾贵为天子，而不得自由！"然后又不爽了半天，终于还是在凌晨时分无可奈何地回了家。原来，我们今天珍而重之的"自由"二字，居然是杨坚怕老婆之时的愤激之词。

唐朝皇帝中，第一代李渊、第二代李世民都还成，未闻有怕老婆的记录。到了第三代唐高宗李治这里，就不行了。奇怪的是，李治所怕的老婆，不是第一任老婆王皇后，却是他冒天下之大不韪而亲自选中的第二任老婆——武则天武皇后。这就是"卤水点豆腐，一物降一物"了。

不幸的是，武则天在被立为皇后之后，逐步表现出了"擅作威福"的趋势，"上欲有所为，动为后所制，上不胜其忿"。但为了保持安定团结的大好局面，李治一直保持怕老婆的低姿态，我忍我忍我再忍。可是，泥人儿还有个土性儿呢。时间一长，李治终于忍无可忍，他秘密召来宰相上官仪，起草诏书，要废掉武则天的皇后之位。不料消息走漏，武则天马上就赶到了现场。来看看这位怕老婆的男人当时的表现："上羞缩不忍，复待之如初；犹恐后怨怒，因绐之曰：'我初无此心，皆上官仪教我。'"李治像做错事的孩子一样"羞缩";又怕武则天此后会怪他，居然把责任全部推给了宰相上官仪。他轻轻的一句话，上官仪的性命却被他这句话断送了。此后的李治，就开始变本加厉地怕老婆，直到把天下都拱手送给了老婆，把李唐变成了武周。

史料证明，唐朝皇帝怕老婆，那还真是"基因恒久远"。不仅李治的儿子李显，怕老婆怕出了一首流传到今天的《回波词》。往下再到唐肃宗李亨，他还是怕老婆。

唐肃宗李亨在平定安史之乱以后，把当时已身为太上皇的唐玄宗李隆基接回了长安。有一年端午节，李亨抱着幼女召见山人李唐，考虑到礼节问题，特地对李唐说："我很挂念这个小女儿，不要怪我失礼哦。"李唐则提醒说："太上皇今天应当也在挂念陛下。"李唐这一句话戳到了李亨的痛处，他不禁为之泣下。但是他还是怕老婆张皇后生气，到底不敢到父亲李隆基住的西内去祝贺节日，享受一次父子过节的天伦之乐。

朝廷高官以身作则

今天我们所说的"吃醋"典故，就源自唐朝高官的怕老婆。

一说载于《朝野佥载》，第一个"吃醋"的，是李世民手下兵部尚书任瓌的老婆。当时李世民给任瓌赐了两个宫女，结果任瓌老婆出于忌妒，在家里虐待她们，用药物把她们变成了没有头发的秃子。李世民听了之后非常恼火，令人赐她一壶毒酒，说："喝下就死。但如果今后不妒，可以不喝；如果改不了忌妒的毛病，就喝下此酒。"任瓌老婆听完，毫不犹豫地将酒一饮而尽。其实,李世民的赐酒没有毒,而是一壶醋。但他见任瓌老婆如此性烈,只好让步,下旨让任瓌在别宅安置这两个宫女。在这么狠的老婆面前,任瓌害怕,还怕出了一番道理来了。他曾对同僚杜正伦说:"妇当怕者三:初娶之时,端居若菩萨,岂有人不怕菩萨耶?既长生男女,如养儿大虫,岂有人不怕大虫耶?年老面皱,如鸠盘茶鬼,岂有人不怕鬼耶?以此怕妇,亦何怪焉?"

另一说载于《隋唐嘉话》,是李世民手下著名宰相房玄龄的老婆。房玄龄老婆吃醋的故事,与上述基本一致。不同的是,对于李世民赏赐的美女,房玄龄"屡辞不受"。任瓌好歹还接受了美女进门,房玄龄则压根儿不敢让美女进门。相比之下,房玄龄怕老婆的程度,还是要厉害一些。

除了房玄龄,唐朝怕老婆的宰相级人物还有一位——唐僖宗时的宰相王铎。当时王铎以宰相之尊统领大军,前往南方镇压黄巢起义军,忽报夫人已离开长安,将要前来军营。王铎顿时感到压力山大,慌忙向自己的幕僚问计:"黄巢南来,夫人北至,何以安处?"幕僚深知此公怕老婆的毛病,于是戏言:"不如投降黄巢。"可见,在王铎眼里,老婆跟"反贼"黄巢一样厉害,都会要他的命。

另一位副部级高官、兵部侍郎杨弘武,被唐高宗李治发现给一个不符合条件的人授官,问他原因,杨弘武直言自己怕老婆:"臣妻韦氏性刚悍,昨以此人见嘱。臣若不从,恐有后患。"对于这种无厘头的理由,李治的反应居然是,"帝嘉其不隐,笑而遣之"。其实,李治哪里是"嘉其不隐",而是"同病相怜"罢了!

当然，也有怕老婆被追究而丢官的。贞观年间的桂阳令阮嵩一直怕老婆。有一次，他为了宴客，召妓乐饮。突然其老婆阎氏披发赤足，持刀冲来。客人惊散，阮嵩则钻入床下，避其锋芒。此事被阮嵩的上司刺史崔邈知道了，于是在年度考核时给他定性："妇强夫弱，内刚外柔。一妻不能禁止，百姓如何整肃？"于是免了他的官。这充分说明，崔邈肯定是不怕老婆的。

普通百姓争先恐后

唐朝房孺复的老婆，生性忌妒，所以家中的丫鬟都不敢化妆打扮。有一个丫鬟新来，不懂她的规矩，稍微化妆打扮了一下，就被崔氏发现了，崔氏大怒："你喜欢化妆，我来为你化化妆！"于是，叫人用刀划开她的眼眉，用青色填上；又把锁门用的铁柱烧红了，灼她的两只眼角，皮肉都被烧焦卷了起来，再用红粉敷上。如此虐待，怕老婆的房孺复，居然连吭都不敢吭一声。

还有一个名叫李廷璧的人，在舒州当军卒时，有一次碰到公务应酬，连续三天没有回家。他老婆生气了，派人传话说："回家就用刀砍了你！"李廷璧知道老婆是认真的，吓得他不仅惊动了领导，"泣告州牧"，而且"徙居佛寺"，真的不敢回家了。可不敢回家的他，却又痴心不改，思念起老婆来了，于是作诗曰："更有相思不相见，酒醒灯背月如钩。"

跟刘虚白学考场规矩：
唐朝公务员考试指南（一）

　　大中十四年（860）早春，大唐王朝一年一度的进士科考试照常举行，第一场的考试内容，依然是诗赋，当时叫"杂文"。在夜幕降临时，本次科举考试的主考官——中书舍人、知贡举裴坦按照惯例，巡视考场。

　　突然间，在一间考舍里，他眼前一亮，看到了一位老熟人。谁呢？裴坦二十多年的老同学，太和八年（834）和裴坦一起考过进士的刘虚白。

　　二十多年了，他还在考啊。裴坦不禁百感交集。

　　刘虚白也看见了他，但他没有什么羞愧的意思。科场蹭蹬，一考二三十年的人多了去了，即使是自己的老同学当考官，也没有什么可羞愧的。当然，此时此刻，他也是百感交集。

　　二十六年前，两个人一般地寒窗苦读，一般地吟诗作文，一般地下场应考；二十六年后，一个贵为正五品上的中书舍人，是任职于中书省的天子近臣，一个仍然是身着麻衣的寒素举子，还在等待着幸运之神的垂青。

　　感慨之余，作为考生的刘虚白趁着考试的间隙，来到老同学主考官裴坦的帘前，献诗一首：

二十年前此夜中，一般灯烛一般风。

不知岁月能多少，犹着麻衣待至公。

诗中充满着刘虚白的感慨：

二十年前此夜中：二十年前的我们，也是在这样的一个夜晚里应考。实际上已有二十六年，刘虚白这里说的是整数。

一般灯烛一般风：当年应考的那个夜晚，和今夜是一样的灯烛，也是一样的风。上句的"此夜"和这句的"灯烛"，显示出考生们很辛苦，到了晚上还在考试。

有唐以来，科举考试经历了"昼试——昼夜相继——只限昼试"的大致过程。唐朝前期，考试都在白天，并且由官方提供饮食。举个例子：天宝十三载（754）十月，唐玄宗"御含元殿，亲试博通坟典、洞晓玄经、辞藻宏丽、军谋出众等举人。命有司供食，既暮而罢"，日暮就结束了。后期则可以延长到夜晚答题，但以"三条烛尽"为限。考生不必自带蜡烛，由礼部提供蜡烛三条，当三条蜡烛都燃烧到尽头的时候，考生就必须上交试卷。"三条烛尽，烧残学士之心；八韵赋成，笑破侍郎之口"，就是说的这种昼夜相继的科举考试。

可见，裴坦、刘虚白在近三十年的时间里，所参加的科举考试，都是这种昼夜相继的考试。

不知岁月能多少：时至今日，我刘虚白不知还能有多少个二十年的岁月。

犹着麻衣待至公：让我仍然穿着举子的麻衣，等待公正的考官来录取我。

最后一句中的"麻衣"，是唐朝举子的标志。唐朝举子们到了应试的时候，要在平时穿的褐色衣袍外面，再罩上一件麻衣。平时，举子们作为士人，按照朝廷的规定，多穿着褐袍，所以中举获得选官资格又可称"释褐"。

杜荀鹤有诗"古陌寒风来去吹，马蹄尘旋上麻衣"，可见举子从被州府举荐给解①时就穿上麻衣了。到了京城，举子们要到礼部报到，此时也要穿麻衣，"郡国所送，群众千万，孟冬之月，集于京师，麻衣如雪，满于九衢"；此后干谒行卷时更要穿麻衣，"将军虽异礼，难便脱麻衣"；考试时，当然也要穿着麻衣。

那么，举子们的麻衣到什么时间可以脱下呢？这得分两种情况来看。如果落第了，随便你什么时候脱下，回家时一直穿着也行，"东归还着旧麻衣，争免花前有泪垂"。

如果中了举，那就得还穿着麻衣，参加吏部关试前的一系列活动，比如拜谢座主、参谒宰相等，"暗惊凡骨升仙籍，忽讶麻衣谒相庭"。

已经中举的举子们脱下来的麻衣，那可就是吉祥物了，往往会被一些未第举子或准备应举的士子要去，为的是在考试中图个吉利。"名曾题处添前字，送出城人乞旧衣""归去惟将新诰牒，后来争取旧衣裳"，说的都是这个事儿。

刘虚白这首诗，叫《献主文》。"主"是"座主""座师"的意思，这是举子对主考官的尊称。经此一试，刘虚白可就不能再叫裴坦"老同学"了，人家已经上升为老师辈儿了。

全诗的最后两句，读来实在让人心酸至极。但我还是不得不

---

① 解，即文解，各州府发给举子们的荐送证件，由举子到长安后自行交纳。

指出，最后这两句颇有恳求之意，亦有作弊之嫌。

在唐朝有"行卷"之风，刘虚白作为考生，在考试进行的过程中，给主考官送上一个纸条，这不是个事儿，并不算作弊。让刘虚白有作弊嫌疑的，是这最后两句诗所表达出来的意思。

这个意思，裴坦当然读懂了。于是，他很够意思，让刘虚白考上了。然而，这科一放榜，就引起了轩然大波，害得刘虚白差点还得重考一场。

还好，这场轩然大波并不是因为裴坦照顾老同学刘虚白而引起的。

这一科裴坦一共录取了30人，算是比较高的录取率了。

这是有数据可比的。在唐朝289年间，《登科记考》记录有登第进士6462人，平均每年登第22.36人；《文献通考》记录有登第进士6474人，平均每年登第22.4人。也就是说，两个数据都表明，唐朝每年录取的进士约有23人。裴坦手比较松，还多录了7个人。

来看看《登科记考补正》记载的这一科30个进士的不完全名单：

刘蒙为本年状元，还有翁彦枢、刘虚白、令狐滈、郑义、裴弘余、魏筜、崔渎、陈河、刘郢、陶史等人登进士第。

光看名字看不出什么。我们选几个人出来，看一看他们的爹，就有点儿看头了。

名单中最猛的一个，叫令狐滈。令狐滈的爹，叫令狐绹，是一位辅政达十年之久的宰相。令狐绹、令狐滈这爷儿俩，正是言官们攻击的重点。攻击的理由是，这事儿太巧了。

巧在哪儿呢？

令狐绹作为宰相，在他的任期内，令狐滈是不能应试的，必须回避。这是规矩，令狐绹贵为宰相，也得遵守这个规矩。所以，儿子令狐滈要应考，只能等到老爹离开宰相的位置。

大中十三年（859）十二月，令狐绹终于离开了宰相的位置。可是，这年新科进士的应试手续，已于十月办理完毕。等到令狐绹离任时，令狐滈要办理当年的应试手续已来不及了。正常情况下，他应该等到大中十四年十月再去礼部办理手续，然后参加大中十五年的科举考试。

但事实是，令狐滈不仅赶上了大中十三年十月的手续办理，还参加了大中十四年由裴坦主考的考试，还真就一击而中，成了新科进士！

这就太巧了。除非，令狐滈在大中十三年十月，就已经预知自己的老爹令狐绹将于两个月之后离开宰相的位置，自己可以不再回避而参加大中十四年的考试。之后，他提前到礼部，去办理了应试手续。

怎么可能呢？谏议大夫崔瑄、左拾遗刘蜕、起居郎张云等人当然不信令狐滈有此神仙般的能力，先后上书唐懿宗李漼，要求追究此事。其实，追究令狐滈考试作弊，只是一个由头。这些官员对令狐滈穷追不舍的最主要原因，是令狐滈在老爹当宰相时，恃权纳贿，以权谋私，捞了不少钱财，以至于朝野上下有令狐滈是"白衣宰相"之称。现在令狐滈的老爹不在位了，他自然要被攻倒了。

还好，老爹令狐绹觉得，他可以解释一下。他向皇帝上书解释道："是的，就是这么巧。"

为什么这么巧呢？是因为我近几年来，一直想辞去宰相的官职，所以每年都让儿子令狐滈去办理科举考试的手续。手续办完之后，如果我辞职不成功，那儿子令狐滈就不去考试；如果我辞职成功，那他就去参加考试。我们爷儿俩本来的打算，就是我一离开宰相的位置，儿子就去参加科举考试（臣二三年来，频乞罢免，每年取得文解，意待才离中书，便令赴举）。至于最后令狐滈能够考上，完全是他自己的本事啊，不关我的事（至于与夺，出自主司，臣固不敢挠其衡柄）。

不错的解释。到底是当过宰相的人。

皇帝信了，或者说皇帝给了任职十年之久的宰相一个面子，没有再追究。

然而，令狐父子俩哄得过皇帝，哄不过天下悠悠之口。至少，我是不信的。

我不信的另外一个理由，那就是令狐绹对主考官裴坦有知遇之恩。裴坦完全有理由为令狐滈冒一次险，在办手续这样的小问题上，干点儿打擦边球的事儿。

想当年，裴坦中举之后，先后当过左拾遗、史馆修撰等官，后来被派往楚州担任刺史之职。楚州，就是今天的江苏淮安，属于唐朝的紧州。唐朝以州辖县，按照地理位置之轻重、辖境之大小、户口之多寡及经济开发水平之高低划分州县等级。县有十个等级，州则只有八个等级：府、辅、雄、望、紧、上、中、下。其中，府、辅、雄、望、紧，都是上等州。

楚州属于上等州，楚州刺史级别很高，从三品，但这是一个远离中央的地方官。在唐朝重京官轻地方官的政治生态下，裴坦得授此官，并非重用。恰恰相反，唐朝高官被贬为地方州郡刺史，倒是比比皆是。

唐诗里的唐朝

是令狐绹，改变了裴坦的官场轨迹。令狐绹令裴坦调任职方郎中，知制诰。职方郎中，从五品上的官品，就是兵部职方司司长。兵部四个司当中，兵部司相当于兵部的办公厅，驾部司管车马、传驿，库部司管武器装备，职方司则管地图、镇戍、烽候等事，大约相当于今天参谋部的职能。

由从三品调任到从五品，这不是降级了吗？

表面上看，是降了。但重点是，这是地方官调任京官啊。更重要的是后面那三个字——知制诰。

知制诰，这个官职的职责，简单说就是起草圣旨。这是从唐朝才开始设置、才见于史册的官职。但是，你翻遍史料也不会找到这个官职是几品。也就是说，这个官儿，没有品级。

大家知道，孙悟空也当过没有品级的官儿——弼马温。你们还真别当他这种从石头里蹦出来的人不识数。孙悟空从一开始就关注到了自己的级别问题。估计是在玉帝面前，没好意思问自己是县处级还是厅局级，所以他是在回到养马的衙门之后才问的手下人："此官是个几品？"众道："没有品从。"猴王道："没品，想是大之极也。"众人回答的结果是，弼马温未入流，小之极也。这才把他气得大闹天宫。可见，级别问题，大家都很在乎。

同样都是三个字，弼马温是小之极也，所以没有品级。知制诰却真的是如猴王孙悟空所说的那样，"大之极也"，所以也没有品级。

知制诰为什么"大之极也"？一言以概之，人家是皇帝身边的人。

要知道，知制诰干的是起草圣旨的活，朝廷所有的大事机密事，你都知道，你都有权发表意见。这官儿，算不算大？

本来，在唐初，起草圣旨是中书省中书舍人的专有活计。但是，后期出现吏部、兵部、户部等不在中书省任职的官员，皇帝因为各种各样的原因也想让其干一干起草圣旨的活计，那怎么办？最简单的办法，就是在其任命书后面，加三个字——知制诰。这，就是知制诰的来源。

裴坦就是兵部的官儿，干起草圣旨的活计，所以他的官职是"职方郎中，知制诰"。下一步的升迁方向是中书舍人，事实上他在当刘虚白的主考官时，就已升迁为中书舍人；再下一步的升迁方向是宰相，他最后也真的当上了宰相——中书侍郎、同中书门下平章事。

是令狐绹，为裴坦铺就了一条从地方刺史通往国家宰相的坦途。

正因为这个起点之重要和关键，所以令狐绹对裴坦这样的提拔，遭到了同僚裴休的坚决反对。

当然令狐绹是宰相之首，裴休的第一次反对失败了。

裴休反对的理由，有些令人费解。他认为裴坦才气不够，所以反对。

可是，就算裴坦真的才气不够，裴休的反对仍然令人费解。要知道，大家都姓裴，一笔写不出两个裴字啊，更何况裴姓到了今天还有"天下无二裴"的说法呢。

裴姓有个特点，尽管支派繁多，但考其谱系源流、本末出处，都是出自山西闻喜，"天下无二裴"的说法就是这么来的。魏晋以后，裴氏逐渐分为三支：分支于燕者，曰东眷裴；分支于凉州者，曰西眷裴；留居闻喜故里者，则为中眷裴。

裴休出自东眷裴，裴坦出自西眷裴。虽然此时裴姓各分支已不再亲如一家人，但仍有同姓的缘分不是？可是，裴休就不顾这个缘分，他采取了更激烈的方式，再度表达自己的反对。

按照唐朝惯例，新上任的中书舍人、知制诰等官员，由于其岗位重要，在初次报到中书省视事时，由四位宰相送到中书省，以此作为隆重的就职仪式。裴坦到任，在见到裴休表示感谢时，结果反而激起了裴休的怒气，他当众不领情："你是令狐丞相提拔的，关我裴休什么事？"然后，他居然不顾惯例和礼节，悍然退场，就是不送裴坦到中书省就职。

都是高官，闹到这个地步，在场的官吏都惊骇之极，以为"唐兴无有此辱"，都替裴坦感到羞辱。

裴坦本人当时有什么反应，史无明载。但他事后有什么反应，史有明载。

他事后的反应，都在这次的录取名单里。

力挺他的老上级令狐绹的儿子令狐滈，他录取了；羞辱他的老上级裴休的儿子裴弘余，他居然也录取了！

还有郑义，是前户部尚书郑浣的儿子；魏筜，是前宰相魏扶的儿子。

所以，《旧唐书》评价这一届进士榜："皆名臣子第，言无实才。"可裴坦还是冒着风险，把这帮"官二代"全录取了。

寒门子弟如刘虚白，一连应试二十多年，还需要献诗获得老同学的怜悯，才能中举；令狐滈这帮"官二代"，却可以掐着点儿参加考试，说中就中。

裴坦这个录取名单里也有爸爸不是高官的。《册府元龟》说到了其中的陈河，"中第者皆衣冠士子""皆以门阀取之，惟陈河一人，孤平负艺，第于榜末"。

其实，还有一个刘虚白，一个辛苦和压抑了二十多年的刘虚白。

唐诗里的唐朝

跟祖咏学行文规范：
唐朝公务员考试指南（二）

开元九年（721）早春，长安城尚书省礼部南院的贡院里，两位在褐袍外罩着麻衣的举子——二十二岁的祖咏、二十岁的王维，正在参加当年进士科考的第一场"诗赋"。诗题为《终南望余雪》，要求：五言、六韵、十二句、六十字。

从长安城南望，正是终南山背阴的北坡。到了考试这一天，正好雪过天晴，但可以看到终南山上仍有积雪。所以这次考试的主考官——考功员外郎员嘉静决定以此为题，考一考众位考生的捷才。

同样也是举子出身的员嘉静，此次作为考官，以终南山和终南山上的雪来出题，自有其理由。

终南山位于长安城之南，大体呈东西走向，山势巍峨连绵，山高谷深，是一道横亘南北的天然分界线，也是国家重要的祭祀、避暑、游赏之地。所以，终南山在唐代，是一座名副其实的文化名山、宗教名山、地理名山。

对于曾经的举子员嘉静，现在的举子祖咏、王维来说，终南山既是以长安为视角时不可或缺的景观构成，也是铺设在唐朝举子们心中的通天桥梁。北越终南山，就进入天子脚下、京都之地，标志着及第授官、飞黄腾达；南越终南山，往往意味着贬谪漂泊、坎坷磨难。所以在唐朝举子们心目中，终南山不仅是地理上的分界线，也是庙堂与江湖的分界线，是政治人生顺利或蹇困的象征。

而终南山的积雪，自古以来就是终南山的一大景观。《水经注》说："冬夏积雪，望之皓然。"这一壮观景象，当然值得被举子们在诗歌中反复吟咏。

在此时的考场上，祖咏望着终南山，望着终南山积雪，挥毫写下：

> 终南阴岭秀，积雪浮云端。
> 林表明霁色，城中增暮寒。

两韵四句二十个字，还差四韵八句四十个字，就可以交卷了。

但是，正在这时，令人吃惊的一幕发生了。

祖咏站起来，走到考官面前，考官纳闷得紧："你什么意思？"

"没什么意思，爷，交卷了！"

"呃，你还差四韵没写完呢。"

祖咏酷酷地回答道："意尽。"

那我们来看祖咏仅用四句二十个字就完全表达出来的"意"：

终南阴岭秀：诗人从长安城南望终南山，发现其背阴的北坡十分秀丽。"阴"字，既有地理位置上北坡的暗示，也给人一种树木苍翠的感觉，与"秀"字形成照应。

积雪浮云端：这一句是点题了，说到"雪"了。诗人可以望见，山上的积雪几乎可与云端平齐，而且似乎还要随着白云一起飘走。"浮"之一字，既展示了终南山山势之高耸入云，又将静静的积雪写出了动感。

林表明霁色：诗人继续观望，雪后初晴，空气更加清透，山上的树林在夕阳和雪光的映照下，一片明亮。

城中增暮寒：前三句是"望"，这一句是"感"。下雪不冷化雪冷，此时又已是日暮时分，所以令包括诗人在内的整个长安城的人们，感到更加寒冷。

实在是好诗。清人王士禛在《渔洋诗话》中，曾将此诗作为"古今雪诗"最佳之一。据我看，没有之一。

同时，祖咏的行为也很酷。但是，自古以来要酷都是要付出代价的。比如，科举落第。

到了今天，我们可以欣赏祖咏因为"意尽"而不肯违背艺术创作规律，去强凑字数的酷劲儿；但当时他是在考试，来参加考试却不遵守考试规则，真的好吗？当然不好，这一年，他没考上。

当时同在考场的，还有祖咏的同年好友王维。他在考试时具体写了什么倒是没有留传下来，但是他肯定是遵守了考试规则的。因为，这一年，他是状元。

现在的高考，作文也经常要求800字、1 000字。也有考生曾经别出心裁，做过不按体裁写或不满字数就交卷的要酷动作。但是，我想说的是，考场，真的不是一个张扬个性、要酷玩帅的地方。考试有考试的规则，你进入考场，就意味着你接受了这个考试的规则，你不遵守考试规则，你就会被淘汰，会付出名落孙山的代价。

唐朝的进士科，以诗赋作为固定的考试科目，其命题、形式、押韵，规则很多。

五言诗的命题范围倒是相当宽泛。正因其宽泛，考前就不好押题了。大体上说，包括以下八类题目：

一是天象类，内容以日、月、星、风、云、季节、时令等为主，如《夏日可畏》《秋月悬清辉》；二是山海类，内容以山、海、河、池、水、冰等为主，如《登云梯》《清如玉壶冰》；三是礼仪类，内容以贺寿、入朝、退朝、望幸、拜陵、恩赐、乡饮、婚娶等为主，如《九月九日勤政楼下观百僚献寿》《尚书郎上直闻春漏》；四是人事类，内容以交结、干求、感怀、梦寐、言行、风化等为主，如《人不易知》《求自试》；五是音乐类，内容以乐舞、曲歌、琴瑟、钟声、风筝等为主，如《晓过南宫闻太常清乐》《试霓裳羽衣曲》；六是珍宝类，内容以珠、玉、水晶、金、石等为主，如《琢玉成器》《亚父碎玉斗》；七是竹木花草类，如《御沟新柳》《花发上林》；八是鸟兽虫鱼类，如《仪凤》《黄鹄下太液池》。

很明显，这次祖咏的试题《终南望余雪》，就是属于第一个天象类的题目。

考生答题，一般采用五言六韵的形式。因为五言诗从汉代开始就成为中国诗歌的主要样式，并被视为诗歌的"正统"，这种观念一直延续到唐朝。从流传下来的科举诗赋作品看，起初的几十年间，或是限作五言四韵，或是五言六韵，或是五言八韵，规定时有变化。大约在天宝十年（751）以后，便基本定格在五言六韵这种形式上了。

所有规则中，考生最嫌麻烦的、最怕的，就是押韵了。

这类考试的押韵，有多种规定：一种是规定题中用韵，也就是说，应试者在诗题中自己确定某个字为押韵字，或干脆规定以题中某字为韵；另一种是题外用韵，比如指定题外某字为韵，或者允许考生用任意一字为韵。

不要以为唐朝是个文化人就会押韵。这事儿，他们也觉得难。要不然，这类考试也不会允许考生携带韵书进入考场了。事实上，为数甚多的举子，虽然可以携带韵书，仍然觉得押韵作诗是一种痛苦的体验。许多举子就因为不善于做这样的考题，而屡试不第。

中唐时期的宋济就是其中的典型。《唐国史补》曾记载：

> 宋济老于文场，举止可笑。尝试赋，误失官韵，乃抚膺曰："宋五又坦率矣！"由是大著名。后礼部上甲乙名，德宗先问曰："宋五免坦率否？"

宋济一辈子也没有中举。他可也是《全唐诗》收过两首诗的人呢。比如他的这首《东邻美人歌》："花暖江城斜日阴，莺啼绣户晓云深。春风不道珠帘隔，传得歌声与客心。"这个诗赋水平，也过不了押韵这一关。

著名诗人贾岛，终身不第，居然也有这个问题。据《唐摭言》记载："贾岛不善程试，每试自叠一幅，巡铺告人曰：'原夫之辈，乞一联，乞一联！'"

既要切题，又要押韵，还要达到字数，还要创新以引起考官注意。这样的诗赋考试，可见难度。

祖咏的《终南望余雪》就是字数不够。所以，他落第了。

当然，还是有人愿意相信这样的故事：祖咏的这首《终南望余雪》，是作于开元十三年（725），而在他酷酷地说完"意尽"二字以后，主考官仍然录取了他，让他成了一名光宗耀祖的进士。

可惜不是。

事实是，开元十三年，祖咏登进士第。但这一次，他的考试题目是《花萼楼赋》，而主考官则换成了四十九岁的考功员外郎赵冬曦。状元则是杜绾，后来唐宪宗时著名宰相杜黄裳的父亲。

祖咏的同年有杜绾、丁仙之、高盖、王谞、张甫、陶举、敬括等。其中，高盖、王谞、张甫、陶举、敬括五人，均在《登科记》中显示为本年进士，而且均在《全唐文新编》中留下了《花萼楼赋》。

花萼楼，是唐朝著名皇家建筑——花萼相辉楼的简称。该楼位于长安城兴庆宫内，建成于开元八年。花萼相辉楼是唐玄宗时外交接待、举办国宴的场所，有"天下第一名楼"的美誉。其"花萼相辉楼"的名称，来源于《诗经》中的"棠棣之华，鄂不韡韡。凡今之人，莫如兄弟"，是李隆基为了表达自己与兄弟之间的友爱真情而命名的。

可以想见，考官赵冬曦出此题，是为了从这个角度拍一拍皇帝的马屁。也可以想见，祖咏的《花萼楼赋》拍马屁拍得很好。于是，他中举了。中举这一年，他二十六岁，正当青春年华，也正是青涩不成熟的年纪。

《唐国史补》说，祖咏在唐朝诗人中，以"轻薄"著名，正如贺知章以"诙谐"著名一样。在他中举这一刻，他的"轻薄"就蹦出来了。祖咏这一科的进士在张榜公布时，祖咏眼看着落第者三三两两地散去，竟突然高声吟道："落去他，两两三三戴帽子。日暮祖侯吟一声，长安竹柏皆枯死。"得，他过嘴瘾，在自己刚刚中举的时候，就已经自己封侯了。

这样的轻狂，影响了他一生。别说封侯了，连像样的官儿都没有当过。据记载，他中第后，竟然长期未授官。这在当时是相当不正常的现象。后来，祖咏经过著名宰相、盛唐文坛领袖张说的引荐，短时期地担任过兵部的驾部员外郎一职。

兵部有四个司，分别是兵部司、职方司、驾部司、库部司。驾部司，就是管军事上车马、驿站事宜的部门，员外郎是该司副司长，从六品上。

这个六品官儿，祖咏也没有当多久。不久之后，张说被罢相，他也被贬出了长安。心灰意冷之下，他长期隐居于汝州附近，直到以四十七岁的年龄早早辞世。

隐居期间，祖咏当然也还写诗，而且写了大量的山水田园诗、羁旅行役诗、赠答酬和诗。但是在他存世的三十六首诗作之中，成就最高的，仍然是那首《终南望余雪》。

跟朱庆馀学"作弊"：
唐朝公务员考试指南（三）

宝历元年（825），大约在冬季。即将参加次年春天科举考试的越州举子朱庆馀，给自己的一位前辈师长、时年五十四岁的张籍，呈上了一首诗：

> 洞房昨夜停红烛，待晓堂前拜舅姑。
> 妆罢低声问夫婿，画眉深浅入时无？

洞房昨夜停红烛：新婚之夜，洞房通宵都亮着红烛。

这句最引人注目的是"停"字。"停"在这里，不是吹灭红烛，而是一直亮着红烛的意思。据唐朝韦挺《论风俗失礼表》，"夫妇之道，王化所基，故有三日不息烛不举乐之感"，可知唐朝人结婚时的洞房花烛夜，是不熄灯的。白居易也在诗中这样用过"停"字："当君秉烛衔杯夜，是我停灯服药时。"由此可见，"停灯""停烛"似乎是唐朝人的口头语之一。

待晓堂前拜舅姑：新娘早起就开始精心打扮，准备到堂前拜见公公和婆婆。

有人说了，你不要忽悠，诗中明明说是拜见"舅姑"，不是"公公和婆婆"。是的，按我们今天的理解，舅是指母亲的兄弟，姑是指父亲的姐妹。正如《尔雅·释亲》的解释，"母之兄弟为舅""父之姊妹为姑"。"舅""姑"二字，具有我们今天理解的意思，起码也有两千多年了。但是，"舅""姑"二字，在语言演变过程中，并不只有我们今天理解的意思，中间还兼有过别的意思。同样是这本《尔雅·释亲》，又解释说："妇称夫之父曰舅，称夫之母曰姑。""舅""姑"二字为什么还会有这样的意思？也许清朝著名学者郝懿行给《尔雅》作疏时的解释，可以帮助各位理解："谓之舅姑者何？舅者旧也，姑者故也；旧故，老人称也。夫之父母谓舅姑何？尊如父而非父者，舅也；亲如母而非母者，姑也。"

另外，称公婆为舅姑，也是对过去表兄妹之间通婚的普遍现象的反映。所以，诗中的这位唐朝新娘子要拜见的，就是她的公公和婆婆。

妆罢低声问夫婿，画眉深浅入时无：新娘子梳妆完毕，低声问自己的丈夫。我画的眉毛，颜色和样式是不是现在时尚的样子？这一句是千古名句，也是新娘子问新郎的话。丑媳妇即将见公婆，心中没底，在精心打扮之后，向自己的新郎询问，自己画的眉毛是否足够时尚？

那么问题来了，在新娘子问这句话时，唐朝社会流行的时尚眉毛样式，是什么模样？

我们一般的理解，无非是柳叶眉、蛾眉等，还能有什么？

等把史料仔细一查，才吓了一跳。原来，唐朝的美女们，为了两条眉毛，从初唐到晚唐，居然一直在翻新花样。眉毛样式之多，令人咋舌。在唐朝289年里，唐朝美女们的那两条眉毛，就一直没闲着。

先说颜色。画眉毛的颜色，首先自然是黑色。但由于画眉用的黛，是一种青色的矿物质，画眉时，黛色深浅时有不同，导致颜色略有差异。深黛，相当于黑色；浅黛，则相当于绿色。绿色眉，在唐朝又被称为"翠眉"。唐诗中关于翠眉的诗句很多，如"银烛金杯映翠眉""翠眉新妇年二十""翠眉蝉鬓生别离"等。

唐朝美女们偶尔还搞搞新花样，画出一种黄颜色的眉毛来。《西神脞说》记录说："温诗：'柳风吹尽眉间黄。'张泌诗：'依约残眉理旧黄。'此眉妆也。"还好，唐朝美女们对黄色眉毛似乎只是偶一为之，所以记录不多。这也很好理解。毕竟就是在今天这个时代，我们对黄色眉毛的接受程度都不高。

再说样式。在唐朝，至少流行过以下十种画眉的主流样式。

据《丹铅续录》第六卷记载："唐明皇令画工画十眉图。一曰鸳鸯眉，又名八字眉；二曰小山眉，又名远山眉；三曰五岳眉；四曰三峰眉；五曰垂珠眉；六曰月棱眉，又名却月眉；七曰分梢眉；八曰涵烟眉；九曰拂云眉，又名横烟眉；十曰倒晕眉。"

而且，唐朝的不同时期，还流行过不同的画眉样式。简单来说，初唐的时尚是柳叶眉、却月眉、阔眉，盛唐的时尚是蛾翅眉、倒晕眉、分梢眉，中唐的时尚是八字眉、血晕妆，晚唐的时尚是长眉、远山眉、柳叶眉。

朱庆馀所处的时代是中唐，所以他的新娘子要画出入时的眉毛，就必须得是八字眉，也就是唐明皇《十眉图》中排名第一的"鸳鸯眉"。

她要是画"血晕妆"，估计她婆婆得当场把她打出家门，休了这个新媳妇儿。《唐语林》载："妇人去眉，以丹紫三四横钓于目上下，谓之血晕妆。"就是说美女们要将自己的眉毛刮去，然后在眼睛周围的皮肤上，用红紫色的颜料涂画三到四横，从而形成血肉模糊的视觉效果。这个搞法，太过时尚，应该是当年的"新新人类"搞出来的花样。朱庆馀刚过门的新娘子，就算心里想过，行动上无论如何也是不敢的。要是把公公婆婆吓出心脏病来，可不是闹着玩儿的。

那她要入时，就只能画八字眉了。八字眉，是中唐时期最时尚的眉妆。此妆眉形基本平直，在眉心处上翘，整体呈八字形状。

一介须眉白居易，居然也颇有雅兴，仔细研究过八字眉。他在《时世妆》中写道："时世妆，时世妆，出自城中传四方。时世流行无远近，腮不施朱面无粉。乌膏注唇唇似泥，双眉画作八字低。"

所以，当时新娘子问朱庆馀的极有可能是，"我画的八字眉，样式和颜色是否符合如今的时尚"？

朱庆馀这诗的诗题叫《闺意献张水部》。张水部，就是指张籍，时任水部员外郎，这是隶属于朝廷工部的一个从六品上的官职。

工部有四个司，分别是工部司、屯田司、虞部司、水部司。其中的工部司，相当于工部的办公厅。而水部司的职责，是"掌津济、船舻、渠梁、堤堰、沟洫、渔捕、运漕、碾硙之事"。张籍的"水部员外郎"，相当于水部司的副司长，司长是"水部郎中"。

工部是六部中排名最后的一个部，水部司又是工部中排名最后的一个司，张籍还是一个副职。可见，无论是品级还是职掌，张籍这官儿，都不算朝廷中的高官儿、大官儿。

当然，朱庆馀把自己的"洞房花烛夜""闺意"都向张籍汇报，当然不是看他的官大官小，而是两人之间的师生关系，非常不错。

不着一字　巧妙作弊

张籍作为前辈师长，收到晚辈学生送来的汇报自己"洞房花烛夜"的诗作，一般是什么反应？一般是这样的：好，夫妻很和谐。小伙子，好好干，抓革命，促生产。也有可能是这样的：嗯，成家之后就应该立业。以后要好好工作！

事实证明，张籍不是一般的人。

来看看他不是一般人的证据。针对朱庆馀的《闺意献张水部》，张籍回了一首《酬朱庆馀》："越女新妆出镜心，自知明艳更沉吟。齐纨未足人间贵，一曲菱歌敌万金。"

诗的大意：一位越女打扮得整整齐齐，在绍兴的镜湖湖心一边采菱一边唱歌。她虽然知道自己非常美丽，但逊色的衣着让她很是担心。其实就是穿上齐纨、鲁缟这样的丝织品都未必值得世人看重，只要她唱上一首采菱歌，就价值万金。

全诗看下来，张籍居然向新婚宴尔的朱庆馀，隆重介绍了一位采菱的越女。这像长辈干的事儿吗？

　　　　唐诗里的唐朝

总之，表面上看答非所问。一首诗是学生向老师介绍自己的新娘子，一首诗是老师向学生介绍一位采菱的越女。两个人，你说你的，我说我的，没有说到一处去。

那是不是搞错了？这两首诗不是一问一答的酬和之作？没有搞错，史料是准确的，这两首诗具有一一对应、一问一答的紧密关系。答案，还得从这两首诗的本身去找。

其实，线索就在朱庆馀《闺意献张水部》诗题之外的另一个诗题里。这另一个诗题，叫《近试上张水部》。

"近试"，是指接近科举考试。朱庆馀身为进京赶考的举子，在接近科举考试的时候，给张籍写了这样一首诗。显然，诗的内容应该不只是表面的闺房之乐那么简单，可能会与考试有关。

联系到考试，我们把第一首诗中的变量换一换："新娘子"指朱庆馀，"新郎"指张籍，"舅姑"指科举主考官，"画眉"指朱庆馀的诗文。

这样一来，《近试上张水部》整首诗的意思就出来了。临近考试了，朱庆馀心中没底，所以写了这样一首诗。关键是最后一句话"画眉深浅入时无"，意为不知我的诗文，主考官礼部侍郎杨嗣复看不看得上，今科中举是否有希望？

第二首诗中的变量也换一换："越女"指朱庆馀，"菱歌"指朱庆馀的诗文。

朱庆馀是越州（今浙江绍兴）人，所以张籍在《酬朱庆馀》中把他比作一位采菱的越女，而不是用越女来勾引他。

这样一来，《酬朱庆馀》整首诗的意思也出来了。关键也是最后一句话"一曲菱歌敌万金"，意为你的诗文很符合主考官礼部侍郎杨嗣复的口味，可敌万金。

以上，才是这两首诗的真实意思，以及它们所发挥的真实作用。

简单地概括这两首诗，就是以下两句话：

《近试上张水部》：我这次考试有戏吗？

《酬朱庆馀》：主考官已搞定，好好考！

就这见不得人的事儿，这俩居然还搞出了两首诗。更绝的是，诗中竟然没有一个字谈到考试！实在是含蓄到了极点，隐晦到了极点。司空图在《二十四诗品》中评价："不着一字，尽得风流。"要我说，他俩这是"不着一字，巧妙作弊"。

"合理作弊"之"行卷"

《登科记考》显示，朱庆馀这一科的主考官，是当时的礼部侍郎杨嗣复。而张籍要搞定朱庆馀中举的事，还得去求比他官儿大的礼部侍郎杨嗣复。考试还没有进行，就去做主考官的工作，这要按我们现在的思维方式，绝对是作弊。而在唐朝，这居然不算严格意义上的作弊，只能算是"合理作弊"。而且，这种"合理作弊"，还有专有名称，"行卷"或"干谒"。

听起来高大上，也很复杂，其实行卷只需要分两步：

第一步，像现在大学生求职弄个简历一样，朱庆馀等举子们，要把自己最得意的诗文都整理出来，编辑成册。当然，在当时雕版印刷术还未普及的情况下，需要抄写多少份，自行决定。

第二步，拿着手抄本，通过各种关系，千方百计找到朝中大佬，用自己的诗文或自己的财富等征服他，搞定他，让他在和其他朝中大佬聊天时，特别是在和有可能"知贡举"的礼部侍郎或礼部员外郎聊天时，都猛提你的姓名，猛夸你的诗文，让你名震京师。由于当时科举考试的考卷上并不糊名，所以在考后评卷时主考官可以第一时间看到他熟悉的那个名字。在这种情况下，你觉得金榜题名，还是问题吗？

所以，找朝中大佬行卷就变得异常关键了。当时，什么样的人才可以称得上是朝中大佬？很好认。在长安城，他们都穿着红色或紫色的官服。唐制规定，官员三品以上服紫，四五品服绯。所谓"红得发紫"，就是这个意思。

至于穿绿色官服的六七品官员和穿青色官服的八九品官员，也不是不可以找他们，但要同时满足以下两个条件：

一是此人必须属于京官中的"常参官"之列。所谓"常参官"，就是指上朝时能够见到皇帝的官员。正因为他们能够天天见到皇帝，所以说话才有分量。除了穿红色和紫色官服的是"常参官"以外，在穿绿色或青色官服的官员中，还有这些官员属于"常参官"：六品中的起居郎、起居舍人、通事舍人、诸司员外郎、侍御史，七品中的左右补阙、殿中侍御史、太常博士，八品中的左右拾遗、监察御史。张籍的"水部员外郎"，就属于"常参官"中的"诸司员外郎"。第一个条件满足了。

二是此人必须以文学知名。道理也很简单。推荐进士的人，必须是文坛前辈、诗文行家。否则，他自己都不识货，如何推荐别人？

一说到文坛、诗文，张籍就笑了。张籍是中唐著名诗人，以乐府诗闻名于世，他与中唐另一位诗人王建并称为"张王乐府"。厉害的是，他的出名，并不是在他身后，同时代的大诗人都如此评价。韩愈、白居易和他是同时代人，生活中还有过交往。韩愈对他的官方评价是："文多古风，沉默静退，介然自守，声华行实，光映儒林。"之所以说是官方评价，是因为韩愈当时作为国子祭酒，把上述推介文字写进了他给朝廷的《举荐张籍状》中。白居易则在《读张籍古乐府》中写道："张君何为者，业文三十春。尤工乐府诗，举代少其伦。"所以，张籍在文坛上有着巨大的名声。虽然官小了一点，但毕竟还是属于"常参官"之列，实在是行卷对象的首选。朱庆馀算是找对人了。

唐代笔记小说集《云溪友议》简略地记下了朱庆馀初见张籍的那一幕："朱庆馀校书既遇水部郎中张籍知音，遍索庆馀新制篇什数通，吟改后，只留二十六章，水部置于怀抱而推赞之。"我相信，在以后的岁月里，张籍亲自帮他吟改诗文，还把他的诗文置入怀抱中的这一幕，常常流过朱庆馀的心间。

朱庆馀还专门写过一首感恩的诗《上张水部》："出入门阑久，儿童亦有情。不须将姓字，长说向公卿。每许连床坐，时容并马行。恩深转无语，怀抱自分明。"所以，张籍对朱庆馀，那是真帮忙——"清列以张公重名，无不缮录讽咏，遂登科第"。

张籍不仅自己有才，而且还在史上留下了"爱才"的名声。他对很多后辈文人，都有知遇之恩。除了朱庆馀，他至少还帮过一个人——项斯。是的，就是今天我们还在使用的惯用语"说项"二字的主角项斯。当然，"说项"来源于项斯另一行卷对象杨敬之的诗"到处逢人说项斯"。然而史料表明，张籍也曾是项斯的行卷对象之一，张籍还写下《赠项斯》一诗，夸项斯的才华达到了万里挑一的水平——"万人中觅似君稀"。

今天来看，朱庆馀、项斯的行卷方式，是成本最低，也最不靠谱的方式了。这得碰上张籍这种爱才之人才行。如果碰上一个不大爱才甚至妒才的人，那行卷就石沉大海了。所以，如果行卷的举子有钱，一般不会采取这种方式，还可以另出怪招儿。比如陈子昂的行卷方式，就是举行招待宴会兼"新闻发布会"。

想当年，陈子昂初到长安时，没人理他，他也面临着行卷的难题。但没事儿，咱不是有钱吗？逮着机会展示一下，造成轰动效应不就结了？别说，还真让陈子昂逮着了一个机会。当时，长安市场上有一人卖胡琴，开价百万。陈子昂上前眼睛都不眨，掏钱就买下了。围观众人惊问缘故，陈子昂说："我擅长弹奏此琴。"众人当时就想听听，陈子昂说："请明天来宣阳里，我弹给大家听。"第二天，在人到齐之后，陈子昂先请大家吃了一顿，然后搬出琴来说："蜀人陈子昂，有文百轴，驰走京毂，碌碌尘土，不为人知。此乐贱工之役，岂宜留心。"说完，陈子昂把这把价值百万的胡琴，直接砸了！砸完之后，陈子昂趁着大家震惊之时，把自己的诗文遍发众人。请吃、砸琴、赠文，这一掷千金的土豪式招待宴会兼新闻发布会的效果，相当好——"一日之内，声华举郡"。

当然，这是有钱人的搞法，一般举子那是想都不敢想的。

进士及第后的仕途

在张籍如此卖力的提携下，朱庆馀真的在宝历二年（826）进士及第了。

但是，进士及第只是过了第一关。

朱庆馀还要参加礼部主持的科举考试，在唐朝叫"省试"，通过了就有了做官的资格，但还不能做官，他还要参加吏部主持的"释褐试"，类似今天招聘中的"笔试+面试"，通过了才能正式被授予官职。所以，接下来朱庆馀只有参加吏部的"释褐试"，才能正式成为朝廷官员。

奇怪的是，朱庆馀居然没有去参加"释褐试"，而是直接回家了，回了远在千里之外的越州（今浙江绍兴）。当时，张籍写有《送朱庆馀及第归越诗》，姚合写有《送朱庆馀及第后归越诗》《送朱庆馀越州归觐》，贾岛写有《送朱可久归越中》，章孝标写有《思越州山水寄朱庆馀》等诗。贾岛所说的"可久"，是朱庆馀的字。从张籍、姚合、贾岛的诗中可知，朱庆馀的的确确在进士及第之后，从长安回到了越州老家。

为什么朱庆馀在费了九牛二虎之力考中之后，却放弃做官的机会，回家了呢？

他这样做，只是因为当时的守选制度。所谓"守选"，是指新及第明经、进士和考满后的六品以下官员，不立即被授官，而在家守候吏部的铨选期限，一般为三年。简单地说，按照守选制度，新科进士不能直接做官，六品以下官员不能连续做官。

唐朝实行这个守选制度的时间，一直有争议。有说始于唐太宗贞观十八年（644）的，也有说始于开元年间的。具体始于哪一年我不知道，但一定始于人多官少政府编制不够的时候。由于要当官的人太多，政府官员的编制又不能无限扩大，于是有人就想出了守选这个歪招。此时，朱庆馀所遵守的，就是这个歪招。当然，这三年，他也可以不回家，可以选择继续参加制科考试，或者进入地方方镇幕府等路径。选择回家等上三年的好处是，再回长安参加吏部考试时，一般都能得官，而且是比较好的官职。

　　三年之后，朱庆馀再到长安参加吏部"释褐试"，于大和四年（830）春获授秘书省校书郎一职。不得不指出，对于朱庆馀一生的仕途而言，这实在是一个良好的开端。

　　按照唐朝官员的一般升迁规律，如果一切顺利，初入官场一般就是担任校书郎这样的文职，然后下放基层担任县尉这样的基层职务，然后再上调中央担任监察御史、拾遗这样的监察官员，接着进入三省六部担任员外郎、中书舍人等行政实职，直到尚书、宰相。

　　像朱庆馀这样正九品上的校书郎，秘书省一共有十人，职责是"掌雠校典籍，刊正文章"。他在这个岗位上，干了三年，直到大和七年春任满。校书郎任满之后，作为六品以下不能连续任职的官员，他又开始了守选。大约四五年之后，朱庆馀获得了正八品上太常寺协律郎的任命。这是一个要求具备音乐才能方可胜任的职务，由此可见，朱庆馀还是一个音乐人才。在协律郎任上，朱庆馀参与了创作歌辞、创制乐曲、朝会乐队指挥等工作。史料显示，直到开成五年（840），朱庆馀还在协律郎任上。而且他还创作了一部名叫《冥音录》的传奇小说，为我们留下了不少唐朝的音乐研究资料。似乎，他在协律郎的任上就去世了。因为从此以后，我们就失去了朱庆馀的历史踪迹。他就像一滴水，消失在了历史的长河之中。

可是，那又有什么关系？

我们今天还能读到他留下的168首诗，还能知道"画眉深浅入时无"是他写的，够了，足够了。这些诗在骄傲地说："这世界，他曾经来过。"

㈡ 名士背影

宋之问："烂人"偏吟得一手好诗

　　神龙二年（706）的一天，襄阳汉江渡口，一位年已半百、时任泷州参军的八品官员，正从这里溯江北上。过江后，他打算经邓州、伊阳、陆浑、伊阙，直达京城洛阳。而即将要经过的陆浑，还有他自己年轻时隐居的家——陆浑山庄。

　　近了，近了。家乡近了，京城近了。

　　这是一位由贬谪地返回京城的官员。此时此地，思绪万千，感慨万千。于是，名篇《渡汉江》出炉：

　　　　　岭外音书断，经冬复历春。
　　　　　近乡情更怯，不敢问来人。

　　这位官员正是宋之问，在唐朝诗人中人品最烂，烂人中诗才第一。一位值得纪念的诗人，当然，也是一位值得纪念的烂人。

　　先不说烂，先说诗。其实，写下这首诗时，宋之问只度过了一年的贬谪生活。他是在神龙元年（705）二月由朝廷少府监丞贬为泷州参军的。贬谪前后，反差巨大。一夜之间，级别由从六品下的京官变成八品地方官，任职地点从繁华的首都洛阳变成偏远蛮荒的泷州（今广东罗定）。在唐朝，泷州由于人口少，属于下州，辖有泷水、开阳、镇南、建水四县，是个发配犯官、犯人的蛮夷之地。

这一次，宋之问被朝廷贬到遥远的泷州，只是因为他站错了队，而且表现太烂。其实，宋之问在政治上开局良好。父亲宋令文曾是左骁卫郎将。他本人既是"官二代"，也是帝国的青年才俊、隐逸高士队伍中的一员。仪凤元年（676），二十岁的宋之问考中进士，这绝对算是同龄人中的佼佼者了。白居易于贞元十五年（799）二十九岁时考中进士，在比宋之问大了九岁的情况下，还在长安大雁塔下题诗自我表扬："慈恩塔下题名处，十七人中最少年。"

中进士之后，宋之问出人意料地没有立即进入官场，而是在家乡弘农的陆浑山庄隐居了一阵，时间有点儿长，整整十五年！当然，十五年的光阴，他也没闲着，主要是交了一帮朋友。比如，把"初唐四杰"认了个遍，结交了那位"念天地之悠悠，独怆然而涕下"的陈子昂。

直到天授二年（691），已经三十五岁的宋之问通过隐居把自己整成了大名士，这才被武则天征召入朝，只是官品不高，官位不重，习艺馆学士。但宋之问一生之烂，由此开始。

当时的女皇帝武则天，对帅哥很感兴趣。宋之问捕捉到了这一点，于是打算抱住武则天的大腿，做个入幕之宾。宋之问多次表达，武则天就是不表态。宋之问急了，借着献诗的机会，写了一首《明河篇》。诗很长，一共二十四句，后人说"此诗以神奇瑰丽的笔调，咏赞了秋夜银河的美好，在扑朔迷离的氛围中，抒写了天上、人间的离愁别恨。全诗充满着浓郁的浪漫主义色彩，流溢出凄迷、伤感的情调，隐隐透露出志不得扬的怅惘"。"志不得扬的怅惘"，这么理解也可以。但我的理解是"向武则天献媚失败"。

来看《明河篇》其中的两句："明河可望不可亲，愿得乘槎一问津。""明河"就是指武则天（虽然她已六十多岁了，但有权啊），宋之问目前只是"可望"，他还想"可亲"，这分明是情诗，也分明是露骨的表白。

武则天身为欢场高手，宋之问多次发出的信号，她还会不懂？这次武则天看到《明河篇》的反应，晚唐诗人孟棨在他的《本事诗》中有记载："'吾非不知之问有才调，但以其有口过。'盖以之问患齿疾，口常臭故也。"也就是说，宋之问虽然长得还算帅，也有才，可是他因患有较为严重的牙齿疾病，口腔里有溃疡，口气不清新。

这就没戏了。宋之问有口臭，"可亲"自然是不行，其他的更是想都别想。所以武则天喜欢的张易之，为了口腔有香味，营造武则天喜欢的"口吐幽兰"的氛围，经常口含唐代"口香糖"——鸡舌香。

巴结不上领导，那就巴结领导秘书吧。宋之问也是这样干的。他开始巴结口气比他香但才气比他差的武则天男宠张易之、张昌宗兄弟。于是，初入官场的宋之问，把自己的诗才用到了为张易之兄弟捉刀代笔、吟诗作赋上面。这还没完，宋之问还为张易之捧溺器，倒尿壶！

就这样，宋之问一直伺候张易之到神龙元年（705）正月。张柬之等人发动政变，张易之被杀了。对宋之问的处理算是轻的，他保住了一条命，被流放泷州。这样，才有了《渡汉江》。《渡汉江》虽然只有短短二十个字，却内涵丰富，信息量大：

"岭外音书断"基本是写实。他当时独处于岭外的泷州，贬官的身份，加上又是在交通、邮政本就不发达的唐代，的确是不大可能收到来自首都官场或者家人的消息。要不然，为什么要说"断"呢？

经冬复历春：他在泷州度过了神龙元年的冬季、神龙二年的春季。注意，只有一个冬季、一个春季。

近乡情更怯：宋之问此时临近家乡的"怯"，有争议。从表面上理解，宋之问和常人一样，只有一"怯"，即他长时间远离家乡，生怕家乡或官场有何不好的消息，"怯"之一字，体现了游子回家的复杂心情。而按照正史《旧唐书》《新唐书》的说法，宋之问的"怯"还有另一层意思。宋之问此次由泷州回洛阳，是"逃还""逃归"，并且逃回洛阳后，不敢公开见人，而是"匿于洛阳人张仲之家"。所以，他见到来人以后，不敢问东问西，以免暴露自己从泷州逃回来的底细。因此，他"怯"了。他有了另一个不同于常人的"怯"。正史如此记载，似乎已经铁板钉钉。但这其中，好像有冤情。

明代人编纂的曾被收入《文渊阁书目》的《诗渊》，是一部百科全书性质的类书，保存了从汉魏六朝到明朝初年约一千六百多年间大量散佚了的诗歌。《诗渊》共收诗五万多首，约30%未收入已刊印古籍中；收词近一千首，50%以上未收入《全宋词》《全金元词》。而《诗渊》所收的诗中，有一首宋之问的《初承恩旨言放归舟》：

一朝承凯泽，万里别荒陬。

去国云南滞，还乡水北流。

泪迎今日喜，梦换昨宵愁。

自向归魂说，炎方不可留。

诗题直接把宋之问的冤情洗白了，写得明白——初承恩旨。换句话说，他"万里别荒陬"是有"旨"的，不是"逃归"。

那么，这首诗是不是在宋之问另外一次流放回京时写的呢？仍然不可能。宋之问一生共经历三次流放，这是第一次。第二次流放后，没有经历返回洛阳的过程，直接由第二次流放地越州被贬得更远，最后直接被赐死于第三次的流放地钦州。也就是说，他的后两次流放，都没有再返回洛阳，完全谈不上"万里别荒陬"。《初承恩旨言放归舟》这首诗，只能是他在第一次流放泷州返程时所写。

所以，"近乡情更怯"中，宋之问作为诗人的"怯"，和我们大家的"怯"，完全一样。虽然宋之问人品很差，但《旧唐书》《新唐书》此处有冤情。

不敢问来人："来人"，来的什么人？他走的这条路，是唐朝著名的荆襄古道，相当于如今的高速公路，交通相当繁忙，人流量自然也相当大。"夹路列店肆接客，酒馔丰溢。每店皆有驴凭客乘，倏忽数十里，谓之驿驴"。在唐朝，荆襄古道是连接黄河流域、长江流域甚至珠江流域的主要交通线，其重要地位仅次于大运河。

如此一条唐朝高速公路上，"来人"中自然有南下的官员、商人，甚至其中就有宋之问的熟人。但他不敢问，就是不敢问。宋之问不敢问的，是什么？不敢问朝局。主要是朝局波谲云诡。自己这一派前几个月赢过，所以换来了自己的一纸赦书。但是，今天，还赢着吗？回到洛阳，等待自己的，是荣升还是屠刀？更不敢问家人。一旦自己这一派输了，家人早已被波及，或杀头或流放。从旁人口中知悉如此重大的消息，信息又不全面，更容易让自己做出错误判断。算了，不问了，所以，"不敢问来人"。把一切的谜底，留到自己到达洛阳吧。

还好，洛阳的谜底不差。宋之问到底还是时来运转了。他到达洛阳后的形势，是一片大好。形势如此之好，只是因为他的宋氏兄弟子侄们，又一次用"天下耻之"、出卖朋友的事，抱上了武则天的侄儿武三思这条粗腿。宋之问和弟弟宋之逊、侄儿宋昙这次出卖的朋友，就是在他"逃归"洛阳后为其提供庇护的张仲之。虽然"逃归"是假，但出卖为他提供庇身之所的朋友却是真。他将朋友张仲之、驸马都尉王同皎出卖给了当时权倾朝野的武三思。朋友们被砍头，经受了考验的宋之问则升了官，由被贬前从六品下的少府监丞升为从六品上的鸿胪寺丞，干的活计，大致相当于今日外交部礼宾司的工作内容。

不久，宋之问由鸿胪寺丞调任户部员外郎，半年之内再调吏部考功员外郎。虽然一直是平调，但岗位却是由外交部调财政部，再由财政部调到组织部，越来越受重用了。

吏部的考功员外郎，是管科举考试和官员考核的。在这么重要和关键的岗位上，在考生和官员们的糖衣炮弹轰炸下，宋之问没有经受住考验，收了点儿钱。而且，他不该又得罪了一位大人物——太平公主。

宋之问得罪太平公主的原因，实在是不得已。他既不敢得罪太平公主，又不敢得罪唐中宗的女儿安乐公主。都是大领导，宋之问谁也得罪不起，只好两头哄。结果，哄好了这头，没有哄好那头。事实上，总会有一头哄不好。总之，这次太平公主不开心了。

于是，在唐中宗打算破格提拔宋之问为正五品上中书舍人的关键时刻，太平公主跳出来揭发，说他在考功员外郎任上贪污受贿。宋之问的好运至此戛然而止，被贬为越州（今浙江绍兴）长史，此生再未回到洛阳。

只需看看中书舍人是干什么的，就知道宋之问有多可惜了。中书舍人隶属中书省，而在唐朝中书省是负责起草皇帝圣旨的地方。三省中，中书省起草圣旨，门下省审核圣旨，尚书省负责指挥所属六部执行圣旨。中书舍人这个岗位，虽然级别不高，但得闻机密，是皇帝和宰相的重要参谋。他的上级，通常是中书侍郎或中书令，而这两种职位，通常就是唐朝的宰相。宰相的助手要当上宰相，还真不难。事实上，唐朝的很多宰相，就是从中书舍人这个岗位上起步的。

一步之遥啊。几乎可以预见，以宋之问之才，如果他不搞跟人站队、趋炎附势这一套，就是慢一点儿升迁，只要不出大的意外，捞个宰相干干还是轻松的。

宋之问第一次站了张易之、张昌宗兄弟的队，结果这二位仁兄一倒台，他就被流放；第二次先站武三思的队，再抱太平公主的腿，最后又去哄安乐公主。到最后，自己成了政治势力相互斗争的牺牲品。

要知道，朝廷权力斗争的趋势，是难以精确预测的。宋之问想面面讨好，八面玲珑，可总也难免有远近亲疏、畸轻畸重的时候。而一旦有一点儿照顾不到，就会招致某一方面政治势力的记恨，那么他倒霉的日子也就不远了。

宋之问再次被贬为越州长史时，是景龙三年（709）秋天，他已经五十四岁了。人生的鼎盛时期已过。他倒也想得开，在绍兴游古寺，交新友，还在职责范围内为老百姓干了几件好事。

但仅仅一年之后，欣赏他的唐中宗被自己的老婆和亲女儿下毒害死，唐睿宗继位。这对于宋之问可不是好兆头。因为，唐睿宗及其儿子唐玄宗李隆基是武三思、太平公主、安乐公主、唐中宗之妻韦皇后在政治上的死对头。而且，这父子俩是靠政变上位的。靠政变上位的人，接下来会怎么做？用脚指头想都知道，接下来会彻底清除反对势力，以避免自己再被反攻倒算。于是，宋之问很荣幸地成了唐睿宗和唐玄宗的敌人。唐睿宗还算厚道，只是在景龙四年秋天将宋之问由越州贬往广西钦州；两年之后的唐玄宗更狠，直接给了宋之问一杯毒酒。就这样，被誉为"唐律之龟鉴""诗家射雕手"的宋之问，彻底玩儿完。

有人说他这是报应，亲手杀死自己外甥的报应。据唐代刘肃《大唐新语》、韦绚《刘宾客嘉话录》、元代辛文房《唐才子传》记载，他曾仅仅因为"年年岁岁花相似，岁岁年年人不同"这两句诗，杀死了自己的外甥刘希夷。

刘希夷比宋之问还大五岁，但宋之问辈分大，是舅舅，两人还是同一年中的进士。刘希夷少有才华，善弹琵琶，落拓不羁，诗以长篇歌行见长，文采方面不弱于宋之问。假以时日，他在文学上的成就，也不会小于宋之问。

但宋之问没有给他这个机会。

宋之问有一次发现外甥作了两句诗"年年岁岁花相似，岁岁年年人不同"，又知道外甥还从未将这两句诗告诉别人，也就是还没有声明著作权。宋之问实在酷爱这两句诗，求外甥把这两句诗的著作权转让给自己。外甥自然不干，于是宋之问怒了。

宋之问在对自己的亲外甥动怒之后，不是打，也不是骂，而是直接开杀。他在晚上趁外甥熟睡时，派仆人给他压上了几个装满泥土的大麻袋，活生生地把不满三十岁的外甥压死了！

宋之问当舅舅当得这么没有人性，一杯毒酒还真是便宜他了。

张九龄：盛唐的背影

海燕何微眇，乘春亦暂来。
岂知泥滓贱，祇见玉堂开。
绣户时双入，华轩日几回。
无心与物竞，鹰隼莫相猜。

从全诗八句来看，说的都是燕子。

海燕何微眇，乘春亦暂来：燕子虽然如此微贱，但仍然乘着春天短暂的美好时光而来。

岂知泥滓贱，祇见玉堂开：燕子当然不知道泥土灰尘之贱，看到华丽的玉堂打开，就一直在辛辛苦苦地衔泥筑巢。

绣户时双入，华轩日几回：时时可以见到燕子成双成对出入，每天不知会进出多少回。

无心与物竞，鹰隼莫相猜：作为一只燕子，没有心思与外物竞争，请鹰隼这样的猛禽们，不要轻起猜忌之心。

这诗的诗题，既可叫《咏燕》，也可叫《归燕诗》。这是一首真真正正的关于燕子的诗。

一只"无心与物竞"的燕子

但是，仔细读来，总感觉这诗不仅仅是在说燕子，好像还说了点儿别的。还说了什么呢？先来看看诗作者。

张九龄写这首诗时，身处唐朝的京城长安，时间是开元二十五年（737）春天。这一年，他正好年满六十岁，已到了我们今天退休年龄的他，还担任着朝廷尚书省右丞相这样的高级官职。

这样一来，这首《咏燕》隐含的意思就出来了。原来，张九龄不仅仅是在说燕子，他还说了："那只燕子是我。"既然"燕子"指张九龄，那最后一句的"鹰隼"是谁？虽然历经千年，关于这句诗中的"鹰隼"，一直都有定论，"鹰隼"指李林甫。是的，就是那个口蜜腹剑的奸相李林甫。在张九龄写这首诗时，李林甫时任兵部尚书、同中书门下三品。

在明确了"燕子"指张九龄、"鹰隼"指李林甫之后，还有一些喻指要明确。"玉堂、绣户、华轩"指朝廷，"春"指开元前期昌明的政治环境。

下面我们将其都代入诗中，来看看这诗真正的意思：

海燕何微眇，乘春亦暂来：我张九龄虽然出身微贱，但仍然趁着开元前期昌明的政治环境，短暂地参与过朝廷大政。

岂知泥滓贱，祗见玉堂开：我张九龄岂不知道泥土灰尘之贱，但既然有幸跻身朝廷高级官员之列，当然要不辞辛苦地像燕子衔泥筑巢一样，为国家政务操劳。

绣户时双入，华轩日几回：我张九龄和你李林甫，经常一起出入朝堂，一天不知要共同进出多少回。

无心与物竞，鹰隼莫相猜：但是，我张九龄没有心思与外物、外人竞争，请你李林甫不要猜忌，更不必中伤。

需要指出的是，最后一句，张九龄不仅仅是在表白心迹，而且更像是在求饶。是的，六十岁的尚书省右丞相张九龄，在向五十四岁的兵部尚书、同中书门下三品李林甫求饶。而且，据南宋尤袤的《全唐诗话》，张九龄隐藏在这首《咏燕》诗中的求饶，李林甫本人还看到了，"张九龄在相位……李林甫时方同列，闻帝意，阴欲中之。时欲加朔方节度使牛仙客实封，九龄因称其不可。甚不叶帝旨。他日，林甫请见，屡陈九龄颇怀诽谤。于时方秋，帝命高力士持白羽扇以赐，将寄意焉。九龄惶恐，因作赋以献；又为《归燕诗》以贻林甫"，"林甫览之，知其必退，恚怒稍解"。（尤袤在南宋朝廷，好歹也是当过部长级礼部尚书的人，怎么会如此缺乏政治斗争常识？）是的，张九龄的确写了《咏燕》诗，诗中也的确有向李林甫等政敌表白心迹甚至求饶的意思。但他好歹也算是政坛前辈了，怎么可能如此不顾体面，真的把这首诗送给李林甫，以求得政敌的怜悯呢？况且诗中将对手比为"鹰隼"，对比燕子，显然不是什么好鸟啊，岂不是更加激怒对手？还有，政治斗争从来就是你死我活，如果能够因为一首诗而罢手，那就不是史上闻名的李林甫了。后来的事实也证明，正是由于李林甫的进一步中伤和攻击，才最终导致了张九龄退出政治舞台。

"假丞相"的真心酸

当然，张九龄就算没有当面求饶，有了这首诗在，也算他有求饶之心了。可是，字面看起来，右丞相貌似比兵部尚书要大啊，为什么官大的反而要去求官小的，而且官大的还求饶？

这个事儿，我尽量简单一点儿说。张九龄的右丞相，是"假丞相"；李林甫的"兵部尚书"之后，还跟着一个"同中书门下三品"的后缀。由于这个后缀，他是"真丞相"。

当年，张九龄也当过真丞相。在开元二十一年（733）十二月到开元二十四年（736）十一月之间，张九龄是真丞相，或任中书侍郎、同中书门下平章事，或任中书令。

在开元二十三年（735）之前，李林甫还只是黄门侍郎，并非丞相。这一年，他被唐玄宗李隆基提拔为礼部尚书、同中书门下三品，和中书令张九龄、侍中裴耀卿一起，成为李隆基的三个真丞相。短短一年之后，李林甫就取代张九龄，成了中书令，牛仙客则取代裴耀卿，成为新的真丞相之一。张九龄、裴耀卿，则分别"罢知政事"，退出真丞相行列，改任尚书省右丞相、左丞相，就此成了假丞相。

看到这里，估计各位没晕也差不多了。真丞相、假丞相，右丞相、左丞相，到底哪一个才是靠谱的唐朝丞相？这都什么情况？

北宋的大才子、《新唐书》的编撰者欧阳修，也遇到过。所以，他在《新唐书·百官志》中大吐苦水："唐世宰相，名尤不正。"

唐朝宰相或丞相的名称，怎么不正？先来明确几点：

（一）唐朝没有"丞相""宰相"这样的官职名称和岗位职责。即使唐朝后期将有关官职改称为"丞相"了，其地位也与我们今天所理解的"一人之下、万人之上"，有很大的不同。

（二）唐朝实行集体宰相制度。一般情况下，皇帝会设立一个以上、八个以内的多位宰相，形成自己的政务参谋班底。皇帝在长时间内只任用一个宰相的情况，在唐朝非常罕见。

（三）除了极为个别的情况，比如那个因与唐太宗李世民闹别扭而闻名青史的魏徵，曾经以"秘书监"这样类似国家图书馆馆长的身份"参豫朝政"，从而成为真丞相。唐朝的丞相多出自中书省、门下省、尚书省"三省六部"系统。

（四）终唐一世，"真丞相"有以下两种情况：

其一，中书省的一把手中书令、门下省的一把手侍中，一直就是真丞相。

三省中尚书省的情况则比较特殊。其一把手是尚书令，最初也是真丞相。但由于唐朝建立之初，李世民任过此职，后世诸帝为表尊重，就将此职虚设，不再授人。这样一来，尚书令之下的尚书左仆射、尚书右仆射，就成了真丞相。但是，尚书左仆射、尚书右仆射是真宰相的时间，持续到武则天长安四年（704）。在神龙元年（705）五月，豆卢钦望升任尚书左仆射，"既不言同中书门下三品，不敢参议政事。数日后，始有诏加知军国重事"。这样，豆卢钦望才敢真正履行宰相的职责。从那以后，"空除仆射，不是宰相，遂为故事"。

其二，就唐朝史籍所见，无论是什么部门的什么官员，只要在正式职务任命之后，加有以下后缀中的任何一个，就一律是真丞相：同中书门下三品（同三品）、同中书门下平章事（同平章事）、知政事、参豫（预）朝政、参豫（知）机务、参议朝政、参议得失、平章政事、平章军事重事、参知政事、参谋政事、同掌机务、参掌机密、知中书（西台）事、知门下省事、知军国重事、同知政事（同知军国政事）、同中书门下同承受进止平章事、军国重事中书门下平章、勾当中书事。

其中，同中书门下三品（同三品）、同中书门下平章事（同平章事）最为普遍。前一个名号，在唐朝用了116年，有此名号的唐朝宰相有128人；后一个名号，在唐朝用了226年，有此名号的唐朝宰相多达310人。

所以，李林甫此时担任的兵部尚书、同中书门下三品，是大权在握的真丞相；张九龄此时"罢知政事"，去掉了真丞相的后缀，他担任的右丞相就只是名义上的丞相。尚书右仆射，就只能管管尚书省的事儿，中书省、门下省的事儿管不着，国家大事就更管不着了。

一个是刚失权柄的假丞相，一个是大权在握的真丞相，所以，张九龄就有求李林甫放一马的心迹了。

然而，个人认为，张九龄之所以怕李林甫，倒还真不是因为后者权力有多大，真正的原因恐怕还是在于，张九龄深知李林甫是没有底线的小人，自己则是有底线的君子，自己不是对手。

对于李林甫的小人行径，《新唐书·李林甫传》说："始九龄繇文学进，守正持重，而林甫特以便佞，故得大任，每嫉九龄，阴害之。"《旧唐书·李林甫传》说："林甫面柔而有狡计，能伺候人主意……而猜忌阴中人，不见于词色，朝廷受主恩顾，不由其门，则构成其罪；与之善者，虽厮养下士，尽至荣宠。"

所以，对自古以来就有的"君子不与小人斗"这句格言，我们要理解其真正的含义，那不只是对小人的蔑视，更多的是对君子的爱惜。面对李林甫这样极品的小人，守正持重的张九龄岂是对手？所以，张九龄怕了。结果当然在意料之中，李林甫仍然没有放过他。李林甫借着监察御史周子谅弹劾牛仙客引起李隆基暴怒的契机，指出周子谅为张九龄所荐举，于是张九龄被贬为荆州大都督府长史，从京城贬至荆州，由从二品直降为从三品。

开元二十五年（737）五月八日，闻命即驰驿上任的张九龄抵达荆州当上了"荆州大区行政长官"。他在荆州任上，一共待了三年。在此期间，他和孟浩然、王维等我们如雷贯耳的大诗人们一起，游山玩水，彼此唱和，留下了一段诗坛佳话。其中，孟浩然留下一首《陪张丞相自松滋江东泊渚宫》。张九龄还和孟浩然一起，乘船畅游长江，到过笔者的家乡——今天的松滋市。松滋的秀丽山水，有幸陪伴着张九龄度过了他人生中最后的宦海时光。

开元二十八年（740）春天，张九龄请求回韶州拜祭先人陵墓，因病在家乡去世，终年六十三岁。

曲江东逝 帝国迟暮

其实，李隆基对张九龄，一直是真心喜欢的，是后者的"铁杆粉丝"。

《开元天宝遗事》记载了李隆基对张九龄的喜欢，甚至可以说是仰慕。李隆基说："张九龄文章，自有唐名公皆弗如也。朕终身师之，不得其一二，此人真文场之元帅也。"请大家注意"师之"二字。在张九龄面前，李隆基的姿态还是摆得很低的，有点儿小学生的意思。而且，李隆基还送给张九龄一个美称——文场元帅。

要知道，唐朝武职中，最高军职为十六卫的大将军，比如右卫大将军、左骁卫大将军等。唐朝的元帅，一般情况下，有两条规则：一是非战时不设元帅；二是非皇族不任元帅。张九龄一介文人，李隆基竟然以"元帅"这样的崇高武职来称赞他，这是只有张九龄的"铁杆粉丝"才能有的行为。

可惜的是，李隆基虽然是张九龄的铁杆粉丝，却并不是他的"脑残粉"。此时的李隆基已经登基多年，"开元盛世"的出现说明他是明智的皇帝。这样一来，他就由自信而自负。更何况人家贵为皇帝，大权在握。所以，在很多问题上，李隆基很不喜欢张九龄对原则的坚持。

李隆基要提拔李林甫当宰相，张九龄不同意；李隆基要提拔牛仙客当宰相，张九龄不同意；李隆基要废掉皇太子李瑛，同时找另外两个皇子鄂王李瑶、光王李琚的麻烦，张九龄不同意。

显然，张九龄不同意的，都是当时的大事。而他所依据的，都是他认为应该坚持的原则。

其实，关于大事如何处置，从古到今一直就有一个潜规则：领导找你来商量大事，不是问你有什么不同意见，而是看你将如何赞同他的意见。你还真以为自己当家了？果然，在一次争执中，"帝变色曰：'事总由卿？'"翻译一下，李隆基脸色大变地说："全部都由你说了算？"于是，两人友谊的小船，说翻就翻。

可是，在没有张九龄的日子里，李隆基却又抑制不住对他的思念，总是想起他来。

《旧唐书·张九龄传》里有证据："后宰执每荐引公卿，上必问：'风度得如九龄否？'"每当宰相们推荐朝中公卿人选时，李隆基必定要问一句话："这人的风度，能和张九龄一样吗？"原来，张九龄就是李隆基心目中的"公卿样板"。

就这样平时想想也就罢了，李隆基偏偏还在天宝十五年（756），在张九龄罢相二十年、离世十六年之后，在自己逃难到成都时，再一次地、深深地想起了张九龄。

早在开元二十四年（736），范阳节度使张守珪曾向中书令张九龄报告，他手下有一员番将在讨伐契丹时失利，违犯军法，已将其执送京师，请朝廷将其斩首，以正朝典。张九龄立马表示同意。

张九龄同意的原因，不仅仅是这个番将犯了军法，而且此人他早就认识。几年前，在这个番将入京汇报工作时，张九龄就见过此人。当时，他就机智地判断："乱幽州者，必此胡也。"现在，正好此人犯了军法，送上门来。张九龄决定借此机会，杀了他，永绝后患。

可是，中书令张九龄同意了，皇帝李隆基却不同意。为了显示自己的皇恩浩荡，他下令将这个番将放了。而张九龄也在此事之后不久，被免掉了职务，从此在政坛上消失，他再也没有机会改变李隆基的决定了。

整整二十年之后，当李隆基躲在成都一隅之地，为自己当初那个决定后悔时，他泪流满面，想起了张九龄。《唐语林》记录："又谓力士曰：'吾取张九龄之言，不至于此。'乃命中使往韶州，以太牢祭之。既而取长笛吹自制曲，曲成复流涕，诏乐工录其谱。至成都，乃进谱而请名……良久，上曰：'吾省矣。吾因思九龄，可号为《谪仙怨》。'"李隆基"因思九龄"，也因意识到自己当年对他的贬谪是不公平的，于是在当时兵凶战危之际，仍然从成都派出中使，前往张九龄的家乡韶州曲江（今广东韶关），专程去祭奠这位已经去世多年的前宰相。只为了他二十年前的机智和英明。

张九龄当年执意要杀掉的那个番将，名字叫安禄山。清人赵翼评价说："是曲江生平，此一事最关国家之大。"此句中的"曲江"，就是指张九龄。

张九龄罢相，绝对是唐朝历史上的一个分水岭。从唐朝的有识之士，到今天的历史学家，观点一致，史不绝书。唐宪宗时的宰相崔群，好像是第一个提出这个看法的："世谓禄山反为治乱分时，臣谓罢张九龄、相李林甫，则治乱固已分矣。"欧阳修、宋祁等人在编撰《新唐书》时，也持同样看法："自是朝廷士大夫持禄养恩矣。"司马光也这样认为，他在《资治通鉴》中说："九龄既得罪，自是朝廷之士，皆容身保位，无复直言。"大文豪苏东坡，也是这个看法。他在《经进东坡文集》中写道："唐开元之末，大臣守正不回者，惟张九龄一人。九龄既已忤旨罢相，明皇不闻其过，以致禄山之乱。治乱之机，岂不谨哉！"

所以，在开元二十五年（737）四月十四日，在长安城大明宫的朝堂上，李隆基当时所送走的，并不仅仅是张九龄一个人的背影而已，被李隆基一起送走的，还有他一手开创的盛唐的背影。只是，当时的李隆基，甚至也包括当时的张九龄，并没有意识到而已。

高力士：盛唐大太监的气节

上元元年（760），巫州（今湖南怀化），一位流放经过此地的官员惊奇地发现，当地人居然不吃在长安和洛阳非常受欢迎的荠菜，很是感慨，作诗一首《感巫州荠菜》：

> 两京作斤卖，五溪无人采。
> 夷夏虽有殊，气味终不改。

来看看什么意思：

两京作斤卖，五溪无人采：荠菜在长安、洛阳两京是论斤卖的，卖得也挺贵，到了巫州却无人采摘。这里的"五溪"，可以直接理解为巫州一带。

夷夏虽有殊，气味终不改：产于巫州蛮夷之地的荠菜，虽然和产于中原地区的荠菜有些不同，但荠菜的气味还是一样的，终究不会改变。

在我们看来，诗的主要意思是说荠菜。但仔细琢磨，总感觉这诗还有别的意思。

其实，只要弄明白了诗作者的身份，要想知道这诗还有什么别的意思，很容易。

这诗的作者，是高力士，唐朝一个青史留名的宦官、太监。见到此诗之前，我从来没想到，一个太监，会作诗，而且，到了出口成章的地步，甚至，到了寓意深刻的地步。

再回到这首诗。这哪儿是在说荠菜，是高力士在说他自己呢。我们把"荠菜"指高力士代入诗中，来看看这首诗的意思：

我高力士在两京时身份高贵，可流放到了巫州却无人理睬。我如今身在蛮夷之地，虽然与在中原地区时有很大的不同，但我做人的气节，还是一样的，终究不会改变。

重点在最后一句，"气味终不改"。

既然高力士如此给自己点赞，那我们就来翻翻他的老底儿，看看他作为一个宦官和太监的"气味"，到底如何。

高力士出身名门，他本姓冯，名元一，北燕皇族的后裔。所以，我们既可以叫他高力士，也可以叫他冯元一。

北燕，十六国时期中的一国，于公元407年到436年占据今天的辽宁省，也就一个省那么大。但它确实是个国家，由鲜卑化的汉人冯跋建立，后为北魏所灭。

北燕即将灭亡之际，冯家在一个名叫冯业的先祖的带领下，经过海路流落到了南朝刘宋政权下属的岭南地区。要说冯家人也实在是牛，在辽宁省的辉煌破灭之后，不出百年，又在今天的广东省再度创造辉煌。

作为客居异地的家族，冯业的孙子冯宝与当地俚人大族之女冼氏联姻。从此以后，冯家遂为"强家"。到了冯元一的曾祖冯盎时，冯家更是借助隋末动乱的大势，一跃成为岭南地区的实际控制者，"颐指万家，手据千里"。进入唐朝时，识时务的冯盎以自己手中的岭南之地投降唐朝，获得了唐朝的承认，被封为上柱国、高州总管、吴国公，并得以善终。

到了公元690年冯元一出生时，冯家仍然是"家雄万石之荣，囊有千金之直"的"强家"。冯元一的父亲是潘州刺史冯君衡，母亲的来头也大，是英勇战死于高丽的隋朝猛将宿国公麦铁杖的曾孙女。

铁杖家传，冯元一的母亲可能比较狠。只是不知道，她嫁到冯家，自带了家传铁杖没有。

冯元一共有二兄一姐，他是老四。大哥冯元琎、二哥冯元珪、三姐冯媛。生于高官之家，又有慈母兄姐呵护，如果一切不出意外，他的生活简直比蜜还甜。

但是，出了意外。冯元一的幸福生活在他九岁那年，也就是圣历二年（699），戛然而止。

他的父亲冯君衡因罪被杀。什么罪，不知道，据说是因为"奸臣擅权，诛灭豪族"。父亲一死，冯元一的母亲、兄姐，包括他本人在内，都得籍没为奴。但是，为奴的地点，又不可能在同一个地方。

年仅九岁的冯元一与母亲分别的一幕，让人心碎。

母亲抚摸着冯元一的头说："如今和你分别，再见不知何时。但是，你胸口有七颗黑痣，有人说你终当富贵。将来如果你我不死，我就以七颗黑痣认你，你就以我手臂上你小时候常玩的双金环认我。千万别忘了！"

上述一幕不是我编造的。《旧唐书》《新唐书》《唐故高内侍神道碑》均有记录，而且在郭湜的《高力士外传》里，记载尤其详细。要知道，郭湜可是后来受高力士连累，一起流放黔中道又一起遇赦放还的。他写的《高力士外传》，是在二人一起流放的路上，由高力士口述所经历的旧事为基础而撰成的。其真实可靠程度，远在《开天传信记》《次柳氏旧闻》等辗转得来的史料之上。所以，以上心碎一幕，极有可能就是高力士自己亲口讲述的。

高力士富贵以后，通过多方访求，还真通过母亲当年交代的相认办法，重新找到了母亲，并将母亲接到长安奉养。他的母亲一直活到开元十七年（729），在亲睹儿子位至高官以后，才以八十七岁高龄去世。

结局是圆满的，过程是曲折的。刚刚离开母亲的冯元一，命运还是很悲惨的。他被岭南讨击使李千里阉割，成了阉人。

李千里这么做，并不是与冯家有什么仇恨，他只是为了进贡，讨好当时的武则天。

说起这位李千里，也是一肚子苦水的人。比起冯元一，命运未必就好多少。李千里，原叫李仁，唐太宗李世民的孙子，吴王李恪的长子，正宗的天潢贵胄。

事情坏就坏在吴王李恪作为被李世民认为"英果类我"的儿子，曾经是皇太子人选之一。结果最后皇太子没有当上不说，还被一心拥戴晋王李治的权臣长孙无忌给惦记上了。

这才是真正的"羊肉没吃到，反惹一身骚"。

等到李治登上皇位，长孙无忌权倾朝野之时，长孙无忌居然把一件与李恪毫无关系的谋逆案蓄意牵扯到了他身上，将李恪杀了头，"海内冤之"。

李恪临刑前，大呼："社稷有灵，无忌且族灭！"后来，长孙无忌被武则天整得家破人亡。

长孙无忌，同时也是武则天众所周知的政治死敌之一。基于敌人的敌人是朋友这一点，武则天上台以后，对吴王李恪流放在外地的子女比较看顾。

李仁在贬谪地做官廉洁奉公，武则天听说后，很高兴地叫人送去一句话："儿，吾家千里驹。"李仁受宠若惊，遂改名李千里，同时"数进符瑞诸异物"，以求讨得武则天的欢心。果然，武则天后来大杀李唐宗室，但唯独没动李千里。

所以，李千里阉割小男孩送进宫里，就是他讨武则天欢心、保住自身性命的办法之一。

这一次，他阉割了两个小孩儿，一个命名"金刚"，一个命名"力士"，并送到了皇宫里。

李千里这一刀下去，冯元一没有了，变成了冯力士。

因为，"金刚""力士"，都是佛教中的护法神。李千里阉割小儿，如此命名，再不远千里进贡到长安城，就是为了讨好崇信佛教的武则天。

这也是高力士得名"力士"的由来。只不过，他现在叫冯力士。想叫他"高力士"，我们还得等上几年。

可以想象，在那个医学科技不发达的年代，冯元一被阉割，一定经历了难以言表的伤痛和屈辱。仅从生理上来讲，都是九死一生。好在，他命大，挺过来了。

否极泰来。到了皇宫，武则天居然很喜欢冯力士这个小宦官，"嘉其黠惠"，让他在宫廷内部的学校"习艺馆"中，接受了良好的教育。冯力士后来一生的命运，由此奠基。

拜此之赐，冯力士成年后身材高大，文武双全。

先说身材高大。史书上说他身高有六尺五寸，唐时一尺约合现在30厘米，那么高力士的身高就有一米九五，相当高了。

再说文武双全。文的方面，高力士后来权倾朝野时，"每四方进奏文表，必先呈力士，然后进御，小事便决之"。也就是说，第一他看得懂进奏文表，第二他具备帮助唐玄宗李隆基决策小事的能力。这就相当不得了了。要知道，高力士决策小事的年代，可是我国古代皇帝们所推崇的"开元盛世"啊。史料上也没有记载高力士因小事而决策失误的例子，倒是多次记载了他对国家财政、粮食和漕运等方面政策的不俗见解。看来，"开元盛世"还有高力士的一份功劳。

武的方面，《唐故高内侍神道碑》说，他有一次在跟随李隆基阅兵时，"有二雕食鹿，上命取之，射声之徒，相顾不进，公以一箭受命，双禽已飞，控弦而满月忽开，饮羽而片云徐下，壮六军而增气，呼万岁以动天，英主惬心"。高力士的骑射技术，居然能够在军队面前显摆，可见并非泛泛。

冯力士在宫中受过教育之后，在十六岁左右开始踏上仕途，历任文林郎、宫教博士、内府丞、内府令等职。文林郎，文散官品阶最低者，从九品上；宫教博士则隶属于内侍省掖庭局，从九品下，"掌教习宫人书算众艺"。这再次说明他的学习成绩相当不错，是可以教育别人的"博士"了。内府令、内府丞分别是内侍省内府局的正职和副职，一个正八品下，一个正九品下。

大约在此前后，他因工作中的小失误被武则天逐出宫外。千钧一发之际，得到同为宦官的高延福援手，并收为义子。从此，冯力士改姓高，并以"高力士"一名留传青史。高延福还帮助高力士动用武则天侄子武三思的关系，使得武则天最终原谅了他，重新入宫任职内府令。这也是高力士后来一生孝敬养父的原因之一。

唐中宗景龙年间（707—710），重新回到宫中任职不久的高力士，遇到了一个让他终身追随并给他带来一生荣华富贵的人，时任临淄王的李隆基。

这时，高力士二十岁，李隆基二十五岁。两个人一生的友谊，由此开始。但在最开始时，说不上是藩王主动，还是宦官主动。由于地位悬殊，可能是高力士主动的，"玄宗在藩，力士倾心奉之，接以恩顾"。但由于高力士任职于宫中的特殊位置，而李隆基也正处于拉拢宫中文武官员图谋大事的关键时刻，恐怕双方也是一拍即合。可见，两人一开始是利益结合，后来才有的友情。

这就不能不佩服高力士识人的眼光了。

要知道，当时的皇帝是唐中宗李显。而李隆基只是李显弟弟李旦的三儿子。

即使李显不当皇帝了，这下一任皇帝也是李显的儿子当，怎么也轮不到弟弟李旦来当皇帝；即使李旦当上皇帝了，继任皇帝也是李旦的嫡长子李宪来当，怎么也轮不到李旦的第三子李隆基来当。

一句话，李隆基没戏。问题是，高力士狠就狠在这里，他算准了李隆基虽然没戏，但会抢戏。

李隆基一共抢了两次戏。准确地说，他发动了两次政变。

第一次是唐隆政变：唐隆元年（710），李隆基联手太平公主，发动政变，处死唐中宗李显的皇后韦氏集团骨干成员，把自己的父亲李旦扶上皇位，同时由于哥哥李宪的谦让，也为自己挣得了皇太子之位。

第二次是先天政变：先天二年（713），昔日唐隆政变的盟友，现在成了你死我活的仇敌。李隆基再次发动政变，杀死太平公主集团的骨干成员，从此把国家大权牢牢地掌控在了自己手中。

命运如此安排，总叫人惊喜。李隆基硬是通过两次抢戏，把皇位拿到了手。而在这两次政变中冲锋陷阵，发挥了关键作用的高力士，直接成了李隆基最为信任的人，没有之一。因为李隆基一辈子都在说："力士当上，我寝则稳。"即"高力士值班时，我才睡得安稳"。

李隆基和高力士，地位悬殊。但两人一起，连续发动两次政变，这二位也的的确确是一起扛过枪的过命交情了。血与火的考验，最靠得住。所以李隆基当然信任高力士。

李隆基给予高力士的回报，是丰厚的。唐隆政变后，李隆基请父亲唐睿宗李旦封高力士为朝散大夫、内给事、内弓箭库使，不久又升为内常侍兼三宫使。

朝散大夫，从五品下，这是级别。高力士的实际职务是内侍省的内给事，从五品下的职务。内侍省是管理宫廷事务的机构。他本来就在内侍省任职，这次只是提升了职务。这里还有一个内弓箭库使，是干什么的？

史籍中没有记载内弓箭库使的品级和职能，但可以肯定是宫廷中管理弓箭库的。我们只知道，高力士当时管理的弓箭库相当于今天的军火库，重兵守卫，戒备森严。在内诸司使中，内弓箭库使地位较高，因为后来很多顶级宦官均由此职升迁。

高力士进一步升迁的内常侍，正五品下，也属于内侍省的高级官员之一。这一次，高力士由内弓箭库使成了三宫使。

三宫使的品级和职能，也未见史籍记载。但唐朝三宫，是指长安城的太极宫、大明宫和兴庆宫，所以三宫使应该是综合管理这三个宫苑事务的官员。

先天政变后，李隆基给予高力士的职务——云麾将军、右监门卫大将军、知内侍省事，他开始进入高级官员行列。

云麾将军，从三品的武散官，这是级别。按照现在的军衔，至少是个中将了。职务是知内侍省事，就是内侍省的一把手。新出现的职务是右监门卫大将军。

先说监门卫。唐朝的国家武装力量，也就是正规军，叫作"十六卫"，分别是左右卫、左右骁卫、左右武卫、左右威卫、左右领军卫、左右金吾卫、左右千牛卫、左右监门卫。其中的千牛卫和监门卫，是专门为保护皇宫而设立的军队，没有受命出征、参与国防军事作战的任务。

千牛卫，负责皇帝的安全工作，就是皇帝的贴身侍卫。监门卫的任务，则是平时守卫宫廷诸门，在皇帝出宫时负责护卫。换句话说，千牛卫和监门卫直接隶属于皇宫，专门负责皇宫和皇帝的安全。因此，能够担任左右千牛卫、左右监门卫大将军的人，一定是皇帝最为亲信的，或者说最得皇帝宠信的。高力士，就是这种人。

其实，对于以上官职，高力士一开始是拒绝的。

拒绝的理由，是品阶高过了自己的养父高延福。李隆基对此表示赞赏，也同意了。

但不久以后，开元十三年（725）十一月，高力士陪同李隆基东巡归来，再次因功被封为云麾将军、左监门卫大将军。这次，只不过右监门卫大将军换成了左监门卫大将军而已。其实两个大将军一样，都是正三品。

可见，李隆基对高力士的职务升迁，是有多上心。

李隆基上心归上心，他不知道，自己此举，已经打开了潘多拉的魔盒，从此拉开了唐朝宦官专权的序幕。

这不是我的看法，是大历史学家司马光的看法。他在《资治通鉴》中说："宦官之祸，始于明皇，盛于肃、代，成于德宗，极于昭宗。"

在这个时候大力提拔高力士这个宦官的李隆基，绝不会想到，到了唐德宗、唐昭宗时期，竟然会有宦官敢于杀害自己的子孙。

但那是以后的事，现在还早着呢。

从开元元年（713）十二月，到天宝十四年（755）十一月，李隆基和高力士，一个皇帝，一个宫廷高官，大权在握，享尽荣华，烈火烹油，鲜花着锦。

这四十二年里，无论高力士的职务如何升迁，他始终扮演着李隆基最为信任的人的角色，相当于皇帝的办公厅主任、警卫部队负责人。

当时，唐玄宗李隆基不叫他的名字而称"将军"，当时的皇太子后来的唐肃宗李亨称他为"兄"，至于诸王公主等皆呼"阿翁"，驸马辈呼为"爷"，戚里诸家尊曰"爹"。毫无疑问，"一人之下，万人之上"。

这是高力士一生的顶峰时期。

李隆基给了高力士处理政务的机会，他也是唐朝宦官参与政务的第一人。但是，高力士在史上没有专权，则是公认的结论。

高力士不像在他之后专权的李辅国那样，说："大家但内里坐，外事听老奴处置。"也不像后来专权的鱼朝恩那样，说："天下事不由我乎！"高力士从来就没有想过取代皇帝，他只想辅佐皇帝，或者在他的内心里，是辅佐朋友。

他手上有权，但他并不专权。国家大权还是在李隆基手上，而对国家大政的处理权仍然在宰相等百官手中。事实上，高力士在当时，只是一个配角。但在"开元盛世"中，他仍然有自己的位置。

高力士为唐王朝立下的最大功劳，就是献策立当时的忠王李亨后来的唐肃宗为皇太子。开元二十五年（737），原来的太子李瑛因故被赐死，宰相李林甫拥立寿王李琩（即杨贵妃的第一任老公）为太子，而李隆基则认为忠王李亨年长，且仁孝恭谨，想立忠王李亨为嗣，为此犹豫不能决，"常忽忽不乐，寝膳为之减"，饭也吃不好。

高力士适时提出了"推长而立"的原则，帮助李隆基解决了难题。

事实上，李亨被立为太子后，地位也不稳定。李林甫因为自己并未拥立李亨，屡次想把太子搞下去，"幸太子仁孝谨静，高力士常保护于上前，故林甫始终不能间也"。

这说明，李林甫要对李亨下手，而高力士则对李亨进行了保护。虽然世上并没有后悔药可吃，但高力士要是知道李亨登上皇位后，会把他流放至死，还会不会在这个时候保护他呢？

高力士为李隆基个人立下的最大功劳，就是促成了李隆基与杨贵妃的姻缘。

杨贵妃的入宫，是否出于高力士的推荐，史无明载。但杨贵妃进宫以后，李隆基与杨贵妃仅有的两次别扭，高力士都是跑前跑后，使这两次别扭都能够以"小别胜新婚"的喜剧结尾，他可真是操碎了心。

　　正史记载，天宝五年（746）七月，二人闹别扭的原因是"微谴"，天宝九年（750）再次闹别扭的原因是"忤旨"。其实，都是杨贵妃吃李隆基的醋。而杨贵妃被赶出宫外之后，高力士"探知上旨"，又是给杨贵妃送饭，又是给李隆基带回杨贵妃剪下来的头发，最后又撮合双方言归于好。

　　回想天宝五年，李隆基已经六十一岁，高力士也已五十六岁，老年人学年轻人那一套，当真肉麻有趣得紧。

　　高力士这么理解、这么配合李隆基与杨贵妃的小把戏，是因为，他自己也结了婚。

　　是的，大家没看错，高力士宦官也结了婚。

　　倒霉的这家丫头，是刀笔小吏吕玄晤的女儿，传说颇有姿色。高力士娶了吕小姐后，把岳父提拔为少卿、刺史。

　　在此期间，还有一件事情无法回避。那就是，高力士到底为李白脱过靴子没有？

　　来看看传说的源头。

　　传说中，李白在宫里拉风得很：他喝醉了，还吐了。结果李隆基用他的龙手巾为他擦嘴（龙巾拭吐），李隆基的御手为他调醒酒汤（御手和羹），杨贵妃的玉手为他捧砚（贵妃捧砚），高力士的大手为他脱靴（力士脱靴）。

　　这画面真的很美。可惜，大部分是假的。

　　"龙巾拭吐"是假——这个记载最早见于明朝冯梦龙《警世

通言》中的《李谪仙醉草吓蛮书》，而此前的正史并无记载，属于小说野史的虚构情节。看来冯梦龙也很喜欢李白。但是，李隆基再求贤若渴，估计还是比较讲究卫生的。

"御手和羹"是真——《李太白全集》记载："玄宗嘉之，以宝床方丈赐食于前，御手和羹，德音褒美。"估计也就是内侍弄好以后，李隆基只是上手糊弄两下，是个意思就行了。你还真当是李隆基给李白下厨做饭？

"贵妃捧砚"是假——李白和李隆基、杨贵妃两口子喝过酒是真，但确实没有史料记载过杨贵妃在李白写字时捧砚。

"力士脱靴"则难辨真假——关于这件事的最早记录，来自于唐代李肇的《唐国史补》，虽然记载简略，只有数十个字，但问题是出现了"脱靴"二字。稍后成书的李濬《松窗杂录》、孟棨《本事诗》、段成式《酉阳杂俎》，《旧唐书》《新唐书》也均有记载，但多为抄录《唐国史补》并加以想象，其中《松窗杂录》还将李白进入长安的时间由"天宝初"错写成了"开元中"。《酉阳杂俎》是一本被《四库全书总目》认为"浮夸"的书。

然而，"力士脱靴"一事之所以有可能是真，只是因为《唐国史补》的史料价值不容低估。

但后列各书，均指责高力士因为给李白脱了个靴，就在李隆基和杨贵妃面前对李白极尽打击报复之能事，从而导致李白大才子不为国家所用而被斥去的事。这牵涉到高力士的人品，不可不为之一辩。

首先是《唐国史补》并未记录高力士打击报复的情节，反而是后列各书记录了。其次则是李白对高力士的地位并不形成威胁，即使高力士伤了面子给他脱过靴，以高力士之为人，也不至于对付这样一个在朝中无足轻重的文人。李白最后被"赐金还山"，根本原因，还在于他自己。

此时的高力士，不给李白脱靴，恐怕还是因为他有很多大事要干。比如，偶尔充当一下皇帝和宰相之间的润滑剂。史书记载，当宰相对李隆基有误会时，高力士出现了。

姚崇刚刚当上宰相的时候，曾经当面向李隆基请示郎吏等低级官员的任用问题。李隆基故意望着天，就是不回答，姚崇被吓着了，惶恐地退出朝堂，以为皇帝对自己有了误会，才不搭理自己。

事后，高力士问李隆基为何这样做时，李隆基回答："这种小事，他作为宰相应该直接决策，怎么能拿这种小事来烦我呢？"高力士马上将李隆基的意思传达给了姚崇，史书说姚崇"且解且喜"。

那么，假设此时高力士不出现不主动消除姚崇的误会呢？结果必然是李隆基和姚崇之间的关系，会出现微妙的状态。而这样的微妙与猜忌，显然不利于"开元盛世"。

当李隆基对宰相有误会时，高力士也出现了。开元十四年（726），宰相张说因被李林甫弹劾贪污而遭到鞫问时，李隆基派高力士去看看张说。

这个时候，毫无疑问，高力士的汇报将非常关键，甚至可以马上决定张说的生死。结果高力士回来说："说蓬首垢面，席藁，食以瓦器，惶惶待罪。"换句话说，认罪态度非常好。李隆基顿时心生好感，高力士又说："说曾为侍读。又于国有功。"于是高力士救了张说一命，他仅仅受到"停兼中书令"

的处分。

为此，张说非常感谢高力士，后来还发挥自己的文学特长，为高力士的父亲撰写神道碑，极尽溢美之词。

正因为高力士有过上述的积极作为，史册对他评价颇高，说他"中立而不倚，得君而不骄，顺而不谀，谏而不犯。故近无闲言，远无横议"。

一个宦官，能做到"近无闲言，远无横议"，够意思了。

当李隆基对宰相过度信任时，高力士又及时站出来泼冷水，帮他清醒头脑。天宝三年（744），李隆基觉得天下太平，开始说胡话了："朕不出长安近十年，天下无事，朕欲高居无为，悉以政事委林甫，何如？"高力士当时就以"皇权不可旁落"的理由坚决反对，李隆基后来也就罢了。李隆基这是老糊涂了。

其实，有人就一直在等着他老糊涂，比如，安禄山。

天宝十四年（755）十一月，安禄山叛乱的鼙鼓动地而来。

七十岁的李隆基、六十五岁的高力士，这一对白头老翁，在本该安享晚年的年纪，迎来了一生中新的挑战。可是，他们已明显力不从心了。

他俩的时代，从安禄山叛乱的这一刻起，就已经结束了。余下的日子，他俩只是活着而已。

庄子说，寿则多辱。如果李隆基和高力士在叛乱前就已双双死去，则大乱虽由他们尤其是李隆基一手造成，可死者已矣，在无人追究的情况下，他们留在大唐子民心中的形象，该是多么高大啊。

可惜，他们一直没有死。活着丢了长安，活着去了成都，最后还活着回了长安。于是，岁月只能给他们一次又一次的屈辱。

第一次大的屈辱，在马嵬驿，天宝十五年七月十三日晚的马嵬驿。这一晚，杨国忠被杀，李隆基忍痛缢杀时年三十八岁的杨贵妃，否则他自己可能也会有生命之忧。虎落平阳啊。

高力士当时也在场，并且由于历史尘烟的掩盖，他还被某些学者诬为这场兵变的主谋。还有部分学者认为兵变的主谋也可能是禁军将领陈玄礼和皇太子李亨。

我不赞同高力士和陈玄礼是主谋。原因当然不是我相信他们的人品，而是兵变之后，他们二人没有获得任何实际利益。这两人还是原来的职务，还是原来的任务，陪着李隆基，继续前往成都。

皇太子李亨才是这场兵变的最大利益获得者，至少这一点，是公认的。

这是一场精心的算计，也是一个危险的信号。

精心算计的是李亨。完全有理由推论，正是他发动了这场兵变，改变了父皇李隆基让他跟着去成都的既定安排，杀死了政治上的对手，获得了单独前往灵武进行平叛的行动自由，最后，他自己把皇冠戴到了自己的头上。

危险信号则是，李隆基和高力士从此失去了对局面的掌控，未来，他们只能在新皇帝的威权下，苟延残喘了。

这次兵变之后，高力士跟着李隆基去了成都。尽管中原大地这会儿正打得热火朝天，但两个老头儿又过了两年的安心日子。虽然一个在追忆旧时情人，一个在回味昔日荣光。

在蜀地，李隆基为嘉奖高力士的忠心追随，加封他为开府仪同三司、齐国公，实封三百户。这是他一生官职的顶点。

开府仪同三司："开府"，指高级官员（如三公、大将军、将军等）可以设置府第、建立府署，并自选幕僚；"三司"，是指司空、司徒、司马这三个以"司"开头的高级职务。

古人根据官职级别的不同，对其府第形制包括出行仪式，都有严格的规定。就好像我们在电影中经常看到县太爷出行所用的"肃静""回避"大牌子一样，你老百姓再有钱，也不能瞎用，那是县太爷才能够用的。所以，"开府仪同三司"就是说高力士设置府第形制和出行仪式可以跟三司一样，这是一品文散官，代表级别和荣誉。

齐国公，这是高力士的爵位。早在开元十七年（729）时，高力士就已受封为"渤海郡公"，这是食邑二千户、正二品的第四等爵位。这次李隆基给他提拔一级，封为食邑三千户、从一品的第三等爵位。

那么，既然高力士的齐国公已经"食邑三千户"，为什么后面还要加一个"实封三百户"呢？难道是加在一起算，给了三千三百户？你想得美。

原来，唐朝的这个食邑，有虚封和实封的区别。

封爵时，凡是封授或赐予爵位而不附加相应赋税经济权益的，就是虚封，只代表一定的身份地位。高力士被封齐国公的"食邑三千户"，就是虚封。而实封则是对被授予爵位者附加赋税经济权益，使封爵者能够获得一定的赋税等封物。高力士后面加的"实封三百户"，就是实封，这意味着高力士真的可以得到三百户交纳的租庸调。租主要是粟，即当时的粮食，而调则根据不同地区有绢、绵、布等织物和麻。庸主要是指劳役，但可以折算，每丁每天按交纳绢三尺或布三尺七寸五分的标准，交足二十天服役时间即可。

三千户，是虚封，只是荣誉，别太当真。

三百户，才是实封，是实实在在地给米、给布、给钱。

可见，虽然偏居蜀地一隅，手上的钱已然不多，李隆基仍然对高力士不错。

至德二年（757），李隆基和高力士由成都返回长安。但是，他们人生中的第二次大屈辱正等着他们。

回到长安之后的李隆基和高力士，居住在兴庆宫，这里本是李隆基做藩王时的府邸，当时称"南内"。此时李隆基名为太上皇，实际上已形同软禁。好在他与高力士相依为命，逢年过节还可以置酒为乐，共同打发晚年时光。

但还是有人不放心。谁？李隆基的好儿子，现在的唐肃宗李亨。

第一个不放心，是兴庆宫的位置太开放。兴庆宫与大明宫、太极宫距离都比较远，但距离外城比较近。东面是城墙，西面是胜业坊，北面是永嘉坊，南面是道政坊，斜对面就是人来人往的繁华的东市。一出宫墙，就是坊间道路，老百姓经常可以见到白发苍苍的老皇帝在楼台上饮酒，为此还特地在宫墙外跪拜致意。老皇帝人心尚在啊！这样开放的环境，又极方便老皇帝与各色人等交流和来往。至少在李亨看来，这不是好事。

还有一个不放心，是李隆基和高力士有过发动政变的前科，而且，还是两次！要是太上皇和高力士不甘寂寞，联络禁军将领，再来一次……这样的念头，就能把李亨从梦中吓醒。

没办法，权力面前无父子。只有提前预防，让太上皇搬搬家，挪挪地方了。

在李亨的授意下，继高力士之后崛起的唐朝第二个专权大宦官李辅国出马了，要强行把李隆基由开放的兴庆宫迁往封闭的太极宫。

强迁之时，李辅国率全副武装的五百骑兵，刀刃外露，气势汹汹，名为迎接，实则示威，把老迈的李隆基吓得几乎从马上摔下来。幸得高力士一声怒喝："李辅国何得无礼！"

李辅国更牛，他恼羞成怒地骂高力士"不解事"，并且挥刀杀了高力士的一个随从。在这个关键时刻，高力士依然毫无惧色，特意代李隆基向士兵们问好，利用唐玄宗的最后一点儿余威，取得了士兵们的下马礼敬，并巧妙化解了他们的杀气，这才算是平安地由兴庆宫移到了太极宫。

事后，李隆基握着高力士的手说："没有将军的话，我就成为刀下之鬼了。"

但经过这件事，高力士彻底得罪了李辅国。他奈何不了李隆基，当然欺负得了高力士、陈玄礼等人。十天后，高力士"为李辅国所诬，除籍，常流巫州"。高力士在被流放之前说："臣当死已久，天子哀怜至今。愿一见陛下颜色，死不恨。"

高力士在流放前，想最后和李隆基见一面的请求，未获允许。从此，二人永别。

为了师出有名，李辅国还给高力士安了一个罪名，"潜通逆党，曲附凶徒，既怀枭獍之心，合就鲸鲵之戮"。说这么复杂，其实就是谋反的死罪。这个罪名，既暴露了李亨和李辅国的担心，同时也表明这二人想置高力士于死地。但最终李亨和李辅国还是没有把高力士杀了，一来高力士符合《唐律》"八议"中的"议贵"规则，应该减轻处罚，予以流放；二来也是不敢让老父亲太上皇过于伤心。

就这样，高力士一路流放到了巫州，并留下了这首既感叹荠菜又感叹自己的《感巫州荠菜》。

两年后，李隆基、李亨父子俩先后病逝。李亨在临终前几个月，诏命所有的流放者赦免回京。高力士在回京途中听说李隆基逝世，情不自胜，悲由心生，一路哭泣不已，"北望号恸，呕血而卒"，病死于朗州（今湖南常德）开元寺西院。

果然"气味终不改"。

不得不说，高力士像个男人。而且，比古往今来的很多健全的男性更像个男人。一个男人，如果在现实生活中活得像根墙头草，那么，即使他很健全，仍然不是个男人。

明代的李贽评价说："高力士真忠臣也，谁谓阉宦无人？"

特别需要说明的是，高力士留下来的诗，只此一首。

王昌龄之死：
安史之乱中的士人背影（一）

　　天宝八年（749），四十九岁的李白听说自己的好朋友，时任江宁县丞的王昌龄又倒了霉，再次被远贬到龙标县（今湖南黔阳），深表同情之余，挥笔写下《闻王昌龄左迁龙标遥有此寄》：

　　　　杨花落尽子规啼，闻道龙标过五溪。
　　　　我寄愁心与明月，随君直到夜郎西。

　　李白听闻此讯并写作本诗的时间，是暮春之时。杨花落尽子规啼：当时，柳絮已经落尽，杜鹃鸟在不停地啼鸣。这里的"子规"，又叫"子巂"，就是杜鹃。东汉许慎《说文解字》说："蜀王望帝淫其相妻，惭，亡去，化为子巂鸟，故蜀人闻子巂鸣，皆起云'望帝'。"《禽经》介绍杜鹃说："江左曰子规，蜀右曰杜宇，瓯越曰怨鸟，一名杜鹃。"

　　闻道龙标过五溪：一个是龙标县，隶属于偏远的下州——叙州潭阳郡。但是还好，龙标县在唐县中倒是属于上县，第五等的县。王昌龄的职务，将是龙标县尉，从九品上的官品。这官儿，已经小得无以复加，只比从九品下的官员和未入流的吏强那么一点点。另一个五溪，是指今天湖南省沅江五条较大的支流。因为溪名更改频繁，叫法繁多，故五溪的说法至今不一。其一为雄溪、蒲溪、酉溪、沅溪、辰溪；另一为辰溪、酉溪、巫溪、武溪、沅溪。李白此句是在慨叹王昌龄被贬之地的遥远，"我听说你被贬龙标，路上将要路过五溪"。

我寄愁心与明月，随君直到夜郎西：这是千古名句，所以要放在一起理解。"我要把这颗忧愁之心托付于天上的明月，让它追随你一直到夜郎以西的被贬之地"。

这位让李白牵肠挂肚的好朋友王昌龄，大家也熟悉。"洛阳亲友如相问，一片冰心在玉壶""但使龙城飞将在，不教胡马度阴山"等名句的作者，人称"七绝圣手""诗家天子"，可见其诗坛地位。但这位诗才出众的大诗人，却一生坎坷，长期屈处丞、尉下僚，并最终在战乱中被小人非法枉杀，死于非命，成了安史之乱中第一位被杀的大诗人。

王昌龄（698—757），字少伯，长安（今陕西西安）人。王昌龄虽然在今天是大诗人，可在唐史上，他却是个实实在在的小人物。《旧唐书》《新唐书》《唐才子传》提及他，都没有超过500字。记载简略，就必然导致他的生平事迹有很多不清楚的地方。所以，他的生年、籍贯均有争议，我以上列出的他生于公元698年，籍贯为长安人等，都是主流的说法。

王昌龄二十五岁以前的生活状况，目前找不到史料记载。他自己在留下的文章《上李侍郎书》中说："久于贫贱，是以多知危苦之事""每思力养不给，则不觉独坐流涕，啜菽负米。"可见，他在中年以前过着贫穷潦倒的困窘生活，甚至有可能自己种过地。至于他怎么受的基础教育，如何有了这么出众的诗才，更是个谜。

唐代文人为步入仕途，一般会选择漫游、干谒、隐居等途径以提高自己的名声，从而得到朝廷任命。王昌龄最先选择的是漫游。开元十一年（723）起，他决定漫游大唐的西北边疆，也就是出塞，去了并州、潞州、泾州、河西、陇西等地。当然，少不了最著名的玉门关。他的著名组诗《塞下曲四首》《从军行七首》就是写于此时。如果诗名不熟悉，那"黄沙百战穿金甲，不破楼兰终不还"总有点儿耳熟吧？

实际上，王昌龄此行，本有干谒边境节度使以求进身之阶的初衷，但是机会不好，没有任何收获。

那就回来隐居读书吧。从开元十三年（725）起，王昌龄隐居于陕西凤翔的石门谷，同时潜心研读诗书，准备参加进士考试。在二十九岁时，王昌龄进士及第。这个成绩在同龄人中算是优秀的，说明他有才，很会考试。进士及第后，王昌龄的第一个官职是秘书省校书郎，正九品上。别看级别低，但这个职务还真不差。

秘书省是皇室的藏书库，或者叫皇家图书馆。秘书省的长官叫秘书监，属官有秘书少监、秘书丞、秘书郎、校书郎和正字。校书郎和正字，作为秘书省最低的两种品官，正是一般读书人释褐做官的首选。

校书郎一职，极为清贵，"时辈皆以校书、正字为荣"。校书郎"掌雠校典籍，为文士起家之良选。其弘文、崇文馆，著作、司经局，并有校书之官，皆为美职，而秘书省为最"。也就是说，王昌龄的第一个官职，为美职之最。

而且，这个职务虽为九品小官，但前程远大，从校书郎起家后来官至宰相的例子，比比皆是，比如张说、张九龄、元稹、李德裕等。

还有，这个官职还比较闲，工作任务不重。有一个说法，"流俗以监为丞相病坊，少监为给事、中书舍人病坊，丞及著作郎为尚书郎病坊，秘书郎及著作郎为监察御史病坊，言从职不任繁剧者，当改入此省"。

解释一下，"如果丞相病了，就进入秘书省当秘书监来养病；如果给事、中书舍人病了，就进入秘书省当秘书少监来养病；如果尚书郎病了，就进入秘书省当秘书丞、著作郎来养病；如果监察御史病了，就进入秘书省当秘书郎、著作郎来养病。总之，如果官员的身体不允许承担繁剧的工作任务时，就到秘书省来养着"。

而且，即使王昌龄一直在秘书省混，也未必就没有前途。著名的魏徵，就是于贞观三年（629）在秘书监任上"参预朝政"，成为宰相之一的。

多好的位置，既是美职，又前程远大，工作任务还不重。至少在此时，朝廷对王昌龄还是不错的。

但是，王昌龄在校书郎任上一混就是七八年，没有升迁之望。为了寻找机会，他于开元二十二年（734）再考了一次博学宏词科，考上之后，迁汜水县尉，正九品下的官职。

有人要问了，校书郎是正九品上，汜水县尉是正九品下，怎么王昌龄费了半天劲，官品反而下降了？

其实，王昌龄正沿着唐代官员的升官路径，在顺利地走着。汜水县属于河南府，靠近东都洛阳，是畿县，第二等县。畿县县尉，亦为唐代基层文官的美职之一。

唐代官员升官路径，一般是这样的：一、进士。二、校书郎（正九品上）。三、畿尉（正九品下）。四、监察御史（正八品上）。五、拾遗（从八品上）。六、员外郎（从六品上）。七、中书舍人（正五品上）。八、中书侍郎（正四品上）。再往上就是尚书、宰相了。

可能不同的人任职路径不一样，但一般路径是这样的。可见，王昌龄虽然由京官任职汜水县尉，官品也降了一阶，但并非贬谪，而是正走在升官路径的第3步上。

校书郎和畿尉属于基层文官，高一阶低一阶无所谓。重在第四至六步，这是中层文官职务。特别是监察御史、拾遗之类的清望言官，是非常关键的一步，能够担任此类官职，多半有宰相之望。

要知道，唐代文化人任官，都是从最基层做起，史料中几乎没有看到能够一步登天的文化人。才高如张说，在洛阳武则天亲自主持的殿试中高中第一，武则天还下令把他的考卷抄存在尚书省，"颁示朝集和蕃客等，以光大国得贤之美"。这么猛的人，状元出身的牛人，仍然是先干相当于王昌龄校书郎职务的太子校书，再干相当于王昌龄汜水县尉的武攸宜讨契丹总管府记室，然后进入关键的第四步，担任右补阙这样的清望言官，一步一个脚印，最后干到宰相。

但王昌龄倒霉，终其一生，他也未能走出升官路的第四步。因为受了政治斗争的牵累。大约在开元二十五年至二十六年（737—738）之间，王昌龄突然被贬至岭南。虽然史料并未记载王昌龄这次被突然贬谪的原因，但估计与朝廷政治斗争有关。因为在开元二十五年（737），被称为"贤相"的张九龄遭贬为荆州刺史，而著名奸相、口蜜腹剑的李林甫上任。王昌龄应是受了张九龄的连累，至于此次他被贬往岭南何处、贬为何官，不知。

从此以后，王昌龄就与上述升官路径没有任何关系了。这次被贬，中断了他正常升迁的仕途之路，导致他一生都只能在八九品官的职位上徘徊。

还好，王昌龄这次被贬时间不长，因为唐玄宗李隆基于开元二十七年（739）二月大赦天下。王昌龄恰在被赦之列，于是经襄阳北返长安。在襄阳，王昌龄见到了老朋友孟浩然。

王昌龄与孟浩然结识于开元十七年的长安，有孟浩然《初出关旅亭夜坐，怀王大校书》一诗为证。可见，二人认识时，王昌龄的职务还是校书郎，所以孟称其为"王大校书"。回忆这段时期的交谊，孟浩然曾说两人"数年同笔砚"，可见彼此处得很好，往来密切。

王昌龄被贬岭南时，曾从襄阳路过，孟浩然为此有《送王昌龄之岭南》诗。这一次老朋友遇赦北归，孟浩然自然高兴，不顾自身疾病未愈，与王昌龄"相得甚欢，浪情宴谑"。结果王昌龄一走，孟浩然竟然病发去世了，终年五十二岁。用生命在交往的好朋友啊。

回到长安，王昌龄才知道，自己的事情并没有一赦了之。岭南是不用再去了，但他被量移至江宁县，任江宁县丞。江宁县属于望县，县丞为八品官员。

所谓量移，是指唐代获罪之人，被贬谪远方后，遇赦则移到近地安置。江宁县在江苏南京，好歹比岭南近。开元二十九年

（741），江宁县副县长王昌龄到任了。

"一片冰心在玉壶"就是写于王昌龄担任江宁县丞的任上，他在这个位置上干了七年。在天宝六年（747）时，最后一次被贬谪，去担任龙标县（今湖南黔阳）县尉。

这次被贬谪的原因，史书说是他"不护细行"。"不护细行"的意思是，生活中不注意小节。那么，王昌龄副县长有哪些小节没有注意，以至于让政敌抓住了把柄，再次遭贬呢？

一可能是好酒贪杯。王昌龄的诗中，带"酒"和"醉"字的，不少，可见此公之爱酒。二可能是消极怠工。上次的被贬，朝廷政治的黑暗，自然让他心有不满，表现到行动上，消极怠工只怕难免。三可能是私养歌伎，犯了作风错误。他在此期间的《重别李评事》诗中有"吴姬缓舞留君醉"，可见此公深知"吴姬"之妙，只怕身边"吴姬"不少。

酒、色，甚至包括消极怠工，对文人出身的唐朝基层官员来说，都不是很大的事儿，也就是小节、"细行"。但怕就怕有人盯着你，拿着放大镜找你的缺点。放大镜之下，还有什么错不会被放大、被追究？此事，古今皆然。

天宝七年（748）春天，王昌龄到达龙标县贬所，在此一直待到天宝十四年（755）十一月，安禄山发动了那场置他于死地的叛乱。

从常理来判断，王昌龄不大可能在初闻叛乱消息时，即弃官北归。唐朝对官员擅离职守的处罚，也不是闹着玩儿的。最大的可能性还是，在天宝十五年（756）六月，他听闻长安陷落、玄宗西逃的坏消息后，因挂念家人而北归的。当时岂止他一个人，沦为战区的地方，官员逃散的比比皆是。他所在的龙标，虽然未有战火，但他的家乡长安却已在战火之中。而身处战区的家人，才是他所挂念的。于是，他决定弃官北归。

然而，王昌龄在至德二年（757）途经亳州时，竟然被刺史闾丘晓所杀！《唐才子传》说他"为刺史闾丘晓所忌而杀"。

王昌龄被闾丘晓"忌"什么，为什么"忌"，不知道。有一点可以肯定的是，闾丘晓杀王昌龄，是因私，而不是因公。因为如果因公，闾丘晓只能是代表朝廷追究王昌龄弃官北归、擅离职守之罪。我们假设，闾丘晓这个河南省的刺史，有权力追究王昌龄这个湖南省的县尉上述罪名，按照唐律，王昌龄也罪不至死。因为，《唐律疏议》第二十八卷"捕亡律"规定，对"诸在官无故亡者"，最重的处罚，是流放三千里。一句话，如果因公，闾丘晓既管不着王昌龄，也量刑过重。

王昌龄碰上闾丘晓这样心胸狭窄、挟私报复的小人，以致死于非命。

至德二年十月，也就是王昌龄冤死的同一年，唐廷宰相张镐兼任河南节度使，集结军队，讨伐安史叛军。闾丘晓延误时限，张镐大怒，要杀了他。闾丘晓求情道："家中还有亲人需要奉养，请饶我一命。"

张镐反问："那王昌龄的亲人，谁来奉养？"闾丘晓默然。

时人闻之大快。

张镐问完，比照闾丘晓杖杀王昌龄的方法，也杖杀了闾丘晓。

王维之生：
安史之乱中的士人背影（二）

　　至德二载（757）十二月，长安。刚刚将安史叛军赶出长安、重新回到京城的唐肃宗李亨，惊魂初定之际，就决定严厉追究一大帮官员的责任。

　　在唐肃宗李亨看来，凡是当过安禄山伪官的人，都该死。这就是李亨的逻辑。依此看来，大诗人王维就在劫难逃，得掉脑袋了。当时王维正垂头丧气地和二百多名官员一起，被关在长安城宣阳里杨国忠的旧宅里，等待着命运的安排。

　　但是，结果对于王维来说，却是惊喜。十二月二十九日，朝廷宣布将这些伪官分六等定罪，最重的达奚珣等十八人，被斩首于城西南独柳树下，次一等的陈希烈等七人赐自尽于大理寺，第三等的在京兆府门被杖责一百，第四、五、六等的或流或贬。王维，却不在这六等里面。

　　对王维的处分是由原任正五品上的给事中，降职为正五品下的太子中允，官降一阶而已。就这样，唐肃宗李亨轻轻地放过了他。

　　王维的运气为什么这么好？因为一首诗。正是这首诗，或者说主要是因为这首诗，救了曾任安禄山伪官的王维一条命：

万户伤心生野烟，百僚何日再朝天？

秋槐叶落空宫里，凝碧池头奏管弦。

王维，人称"诗佛"，一生留下来的诗一共有400多首，名诗名句可谓不计其数。但上面这首诗，却是他生命中最为重要的一首诗。

万户伤心生野烟：受安史之乱折磨的成千上万老百姓，流离失所，只能在野地里生火做饭，升起一股股炊烟。

百僚何日再朝天：这就是救了王维性命的关键一句诗了。和我一样遭到囚禁的文武百官们，何时才能再次朝见天子？

秋槐叶落空宫里：秋天的槐叶飘落在空旷无人的皇宫里。

凝碧池头奏管弦：宫中的凝碧池边，安禄山正在欣赏管弦之乐，大宴宾客。

后两句是写实，写的是当时王维被囚禁在洛阳菩提寺时的所见所闻。王维被囚地点，诗句中虽然没有，但诗题中却有。

这首总共才28个字的诗，竟然有一个长达39字的题目——《菩提寺禁裴迪来相看说逆贼等凝碧池上作音乐供奉人等举声便一时泪下私成口号诵示裴迪》。

需要说明的是，王维作诗偶尔会起很长的诗题。这首39个字的诗题，还只是他所有诗题中第二长的，第一长的诗题则有41个字！《同卢拾遗过韦给事东山别业二十韵给事首春休沐维已陪游及乎是行亦预闻命会无车马不果斯诺》。

这个长达39个字的诗题，字数既多，信息量也很大。

"菩提寺禁"：王维当时被关押在东都洛阳菩提寺。菩提寺，始建于北魏，据《洛阳伽蓝记》记载："菩提寺，西域胡人所立也。在慕义里。"位于洛阳城南的慕义里。

王维是在长安被俘的，但随后被押送到洛阳，并在洛阳被迫接受了安禄山的给事中伪职。

他自己后来在《大唐故临汝郡太守赠秘书监京兆韦公神道碑铭》一文中，回忆了这段不堪回首的经历。

"君子为投槛之猿，小臣若丧家之狗。伪疾将遁，以猜见囚，久饮不入者一旬，秽溺不离者十月。白刃临者四至，赤棒守者五人。刀环筑口，戟枝义颈，缚送贼庭。"也就是说，一开始王维也是想逃的，但没有跑成。

这次被叛军抓获，王维遭了罪了，身边一直有人看着，"白刃临者四至，赤棒守者五人""久饮不入者一旬"，饿得够呛，也脏得够呛。为什么这么脏？因为王维自己吃了药，"服药取痢"，导致拉肚子，所以"秽溺不离者十月"。这对于一个文化人、朝中官员来讲，实在难熬。

还好，他在这次监禁中，得到了一位好心人的帮助，就是这位"大唐故临汝郡太守赠秘书监京兆韦公"——韦斌。这位韦斌，早在天宝十四年（755）十二月东都洛阳陷落时就投降了叛军，似乎还得到了叛军的信任，有了点儿小职权，负责看管新近抓到的唐朝官员。对于王维，韦斌"推食饭我，致馆休我"，给予了力所能及的关照。

囚禁期间，王维能够得到韦斌的关照，也算是不幸之中的大幸。有此照顾，王维在囚禁之中，并未遭受很大的虐待。

"裴迪来相看"：裴迪并未被抓，他的行动是自由的。他为什么没有被抓，史籍未能明载，但最大的可能是因为他的官职比较小，叛军以为他只是一个打酱油的，并未重视。

　　　　　唐诗里的唐朝

裴迪是王维的好友，大约生于开元五年（717）至开元九年（721）之间，小王维约十几岁。大约在开元二十九年（741），王维与裴迪结识并定交于长安。当时王维已任职右拾遗，裴迪则正在参加秀才科考试。

　　从那以后，两人交往颇多，时有诗歌唱和。天宝二年（743）夏秋之际，大诗人、江宁县丞王昌龄因公入京办事，约王维、王维的亲弟弟王缙、裴迪在长安新昌坊南门之东的青龙寺集会，诸人皆有唱和之作。王维的诗是《青龙寺昙壁上人兄院集》，王缙的是《同王昌龄裴迪游青龙寺昙壁上人兄院集和兄维》，王昌龄的是《同王维集青龙寺昙壁上人兄院五韵》，裴迪的《青龙寺昙壁上人兄院集》。

　　到了天宝十五年（756）王维被囚禁的这一年，裴迪年龄在三十五至四十岁之间，担任着尚书省郎这样的七品小官，所以并未受到叛军注意。

　　王维则和裴迪不一样，他在叛军那里，甚至在安禄山眼里都是名人。倒不是因为他官大，而主要是因为他的音乐才能。

　　王维刚刚到长安，还未进入官场时，就以音乐才能知名。而他能于开元九年一举考中状元，据说还是托了超高的音乐才能的福。

　　《集异记》载：“妙能琵琶，游历诸贵之间，尤为岐王所眷重……维方将应举，具其事言于岐王，仍求庇借。”“岐王则出锦衣服，鲜华奇异，遣维衣之。仍令赍琵琶，同至公主之第……即令独奏新曲，声调哀切，满座动容。”“公主曰：‘此曲何名？’维起曰：‘号《郁轮袍》。’公主大奇之。”王维的这首《郁轮袍》，还流传下来成了名曲，宋朝苏轼曾有诗"旧声终爱郁轮袍",就是说的这个曲子。

弹完琵琶,王维在公主大奇之后,又献上自己的诗文十首,使得公主对他的音乐和文学才能双重倾倒,这才出面,以公主之尊去帮王维搞定状元这个事儿。

王维考中状元之后,所担任的第一个职务就是太乐丞,可见朝野上下对王维音乐才能的认可。而这个官职,也是他的祖父王胄曾经担任过的官职。原来王维有音乐世家的底子。

太乐丞,从八品下,是隶属于太常寺的八个署之一太乐署的副手。这就是一个掌管朝廷音乐礼仪事务的机构。

关于王维的音乐才能,还有这样一个神奇故事:

有人得到一幅奏乐图,不知画中人物在演奏什么音乐。王维看了一眼之后,说:"这图中的人物,正在演奏《霓裳羽衣曲》第三叠第一拍。"有人不服,找来乐工来演奏试验,果然正如图中所绘。

这样的人才,安禄山怎么可能放过?更何况,安禄山喜欢的就是这个调调。据《明皇杂录补遗》载,"禄山尤致意乐工,求访颇切,于旬日获梨园弟子数百人"。

历史事实证明,安禄山叛乱,从来就没有从唐朝降官那里汲取任何的政治营养。他们一开始就只知道刀把子、烧杀和流血,占了洛阳、长安之后,他们又只知道掠夺和及时行乐。他们从来就没有想过,如何去治理这个天下,如何去造福黎民百姓。所以,安禄山不需要王维的政治才能,他也不需要任何人的政治才能。

在过把瘾就死的叛军心态中,关键就是过的这把瘾。而在过瘾的过程中,音乐必不可少。

所以，王维被安禄山囚禁了起来，后来还强迫他当了给事中，还是他被俘前在唐朝当的官儿，既没有升，也没有降。要的，就是他的音乐才能。

这就是王维担任伪官的原因及过程。应该说，王维担任的这个伪官，没有为安禄山出一计、设一谋，对于大唐的平叛，基本无害。

"说逆贼等凝碧池上作音乐，供奉人等举声便一时泪下"，这是裴迪说给王维听的内容。

裴迪向王维描述的情景，在《明皇杂录补遗》中有记载。当时，叛军在宫中凝碧池饮酒作乐，把俘虏的宫廷乐工叫来奏乐助兴。不料，众乐工心念旧皇，在所演奏的音乐响起时，竟然相对唏嘘，泪流满面。

这还了得？众士兵拔出刀来，威胁乐工们强颜欢笑，继续演奏，这更加剧了乐工们的抵触和悲伤情绪。这时，一个名叫雷海青的乐工竟然把乐器丢在地上，向着西方即唐玄宗李隆基入蜀的方向伏地恸哭。雷海青这样的行为，把自己推上了绝路。士兵们把他绑了起来，就在戏马殿之上，在众目睽睽之下，将他一刀一刀地肢解了！

雷海青如此悲惨、类似被凌迟地死去，在唐朝只怕例子不多。因为，在唐朝的律法之中，还没有发明凌迟这种刑罚。唐律中的最高刑罚，也就是把头砍掉。

这些乐工，基本上可以算是王维担任太乐丞时的老部下。王维听闻裴迪转述如此惨事，怎能不心中激动，有所感焉？

"私成口号"：这四个字的主语，换成了王维自己。

但是，"私成口号"四个字，并不是说王维听到上述惨景，心情激动之下，喊了几句"打倒安禄山""李隆基万岁"这样的口号，而是另有意思。

这里的"口号"，指的是古代诗体中的一种——口号诗。

由诗人随口吟出的、篇幅短小的诗，叫作"口号诗"。其主要特征是，诗人张口就来，现场创作、吟就的短诗，有点儿类似于后来所谓的"口占一绝"。

口号诗张口就来，但仍然需要符合当时情景和诗的格律。特别是对诗的格律，仍然不会降低要求。各位要是张口就来，吟出"西边夕阳像蛋黄"的句子，那是万万不可的。

说起来，口号诗还是我国诗歌演进史上的重要形式，起源于刘宋时期，兴于唐。所以，除了王维以外，唐朝还有多位诗界大佬，如李白、杜甫、元稹、白居易、张九龄、孟浩然、张说等，都曾有口号诗传世。

"诵示裴迪"：既然王维的这首口号诗是现场创作，随口吟出，自然是朗诵给裴迪听的，所以是"诵示裴迪"。

史料表明，在此时，王维还有另一首口号诗——《菩提寺禁口号又示裴迪》。

他为什么要说"又"呢？

因为这是第二首。王维人被关着，诗兴倒是不减，一共搞了两首口号诗。这首《菩提寺禁口号又示裴迪》内容如下：

> 安得舍罗网，拂衣辞世喧。
> 悠然策藜杖，归向桃花源。

很显然，第二首诗与第一首诗表达的忠君思想不同，这首表达的是王维希望恢复自由之后，摆脱尘世喧嚣，归隐田园的思想。

王维倒是爽了，通过口号诗把意思都表达完了。可一搞就是两首，又是七言，又是五言的，也真难为裴迪的记忆力了。

要知道，当时裴迪可是在探监，肯定不可能有纸笔可以将王维的口号诗记录下来，那就只能靠背了。

裴迪为什么要背？这与王维"诵示裴迪"的目的有关。

要指出的是，王维还在囚禁的时候，他可没有那么神奇，不可能判断出第一首口号诗将来可能会被皇帝知道，会救自己的命。他当时之所以要把这两首口号诗让裴迪背下来，是为了让他去找一个人，一个绝对会救他的人，一个有能力救他的人。

谁？我们在前面提到过的王缙，王维的亲弟弟。王缙，字夏卿。王缙也和王维一样，自小聪明好学，中举之后，历任侍御史、武部员外郎等职。

侍御史，从六品下的监察官员。武部员外郎，就是兵部员外郎。李隆基于天宝十一年（752）闲来无事，改官名玩儿，于是改兵部为武部。记载简略，不知道王缙担任的是武部四个司"兵部、职方、驾部、库部"中哪一个司的员外郎，不过除了职掌不同，级别一样，从六品上。

安禄山的叛乱，给王缙带来了升官的机会。他受命离开长安，去出任从四品下的太原府少尹，负责辅佐当时的太原府尹李光弼，共同防守大唐王朝的龙兴之地。

当年，李渊和李世民就是从这个地方出发，打下长安，建立大唐王朝的。这样的根本重地，当然要重点防守。而王缙能够有机会和李光弼合作，更是运气来了门板都挡不住。要知道，安史之乱的最终平定，第一大功臣是郭子仪，排第二的，就是这个李光弼。

所以，裴迪接受王维的委托，来到太原，找到了王缙。可是王缙却暂时无力去救王维。因为，他在当时陷入了一场艰苦卓绝的"太原保卫战"之中。身为太原少尹，他只能先国后家，先公后私。

至德二年（757）正月，史思明、蔡希德发兵十万进攻太原，并企图在占领太原后，由北道攻打唐肃宗李亨当时所在的灵武。如果太原再次失守，灵武必然处于危急之中，大唐的机会也就不多了。

但是，李光弼和王缙一起，以手中的一万多人，硬是以少胜多、以弱胜强，守住了太原城池。同时，他们还利用安庆绪弑杀安禄山的内乱机会，派敢死队出城打退叛军，取得了太原保卫战的完胜。

这是安史之乱以来，唐军第一次在战场上取得重大胜利，第一次遏制住了叛军如潮的攻势，为后来收复两京奠定了基础。

太原保卫战胜利的消息传到灵武，唐肃宗李亨大喜，封李光弼为司空，兼兵部尚书，仍兼同中书门下平章事，封爵魏国公。同时升官的还有王缙，他以本官太原少尹兼任宪部侍郎，也就是刑部正四品下的副部长，正式跨入高官行列。不久，王缙更是被召到皇帝身边，出任从三品的国子祭酒。

这对于王缙、王维，无疑是一件大好事。

诡异的是，和太原保卫战的胜利消息一起传到灵武的，还有王维的这首口号诗。《唐才子传校笺》记载，王维的诗"时闻行在所"。

唐诗里的唐朝

这个"行在",指的就是灵武。这句话的意思是,还在那个时候,唐肃宗李亨就听到了这首诗。

可以想象,王维诗中那一句"百僚何日再朝天",让此时唐肃宗李亨的心中,非常爽。

这个伏笔,打得相当好。

要知道,王维的这首诗,唐肃宗李亨是在灵武首次知道,还是收复长安后首次知道,两者的区别非常大。最大的区别就是,李亨在灵武首次知道,那王维就还有生的机会;李亨在收复长安后首次知道,那王维可能还是得死。

现有史料太简略,我们无法确知王维这首诗得以"时闻行在所"的具体过程,但我们不得不指出,王缙和裴迪为了营救王维,也是蛮拼的。

他们一定想了很多办法,找了很多唐肃宗李亨身边的朝中大佬,利用了一些非常自然的不经意的机会,把王维的这首诗,摆到了李亨的眼前,传到了李亨的耳中。

这才有了王维生的希望。因为,王维犯下的可是叛国罪。

唐朝法律关于叛国罪的定义和处理原则,在《唐律疏议·贼盗律》第十七卷总第251条中有明确规定。关键条文有:

"诸谋叛者,绞。已上道者皆斩。"

"谋叛者,谓欲背国投伪,始谋未行事发者,首处绞,从者流。已上道者,不限首从,皆斩。"

什么意思呢?主动谋叛并已付诸行动者,不管是为首的还是跟从的,全部斩首;主动谋叛但未付诸行动者,为首的处以绞刑,跟从的流放。

可见,王维这个事儿,最重的是死刑,斩首和绞刑;轻一点儿，也是流放。

但是，还有关键的一句话——"被驱率者非"。原本不知情，临时被裹胁的，可以不治罪。

王维显然是属于这种情况：他和达奚珣、陈希烈等人的主动迎降不一样，他是被迫接受伪职的，中途还曾服药装病，试图逃脱。问题是，"谁主张谁举证"啊，王维如何证明自己呢？所以，关键的关键，是要证明王维是"被驱率者"。

现在，我们就可以知道，王缙和裴迪当初就让王维的口号诗"时闻行在所"的高明之处了。

王维当时被迫在长安接受伪职时，就盼望过"百僚何日再朝天"了，这说明他"身在曹营心在汉"，是一个典型的"被驱率者"啊。

正因为这首诗，王维才有了免予治罪的契机。

但是，在当时朝野上下都要严治此事的氛围下，仅凭一首诗，就想救王维的命，还远远不够。

王缙又做了两件事。其中一件事是找一位在李亨面前说得上话的朝中大佬，来帮王维说话。

正在这时，一个大佬送上门来了：时封赵国公、时任中书令，并且对李亨有拥立之功的崔圆。

而崔圆之所以愿意帮王维说话，并不是靠他与王缙或王维的交情，而只是靠一个交易，一个关于装修的交易。

崔圆回到收复后的长安，要重新装修已被叛军摧残得不成样子的府第。府中的墙要粉刷成白墙很容易，但再要画上壁画，可就难了。找谁画呢？

要说宰相就是宰相，人家胸怀天下啊。马上，崔圆就想到了因罪等候处理，还处于囚禁中的王维和郑虔。

王维画画什么水平？"后人推其为南宗山水画之祖"的水平！郑虔画画什么水平？"郑虔亦工山水，名亚于维"，仅次于王维的水平！

相比之下，崔圆更有水平，找来了这两位绘画大师，那他的府第还有装修不好的？这样一来，崔圆总不能白使唤人，总得有所回报吧。所以王缙一找上门，他就答应了。反正，跟皇帝说几句话，对他而言，惠而不费，就是动动嘴皮子的小事情。

有了宰相崔圆说情，王缙还怕不靠谱，他又做了一件事。他上书皇帝，表示愿意用削减自己官职的办法，来替兄长王维赎罪。

在唐朝，王缙此举是符合法律规定的。符合哪一条呢？就是《唐律疏议·名例律》第二卷总第10条的规定：

"诸七品以上之官及官爵得请者之祖父母、父母、兄弟、姊妹、妻、子孙，犯流罪已下，各从减一等之例。"

唐律除设议、请、减、赎等来维护贵族、官僚的特权，还有"官当"之法，以免除现任官职或历任官职等方式，来减免犯罪官员的刑事责任。所以犯普通罪行者，即除"十恶"和一些性质恶劣的罪行外，都可以用官职来抵徒刑、流刑等罪。

也就是说，王缙此举，是法律允许的。而且，王缙是为大唐立过大功的人。这样的人出面，皇帝不能不给三分薄面了。

唐肃宗李亨终于同意，王缙由从三品的国子祭酒降级，重回四品官员序列，贬出京城，去当蜀州刺史；对王维，则从轻处理，既不杀头，也不流放，只是官降一阶，去当正五品下的太子中允。

就这样，一靠诗才，写出口号诗；二靠画才，赢得中书令崔圆求情；三靠弟才，兄弟王缙以官相赎。"三才"齐至，王维终于渡过了他人生中最为凶险的一道关口，捡回了一条命。

唐诗里的唐朝

高适的官途：
安史之乱中的士人背影（三）

> 北斗七星高，哥舒夜带刀。
>
> 至今窥牧马，不敢过临洮。

这不是诗，是唐朝天宝年间西北地区边民所唱的民歌——《哥舒歌》，所以也不知作者。不过，这首民歌的意思倒是浅显，就是赞颂一位复姓哥舒的将领的赫赫战功，说他打得吐蕃族不敢越过临洮（今甘肃岷县）来牧马。

这位"夜带刀"的哥舒，就是唐朝名将哥舒翰，时任陇右节度使。陇右节度使是唐朝最早设置的十大节度使之一，负有防范吐蕃的边防任务，治所在鄯州（今青海乐都），领有鄯、秦、河、渭、兰、临、武、洮、岷、廓、叠、宕12个州。

正是这位陇右节度使哥舒翰，成就了一位官场最得意的唐朝诗人——高适。没错，就是那位写下"莫愁前路无知己，天下谁人不识君"名句的诗人高适，后来官至淮南节度使、剑南节度使，封渤海县侯，世称"高常侍"。

唐朝诗人，仅就官职而言，只有韩愈曾经任吏部侍郎，可与高适一比。但高适曾经几度出任封疆大吏，还作为主帅命将统兵，最后封侯，韩愈还是不能比。所以《旧唐书》说："有唐以来，诗人之达者，唯适而已。"

高适，是官场最得意的唐朝诗人，没有之一。

但是，说高适官场得意，那是指他五十一岁遇到哥舒翰之后。而在那以前，高适和大多数唐朝诗人一样，过着怀才不遇、穷困潦倒的生活。说起来，也是一肚子苦水。

高适出身官宦世家。曾祖高祐，隋时官至左散骑常侍，唐时官至宕州别驾，从五品；祖父高偘，高宗时名将，曾生擒突厥车鼻可汗，攻高丽，官至陇右道持节大总管，安东都护，封平原郡开国公，食邑两千户；父亲高从文，"位终韶州长史"，官位正六品。

唐武后长安元年（701），高适出生于渤海郡（今河北景县）。长到二十岁，他去了长安，目的正如他自己所说，"举头望君门，屈指取公卿"。在当时的情况下，高适要"屈指取公卿"，有三条路可走。

第一条路是门荫。高适的祖父高偘是正三品的大官，是可以有一个孙子经门荫入仕的。只是可惜，这唯一的一个名额被他伯父的儿子高琛捷足先登了。

第二条路是科举，这是正途。当时由科举入仕主要有明经、进士两种方式。明经以背诵为主，即使考上了也没有什么了不起，总感觉低人一等。而且明经及第大多是被授予县尉、参军、主簿等基层官职，所以，很多心高气傲的文人不愿走这条路。与明经相比，进士就要受士人们欢迎得多，但进士及第较为困难。同时，明经、进士及第后，不能马上被授予官职，还要通过吏部组织的关试，合格之后才能被授予官职，才算正式踏入仕途，程序、步骤纷繁复杂。高适左想右想，该怎么办？

走第三条路，选择制举，"屈指取公卿"。制举是以天子的名义，征召各地有才之士来京，由君王亲自策问，回答如能符合君王心意，则可以直接授官。这相对于进士、明经来说，步骤要少得多，也符合高适希望直接同皇帝畅谈经世安邦之策，从此平步青云的心态。

问题是，他想得美。有那么容易的话，"五十少进士"的说法是怎么来的？

这次制举，自然是没有成功。好在高适还年轻，于是决定定居宋城（今河南商丘），隐居读书，偶尔也种种地。

这一隐，就是十二年。

开元二十年（732），高适三十二岁时，又来了一次机会。当时，东北边境上的契丹叛乱扰边，朝廷派礼部尚书、信安王李祎率领军队讨伐。高适闻讯，北游燕赵，希望通过信安王李祎的幕府，谋一出身。

这是高适"屈指取公卿"的第四条路。

在唐朝，朝廷要委任一个将领出兵打仗时，一般是由这个将领自行去"开府"，即组织幕僚班子，参谋征战事宜。这个幕僚班子，就称为"幕府"。在幕府里，一般有行军司马、掌书记、判官、行军参谋等职。这些职位上的人员由该将领自行拜署，可由现职官员中选拔，也可由将领的亲属或朋友充任。这样的幕府，在唐初时一般会在战争结束后解散。但事实上，有些战争不可能很快结束，所以幕府就不可能解散，慢慢地也就成为长期固定的职务了。

这样一来，幕府中的这些行军司马、掌书记、判官、行军参谋等职，就又为怀才不遇的文人们提供了一个新的进身之阶。

事实上，在高适之前，就有苏味道、娄师德、郭元振等人，先在幕府任职，后回到朝中官至宰相的先例。比高适晚的韩愈，也是因为出任宰相裴度讨伐吴元济叛乱大军幕府的行军司马，才得以在官场上高升的。

这的确是个路子，把握得好，"屈指取公卿"不是难事。问题是，高适这次进入幕府，并未得到李祎的赏识，属于默默无闻的幕僚之一。

开元二十三年（735），朝廷下诏，让五品以上官员举荐有才之士。高适因此再赴长安，并再次落第。

人生，总是充满了不如意。高适又得回到商丘，隐居、读书、种地。

大约在天宝四年（745）八月，还在读书种地的高适，因为两个朋友的到来，亲历了一件"文学史盛事"。

李白、杜甫、高适他们三个，在开封、商丘一带相聚。"昔者与高李，晚登单父台"，"忆与高李辈，论交入酒垆"。

转眼间到了天宝八年（749），高适四十九岁了。他在这一年得到了名相张九龄的弟弟、宋州刺史张九皋的举荐，终于考试中第，得授封丘尉。

封丘尉是个什么职务？简单说，就是河南封丘县的公安局长兼武装部长。

唐时县令下面有三个主要属官，分别是县丞、主簿和县尉。这三个官职是唐县最底层的品官，也是士人中第后最常

唐诗里的唐朝

出任的第一种官职，再往下就是不入流的吏了。诗人中当过县尉的人不少，比如杜甫当过河西县尉，李商隐当过弘农县尉。

高适四十九岁了，才出任最底层的官员。至少到目前为止，他在官场，不算顺利。而且高适也不喜欢这个工作，他说，"拜迎官长心欲碎，鞭挞黎庶令人悲"。可见其工作内容有两个，一是伺候长官，二是为征税、纳粮等事欺压百姓。这哪是文化人干的活计？所以高适干了不到一年，辞职不干了。

可能有人要为高适抱不平了，这唐朝也忒埋没人才，居然给如此高才的诗人这样一个不重要的岗位！

还真不是。唐朝士人中第，不像后来宋明清各朝，多在首都担任京官，反而是多在基层历练。唐时的县尉，一般都是士人中第之后的基层官职。后来官至节度使和宰相的王涯、牛僧孺，其第一个官职，一个是蓝田县尉，一个是伊阙县尉。

问题出在哪儿呢？问题就出在，唐朝时县跟县不一样，县尉跟县尉也不一样。

简单说，唐朝不像我们现在，县的行政级别全部是县处级，大家级别一样。唐朝的县，至少分为七等：赤县、畿县、望县、紧县、上县、中县、下县。

唐朝都城长安城，以中轴线朱雀大街为界，西边叫长安县，东边叫万年县，这叫赤县，是天子脚下的县，是天下最好的县。换作今天，得叫长安区、万年区。其余的县就不一一说了。总之，地理位置距离首都长安、东都洛阳越近，县的等级也越高，相应的县尉也更有前途，虽然职责还是一样的。

王涯的蓝田县尉、牛僧孺的伊阙县尉，一个靠近长安，一个靠近洛阳，都是次一等的畿县，是第二等县。而高适所在的封丘县，只是紧县，是第四等县。在唐朝史料中，赤县县尉、畿县县尉被称为美官，是士人竞相以求的对象。而且，这样的县尉，还不是士人的第一个官职，而是要再任或累迁才能得到的职位，或者需要更高的资历，比如进士及第后又再中制科或博学宏词者，方可得到赤县或畿县的县尉之职。其次则是望县、紧县和上县的县尉，也还不算太坏，一般为士人进士、明经及第后的第一个官职。至于中县和下县的县尉，那就不入流了，还有非科第功名者来担任此职的。

可见，朝廷让中第之后初入仕的高适担任紧县县尉，完全符合当时的官员任职规则，并无明显埋没人才的嫌疑。

从基层一步步干起，自然是可以。但高适等不得了，他五十岁了。所以，他在五十岁时做了一个重要的决定：世界那么大，他想去看看，辞职了。

即使在今天来看，要做出这个决定，也非常需要勇气。

在五十一岁时，高适决定从头再走第四条路，再找一个幕府职务。经过时任陇右节度使哥舒翰的判官田梁丘的引荐，他远走今天的青海省，去当时陇右节度使哥舒翰的幕府，出任左骁卫兵曹，兼掌书记。

这一次，高适的运气来了。

掌书记，是节度使身边专掌书奏表启的职务，相当于办公室主任的角色。这一职位的仕宦条件极佳，担任此职的多为唐朝士人中的精英，由此职擢升高官的不计其数。比如，后来当过宰相的杨炎、白敏中、李逢吉、裴度等人。而高适，即将成为他们中的一员。

当然，担任掌书记，这才是起步，并不意味着高适将来一定会位至公卿。还早着呢。

但这一次不同。这一次很要命的是，哥舒翰喜欢他，"哥舒翰见而异之"。一见倾心之后，还带着他入朝见唐玄宗李隆基，"盛称于上前"。高适的名字，终于在他五十二岁时，上达天听。

五十二岁，已是很多唐朝诗人归隐田园的年纪。但高适的好运气，才刚刚开始。

说到这里，可能要问一问今天的年轻人，如果命中注定要到你五十岁时，才会有真正的人生际遇。那么，你等不等？或者说，你有没有高适这样的耐心去等？

高适真正的转机，来自于天宝十四年的安史之乱。

安史之乱，在国家是危机，在个人也是劫难。多少老百姓，包括唐朝的诗人们，在这场动乱中受尽磨难，甚至丢了性命。但高适不同，他硬是化危为机了。

安史之乱初起，高适已是监察御史，正八品下的官职，还是级别不高。主要的工作任务，仍然是协助被临时抽调到潼关方向担任防守任务的哥舒翰，坚守潼关，拱卫长安。可是这一次，哥舒翰战败被俘了。高适因为并未亲临前线，侥幸从后方逃脱了。

此时，唐玄宗李隆基也从长安向西逃了。高适直追到河池郡（今陕西凤县），才追到这位逃跑的皇帝。

在当时朝野上下对哥舒翰一片指责的声浪之中，高适发出了不同的声音，为哥舒翰辩护。这既是高适对知遇之恩的报答，也是他人品的体现。其实，他只是说出了实际情况而已。

哥舒翰一代名将，打吐蕃时威风八面，外战内行，为什么面对安禄山，却在潼关内战外行，一战而败？

客观原因是，哥舒翰当时已是中风偏瘫很久的病人，他已经没有能力掌握部队了；而且，他在潼关的兵并不是他在陇右节度使时的百战精兵，而是临时招募的市井"老爷兵"。

主观原因是，唐玄宗李隆基急于平叛的心态。他一贯以明君自许，以为治国平天下功盖前人，现在突然出了这么大的叛乱，没面子啊，不能让安禄山给自己的政绩抹黑！信任如家人的这样一个人，居然反叛，当众打自己的脸，损伤他一直自诩的知人名声。这样的想法，群臣中敢于宣之于口的虽然不多，但这样想的人肯定非常多。

这样一个给自己的正面形象抹黑的人，必须迅速地被打倒、被消灭，这样才能显示自己"一时走眼，但能补救"的控制能力，才能挽救自己的形象。

所以，安禄山必须得迅速地被消灭，多拖一天，自己的颜面就得多丢一天，自己的脸就得多红一天。在李隆基看来，要迅速消灭安禄山，最直接的就是，潼关的哥舒翰出战，一战而胜。这样，叛军可灭，颜面可存。

正是在这种急躁的心态下，李隆基催促哥舒翰放弃潼关天险的地利，以未经训练的市井"老爷兵"，迎战安禄山手下的边防百战精兵。这才一战而败，并丢了潼关。

其实，如果李隆基不急，当时唐廷的平叛形势，是非常好的。

在哥舒翰出战前，李光弼、郭子仪、颜杲卿、颜真卿等人分别从山西和河北方向出击，安禄山叛军的前线与后方范阳的联系已经被切断；河南方面，济南太守李随、饶阳太守卢全城、南阳节度使鲁炅、睢阳太守许远、真原（今安徽鹿县）令张巡等率各地军民纷纷起兵抗击安禄山叛军，阻止了叛军向东南发展的战略计划，保证了江淮的稳定和江淮粮食物资源源不断地运到关中。

这样一来，西面潼关有哥舒翰统率的十几万大军，北面的山西与河北有郭子仪、李光弼、颜真卿等十几万唐军，东面、南面有李随、许远和张巡等人所率部队，唐朝大军实际上已从东南西北四个方向，对洛阳的安禄山叛军主力构成了战略包围态势，初步扭转了战略被动局面，取得了战略主动权。

安禄山也意识到了这一点，他将当初主张起兵反唐的谋主高尚和严庄臭骂一通，准备放弃洛阳，退回范阳。

这样的局面，只要哥舒翰坚持不出战，叛军久屯坚城之下，外援粮草断绝，军心必乱。果真如此的话，安史之乱的历史就要改写了。但李隆基急，一急就下了一招臭棋，葬送了哥舒翰，也葬送了平叛的大好局面。

所以，当高适向李隆基为哥舒翰鸣冤时，李隆基并未深责哥舒翰，更没有迁怒于高适，因为他知道，最应该责备的，是他自己。相反，高适的眼光及义气，让他觉得很欣赏。于是他升了高适的官：谏议大夫，赐绯鱼袋。谏议大夫，四品官，这是实职。高适这是坐直升机，直接从八品升四品，终于有点儿官场得意的意思了。

那"赐绯鱼袋"是什么东西？是一种荣誉。

先弄清楚"鱼"。

古代调兵用虎符。"信陵君窃符救赵"，窃的就是虎符。但是，虎符到了唐朝不好使了。因为，开国皇帝李渊的爷爷叫李虎，要避讳。没办法，古人当年就是这么较真儿。那么，不能用虎符了，用什么呢？

唐朝皇帝姓李，以"鲤"喻"李"，改用"鲤鱼"，即鱼符。在唐朝，鲤鱼的尊崇地位，是以立法的形式写入唐律的："取得鲤鱼即宜放，仍不得吃，号赤鲤公，卖者杖六十。"唐朝法律规定，不能吃鲤鱼，只能马上放生，谁要敢卖，打六十下屁股。

于是就有了鲤鱼形状的鱼符。鱼符的主要功能，是调发军队、任免官员、作为出入凭证。鱼符的制作材料，太子用玉，亲王用金，百官用铜。所以高适的随身鱼符是铜的，上面刻有他的官职、姓名，而且是右半部分的鱼符。在他应召出入皇宫或遇有升迁、贬谪时，还要与使者拿来的左半部分鱼符进行勘合。勘合无误，方可执行各项政务工作。

左右部分的鱼符，一般都骑缝刻着"合同"二字，用于勘合时字体笔画的对应，以防有人作弊。

调兵、任官的鱼符，需要用时，才拿出来。但官员用以表明身份、方便出入的鱼符，则需要随身携带。小小一个鱼符，重不过几两，长不过6厘米，怎么个携带法？

这就用得着鱼袋了。鱼袋由皮革包裹木胎制作而成。用鱼袋装上随身鱼符，再佩戴在腰间，这是唐朝官员的服装标配之一。

高适获赐的绯鱼袋，又叫"银绯鱼袋"，还有一种高级鱼袋，是比他官大的高官用的，叫"紫金鱼袋"。

高适有机会被"赐绯鱼袋",由八品官升四品官,是因为李隆基着急了。不久,李隆基又着急了。这一次着急,再次给了高适升官的机会,使他从四品的朝官,再次被破格提拔为正三品大员、封疆大吏——御史大夫、扬州大都督府长史、淮南节度使。

至德元年(756)七月十六日,出于快速平叛的考虑,李隆基接受房琯的糊涂建议,决定采取"诸王分镇"的策略,以加强平叛的领导力量。他公开宣布,太子李亨充天下兵马元帅,领朔方、河东、河北、平卢节度都使,负责攻取长安、洛阳;永王李璘充山南东道、岭南、黔中、江南西道节度都使;盛王李琦充广陵大都督,领江南东路及淮南、河南等路节度都使;丰王李琪充武威都督,仍领河西、陇右、安西、北庭等路节度都使,分路率军平叛。

在李隆基看来,只要能消灭安禄山,李亨、李璘、李琦、李琪四个儿子中,哪个儿子最后平叛成功当上皇帝,都可以;可太子李亨不干了,这么个搞法,是想让李璘、李琦、李琪他们三个学太宗李世民吗?万一这三个中任何一个比自己军功大、军队多,自己不就得让位?

太子李亨坚决反对。他没有想到,还有一个人也坚决反对,高适。这里,就可以看出高适的战略眼光了。如果按照房琯的糊涂建议,唐廷最后即使平叛成功,也必然出现李亨、李璘、李琦、李琪四个人各统军队、各霸一方的局面,唐朝天下必然出现四分五裂的局面。这样一来,平叛还有什么意义?高适的初衷,当然是不希望唐朝天下大乱,但却在客观上迎合了李亨独霸帝位的心理。

而且，在"诸王分镇"一开始，高适的担心就成了现实。永王李璘果然在一到任之后，即公开举兵反叛，意图割据。李亨急召自己的志同道合者高适，商量对策。高适在慎重分析了江东形势之后，得出永王必败的结论。李亨对高适的精辟分析很是赞赏，直接提拔他为御史大夫、扬州大都督府长史、淮南节度使，让他领兵前去平定永王之乱。

高适的运气在这时，也是好得无以复加。他的兵还没到，永王李璘的军队就发生内乱，将领逃散，而李璘本人也在逃亡途中被杀。

这时，高适碰到了一件棘手的事。好朋友李白，此时正在永王李璘的手下。换句话说，李白是叛军中的一员。此时正因此事被关在牢狱之中。李白之所以接受永王李璘的征召，投入叛军，实在是因为其政治眼光的低下与幼稚。

昔年一起喝酒吹牛的朋友，现在一个是平叛主帅，意气风发；一个是阶下之囚，倒霉透顶。怎不令人唏嘘？李白向高适发出了求救的信号，但是高适可能是因为身份所限，爱莫能助，未予援手。此事最终导致李白被流放夜郎，还好，命保住了。

此后，高适历官太子詹事、彭州刺史、蜀州刺史、成都尹、剑南节度使、刑部侍郎，转散骑常侍，封渤海县侯。

高适，终于实现了"屈指取公卿"的人生理想。永泰元年（765），高适于六十五岁时去世。

在我们的印象中，怀才不遇是唐朝诗人们的常态。这样的诗人，如李白、杜甫、孟浩然、王昌龄等，可以举出一大串来。但是，也有混得好的，比如高适。

刘禹锡的桃花与大唐王朝的回光返照

看清楚了，是刘郎。

刘郎，还是他自己在诗中的自称。这首诗叫《游玄都观》，又叫《元和十年自朗州承诏至京戏赠看花诸君子》：

> 紫陌红尘拂面来，无人不道看花回。
> 玄都观里桃千树，尽是刘郎去后栽。

作者就是这个刘郎，刘禹锡。诗写于元和十年（815）二月。此时的刘禹锡，四十四岁，刚刚度过十年贬谪生涯，返回长安。

京城道路上人潮汹涌，尘土扑面而来，因为大家都去玄都观看桃花。我刘郎也去凑热闹看了一下，原来玄都观里近千棵桃树，全都是我离开京城之后才栽种的啊。

玄都观，位于长安朱雀大街崇业坊附近。都说观内桃花好看，刘禹锡就去看了看，顺便写了首诗，诗的意思也都在这儿了，都是看桃花，都是看花人。

表面上看，诗中全是桃花，没有政治。刘郎就是去看了个桃花，然后写了首诗。

但那得分谁看。在有的人看来，诗中全是政治，哪有桃花？

全是政治，那就麻烦了。刘禹锡得罪了一大帮人。

他得罪了什么人？从根儿上说，是一帮太监。问题是，看个桃花，写了首诗，至于吗？怎么就和太监有关系了呢？

原因，还得从十年前去找。那一年，三十四岁的刘禹锡参与了"永贞革新"。

刘禹锡所处的时代，正是安史之乱后大唐帝国由盛而衰的急剧转变期。在这一时期，日后导致帝国灭亡的几大顽疾，正在加速形成并且恶化。在朝廷中，是宦官专权、朋党之争；在地方上，是藩镇割据。以刘禹锡为首的一批有识之士，早就意识到了宦官专权、朋党之争和藩镇割据三大顽疾对帝国前途的危害。只是官小位卑，一直没有机会有所作为而已。

机会，终于在贞元二十一年（805）唐顺宗即位之后到来。刚刚即位、亟欲有所作为的唐顺宗，在王叔文、王伾、刘禹锡、柳宗元等人的辅佐下，针对宦官专权、朋党之争和藩镇割据，对当时政治、经济、军事等方面的种种弊端，进行了全面的改革，史称永贞革新。

永贞革新中，王叔文、刘禹锡等人抑宦官、禁宫市、出宫女、罢进奉、薄赋敛、贬贪官、举贤才，"革德宗末年之乱政"，"上利于国，下利于民，独不利于弄权之阉宦，跋扈之强藩"，很受朝野上下的欢迎，以至"百姓相聚欢呼大喜"。

刘禹锡是永贞革新的领袖人物、骨干成员。据《云仙杂记》记录："顺宗时，刘禹锡干预大权，门吏接书尺，日数千，禹锡一一报谢，绿珠盆中，日用面一斗为糊，以供缄封。"每天要用面一斗来缄封用于发送公文的信封，可见他当时处理政务的繁忙程度。

虽然永贞革新听着很高大上，其实直白一点儿说，永贞革新就是唐朝皇帝向自己的家奴——太监们夺回财权、兵权的一次努力而已。而且，这次努力在164天之后，还失败了。失败的后果很严重，唐顺宗被赶下台，跟着唐顺宗的"二王八司马"骨干们，被处死的处死，被流放的流放。其中，就有咱们的刘郎刘禹锡。

也就是说，十年前，刘禹锡就栽在了一帮太监手上。太监，有这么狠？

话说我国自从有太监（准确点儿说应该是宦官）以来，哪个朝代的最狠？

还真不是明代。别看王振、刘瑾、魏忠贤等太监一个个大名鼎鼎，威风八面，今天办这个，明天办那个，办死了不少忠臣志士、文化名人。可真要是在皇帝那儿失宠了，只需要一寸长的小纸条，太监就得乖乖地就范。明代的太监，也就是个家奴的底子。

真正厉害的太监，盛产于唐代。他们由家奴变主人，他们的狠，主要是狠在手中有兵权，可以废立皇帝，兴致来了，还可以杀皇帝。这个狠法，岂是魏忠贤之流可以望其项背的。

刘禹锡此时得罪的，正是这帮太监中的极品，手握兵权的太监，唐宪宗名义上的手下。

唐宪宗，名叫李纯，又一个由太监们拥立的大唐皇帝。

为什么要说"又"呢？

因为从平定安史之乱的唐代宗算起，直到唐朝灭亡时的唐昭宗，一共有12位皇帝，其中11位皇帝是由太监们拥立的。除了和刘禹锡君臣相得、情投意合的唐顺宗李诵以外。

不过，先别替刘禹锡高兴。唐顺宗虽然是由太子直接即位，并不是太监们拥立的，但其实和太监们拥立的皇帝，差别不大。

原因有两个：一是兵权还是在太监们手中，唐顺宗当上这个皇帝，有名无实；二是唐顺宗身体实在太差，在上任之前，就已经中风，不能说话了。

领导虽然不能说话，但是很有想法。他想夺回太监们手中的财权和兵权。财权，太监们让了一步，给你；但是兵权，已经深谙其中滋味的太监们说什么也不放。

僵持没有多久。准确地说，是164天。兵权在手的太监们就行动了。这个皇帝不听话，那就换一个！太监们仗着自己手中的兵权，又拥立了一个皇帝，唐顺宗的长子李纯。

唐顺宗去哪儿了？他命苦，本就病恹恹的，在亲政不到200天后，成为继李渊、李隆基、李旦之后的唐朝最后一位太上皇，直接退居二线了。新皇帝上任，所有参与永贞革新的兄弟们，在贞元二十一年（805）九月被逐出长安，其中刘禹锡被贬到湖南常德，当上了朗州司马。在唐代，大致按照地理位置之轻重、辖境之大小、户口之多寡及经济开发水平之高低，将州分出八个等级，分别为府、辅、雄、望、紧、上、中、下。朗州属于下州，只辖武陵、龙阳两县。刘禹锡所担任的朗州司马，级别是从六品下，而且没有岗位职责。为什么？因为此职位早已有人担任，他是员外置，新加的。朗州的政务，与他无关。实际上，他就是一拿工资的高级囚徒。

直到十年后，他得到了唐宪宗的原谅，被召回长安，并写了上面这首诗。

明白了前因后果，我们再来针对上面这首诗，确立几组关系："玄都观"指当今朝廷；"红尘拂面"指朝廷中看风使舵、趋炎附势的气氛；"桃树"指反对永贞革新，打击迫害刘禹锡等人之后，提拔进入朝廷的显贵们；"看花人"指在朝廷显贵身边只知道拍马屁的小人。

一到长安，看风使舵、趋炎附势的气氛就扑面而来，朝廷上下到处是只知道在显贵身边拍马屁的小人。而如今朝廷里这些显贵们，都是靠着反对永贞革新，打击迫害"我们"才提拔的。

于是，刘禹锡在回到长安一个月之后，于三月十四日再度被贬出长安。这次，他的目的地，是更远的连州（今广东连州）。

本来，要贬他去播州（今贵州遵义）的。播州，以前还有一个名字叫"夜郎"。这个名字足以证明当地的蛮荒程度。

刘禹锡自己正当盛年，出这趟远差倒没有什么，关键在于他的母亲，时年已八十多岁。这让刘禹锡左右为难，若留在京城，无人奉养，而且此去经年，不知归期，等同死别；若带去播州，长途跋涉，道路艰险。

关键时刻，铁哥们儿出现了。

刘禹锡多年的铁哥们儿、好朋友，就是史上同样大名鼎鼎的柳宗元。

刘禹锡和柳宗元是同科进士，两个人一起在贞元九年（793）进士及第。这一年，刘禹锡二十二岁，柳宗元二十一岁，少年得志，一时齐名，人称"刘柳"。

此后，二人在政治上、官场上同进同退，一起升官，一起参与"永贞革新"，第一次一起被流放，一起被召回长安。这一次，又一起被流放。完全的难兄难弟，真正的铁哥们儿。

柳宗元上次被流放的地方，是永州（今湖南零陵），也就是名篇《捕蛇者说》的诞生地。这次，柳宗元被流放的地方，是柳州（今广西柳州）。

为了帮刘禹锡，铁哥们儿柳宗元出面上书，请求把自己的流放地柳州，与刘禹锡互换，自己愿意代替他去播州。

柳宗元上书，再加上唐宪宗跟前的红人儿、后来的名相裴度出面说情，才最终将刘禹锡贬到了连州。

这一去，又是十三年。刘禹锡五十七岁了，他的母亲也已病逝于连州。

大和二年（828），皇帝都换成唐文宗了，经历了二十三年流放生活的刘禹锡才再次被召回长安。这一次，刘郎又去了玄都观，又写了一首诗：

> 百亩庭中半是苔，桃花净尽菜花开。
> 种桃道士归何处，前度刘郎今又来。

经历二十三年的岁月，刘郎我又来了。而且，桃花净尽。官场上你们狠，我斗不过你们，但我一直坚挺地活着。

当然，在刘郎身上，并不只有熬死政敌的快意，还有着让人肃然起敬的乐观。否则，以他"二十三年弃置身"的悲惨流放经历，就不会在朋友白居易为他举办的宴会上，写出"沉舟侧畔千帆过，病树前头万木春"的千古名句了。

白居易：官场人生的减法

会昌元年（841）秋季的一天，年已七十七的东都留守李程，来到洛阳履道坊白府，看望比他小七岁的白居易。两人都已是古稀之年，能在洛阳相聚，自然高兴。在白府南园之中，两位老朋友一起泛舟赏菊、饮酒叙旧。白居易还因此写成《李留守相公见过池上泛舟举酒话及翰林旧事因成四韵以献之》：

> 引棹寻池岸，移尊就菊丛。
> 何言济川后，相访钓船中。
> 白首故情在，青云往事空。
> 同时六学士，五相一渔翁。

引棹寻池岸，移尊就菊丛：我俩泛舟上岸，在菊花丛中举杯。

何言济川后，相访钓船中：老友李程在作为宰相辅佐皇帝之后来到洛阳，和我相聚在这艘钓船之中。

"济川"语出《尚书》："爰立作相，王置诸其左右。命之曰：'朝夕纳诲，以辅台德。若金，用汝作砺；若济巨川，用汝作舟楫。'"因此，后人多以"济川"比喻宰相辅佐帝王。

唐诗里的唐朝

白首故情在，青云往事空：多年前的往事虽已成空，但我俩直到白首，友情依然存在。

同时六学士，五相一渔翁：当年的六个翰林学士，到今天五个学士当上了宰相，只有我白居易还是一个渔翁。

白居易在这里说的六个翰林学士，指的是李程、王涯、裴垍、李绛、崔群和他本人。而在此之前，除了白居易一个人以外，其余五个人都先后当过宰相。而成为宰相，是唐朝读书人的终极梦想。

七十岁的白居易，此时吟出的这最后一句，正好暴露了自己心中那一丝丝的隐痛。是啊，当年大家都是翰林学士，结果最后只有我一个人没有当上宰相。白首之时，实在不堪回首啊。

不过，此处白居易有点儿过于谦虚了。他固然没有当过宰相，但也不仅仅是个渔翁。他当过的官儿也不算小了，曾经当过正三品的大官，最后以正部级的刑部尚书退休。

晚年的白居易，以乐天知命、闲适知足而著称于史，但那只是白居易的一面。这最后一句诗，告诉我们他的另一面，原来他偶尔还是会感到遗憾，自己未能实现当上宰相的终极梦想，偶尔还是会羡慕一下自己当过宰相的老同事。

原来，白居易的心里，也苦。

励志青年白居易

年轻时的白居易，也是很拼的。他也是经历了"十年寒窗苦"的读书人："十五六，始知有进士，苦节读书。二十已来，昼课赋，夜课书，间又课诗，不遑寝息矣。以至于口舌成疮，手肘成胝。既壮而肤革不丰盈，未老而齿发早衰白；瞥瞥然如飞蝇垂珠在眸子中者，动以万数。盖以苦学力文所致，又自悲矣。"

为了出人头地，苦学有成的白居易，先后在长安参加了三次科举考试，"十年之间，三登科第"。

第一次是在他二十九岁时的贞元十六年（800）。这年二月十四日，白居易参加了中书侍郎高郢主持的贡举，试题是《性习相近远赋》《玉水记方流诗》及策五道，也就是一赋一诗五道问答题。白居易考得不错，以第四人及第。虽然没有排到前三名，但让白居易自豪的是，他在这一榜进士中最年轻，特地赋诗嘚瑟："十七人中最少年。"

白居易进士及第后，获得了做官的资格，但还要经过吏部的守选或铨试方可得授具体官职。于是白居易在贞元十八年（802）冬，再次参加由吏部侍郎郑珣瑜主试的"书判拔萃"科，一举登第，授官秘书省校书郎。

第三次考试则是在元和元年（806）。这是因为白居易秘书省校书郎任满，再次参加铨试。这一年四月，他应"才识兼茂明于体用"科，再次登第，得授盩厔县（今西安周至县）尉，从此踏上京官坦途。

值得一提的是，白居易在准备"书判拔萃"科时，自己私下搞了多次模拟考试。这些模拟试卷后来被编为《百道判》，成为后来考生们的辅导教材和当时出版业的畅销书，"皆为书肆市贾题其卷云'白才子文章'"，"新进士竞相传于京师矣"。

无独有偶。白居易在准备"才识兼茂明于体用"科时，和好友元稹一起住在长安华阳观，闭门谢客几个月，专心进行模拟考试，"揣摩当代之事，构成策目七十五门"。这"策目七十五门"后来被编成《策林》一书，再度成为考生们的案头必备辅导教材之一。

白居易实在是不愧"才子"之名，不出手则已，一出手就是范文。白居易本人也颇为得意，在写给好友元稹的《与元九书》中再次嘚瑟："日者闻亲友间说，礼、吏部选举人，多以仆私试赋判为准的。"

担任正九品下盩厔县尉时的白居易，虽然仕途起点不错，但年龄却已经三十五岁了。用今天的眼光来看，起步级别太低，年龄又太大，这辈子想当宰相，应该是没戏了。

在唐朝则不然。事实上，唐朝进士做官，都是从最基层做起，而类似秘书省校书郎这样的清望文官、盩厔县尉这样的畿县县尉，正是唐代基层文官向宰相高官冲刺的起步美职。

下一步，白居易应该担任监察御史、拾遗之类的清望言官，完成冲刺宰相路上的关键一步。这样一来，多半就有宰相之望了。事实上，他的盩厔县尉只当了一年，就于元和二年（807）十一月被召入长安，成为翰林学士。和他一起成为翰林学士的，还有李程、王涯、裴垍、李绛、崔群等五人，白居易诗中说"同时六学士"的同事之谊，就是从此时此刻开始的。

几个月之后的元和三年（808）四月，加官左拾遗。此时的白居易，不仅左拾遗这样的清望谏官在手，更担任了中晚唐时期有"内相"之称的翰林学士，距离他担任盩厔县尉才刚刚两年，他才三十七岁而已。升官甚快。

但这一次他担任翰林学士达三年之久，却并未到达宰相的位子，因为一个客观原因。他的母亲陈氏于元和六年（811）去世，白居易遵制丁忧，暂时退出了官场。第一次冲刺宰相失败。

由于复杂的人事原因，白居易在元和八年（813）服除之后，迟迟没有得到朝廷的起复。直到元和十年（815），他四十四岁时，才第二次进入官场，担任太子左赞善大夫一职。

左赞善大夫，是隶属于东宫左春坊的官员，级别正五品上，"掌传令，讽过失，赞礼仪，以经教授诸郡王"。这样的官职，对于白居易来说，虽然级别还行，但并非美职。由翰林学士这样的天子近臣，起复为东宫的闲散官员，很明显，白大才子这是有政敌在朝啊。

按说白居易这几年一直在老家下邽老实待着，没招谁没惹谁啊，怎么还引来政敌了呢？没办法，谁让你有才呢？白居易不知道的是，把他安排为闲散官员，只是政敌们打压他的第一步。

白居易刚刚担任左赞善大夫几个月，京城长安就在当年六月初三日，发生了宰相武元衡遇刺身亡事件。白才子文章写得快，第一个上疏皇帝，要求急捕刺客，明正典刑，为朝廷雪耻。

白居易此疏一上，就被政敌们抓住了把柄。有宰相认为，白居易是宫官，不应该先于谏官言事，这是"越职言事"，应该处罚。于是决定把他贬到地方去，担任刺史。

这位从鸡蛋里面硬是挑出了骨头的宰相，史料中未留下姓名，我们不好诬陷别人。但白居易另一个政敌却是史书上有名有姓的，在决定把白居易贬为刺史之后，中书舍人王涯出来落井下石了。

王涯上疏说，白居易的母亲是因为看花坠井而死，可白居易毫不忌讳，居然还在母亲死后写了《赏花》《新井》等诗。如此丧心病狂，有伤名教，岂是治郡之才？得，再贬白居易为江州司马，也才有了后来"江州司马青衫湿"的契机。

作为"同时六学士"之一，王涯和白居易是同一单位的老同事了，此时突然出来向已掉进深井的白居易，再扔一块大石头，除了妒忌，没有别的解释。作为老同事，他当然深知白居易的才气，为了阻止白居易第二次冲刺宰相，只好出此下策了。

但莫忘了，人在做，天在看。王涯后来虽然当上了宰相，但却在甘露之变中落了个被腰斩的下场。

白居易被贬为江州司马之后，于四十八岁时调任忠州刺史，直到四十九岁才再次还京。第二次冲刺宰相，还没开始，就又失败了。这一次，是遭小人暗算。

元和十五年（820）夏天，白居易终于时来运转，奉调回京了，担任尚书司门员外郎，也就是刑部司门司的副司长。十二月二十八日，改授主客郎中，即礼部主客司司长。关键是这一次白居易的职务之后，加了重要的三个字"知制诰"。

在唐朝，知制诰是一个非常重要的起点，一个通往宰相的起点。此前的著名宰相们，比如张九龄、杨炎，无不由此起步，踏上通往宰相的坦途。一般情况下，知制诰第二步的升迁方向是中书舍人，第三步就是当上宰相。第二步对于白居易来说也容易，在不到一年的时间，长庆元年（821）十月十九日，他的中书舍人也到手了。

事实上，长庆元年是五十岁白居易的大喜之年。这一年，他是大事多、喜事多。先是他自己，"加朝散大夫，始着绯"，穿上红色官服进入高级官员行列；然后是白居易的夫人杨氏也被授予"弘农县君"；十一月二十八日，曾是模范考生的白居易，当上了"制策考官"；这一年，白居易的弟弟白行简也当上了清要谏官左拾遗。

也是这一年，白居易的好朋友元稹，自祠部郎中知制诰，充翰林学士、中书舍人。白居易后来忆及此事，得意地说："予除中书舍人，微之撰制词。微之除翰林学士，予撰制词。"即任命白居易当中书舍人的诏书是元稹写的，任命元稹当翰林学士的诏书是白居易写的。这一对好友之间有此机缘，确是难得的幸事。

家人、朋友都是喜事，顺风顺水。白居易冲刺宰相的机会，只有这一次距离最近，形势最好。宰相的位子对于白居易而言，一步之遥，唾手可得。

但到了长庆二年（822），形势却急转直下。七月，白居易自求外任，由中书舍人调任杭州刺史。从此，杭州多了一位好刺史，唐朝少了一位准宰相。白居易第三次冲刺宰相，又失败了。

此后，白居易先后担任太子左庶子分司东都、苏州刺史、太子宾客分司东都、河南尹等职。到他以七十一岁高龄、以正部级刑部尚书退休前，他虽然也曾短暂回到长安任职，但再也没有冲刺宰相的机会了。

知天命而求"居易"

白居易第三次冲刺宰相时,距离只有一步之遥。可他却在形势一片大好的时候,自求外任杭州刺史。此举无论在当时还是今天,都是匪夷所思的官场自杀行为。

已经站在通往宰相的坦途之上的白居易,就像一位开车上了高速公路的老司机,突然非要从高速公路上下来,去走省道。

更离奇的是,他并不是遭遇政敌打击而被调任地方官的,而是自己请求离开长安出任地方官的。要知道,在唐朝的职官体系中,身为天子近臣的宰相、中书舍人、翰林学士这样的京官,与身为东宫太子左赞善大夫这样的闲散京官,都已经差别巨大,更别说唐朝的地方官和京官之间的天壤之别了。

简单说吧,唐朝的官僚体系中,皇帝就是一个圆心。距离这个圆心越近,就越有前途,官儿也就越大;距离越远,就越没有前途,官儿也就越小。虽然唐史上由地方刺史调任中央进而出任宰相的不在少数,但像白居易这样"自求外任",自绝于皇帝的人,再想当上宰相,简直就是痴心妄想了。

白居易到底是为了什么,做出如此官场自杀行为的呢?

史料有这样几句话:"时唐军十余万围王廷凑,久无功,居易上书论河北用兵事,皆不听。复以朋党倾轧,两河再乱,国是日荒,民生益困,乃求外任。"看来,原因有两个:一是白居易关于朝廷大事的意见得不到皇帝的认可;二是当时牛李党争太厉害,白居易想避免自身卷入党争。

以上两条可以算原因,但怎么看都让人觉得只是表面原因。

因为皇帝不听自己的正确意见就请求外任，对于年满五十岁、久经宦海沉浮的白居易来说，似乎过于冲动了些；因为害怕卷入党争而请求外任倒是有可能，但过于强调这个原因似乎也不确切。毕竟逃避并不是唯一的路径，他的好友元稹就不惧党争，留在朝中并当上了宰相。

那么，真实的原因是什么呢？经过仔细考察白居易"自求外任"后的任职经历，我才赫然发现，原来从五十岁起，白居易就在做人生减法。而且，是有意识地、逐步地、合理利用规则地在做人生减法。

做人生减法，白居易早有预谋。三年前的元和十三年（818），白居易刚刚四十七岁，还在江州司马任上，他就写下一首《白云期》，"三十气太壮，胸中多是非。六十身太老，四体不支。四十至五十，正是退闲时"。在这首诗里，他自我设限，最多五十岁，他就要过上"退闲"的生活。

为了达到这个目的，他是这样做人生减法的：

第一步：从京官变成地方官。所以，白居易在长庆二年（822），五十岁时自请外任，去当杭州刺史。

第二步：从地方官变成东都分司官。当了两年多的杭州刺史之后，白居易才露出了他的"狐狸尾巴"，开始了第二步。他在长庆四年（824），给牛僧孺寄了一首《求分司东都寄牛相公十韵》诗，明确表达了自己的愿望——"可惜不分司"。

牛僧孺当时正在宰相任上，而他和白居易一直都是诗酒唱和的好朋友。他有能力也愿意满足白居易的要求，于是在寄诗之后的当年五月，白居易的任职地点由杭州变成了洛阳，被任命为太子左庶子分司东都。

太子左庶子好理解，是东宫太子的随从官员，正四品上，"掌侍从赞相，驳正启奏"。问题是后面那个"分司东都"是什么职位？为什么白居易不惜求人，也要当这个官儿？

话说在我们今天，有没有这样一种工作岗位，位高事少责任轻，数钱数到手抽筋？大家肯定会说，没有！哪有那样的好事儿，地位高受人尊重，事情还少，时间都是自己的，责任也轻，基本没人管，钱还多到数不清。

可在唐朝就有这样的工作岗位，那就是分司东都。所谓"分司东都"，又叫"留司官"，是唐朝在长安的中央职官体系之外，在洛阳分设的一套职官体系。其主要作用是保证皇帝从长安巡幸东都洛阳时，当地已有熟悉情况的政务和事务官员，可保证中央政府的权力运作不因都城变化而中断，同时也可保证给搬家的皇帝提供和在长安一样的服务。

唐朝中前期，皇帝经常在长安、洛阳两都之间巡幸，所以分司东都官员们的职责重要，事情也较多。到了白居易时，由于皇帝长期驻长安而不到洛阳，这些分司东都的官职就逐渐失去了重要性，变成了闲职。虽然变成了闲职，一年没有多少事情，但级别和待遇却一点儿没有下降，于是就"位高事少责任轻，数钱数到手抽筋"了。

分司东都是一个职官体系，分为东都政务机构、东都事务机构和东都御史台。东都政务机构主要是指尚书省及其下属机构，具有守卫东都、维护治安、发展经济、主管民政等职权，是分司东都中具有一定职责和职权的职位。东都御史台也是一个实权机构，负责对东都所有官员的监察。

白居易在《李留守相公见过池上泛舟举酒话及翰林旧事因成

四韵以献之》中说的"李留守相公"，就是东都留守，也是分司东都职官体系中最大的官儿。

只有东都事务机构最闲。所谓东都事务机构，主要是指九寺五监及秘书省、殿中省、内侍省等职官。白居易此时所担任的太子左庶子分司东都，就是隶属于东都事务机构的东宫官，是分司东都中基本没有职责和职权的官。这很好理解，太子在长安，洛阳的东宫官员就是想给他提供服务，也够不着啊。

这样的官职，正是白居易的最爱，也是他人生减法的终极目标，他本人称之为"中隐"。在五十八岁时，白居易写下一首《中隐》诗，亮明了自己最爱分司东都的理由："大隐住朝市，小隐入丘樊。丘樊太冷落，朝市太嚣喧。不如作中隐，隐在留司官。"

可惜的是，他担任太子左庶子分司东都不到一年，朝廷又于宝历元年（825）三月四日任命他为苏州刺史，他只好于五月五日到任了。好歹耐着性子当了一年苏州刺史之后，白居易于宝历二年五月末，就以眼病肺伤为由，向朝廷申请百日长假。

白居易为什么要在这里申请百日长假？因为《唐会要》记载了一条唐朝官员休假的规定："准令式，职事官假满百日，即合停解。"也就是说，如果白居易在苏州刺史任上休假百日的话，按照规定就会被自动解职。

这个老狐狸，他这是在合理利用规则，实现自己做人生减法的目的。果然，在百日假满的九月初，他实现了从苏州刺史离任的目的，于第二年春天重新回到了洛阳家中。

可到底他才五十六岁，朝廷仍然没有忘记他。回来才几个月，朝廷又于大和元年（827）三月十七日，召他到长安担任秘书监一职。

从三品的秘书监，是秘书省的一把手，"掌经籍图书之事"，大约相当于国家图书馆馆长，这是一个不太忙的职位。可能因为不太忙吧，加上又在新皇帝唐文宗的眼皮子底下，白居易这次老实了一年之久。

等到大和二年二月十九日，让他转任事务繁重的刑部侍郎时，白居易又有点儿坐不住了。当年十二月，他在刑部侍郎任上开始故技重施，"乞百日病假"。大和三年（829）三月末，百日假满，再次解职，以"太子宾客分司东都"。

白居易这个"老狐狸"，再次合理利用规则，实现了回到洛阳担任分司东都官员的计划。从此，他再未回到长安官场。

大和四年（830）十二月二十八日，朝廷又一次召唤他，任命他为河南尹。由于这是一个任职地点就在洛阳的职官，白居易就又走马上任了。当了两年之后，六十二岁的白居易在大和七年（833）二月，"以病乞假五旬"。四月二十五日，以头风病免河南尹，再次回任太子宾客分司东都。

河南尹，是白居易一生中最后一个实职。此后的大和九年（835）九月，朝廷再次征召他担任同州刺史，白居易"辞疾不赴"，于十月"改授太子少傅分司东都，进封冯翊县开国侯"。就分司东都官而言，白居易倒是一直在升官，从正四品上的太子左庶子，到正三品的太子宾客，再到这次正二品的太子少傅。

作为分司东都的正二品大员，在此后的十余年里，长安官场上"牛李党争"争得头破血流也好，甘露之变杀得血流成河也好，白居易都假装不在，跟他没关系。他一直在洛阳，待遇优厚地、悠哉乐哉地过着自己的小日子，"歌酒优游聊卒岁，园林潇洒可终身"，"月俸百千官二品，朝廷雇我作闲人"。

直到会昌六年（846）八月，白居易于七十五岁高龄在洛阳履道坊府第中谢世。白居易的人生减法，到此终篇。

概括起来，白居易的人生减法就是，以"中隐"担任分司东都官为具体目标，以出任实职官后即以身体原因请百日长假，合理利用规则再度回任分司东都官为手段，从而达到自己远离官场是非、悠游林下、全身而退的人生目标。

白居易名字中的"居易"，来自于《礼记》"君子居易以俟命"；他的字"乐天"·，则来自于《周易》"乐天知命故不忧"。从他早早就在做人生减法，生前乐天知命，身后人生结局圆满来看，他还真没有浪费父母给他取的这个好名字。

可见，白居易之所以最终没有当上宰相，完全是他主动选择的结果，也是他一直在做人生减法的结果。自己选的路，他当然不会后悔。

虽然，他偶尔还是要感慨"五相一渔翁"。

元稹：藏在唐诗里的罗曼史

　　唐朝元和五年（810）春，时任"东台监察御史"的八品官员元稹，奉命从洛阳启程，返回长安述职。

　　三月初的一天，他经过华山脚下的华州（今陕西渭南），抵达敷水驿，见天色已晚，就住下了。第一个到达驿站并且打算好好睡一觉明早接着赶路的元稹，完全没有想到，就在今晚，一场震惊朝野的风波，正在向自己袭来。

　　很巧，就在他住下不久，宦官仇士良、刘士元一行也来到了这个小驿站。仇士良等人到了之后才发现，这个驿站唯一的上房，当时也叫"上厅"，被一个小小的八品监察御史捷足先登了，而且这个御史居然还安然高卧，全然不知道应该出来迎接内官中使大人，不禁怒火中烧。宦官刘士元更是狗仗人势，砸开元稹的房门，要求他让出上房。

　　元稹自然不肯。一来按照朝廷旧制，向来就是先到先得，没有让房之理；二来元稹时任监察御史，是负责监察百官、巡视郡县、纠正刑狱、肃整朝仪职责的风宪之官。虽然级别不高，但职权却重，是所有读书人入仕向往的清要之职，也是唐朝高级官员升迁的必经之途；三来元稹毕竟是心高气傲、初登仕途的读书人，正当32岁血气方刚的年纪，岂能向一众阉竖示弱？

看到元稹不肯让房，宦官刘士元"蹴破驿门，夺将鞍马，仍索弓箭"，喊打喊杀，这是要动粗了。元稹一介书生，秀才遇到兵，有理说不清，见势头不对，慌乱中只穿着袜子，"袜而走厅后"，跑到房后躲避。元稹已经退让了，刘士元还是不依不饶，追上来就是一马鞭，打破了元稹的脸。

权势熏天的阉竖小人，凌辱斯文，一至于斯！

有人可能要问，难道敷水驿这个地方，就没有别的上房了，导致两家非要争同一个房间？宦官既然有权，干吗不在当地另找"总统套房"？这个啊，当时真没有。在唐朝，朝廷每隔30里设立的驿站，就是当地最好的餐厅兼宾馆了。

这场闹剧后不久，元稹到达长安，"敷水驿争厅"这事儿，自然也传到了皇帝唐宪宗李纯那里。对元稹而言，这是极为不利的。原因之一，这个时候宦官专权已成为唐朝政治生活中的常态；原因之二，唐宪宗李纯本人，正是由宦官拥立的。

所以皇帝对于此事的处理结果也毫无意外：打人的宦官没事，被打的元稹因为"少年后辈，务作威福"，"年少轻树威，失宪臣体"，由京官直接贬到地方，出任江陵府士曹参军，相当于江陵府建设局局长。

唐朝的贬官，在诏书下达之日，无论多晚，都是有人监督，当天就必须启程上路的。元稹接到贬谪诏书，立即从自家位于长安城靖安里的府第出发，打算经永寿寺南街，东出长安城的延兴门。

"元"要远行，"白"岂能不送？时任主客司郎中、知制诰的白居易这天正巧"下内值归"，刚刚在宫中值完夜班回家。于是追赶而来，"邂逅相遇于街衢中"。但一个被人催着赶路，一个刚下夜班，只好在匆忙中"马上话别"。白居易一直送到靠近延兴门的新昌里，这才依依不舍地看着元稹出城而去。

听闻元稹当晚"次于山北寺"，白居易自己第二天还有"职役"在身去不了，就派李弟从后赶到山北寺，为元稹饯行，并送上新诗一轴，希望供元稹"在途讽读，且以遣时日，消忧懑"，诗中安慰他道："虽为南迁客，如在长安城……况始三十余，年少有直名。心中志气大，眼前爵禄轻……尚达生死观，宁为宠辱惊。"

白居易安慰元稹的这首诗，用我们今天的大白话来说，就是这样式儿的："你这次贬官，没事的，小意思。你才三十多岁，就已经这么大名气了，将来前途远大着呢。只要你心中保持远大志向，眼前这点贬谪、宠辱算什么呢？肯定还会东山再起的。"

要知道，这次只是朋友倒了霉，白居易本人可没有倒霉，而且还身处皇帝信任的位置。白居易明智的做法，是不管不问、明哲保身。可是，白居易丝毫不避嫌疑、不怕牵连，连续三次向皇帝上奏《论元稹第一状》《论元稹第二状》《论元稹第三状》，喋喋不休地向皇帝讲元稹无罪的道理和包庇宦官的后患。最后皇帝不听，他就又是送行，又是赠诗。白居易这个朋友，真是贴心，真是可交。

然而朋友再怎么安慰，元稹毕竟还是心中郁闷。他这一两年也算是倒霉到极点了：仕途不顺，家庭也不顺。

就在去年七月九日，他还在洛阳任职时，他的妻子韦丛遽然病逝，年仅27岁。这次贬谪南行的途中，元稹更加思念这位早逝的妻子，为她写下了系列悼亡诗篇——《离思五首》。其中最有名的，是第四首：

离思五首·其四
曾经沧海难为水，除却巫山不是云。
取次花丛懒回顾，半缘修道半缘君。

满篇的千古名句，满篇的深情表白。

韦丛与元稹，贞元十九年（803）结婚。那一年，他25岁，她21岁。其时元稹刚登仕途，还只是一个小小的"秘书省校书郎"；韦丛，字茂之，出身名门，是时任太子宾客韦夏卿的"最小偏怜女"。

二人结婚当年的十月，韦夏卿转任东都留守、东都畿汝防御使，赴任洛阳。于是，新婚小夫妻跟随岳父来到洛阳，入住洛阳履信坊的韦府，度过了一段幸福时光，"小乔初嫁了，雄姿英发"。

韦丛与元稹共同生活了七个年头。婚后这七年，是小夫妻俩同甘共苦、相濡以沫的七年，也是元家最穷的七年。

岳父家再有钱，那也是岳父家的，何况岳父家还有其他子女；元稹家里当然也没什么钱，要不然父亲早逝后，他母亲不会带着他离开长安，归依定居于凤翔的舅族；元稹本人则因为初登仕途，官小俸薄，更是没多少钱。

没钱的日子自然就过得比较难，正如元稹在写给韦丛的另一首悼亡诗中所述："诚知此恨人人有，贫贱夫妻百事哀。"最难的时候，元家要以野菜充饥——"野蔬充膳甘尝藿"，韦丛要拔下金钗换酒——"泥他沽酒拔金钗"。

等到家庭经济情况好转了，"今日俸钱过十万"，韦丛却已逝去，元稹只好用这个钱来为她办丧事了，"与君营奠复营斋"。

短短七年，韦丛不是在怀孕，就是在怀孕的路上。她为元稹生了五个孩子，但只有一个名叫"保子"的女儿长大成人。她是称职、贤惠的妻子，但我们也可以看出，她似乎并不是美丽的妻子。因为，元稹在有关她的所有诗篇中，无一句提及她的容貌。

至于说到这首"曾经沧海难为水"，虽然写得深情，但其实今天的我们读来，也可以窥见他们夫妻之间，似乎亲情多于爱情。从韦丛逝后元稹的实际行动来看，更是感觉他的深情程度不如纸面所写。

韦丛是元和四年（809）七月病逝于长安的。她生命中的最后时刻，元稹并不在她身边，而是在洛阳任职"东台监察御史"。当然，那是在通信、交通极不发达的唐朝。妻子的最后时刻，丈夫没有陪伴，不足深责，毕竟他有职务在身，出差在外。

然而，诡异的是，在得知妻子去世后，元稹并没有回长安奔丧。韦丛逝后一个月，元和四年（809）八月，他就在洛阳与男性朋友聚会，"与吕炅同宿于东都陶化坊"，还写诗"语到欲明欢又泣，傍人相笑两相伤"，又是并床共宿，又是通宵畅谈，还说着说着就笑了，说着说着就哭了。

值得注意的是，上述诗句中元稹的"泣"，眼泪是为自己和这个吕炅之间的友情而流的，可不是为了自己和韦丛之间的爱情而流的。当然，他感情丰富，有分而流之的权利。可是，这哪里像刚刚死了老婆的人？

韦丛逝后三个月后，元和四年（809）十月，元稹"遣家人葬韦丛于咸阳县奉贤乡洪渎原"。换句话说，韦丛下葬时，元稹仍然没有返回长安，而是派遣家人代办的丧事。

妻子的最后一分钟，你不在；妻子的最后一件事，你不来。"难为水"表示很为难，"不是云"肯定会记得你的不是。

元稹如此不合常理的行为，好朋友白居易还帮他辩解，"鳏夫仍系职"，说他因为职务在身，忙得不可开交，以致不能亲自为妻子送葬。

那么，元稹真的有那么忙吗？唐朝制度真的就那么严格吗？以致官员丧妻也不能奔丧和营葬吗？

恰恰相反。唐朝关于亲人去世，有一整套服丧制度。其中最重视的是父母去世，儿子得知噩耗不仅要当即解官，而且要服丧三年。如果儿子不这样做，被人举报，会受到朝廷的严厉惩罚，还会被人作为道德败坏的典型。

关于官员丧妻，当时也有规定："夫为妻，并不解官。""给假三十日，葬五日，除服三日。"也就是说，元稹丧妻之后，按照制度他不必辞职，也不必长年累月地穿丧服，但可以有38天的假期，为妻子送葬。另外，这位"鳏夫"当时只是一个小小的监察御史，还轮不到他"5+2""白+黑"地忙得没时间顾家。

直截了当地说，元稹没有为妻子送葬，非不能也，是不愿也。他为什么不愿意？当然就在于两个人之间的爱情，并没有元稹纸面上所写的"曾经沧海难为水"那么深。

韦丛安葬之后，仍在洛阳任职的元稹心情很好，日子也过得超级快活。两个月后，元和五年（810）正月，他写诗向韩愈索要辛夷花，"韩员外家好辛夷，开时乞取三两枝"；他又与那位同床共寝过的吕炅等人出游，"同醉樱桃林下春"；二月十五日，他"于樊宗师听李管儿弹琵琶"，"管儿久别今方睹"，终于见到久别的歌妓管儿了。

妻子去世才过半年，他就一样不落地赏花、出游、喝酒、听歌、会朋友、见美女，这哪里像刚刚死了老婆的人？

还是那句话：两个人之间的爱情，并没有元稹纸面上所写的"曾经沧海难为水"那么深。

元稹的感情生活中，有一件很重要的事，也许韦丛至死都未必知道，但今天的我们都知道：元稹在婚前，有一段刻骨铭心的初恋。

元稹的初恋女友，名字可能叫"崔莺莺"。就是那个名列我国四大古典戏剧之一《西厢记》的女主角。其实，元稹为了纪念自己的初恋情人，一开始写的是一部《莺莺传》。

那《莺莺传》是怎么变成了后来的名剧《西厢记》的呢？简单地说，就是元稹写了一个以张生为男主角、崔莺莺为女主角的《莺莺传》，经过历朝历代的改编、充实，到了元朝王实甫最终定型，成了《西厢记》。两者的区别是，《莺莺传》是一个始乱终弃、劳燕分飞的悲剧结局，《西厢记》则是一个有情人终成眷属的喜剧结局。

《莺莺传》这样的文学体裁，我们今天叫"小说"，唐朝叫"传奇"。众所周知的是，唐朝的"传奇"，并不是元稹这样的秘书省校书郎的主要创作体裁。那么，他为什么要在婚后刚刚一年的贞元二十年（804）九月，创作这样一部《莺莺传》呢？

虽然学术界对于《莺莺传》中的那个张生是不是元稹本人，聚讼不已。但我是站在陈寅恪、鲁迅、卞孝萱等大师一边的。我们这一派认为，张生就是元稹本人。而元稹之所以在婚后不久就创作了自己一生中唯一一篇"传奇"体裁作品——《莺莺传》，就是为了给自己的早恋往事打一个结，作一结局。他要通过这个作品，对自己的初恋女友，对自己的青葱岁月，有一个交代。打结之后，交代过后，他就要和韦丛好好过日子了。

小说源于生活又高于生活，元稹自然不会蠢到在《莺莺传》中暴露初恋女友真实姓名的程度。但他的好朋友白居易，显然是知道元稹初恋女友真实姓名和他们之间所有故事的。在元稹人到中年时，白居易还写诗安慰他："别时十七今头白，恼乱君心三十年。垂老休吟花月句，恐君更结后身缘。"

值得一提的是，从元稹的诗中看，他的初恋女友是美丽的。在回忆起她的容貌时，元稹也尽是好词儿往上招呼："忆得双文衫子薄，钿头云映褪红酥""睡脸桃破风，汗妆莲委露""鲜妍脂粉薄"；两人之间的初恋记忆，也是美好的："忆得双文胧月下，小楼前后捉迷藏""忆得双文独披掩，满头花草倚新帘"。

有人不禁要问，诗中写的不是"双文"吗？不是崔莺莺啊。双文者，莺莺也，元稹这是故作隐语，好歹要保护初恋女友一方的隐私。毕竟，初恋女友没有了他，也是要嫁人的。

从《莺莺传》的结局来看，崔莺莺后来也确实嫁了别的新郎。她嫁人后，张生曾想以表兄身份见她一面，在其夫已经允许的情况下，崔莺莺仍然拒绝见面，还赋诗绝交："还将旧时意，怜取眼前人。"今天的我们已经难以知道，这个千古名句，究竟是元稹写的还是崔莺莺写的？

从此以后，元稹与"崔莺莺"终生未再见面，但她显然一直在元稹心底最柔软的地方。试想，如果是崔莺莺的最后一分钟和最后一件事，元稹恐怕就不是对待韦丛的那个态度了。韦丛固然是称职的妻子，但在元稹眼里，她永远不能与崔莺莺相比。这对韦丛当然不公平，但这也是很遗憾的事实。

那么，元稹之于崔莺莺，算不算负心薄幸？恐怕不能算。从绝交诗来看，崔莺莺显然是理解元稹为了前途迎娶豪门女子的苦衷的。对于两人之间的恋情，甜蜜之外，她也只是感到对于自己年少轻率的羞耻，并无激愤的指责和仇恨的怒骂，恰恰相反的是，充满了对元稹"怜取眼前人"的规劝和祝福。因此，崔莺莺自己都没有怪元稹负心薄幸，我们旁人就更不应置喙了。

韦丛逝后不到两年，元和六年（811）寒食节后，元稹在江陵续娶安仙嫔为妾。

其实在韦丛刚刚去世时，元稹可能真的是有学习王维丧妻三十年不娶的想法，打算就此独身一生的。这从他悼念韦丛的《遣悲怀》第三首"唯将终夜常开眼，报答平生未展眉"中，可以看出来。所谓"常开眼"，元稹这是自比从不闭眼的鳏鱼。因为鳏鱼的眼从不闭上，所以以之比喻愁思不眠的人。元稹诗中如此用典，当然也包含了自誓终鳏的意思。

必须指出的是，在独身一生这个问题上，元稹没有说到做到，其实不足深责。他身处的是一夫多妻制的唐朝，更何况他还有韦丛留下的独女"保子"需要照顾，"保子"也需要母爱。

安仙嫔嫁给元稹之后，也算命苦。首先，她是在元稹仕途的最低点嫁给元稹的，一嫁过来就是苦日子；其次，她嫁给元稹后，所生的儿子"荆"，女儿"樊"、"降真"，均先后夭折。三次丧子，岂是常人可以承受之痛？最后，元和九年（814）秋，安仙嫔就死于江陵。她和元稹在一起，也只生活了短短四个年头。但安仙嫔比韦丛幸运的是，虽然她的最后一分钟元稹也不在，但她的最后一件丧事，是元稹办的。

从元稹的一生来看，安仙嫔这个女人，其实就像一颗流星，璀璨而来，倏忽而逝，没有留下一丝印记。关于她，我一直纳闷：她嫁给元稹时，韦丛已逝，元稹独身，为什么她只是妾而不是妻？

最大的原因，很可能是仙嫔的身份比较低微。她嫁给元稹的过程，元稹说得很轻松很简单："予友致用悯予愁，为予卜姓而授之。"就是元稹的朋友李景俭怜悯他一个人带个女儿不容易，于是为他选了一个女人而"授之"。没有父母之命，没有三媒六聘，很可能连个像样的婚礼都没有办，就是简单地"授之"。在唐朝，如果安仙嫔出身高贵，这样草率的出嫁过程是不可想象的。

也有史料指出，安仙嫔是李景俭的表妹，这才由李景俭介绍而嫁给了元稹。此说可能不确。一方面，如果安仙嫔确系李景俭的表妹，李景俭怎么可能接受这样草率的出嫁过程？另一方面，如果安仙嫔确系李景俭的表妹，当时鳏居的元稹完全没有理由不给她一个正妻的地位。否则，何以面对好友？

唐朝的妾，在家族中是具有法律地位的，有着仅次于正妻的宗族权、财产权等等。引人注目的是，元稹将这个具有法律地位的妾室安仙嫔，安葬在了江陵，并没有让她归葬自己的家族墓地——咸阳县奉贤乡洪渎原。那里，安葬着他的父母，还有他的第一个妻子。也许，在元稹的内心深处，并不想介绍这个女人给他们三个人认识，哪怕是在阴间地府。

在安仙嫔逝后，元稹也没有为她写过哪怕一首诗，只留下一篇文章——《葬安氏志》。在这篇《全唐文》里可以找到的《葬安氏志》中，元稹还强调这篇文章是为安仙嫔留下的年仅四岁的儿子"荆"写的，担心他长大后不知道生母葬在哪里："幸而立，则不能使不知其卒葬，故为志且铭。"

然而不幸的是，"荆"后来还是夭折了，安仙嫔真的成了元稹生命中一闪而过、随风而逝的流星。不知道后来出将入相、人生得意的"元才子"，是否偶尔还想起过这个曾经为他端茶送水、生儿育女的苦命女人？

相比韦丛、安仙嫔，元稹第二位妻子裴淑的命，可就好多了。裴淑，字柔之，又一位名门望族之女。她的父亲，很可能是当时的涪州刺史裴郧。

元和十一年（816）春，已转任通州（今四川达州）司马的元稹，请假赴涪州（今重庆涪陵），与裴淑完婚。这一年，元稹38岁，裴淑则年龄不详，想来要比元稹年轻不少。

裴淑有福气，她与元稹共同生活了16个年头，远远超过韦丛和安仙嫔；她还为他生了一子三女——道护、小迎、道卫、道扶，个个长大成人。

裴淑嫁后，元稹的仕途也开始进入上升期，由通州司马，而虢州刺史，而膳部员外郎，而祠部郎中、知制诰、赐绯鱼袋，而中书舍人、翰林承旨学士、赐紫金鱼袋，而工部侍郎，最终成为宰相——同平章事，再同州刺史，再越州刺史、浙东观察使，再尚书左丞，再检校户部尚书、兼鄂州刺史、御史大夫、武昌军节度使。她看着丈夫“入相”，成为军国重臣；再看着丈夫“出将”，成为封疆大吏。她自己，也得封“河东郡君”。

嫁给这样一个有才气、有出息的丈夫，裴淑却也活得很知足。大和四年（830）正月，朝廷调任元稹为武昌军节度使，正式成为封疆大吏。消息传来，宣诏的中使还没有到呢，元稹就听到内宅有人在哭。大喜之日谁这么大胆子煞风景？结果一问是夫人裴淑。忙问为什么？裴淑回答，去年冬天才到长安，今年春月又要去武昌军。京中的亲人都还没来得及相见呢，所以恸哭。

元稹只好苦笑着写下《赠柔之》安慰裴淑，“嫁得浮云婿，相随即是家”；裴淑也颇有诗才，回了一首《答微之》表示认命：“想到千山外，沧江正暮春”。大家看，他给她写诗——《赠柔之》，她给他写诗——《答微之》，多般配。

这是一个知书达礼，可以与元稹诗词唱和的女人，也是一个陪伴元稹直到生命最后时刻的女人。

大和四年（830）秋天，已抵武昌军任所的元稹，去了著名的黄鹤楼。也许是和李白一样的感受吧，“眼前有景道不得，崔颢题诗在上头”，元稹也没有写诗。虽然没有写诗，元稹在黄鹤楼却发生了一件异事：

他是在夜晚登上黄鹤楼的。登楼眺望之际，他突然发现江面上有东西在闪闪发光，急忙派人乘船去看。一看之下，却只是一个渔夫在江中钓鱼。渔夫并没有看到光，但刚刚钓得一条大鲤鱼。于是来人将鲤鱼带回给元稹验看，然后就在楼上剖杀鲤鱼，烹饪晚餐。

不料，元稹的厨子在鲤鱼腹中剖得一面铜镜，"如古大钱，以面相合，背则隐起双龙，虽小而鳞鬣爪角悉具"。原来，就是这面镜子在鱼腹之中闪闪发光。元稹觉得这是个宝物，"置卧内巾箱中"。

事出反常必有妖。事后来看，元稹当时真不该杀鲤取镜的。大约一年之后，大和五年（831）七月二十二日，53岁的元稹在武昌军节度使任上，暴卒。而等到他去世之后，他登黄鹤楼时所得的铜镜，也神奇地消失不见了。

今天来看，元稹因杀鲤取镜而暴卒，当然只是传说。其实元稹暴卒的真正原因，当时的白居易就知道："微之炼秋石，未老身溘然"，即服食丹药中毒而亡。

所谓丹药，就是一种以矿物质为主的合成药物。今天的我们恐怕难以想象，那么有才气、有智慧的古人们，会如此无知无识、悍不畏死地，把人体无法消化的含砷、汞、金、银的矿石粉末，大把大把地吞进肚里。只是因为他们相信，这可以强身健体，甚至长生不老。

唐朝可能是服食丹药风气最为盛行的时代之一。唐朝二十一帝，至少五位是因为丹药中毒而亡。就连雄才大略的唐太宗李世民，最后年仅52岁时就早早死亡，也是拜这可笑的丹药所赐。元稹不过是受了他们的影响，步了他们的后尘而已。

除了上述女人之外，元稹还有一个"绯闻女友"——薛涛，创制"薛涛笺"的那个薛涛。

薛涛与元稹的情事，最早见于记载，是晚唐范摅的《云溪友议》。范摅写道："及为监察，求使剑门，以御史推鞫，难得见焉。及就除拾遗，府公严司空绶，知微之欲，每遣薛氏往焉。临途诀别，不敢挈行。"

晚于这条记录的南宋、明清的材料我就不再引用了，反正造谣的源头，都在范摅这里。范摅距离元稹的年代最近，可他编造起前辈的谣言起来，一点也没客气。而且，单就范摅这条材料而言，时间地点人物就错漏百出。

元稹的足迹，一生两度入川。第一次入川，是在元和四年（809）三月，元稹以监察御史，充剑南东川详覆使，"案任敬仲狱"。说白了，元稹这次的角色，就是传说中的"钦差大臣"，专程入川查办"任敬仲"案件的。三月入川，五六月即回长安，范摅说，元稹与薛涛的情事，就发生在这短短的两三个月时间里。

范摅的错误在于：一是官职不对。元稹在剑南东川的两三个月，身份一直是"监察御史，剑南东川详覆使"，没有中途变更职务为"拾遗"之事。二是人物不对。当时元稹出使的目的地剑南东川，节度使是潘孟阳；邻近的剑南西川，节度使是武元衡。严绶当时在长安任职尚书省右仆射，距离遥远，哪里轮得到他来"遣薛氏往焉"？三是地点不同。元稹出使的目的地是剑南东川节度使驻地梓州，也就是今天的四川省三台县，薛涛当时住在成都，也就是剑南西川节度使的驻地。两地虽相距并不太远，只有一百多公里，但毕竟是两个不同的节度使驻地。

　　　　唐诗里的唐朝

最可笑的就是二人年龄不符。这年元稹31岁，薛涛则比他大19岁，这年50岁了。二人年龄相差如此悬殊，范摅还煞有介事地说，严绶"知微之欲，每遣薛氏往焉"。什么时候元稹的"欲"，变成喜欢年已半百的女人了？

但元稹与薛涛之间的交集、唱和，也确实是在这两三个月期间发生的。中国纸业重要文献、元朝费著的《笺纸谱》和南宋李石所著《续博物志》，部分地为我们还原了二人的交集、唱和。

《笺纸谱》记载说："涛侨止百花潭，躬撰深红小彩笺，裁书供吟，献酬时杰，时谓之'薛涛笺'。"薛涛创制"薛涛笺"的目的，就是为了"献酬时杰"。元稹显然是薛涛心目中的"时杰"之一，是她"献酬"的对象。

那么，薛涛是如何向她心目中的"时杰"元稹"献酬"薛涛笺的呢？《续博物志》说："元和中，元稹使蜀。营妓薛涛造十色彩笺以寄。"这就对了，当时在成都的薛涛，把薛涛笺寄给了当时在梓州的元稹。

元稹收到薛涛笺后，"于松花纸上寄诗赠涛"，二人之间的诗词唱和，自此而始，并且可能持续了近12年之久。两人之间的唱和诗，元稹有《寄赠薛涛》，薛涛有《寄旧诗与元微之》等。

元稹第二次入川，是在元和十年（815）。这年闰六月，元稹转任通州（今四川达州）司马。这一次，元稹倒是在四川待了四年。但众所周知的是，他入川半年后，就迎娶了第二任妻子裴淑。如果说他在这个过程中，还忙里偷闲抽空去撩了当时已经56岁的薛涛，我是不信的。更何况，迄今也没有发现这方面的史料。

所以，薛涛只能算是元稹的绯闻女友，两人只能算是诗词唱和的朋友，极有可能连面也没有见过，相当于今天的"网友"。不过，元稹的"元才子"之名天下皆知，偏偏又长得又高又帅，白居易说他"仪形美丈夫""君颜贵茂不清羸"，书法也好，音乐也通。如果真的"网友"见面，薛涛就此一见钟情，彻底沦陷，老房子着火，也未可知。

元稹一生四个女人，一个初恋情人，二妻一妾。说他风流才子可以，但要说他负心薄幸，似乎有些过苛了。他对第一任妻子韦丛算得上是一往情深，这首"曾经沧海难为水"深情表白就是明证；他与第二任妻子裴淑、妾室安仙嫔也称得上是举案齐眉。作为丈夫，他是本分的，也是称职的。也许，元稹面对这些女人们，心态正如金庸《天龙八部》中那个比他风流的段正淳一样："在我心中，这些女子和你一样，个个是我心肝宝贝，我爱她们是真，爱你也是一样的真诚！"

耐人寻味的是，大和三年（829）冬天，51岁的元稹老来得子。第二任妻子裴淑，在长安为他生下唯一一个长大成人的儿子"道护"。元稹给这个儿子取的小名，叫"崔儿"，又叫"阿崔"。

对，崔莺莺的"崔"。除了崔莺莺的姓氏，我想破脑袋，也想不出任何元稹叫自己儿子为"崔儿""阿崔"的理由。

也许，元稹是在通过这样的方式，告诉崔莺莺：踏遍千山万水，历经人生繁华，出将入相之后，转眼已过半生，但我一直记得你，从未忘记。

韩愈：庙堂、江湖都是人生舞台

一

唐朝元和十四年（819）正月的一天，有人告诉唐宪宗李纯，凤翔（今陕西宝鸡）法门寺的护国真身塔内，藏有一节释迦牟尼指骨舍利。此塔三十年一开，并请出其中佛骨，供人瞻仰供奉。开塔则岁丰人泰，诚意供奉舍利者，可求长生不老。

"长生不老"四个字，直接击中了唐宪宗李纯的内心。刚刚42岁的他，多年以来信仙好佛，并且早就开始服食方士炼制的长生药物了。可以说，他一直孜孜追求的，就是长生不老。今年恰逢开塔之年，有此良机，唐宪宗李纯岂肯放过？

于是他派出以杜英奇为首的中使三十人，出城到长安城西的临皋驿，以隆重仪式迎接佛骨，由光顺门进入大内，供奉三日之后，再送到各大佛寺递相供养。皇帝都如此虔诚，长安城中的王公士庶，当然也是趋之若鹜，"奔走舍施，唯恐在后"。

但此事很快就走了形、变了味儿。不少老百姓"解衣散钱，自朝至暮，转相仿效"，甚至不惜倾家荡产；而更为过分的是，竟然还有人"百十为群"，用火"烧顶灼臂""焚顶烧指""断臂脔身"，以毁伤自己身体的方式来表达自己心中的痴狂。在这个正月，为求供奉佛骨，大唐首都全城陷入了一片狂热之中。

"举世皆浊我独清，众人皆醉我独醒。"在两千多年前的楚国，这个"我"，是屈原；在公元819年的大唐帝国，这个"我"，变成了韩愈。

韩愈时任刑部侍郎，相当于司法部的副部长，按照职责，他完全可以置身事外，不闻不问；这件轰动全城的大事，如果需要有人劝谏皇帝的话，也应该是宰相们或言官们的分内之事，不关韩愈本人的痛痒。

然而，韩愈还是冒着极大的个人风险，触犯皇帝希图长生不老的忌讳，于这年正月初九，向唐宪宗李纯呈上了"忠犯人主之怒"、让他付出了惨痛代价的千古名篇——《论佛骨表》，极陈过分崇信佛法之弊。

《论佛骨表》并不长，建议有机会读一读原文，亲身体验一下"文起八代之衰"的雄文魅力。《论佛骨表》开头即说明我国上古并无佛法，然而自三皇五帝到商周，都享国长久；恰恰相反的是，从汉明帝时有了佛法之后，其后历朝历代，都是"乱亡相继，运祚不长"。历史一再证明，越是"事佛求福"，越是"乃更得祸"，可见"佛不足事"，不值得供奉。其实，佛法注重的是"诸恶莫作，众善奉行"，并不是将佛菩萨当作偶像来崇拜。所以，唐宪宗所作所为，相信佛祖也不会赞成。

韩愈在《论佛骨表》中接着建议，应该将佛骨一把火烧了，"投诸水火，永绝根本，断天下之疑，绝后世之惑"，并且表示，在这样做之后，"佛如有灵，能作祸祟，凡有殃咎，宜加臣身，上天鉴临，臣不怨悔"，愿意承担一切责任。

明眼人一看就明白，按照韩愈奏疏中的逻辑，越是信奉佛法的君王，其寿命、国祚越短。这在唐宪宗李纯看来，就不无诅咒之意了，而最让他愤怒的，也正是这一点。

史称，"疏奏，宪宗怒甚。间一日，出疏以示宰臣，将加极法"。显然，龙颜大怒的皇帝，要砍了韩愈的脑袋。但裴度、崔群等时任宰臣们却有不同意见，他们向皇帝解释：韩愈如果不是"内怀忠恳，不避黜责"，如果不是出于对皇帝的一片忠心，岂能如此谏言？杀掉一个韩愈不难，但今后恐怕再也没有如此忠心进谏的忠臣了。

一般情况下，宰臣们如此这般一求情，皇帝如果不再说话，这事儿也就算过去了。然后，由宰臣们把韩愈叫来，吼两句或者罚俸半年，也就完了。

然而皇帝还是余怒未息，接着又说道："愈言我奉佛太过，我犹为容之。至谓东汉奉佛之后，帝王咸致夭促，何言之乖剌也？愈为人臣，敢尔狂妄，固不可赦！"——韩愈说我过于奉佛，我还可以宽容。但他说自东汉奉佛之后，帝王全部短命，这话怎么说得如此别扭、乖戾呢？韩愈作为人臣，竟敢如此狂妄，坚决不能赦免！

这是史书中最能体现唐宪宗李纯内心态度的一句话。唐宪宗李纯最恼火的，不是韩愈说他事佛、佞佛，而是韩愈以历史事实证明，事佛可能反而会短命，因而他所追求的长生不老，最终将只会是一场梦幻泡影。韩愈引用的史实，是如此的有力量，直接击碎了皇帝的梦想。这，才是一直在服食长生药物的皇帝，所最不能接受的，所最恼羞成怒的。

皇帝此言一出，宰臣们就不敢再为韩愈说话了，"人情惊惋"，看来皇帝是真的要杀他了。还好，朝中仍然不断有"国戚诸贵"为韩愈说好话，加之唐宪宗李纯毕竟是唐朝的中兴之主，不是全然的昏君。于是，几天之后的正月十四，韩愈的最终处分下来了，比之杀头算是轻的了，由刑部侍郎贬为潮州刺史。

就在贬官处分下达的正月十四日当天，52岁的韩愈，立刻在凛冬之中，踏上了贬谪之路。

有读者可能会认为，韩愈的新职务是潮州刺史，这相当于我们今天潮州市市长走马上任啊，应该风风光光地走，从从容容地走。况且，正月还在过年，明天就是元宵节了，为什么不过完了年再走？再说，行李也要收拾啊，缓个几天再上路，没问题吧？

有问题。不仅有问题，还有大问题。

区别在于，韩愈不是正常任命的潮州刺史，而是被贬为潮州刺史的贬官。这就由不得他风风光光、从从容容了。

唐朝的贬官，在贬谪之命下达之后，何时启程、以何种方式赴任的相关规定，以天宝五载（746）为分水岭。

在此之前，规定比较轻松。比如武则天长寿三年（694）规定："贬降官并令于朝堂谢。仍容三五日装束。"这就是给了最长五天的收拾行李的时间；比如唐玄宗开元十年（722）规定："自今以后，准格及敕，应合决杖人，若有流移左贬之色，决讫，许一月内将息，然后发遣。"这是对于打过屁股的贬官，非常人性化地给了一个月的养伤时间。概括地说，此时的贬官，在何时启程、以何种方式赴任方面，还是有一定自由度的。

突然从严的还是唐玄宗李隆基。他在天宝五载（746）七月六日下敕："应流贬之人，皆负谴罪。如闻在路多作逗遛、郡县阿容、许其停滞。自今以后，左降官量情状稍重者，日驰十驿以上赴任。流人押领，纲典画时，递相分付。如更因循，所由官当别有处分。"简言之，就是贬官必须当天上路、立即启程，而且每天必须奔驰三百里以上。如有人包庇，另行查处。

韩愈此时面对的唐宪宗李纯，又在元和十二年（817）再度加码："应左降官流人，不得补职及留连宴会。如擅离州县，具名闻奏。"再一次强调贬官当天上路、立即启程。

在这样明文诏令和官吏监督下，贬官们的境遇就可以用"悲惨"二字来形容了：张九龄在被贬荆州时，"闻命皇怖，魂胆飞越，即日戒路，星夜奔驰"，贵为宰相的他，当天上路，一天奔驰三百里，而且还吓得够呛；杨炎在被贬道州时，"自朝受责，驰驿出城，不得归第"，也是当天上路，连家也不敢回。

更何况，贬官们还要在当时主要依靠畜力的交通条件下，每天奔驰三百里以上。这对于携家带口的贬官而言，简直就是严酷的迫害和摧残了，"是后流贬者多不全矣"。

所以，韩愈必须在正月十四启程上路；所以，韩愈此贬不是如去当潮州市长般优哉游哉地赴任，而是在各级监督之下，宛如羁囚地流放，前路凶险着呢。

就这样，韩愈来到了漫天风雪中的蓝关。在这里，他见到了从后赶来的侄孙韩湘，提笔写下了这首《左迁至蓝关示侄孙湘》：

一封朝奏九重天，夕贬潮州路八千。

　　欲为圣朝除弊事，肯将衰朽惜残年。

　　云横秦岭家何在？雪拥蓝关马不前。

　　知汝远来应有意，好收吾骨瘴江边。

　　这是韩愈七律中的名篇。我们今天读来，仍然可以感受到满篇充满了忠而见谤的郁闷、前途未卜的感伤。

　　一封朝奏九重天，夕贬潮州路八千：我把一封奏疏上奏给皇帝，晚上就被贬到离京八千里路程的潮州。

　　全诗的第一句，韩愈就说明了自己获罪遭贬的原因。"一封"指的就是前面所说的《论佛骨表》，"九重天"则是指深居九重宫殿之中的皇帝。韩愈就是因为一封《论佛骨表》触怒皇帝，才被贬去潮州。

　　"路八千"，韩愈当然是极言潮州之远，但并非确数，应该没有八千里之远。因为即使唐朝一里略大于今天的一里，按照《旧唐书·地理志》记载的长安到潮州的里程，也只有六七千里。假如按照今天陕西省西安市到广东省潮州市的公路里程，则只有1800公里即3600里左右。当然，唐朝没有我们现在道路条件好，有些驿路需要绕道，会远一些。

　　欲为圣朝除弊事，肯将衰朽惜残年：我的本意，是想为皇帝除掉那些有害无益的事情，哪里还能顾虑自己衰老残弱的身体和所剩不多的余生呢。

　　韩愈这里所说的"弊事"，自然是指这次由皇帝发起的、引得全长安城疯狂的佛骨供养一事。即便用我们今天的眼光来看，老百姓为了佛骨以至出现"烧顶灼臂""焚顶烧指""断臂脔身"这样自残的举动，也会觉得确实是一件不可思议、无法理解的弊事。

云横秦岭家何在？雪拥蓝关马不前：在阴云笼罩的秦岭上回望长安，不知道家在何处？漫天大雪堵塞着蓝关，马儿也不肯前行。

这两句是颇具气势的千古名句。限于当时的交通和通信条件，此时此刻在阴云笼罩的秦岭上回望长安的韩愈，应该还不知道，他在长安的家，已经不再存在了。

就在他踏上贬途之后不久，他的家人也在朝廷有关部门的严遣之下，相继于冰天雪地之中，开始南行追赶他的脚步，包括他卧病在床的年仅12岁的第四女。而在不久的将来让韩愈至为悲痛的是，年幼体弱的女儿因为带病上路，既伤感于父亲遭贬远方的命运，自己又"走朝至暮"，"撼顿险阻，不得少息，不能食饮，又使渴饥"，最后导致病情加重，于二月二日，在走到距离长安大约450里的层峰驿时夭折。他的第四女，成为韩愈遭贬而逝去的第一个亲人。

当时全家都处于颠沛流离之中，只能将她草草安葬，"数条藤束木皮棺，草殡荒山白骨寒"，"绕坟不暇号三匝，设祭惟闻饭一盘"。而韩愈终于认识到，女儿的不幸早夭皆因自己而起，"致汝无辜由我罪，百年惭痛泪阑干"。

如果韩愈早知道自己一封《论佛骨表》会导致重病的女儿早夭，那他还会不会那样义无反顾呢？千年之后的我，不能回答；我想，即使韩愈本人，恐怕也难以回答。可见，要当忠臣，要当圣人，还是要付出代价的。

二

蓝关，又称蓝田关，是大唐帝国沟通南北交通要道上的一个著名驿站。唐朝由长安赴江淮岭南等地的贬官，多取道蓝田、武关的这条驿路。

但是，这条驿路需要翻越秦岭，不仅山高水深，林深木茂，而且时有猛兽出没。唐代朝廷曾多次整修此道，但限于当时的工程技术条件，效果有限，"每经夏潦，摧压蹚陷，行旅艰辛，僵仆相继"，所以一向被视为畏途。

此道虽然难走，但也有好处，就是里程最短，方便快捷，节省时间，所以贬官们多愿取道此途。今天我们比较了解的著名贬官，如张九龄贬往荆州、颜真卿贬往峡州、白居易贬往江州、元稹贬往江陵，都是经蓝关而南行。

韩愈本人对于蓝关，也是相当熟悉的，因为他已经是第二次因为贬官而路过蓝关了。贞元十九年（803）十一月，韩愈也是因为"一封朝奏九重天"——《论天旱人饥状》，弹劾不报旱霜灾情、依旧横征暴敛的京兆尹李实，被贬阳山县令（今广东省清远市阳山县）。当时，他也是取道蓝关，前往阳山的。

巧合的是，十六年前，他路过蓝关时也是冬天，"商山季冬月，冰冻绝行辀""叠雪走商岭"，这一次则是"雪拥蓝关马不前"。由此可见，冬天的蓝关，风雪之大、行路之难。《旧唐书》等史籍也记录过蓝关的大风大雪，到了冻死人畜的地步，"大雪，人有冻蹚者，雀鼠多死"，"一遇雨雪，往往覆舆毙马，咸称胜于蜀道之难"。冬天的蓝关，行路之难已经超过蜀道了。

要知道，立马蓝关的韩愈，此时此刻最担心的，倒还不完全是漫天风雪，也不完全是"马不前"的行路之难，而是唐宪宗李纯的天威难测。

事实上，唐朝的贬官在被皇帝流放的途中，随时随地都有被从后赶上的圣旨赐死的可能性。更何况这一次，唐宪宗李纯一开始就是想要韩愈的脑袋的，焉知皇帝会不会改变圣意，突然下旨赐死韩愈？韩愈在蓝关的担心，不为无因。

更要命的是，唐朝的蓝关、蓝田驿，正是最有名的贬官赐死之地。史书中可以找到唐朝多位皇帝在蓝田驿赐死贬官的例子。唐玄宗李隆基的皇后王氏被废之后，其弟王守一"贬为泽州别驾，至蓝田，赐死"；唐代宗李豫时的襄州刺史裴茙，"长流费州，赐死蓝田驿"；唐德宗李适时的黎干，"与中官刘忠翼皆长流，赐死蓝田驿"；唐昭宗李晔的宰相王抟，"贬崖州司户，寻赐死于蓝田驿"。

为什么唐朝的皇帝们都喜欢在蓝关、蓝田驿赐死贬官？可能是因为此处驿道始入山区，贬官若越此再度前行，则圣旨追及更加费时费力。所以皇帝们多在此地改变心意，把那些确实惹毛了自己的贬官，杀了一了百了。

还好，立马蓝关的韩愈，并没有等来赐死的圣旨，而是等到了从后赶来、打算沿途随侍的侄孙——韩湘。

根据少量史料推测，此前韩湘应该是一直居住在韩愈府第之上的，只是为了科举备考，才偶尔外出游学交友。他应该是一知道韩愈贬官的消息，或自发或受托于韩愈夫人，以年轻子侄的身份从后赶来，随侍在韩愈身边的，以尽量保证他的人身安全。

所以，韩愈这首《左迁至蓝关示侄孙湘》，就是写给这位时年25岁的年轻人韩湘的。"左迁"，就是"贬官、降职"的意思。在蓝关，52岁的韩愈，等来了25岁的韩湘。有证据表明，韩湘还同时带来了他的亲弟弟韩滂。韩湘、韩滂兄弟俩一起，随侍韩愈到了潮州，后来又到了袁州（今江西宜春）。然而，韩滂不幸因为水土不服而死在了袁州，成为韩愈因《论佛骨表》遭贬而逝去的第二个亲人。

在今天我们的眼中，韩湘已是神一般的存在。我们尊称他为"韩湘子"，因为他已神化为道教的"八仙"之一。

此时的韩湘，当然还没有成为"韩湘子"。"八仙"的传说，萌芽于晚唐时期，经宋、元时期发展、丰富和完善，直到明朝才最终形成。但韩湘的神迹，最早就是和韩愈一起完成的。这个神迹，被记录在唐朝人段成式撰写的笔记小说集《酉阳杂俎》之中：

韩湘住在韩愈府上，在长安读书时，不仅不好好学习，而且行为怪异，酗酒赌博，是一个问题少年。韩愈很是担心，叫韩湘来训斥："人各有所长，就算小贩也有一技之长，你如此胡闹，将来能做什么呢？"韩湘说："我也有一技之长啊，只是您不知道罢了。"然后指着园中牡丹说："我可以按照您的要求，随意将牡丹花的花色，变成青、紫、黄、赤等不同颜色。"韩愈大感兴趣，让他一试。

其实，如果只是随心所欲地变化花朵的颜色，那韩湘也只不过是一个在唐朝就发明了温室技术的园艺专家而已。但神仙就是神仙，其神迹岂是我等凡人可以预料的？更牛的神迹，在韩湘培育的花朵上出现了：每朵盛开的牡丹花上都出现了一个紫色的字，连在一起，就是"云横秦岭家何在？雪拥蓝关马不前"！

《酉阳杂俎》说，韩愈看到这两句诗后，"大惊异"。但也就是惊异而已，韩愈并没有意识到，这其实是神仙侄孙在向他预示未来，在启发和点化他。虽然韩湘不便进一步泄露天机，但恐怕也是在借此提醒韩愈，遇事不要冲动，不要呈上那封《论佛骨表》，免得再去蓝关。

换句话说，韩湘在韩愈被贬官之前，就已经预知了一切：韩愈会被贬官，会经过蓝关，会遭遇风雪，还会写下上面这两个千古名句。并且今天的我们终于恍然大悟，原来这两个千古名句的著作权，属于韩湘，而不是韩愈。

《酉阳杂俎》还交代了韩湘的人生结局，"辞归江淮，竟不愿仕"，最后不知所终。这样不愿出仕不知所终的韩湘，可以算是世外高人了。于是，在这之后历朝历代的典籍，就继承了段成式未竟的事业，接着神化韩湘，直到把他扶上云端，成为神仙，俯视众生。

可惜，历史上真实的韩湘，并不是这样式儿的。

韩湘生于贞元十年（794），小名"爽"，字北渚，父亲名叫韩老成。因韩老成被过继给韩愈的兄长韩会做嗣子，所以韩湘算是韩会的嗣孙，也就是韩愈的侄孙。在韩会、韩老成相继早逝之后，韩湘、韩滂兄弟被韩愈接到身边亲自抚养，并且指导他们读书仕进。

历史上的韩湘本人，并非"不愿仕"，恰恰相反，他少年读书于老家宣城，被韩愈接到身边之后，更是锐意仕途，不仅刻苦攻读，而且颇多交友游历，积极为科举考试作准备。诗人贾岛，就是韩湘在这一时期结交的好友。

贾岛、韩湘二人是好友的证据是，韩湘随韩愈在潮州时，贾岛写有《寄韩湘》一诗表达对他的思念："过岭行多少，潮州涨满川……相思堪面话，不著尺书传。"

长庆三年（823）春，在礼部侍郎王起主持当年的科举时，韩湘进士及第。此年冬，韩湘授校书郎，并被韩愈的至交好友、时任宣州刺史的崔群辟为从事。于是韩湘要离开韩愈，前去宣州赴任。

赴任之前，韩愈作为长辈设宴饯行，贾岛、朱庆馀、姚合、沈亚之等人与宴，均有诗为他送行。韩愈此时虽然已担任吏部侍郎这样的高官，但对于这位陪着自己贬官潮州吃苦的侄孙韩湘，还是像无数个面对孙儿即将远行的爷爷一样，在诗中絮絮叨叨地嘱咐：

"宣城去京国，里数逾三千"，这是感叹韩湘任职地的遥远；"今从府公召，府公又时贤"，这是告诫韩湘初入职场要尊重领导；"临分不汝诳，有路即归田"，这是告诉韩湘要保重自己，能早日回家就早日回家。

确实，对于此时年已56岁、生命只剩下一年的韩愈来说，韩湘能够平平安安地早日回家陪在自己身边，比什么都重要。整整一年之后，韩愈在长安去世，此时韩湘应该还在宣州任上。

此后韩湘的仕官和人生经历，史无明载，我们只知道他后来回到了长安任职，最后一个官职是大理丞。大理丞，从六品上，是大理寺的属官之一。看来，失去了韩愈照抚的韩湘，仕途并不顺利。《全唐诗》收有韩湘的两首诗，史称其"工为魏晋之诗，尽造其度"。

最后一句诗中，韩愈嘱咐韩湘"好收吾骨"，是因为他感觉自己可能会像当年的哥哥韩会一样，就此死在潮州贬所，再也无法生还长安。他的哥哥韩会，史称"善清言，有文章，名最高"。但在大历十二年（777），韩会被贬为韶州刺史，病逝于任上，年仅43岁。

到了韩愈被贬潮州的这一年，已经52岁，在家族中已算是长寿人士了；现在，他又像哥哥一样被贬到了岭南，而且还被贬到了比哥哥贬所更远的潮州。韩愈完全有理由相信，自己晚年被贬，可能会重蹈哥哥的宿命，死于贬所。

韩愈生不见母，三岁丧父，由年长他三十岁的哥哥韩会夫妻俩抚养成人。"忆作儿童随伯氏"，所以韩会建中元年（780）病死韶州时，韩愈就在身旁。韩会去世后，韩愈才跟随寡嫂郑氏一起离开岭南，返回中原腹地的原籍河阳，并将兄长安葬于祖茔。

由此我们看到，韩愈对于今天的广东、当时的岭南，其实并不陌生。从幼年成长于韶州，到壮年首贬阳山，再到老年二贬潮州，韩愈已是三来岭南。

虽然韩愈对岭南并不陌生，但他对于从未去过的潮州，却着实恐惧。这从他最后一句诗中的"瘴江"二字，就可以看出来。

还在赶往潮州、路过泷水的途中，韩愈就迫不及待向当地人打听："往问泷头吏，潮州尚几里？行当何时到？风土复何似？"《泷吏》中的回答是："下此三千里，有州始名潮。恶溪瘴毒聚，雷电常汹汹。鳄鱼大于船，牙眼怖杀侬。州南数十里，有海无天地。飓风有时作，掀簸真差事。"他还了解到，潮州多毒蛇："有蛇类两首""一蛇两头见未曾""惟蛇旧所识，实惮口眼狞""下床畏蛇食畏药"。

"瘴毒""雷电""飓风""鳄鱼""毒蛇"，这些我们今天都会害怕的自然灾害和野生动物，把韩愈对于潮州的恐惧推到了顶峰。

但无论他如何恐惧，无论他愿不愿意，该来的还是会来的。韩愈终究还是于元和十四年（819）四月二十五日，抵达了潮州，正式就任潮州刺史。

到任之后，他在潮州写给皇帝的《潮州刺史谢上表》中，感谢了唐宪宗李纯的不杀之恩，反省了自己的"狂妄戆愚""言涉不敬"的态度，描绘了潮州的恶劣现状："臣所领州，在广府极东界上，去广府虽云才二千里，然来往动皆经月。过海口，下恶水，涛泷壮猛，难计程期，飓风鳄鱼，患祸不测。州南近界，涨海连天，毒雾瘴氛，日夕发作。"

同时他也向皇帝袒露了自己可能命不久长的心声："臣少多病，年才五十，发白齿落，理不久长；加以罪犯至重，所处又极远恶，忧惶惭悸，死亡无日。"最后，他祈望皇帝哀而怜之、怜而赦之。

后世学者对于《潮州刺史谢上表》评价甚低，认为韩愈这是丧失原则，丧失了一个读书人起码的气节，摇尾乞怜。说这个话的人，也应该让他去尝尝韩愈当时的政治高压，也应该让他去尝尝女儿因自己上表而夭折的锥心之痛。我读他的《潮州刺史谢上表》，倒是颇为欣赏他处于政治低谷中的权变和自救。

从《潮州刺史谢上表》通篇来看，韩愈并未放弃自己的原则立场，他只是承认了自己对皇帝言语不敬，不应该诅咒皇帝早死。这说明韩愈已经摸到了皇帝的脉搏，知道了皇帝想要他脑袋的真正原因。他由此而开始了自救，希望自己和全家还有机会，生还长安。

要知道，读书人也是普通人，也有七情六欲，也有家人家庭，他显然希望不再有家人因为自己的过错而付出生命的代价了。所以，他在《潮州刺史谢上表》对皇帝认了怂，可没有一个字，对自己的上表行为认怂。他的原则，还在；他的气节，也还在。

三

《潮州刺史谢上表》之后，韩愈在潮州，满打满算也只待了八个多月时间。但在这短短的八个月时间里，他一改"大官谪为州县，簿不治务"（京城大官贬到州县，一般不过问具体政务）的陋规，而是"先生临之，若以资迁"（他就像是按照资历才升迁到这个职位的官员一样），兢兢业业地为潮州百姓做了三件影响深远的大事。

韩愈在潮州做的第一件大事，也是最有笑点的一件事，就是驱除鳄鱼了。

唐朝的鳄鱼，当然也是饿了要吃人的。而且当时的鳄鱼不像我们今天只能在动物园和保护区里才能碰到，它们已经到了泛滥成灾的地步，长期危害潮州百姓的生命安全。韩愈作为爱民如子的父母官，自然也负有驱除鳄鱼的责任。

真正要驱除鳄鱼，我们今天能想出来的招儿，当然是动刀动枪、喊打喊杀。而韩愈想出的办法，居然是文绉绉地写一篇文章——《祭鳄鱼文》。

在《祭鳄鱼文》中，韩愈先是向鳄鱼们宣讲国际国内形势，"今天子嗣唐位，神圣慈武。四海之外，六合之内，皆抚而有之"，继而宣布了"鳄鱼其不可与刺史杂处此土也"的原则立场，接着数落它们"悍然不安溪潭，据处食民畜、熊、豕、鹿、獐，以肥其身，以种其子孙；与刺史亢拒，争为长雄"的罪状，最后要求"鳄鱼有知，其听刺史言……尽三日，其率丑类南徙于海，以避天子之命吏；三日不能，至五日；五日不能，至七日；七日不能，是终不肯徙也。"

问题是鳄鱼无知。它们一是听不懂韩愈的古雅言辞，二是就算听懂了也未必遵命离开，焉知它们是不是鳄鱼界皇帝派来的鳄鱼潮州刺史呢？大家都守土有责，凭什么鳄鱼潮州刺史就应该给人类潮州刺史让位子？

在与之相关的神话传说中，还是其时已是半仙之体的侄孙"韩湘子"，帮韩愈赶走了鳄鱼：

韩愈与韩湘子商议除鳄鱼之计，韩湘子道："……叔父明日出堂，可写下一道檄文祭告天地。待侄儿遣下马、赵二将，把檄文纳入鳄鱼口中，驱逐鳄鱼下了大海，禁锢住他，不许再为民害。"果然，"那鳄鱼衔了檄文，便低着头，闭着口，悠然而逝，好似有什么神驱鬼遣的一般，一溜烟地去了。"

"八仙"之一的韩湘子，要搞定几条鳄鱼，自然是小菜一碟。只是在这个神话传说中，韩湘子被写成了韩愈的侄子。

所以，《祭鳄鱼文》只是笑话，韩湘子的神力也只是虚妄，如果当年韩愈真的为潮州百姓驱走了鳄鱼的话，我估计还是动刀动枪、喊打喊杀才搞定的，正如他在《祭鳄鱼文》中最后所宣布的："刺史则选材技吏民，操强弓毒矢，以与鳄鱼从事，必尽杀乃止。"

韩愈在潮州做的第二件事，就是兴利除弊，关心民瘼。

一是废除买卖奴婢的陋俗。《唐大诏令集·禁岭南货卖男女敕》曾经记载："迫于征税，则货卖男女，奸人乘之，倍讨其利，以齿之幼壮，定估之高下，窘急求售，号哭逾时。为吏者谓南方之俗，夙习为常，适然不怪，因亦自利，遂使居人男女，与犀象杂物，俱为货财。"

虽然唐朝中央政府屡次明发诏令，但包括潮州在内的买卖奴婢现象，一直屡禁不止。当然，屡禁不止的主要原因还在当地官员的身上。他们或者参与其中谋取私利，或者打着尊重当地习俗的名义，对于卖奴婢的陋俗，睁一只眼闭一只眼。

韩愈抵潮后，仿效好友柳宗元在柳州的"书庸抵债"法，实行了"计庸偿值"："掠卖人口，计庸免之，未见计直，辄与钱赎。"对于掠卖的奴婢，韩愈通过政府出钱赎买，或由奴婢向卖主提供若干天数劳动力等多种方式来获得人身自由。这在一定程度上减轻了潮州奴婢的人身依附关系，确是一个为老百姓着想的好办法。

二是兴修水利，防范洪灾。潮州每逢春夏，淫雨成灾。就在韩愈抵潮的当年六月，"淫雨将为人灾"。好不容易天晴之后，秋季又遇连绵阴雨，韩愈心情极为焦灼，"稻既穟矣而雨，不能熟以获也；蚕起且眠矣而雨，不得老以簇也。岁且尽矣，稻不可复种，而蚕不可以复育也；农夫桑妇，将无以应赋税、继衣食也"。在收成基本靠老天爷的唐朝，韩愈甚至认为，老天爷如此作对，是因为他这个"刺史不仁，可坐以罪"。

为了提高潮州抵御洪涝灾害的能力，韩愈还在潮州兴修了"北门堤"。据潮州地方志记载，潮州北门有堤，每至春夏雨潦，诸水聚会，泛滥横决，往往为患，"海、潮、揭、普四县接壤，皆赖北门一堤堵御之力"。这个"北门一堤"，地方志明确说"自唐韩文公筑"，也就是韩愈所修筑的。

韩愈在潮州做的第三件事，也是潮州百姓对他至为感念的事，就是兴办学校，教育人才。

身为读书人的韩愈，到了潮州才发现，"此州学废日久。进士明经，百十年间不闻有业成贡于王庭，试于有司者。人吏目不识乡饮酒之礼，耳未尝闻鹿鸣之歌，忠孝之行不劝。"上百年没有人考中进士科或者明经科，可见当时潮州教育之落后。

韩愈以潮州刺史身份，向所属各县发出公文，要求办好基层乡校，兴办县学。同时，他率先开始兴办州学。在经费方面，他拿出自己的俸钱，"出己俸百千以为举本，收其赢余，以给学生厨馈"；在师资方面，他大胆启用"沉雅专静，颇通经，有文章，能知先王之道，论说且排异端而宗孔氏"、大历十三年进士、海阳人——赵德，"专勾当州学，以督生徒"。

对于韩愈在潮州兴办教育，传播文化知识，苏轼后来这样评价："始潮之人未知学，公命进士赵德为之师，由是潮之士笃于文行，延及齐民，至于今，号称易治。"而苏轼后来也见贤思齐，每贬到一地，也学习韩愈，孜孜以兴办教育为己任。

八个月之后，朝廷一纸赦书到来，作为潮州地方官匆匆过客中的一员，韩愈离开了潮州，从此再未回来。

但千百年来，潮州百姓一直没有忘记韩愈。

潮州百姓庆幸天意使然，才得贬他到此地，"天意启斯文，不是一封书，安得先生到此"；潮州百姓深感荣幸，他曾履足此地，"此地亦先生所履而过者，旧属潮阳"。

潮州百姓感念他的政绩，仰视为百世之师，"人心归正道，只须八个月，至今百世师之"；潮州百姓佩服他的文才，仰望为北斗之星，"其文如北斗皆企焉望之，况来刺史"。

直到今天的潮州，江叫"韩江"，山叫"韩山"，妇女蒙头布叫"文公帕"，潮州城中有"韩文公祠"，潮州戏剧有《蓝关雪》。

不虚南谪八千里，赢得江山都姓韩。

叁　唐人日常

那些年，唐朝人一起喝过的酒

  魏徵，一个唐朝的大名人，一个以非常正经、非常古板的形象青史留名的老夫子。至少在唐太宗李世民的眼里，这是一个正经、古板到近乎迂腐的老夫子。有些时候，对他恨得牙痒痒的李世民，甚至想使用武力，让这个庄稼汉模样的老家伙从自己眼前消失——"会须杀此田舍翁！"说起来，魏徵很讨嫌，换了你是李世民，也会想杀了他。

  举一个载于正史《资治通鉴》第一百九十三卷的例子：贞观二年（628），二十九岁正当盛年的李世民，有一天没事儿，正在宫中一个人玩小鸟，准确地说，玩一只鹞。可是，古板的魏徵，就是不让。当时，李世民远远地望见魏徵来了，他怕这个古板的老夫子批评他，于是就把鹞子藏进了自己的怀里。不料魏徵早就看到了，但他并没有点破，直接指责李世民玩小鸟是恶习，他采取了不停地跟李世民讲"兼听则明，偏听则暗"等治国理政大道理的办法，直到那只可怜的小鸟，被活活闷死在李世民的怀中！

  这样的魏徵，是不是很惹人讨厌？还好，李世民的心胸大，他忍了。不仅忍了，他还想尽一切办法打听魏徵的爱好，想讨好魏徵。《龙城录》留有这样的记载："有日退朝，太宗笑谓侍臣曰：'此羊鼻公不知遗何好而能动其情？'侍臣曰：'魏徵嗜醋芹，每食之欣然称快，此见其真态也。'"在这里，李世民称魏徵为"羊鼻公"，很形象。平日里正经古板的魏徵，到底有没有像个正常人那样有点儿小爱好的时候？

有，还真有。

李世民身边的人情报工作搞得不错。于是他们告诉李世民，魏徵爱吃醋芹。于是李世民马上就赐宴，请他吃醋芹。这一餐，君臣相谈甚欢。但是，李世民身边的人对魏徵的另一个爱好并未掌握。原来，魏徵偶尔也会酿酒。魏徵可真是唐朝的"新好男人"啊，不仅上得朝堂，当得宰相，深谙治国理政的大道理；而且还入得厨房，连手艺活儿也能干，掌握了酿酒这么高大上的技术。身为唐朝反腐先锋、从来不送礼的魏徵，还少有地把自己酿出的酒献给了李世民，让他也尝尝。李世民本就有讨好魏徵的心，现在终于等到了魏徵的好脸儿，又喝了他亲自酿的酒，当即拿起御笔，大夸特夸：

醽醁胜兰生，翠涛过玉薤。
千日醉不醒，十年味不败。

醽醁胜兰生："兰生"，是汉武帝宫中的名酒。传说用一百种花草末掺入酒中酿制而成，所以此酒又称"百味旨酒""百末旨酒"。旨，本义是美味的意思。第一句诗的意思是，魏徵的醽醁酒，胜过了汉武帝宫中的名酒兰生酒。

翠涛过玉薤："玉薤"，是李世民亲表叔、隋炀帝杨广亲自酿的美酒。第二句诗的意思是，魏徵的翠涛酒，也胜过了隋炀帝杨广亲自酿的名酒玉薤酒。

千日醉不醒：夸过了整体，李世民接着夸细节，对酒的质量进行夸奖。第三句诗的意思是，魏徵的这两种酒，酒精度含量很高，喝了之后很容易醉，甚至可能醉一千天都醒不过来。

十年味不败：魏徵的这两种酒，即使放上十年，酒味也不会损坏。

通观全诗，满篇都是好话，满篇都在夸人。话说李世民为了让魏徵给自己一个好脸儿，也是蛮拼的。

醽醁、翠涛是什么酒？

魏徵酿的，又被李世民猛夸的醽醁、翠涛，是什么酒？

《龙城录》一书中认为是葡萄酒，原文是这样写的："魏左相能治酒，有名曰醽醁、翠涛……公此酒本学酿于西羌人，岂非得大宛之法，司马迁所谓：'宛左右以蒲陶为酒，富人藏酒至万余石，久者数十岁不败。'"不仅认为魏徵酿的是葡萄酒，而且还把此酿酒技术的源头都指出来了——"学酿于西羌人"。看来，魏徵会酿葡萄酒，基本上可以确定了。

但是，《龙城录》这个判断还是有问题存在的。因为，醽醁作为酒，在史上非常有名，是两汉以来就久负盛名的酒，相当于当时的"茅台"。

我们来仔细研究研究这个醽醁。从史料上看，醽醁是"醽酒""醁酒"这两种酒的合称。醽酒，产自湖南，北魏郦道元《水经注》第三十九卷《耒水》中说："县有醽湖，湖中有洲，洲上民居，彼人资以给，酿酒甚醇美，谓之醽酒。""醽酒"，就是醽酒。醁酒，产自江西，南朝盛弘之《荆州记》说："渌水出豫章康乐县，其间乌程乡有酒官，取水为酒，酒极甘美。与湘东酃湖酒，年常献之，世称酃渌酒。"此处提及，两种酒合称"酃渌酒"，也就是"醽醁酒"。当然也有文献记载，醽醁就只是一种酒，其中的"醽"即酃湖，"醁"即酃湖入口处。

晋代道学家葛洪在《抱朴子》中写下"藜藿嘉于八珍，寒泉旨于醽醁"，从这样的文字可见，早在晋代醽醁酒就名声很大，连道家高人都知道了。

由此，醽醁酒无论是一种酒还是两种酒，它都不是葡萄酒，而是由谷物发酵而酿成的酒。最直接的证据，在我国第一部农业百科全书、北魏贾思勰写的《齐民要术》之中。此书明载"作酃酒法"："以九月中，取秫米一石六斗，炊作饭。以水一石，宿渍曲七斤。炊饭令冷，酘曲汁中。覆瓮多用荷、箬，令酒香。""秫米"，就是高粱米，标准的谷物，可不是葡萄哦。有趣的是，魏徵用谷物酿出的醽醁、翠涛，从颜色上来看，是绿色的。

李时珍在《本草纲目》中谈到酒，说酒从颜色上区分，"红曰醍，绿曰醽，白曰醝"。所以，带"醽"字的醽醁，肯定是绿色的；至于"翠涛"，本身带了个"翠"字，更是绿色酒。

唐朝的谷物酒，多呈绿色，在唐诗中也能找到证据。白居易邀请刘十九喝的是什么颜色的酒？就是绿色酒，因为"绿蚁新醅酒"。还有，李百药《和许侍郎游昆明池》中的"羽觞倾绿蚁"，李德裕《寒食日三殿侍宴奉进诗一首》中的"行觞举绿醪"，同样是绿色酒。今天还有一个成语"灯红酒绿"。平时我们说了也就说了，有没有想过，我们今天喝的酒之中，红酒是红色的，啤酒、黄酒是黄色的，白酒是白色的，什么时候喝过绿色的酒？所以这个"酒绿"，其实就是我国古酒的颜色。

那绿便绿了，"蚁"又指什么？

唐朝人用谷物酿酒，要投入酒曲进行发酵。如果投曲次数少，投曲量也小，发酵时间短，发酵不彻底，这样产出的酒，不仅酒精度数低，呈绿色，而且还有颗粒状的"米糟"漂浮于酒面之上。李白称之为"玉浮梁"，白居易称之为"绿蚁"，而由唐朝人创造出来的其他叫法就更多了，有"青蚁""腊蚁""玉蚁""素蚁""缥蚁"等。过分的是，还有将其比喻为蛆的！称为"玉蛆"和"浮蛆"。

如果投曲次数多，投曲量大，发酵时间长，发酵彻底充分，这样产出的酒，酒精度较高，而且酒液呈淡黄色或琥珀色。这在唐朝人眼中，就是好酒了。

还是那个喝过"绿蚁""玉蛆"的白居易，在《尝黄醅新酎忆微之》中猛夸黄色酒，说"世间好物黄醅酒"；当过宰相等高官、见过大世面的张说，在《城南亭作》中也说"北堂珍重琥珀酒"。在唐人眼里，用菰米做的雕胡饭，是胜过任何美酒佳肴的好东西。如果要配上酒，就必须得是琥珀酒这样的好酒，所以王维在《登楼歌》中写下"琥珀酒兮雕胡饭"。

当然，唐朝文献中，也可以见到"白酒"的说法，但含义与我们今天不一样。唐朝的"白酒"，是指用白米酿制的米酒，也称"白醪""浊醪"。李白就喝过这种白酒，他在《玉真公主别馆苦雨赠卫尉张卿二首》中有"白酒盈吾杯"。但是，这种白酒酒精度不高。这是由于唐朝还没有酒精度提纯的蒸馏酒技术。这样一来，唐朝的酒，在口感上偏甜，普遍酒精度不高。

唐朝的酒甜，多名诗人描述过。比如郑嵎说"白醪软美甘如饴"（《津阳门诗》），高骈说"花枝如火酒如饧"，他们说到的"饴""饧"，都是指甜甜的糖，可见唐朝酒之甜。

唐朝的酒，酒精度不高，所以身在唐朝的李白，就以为酒不过如此了，写个诗就吹牛，"一日倾千觞"（《赠刘都史》）、"一日须饮三百杯"（《襄阳歌》）等。他哪里知道，在他之后发明的蒸馏酒技术，可以大大提高酒液中的酒精度。而这样产出来的烈酒，他只要喝上几口，就得趴下。

这样看来，我的酒量肯定比李白的大。他不是写"将船买酒白云边"吗？行，我就拿松滋家乡名酒跟他比，"白云边十二年"一人一瓶，看谁先趴下。

唐朝酒文化：喝而优则酿

男人都爱酒，自古以来，这一口儿一直让无数好男儿梦萦魂牵。"天若不爱酒，酒星不在天。地若不爱酒，地应无酒泉。天地既爱酒，爱酒不愧天。"李白，写得何等的好啊。请爱酒的同志们重读一遍，入脑入心。

但是身在唐朝的李白，喝酒环境比较艰苦，主要是好酒难得。不像我们现在，想买什么酒就买什么酒，想买多少就买多少。于是，很多唐朝的"新好男人"，就选择了"自己动手，丰衣足食"。比如魏徵，一边当宰相，一边酿酒。再比如此时猛夸魏徵酿酒技术好的李世民。其实，李世民才是真正的酿酒界大咖。他一边当皇帝，一边酿酒，不仅行政级别比魏徵高了那么一点点，而且酿酒技术也比魏徵高了不止那么一点点。

因为，李世民是唐朝葡萄酒酿造第一人。《册府元龟》第九百七十卷载："及破高昌，取马乳蒲桃实于苑中种之，并得其酒法，帝自损益，造酒成，凡有八色，芳辛酷烈，味兼缇盎，既颁赐群臣，京师始识其味。"唐朝收复高昌（今新疆吐鲁番），是在贞观十四年（640）。这一年之后，长安城才有了葡萄，李世民才有了酿造葡萄酒的可能。

其实在汉朝，葡萄就在长安出现过。《汉书·西域传》说，在贰师将军李广利破大宛之后，"汉使采蒲陶、苜蓿种归"，从此开始了葡萄在关中地区移植的过程。但是，直到唐朝，葡萄还不多，那可是真正的稀罕物。刘肃《大唐新语》第五卷《孝行》记载："高祖尝宴侍臣，果有蒲萄，叔达为侍中，执而不食。问其故，对曰：'臣母患口干，求之不得。'高祖曰：'卿有母遗乎？'遂呜咽流涕。后赐帛百疋，以市甘珍。"陈叔达是唐高祖李渊的宰相之一。他的母亲患病想吃点儿葡萄，居然还买不到，只好在朝堂赐宴时自己不吃，以便带回家给母亲吃。可见，葡萄当时还是稀罕物，即使是宰相人家，也不易吃到。

不仅如此，葡萄在整个唐朝都比较稀有。《云仙杂记》记载，两税法的开创者、唐德宗时的宰相杨炎在吃葡萄时，曾开玩笑说："汝若不涩，当以太原尹相授。"堂堂宰相，居然对葡萄许愿，如果不涩口，就授予太原府最高行政长官、从三品的高位。虽是玩笑，从中也可见葡萄在当时的珍贵。

当然，葡萄在唐朝再少、再珍贵，也少不了皇帝李世民的。

他不仅有的吃，还可以用来酿酒。根据《册府元龟》的上述记载，李世民得到的高昌酿酒法，应该是葡萄自然发酵法。而所谓的"帝自损益"，很可能是李世民在自然发酵法的基础上，投入了不同种类或数量的酒曲，进行了独特的葡萄酒酿造试验。李世民成功了。在不同的酒曲、曲量的作用下，李世民酿成了八种葡萄酒，"芳辛酷烈，味兼缇盎"。然后，李世民高兴地叫来了群臣一起分享。

此时，会酿醽醁、翠涛的魏徵，正在左相（侍中）的任上，自然也在长安城第一批品尝葡萄酒的幸运儿之列。这两人，想来就此有不少的共同语言。

除了李世民，李唐皇族中会酿酒的"新好男人"，至少还有两位。一位是唐宪宗李纯，他曾采风李花，酿制"换骨醪"，并赐给了自己的宰相、晋国公裴度，"晋国公平淮西回，黄钯金瓶恩赐二斗"。还有一位是汝阳王李琎，也就是杜甫在《饮中八仙歌》中所描述的第二位酒仙："汝阳三斗始朝天，道逢曲车口流涎，恨不移封向酒泉。"这位李琎贵为王子，也会酿酒，还自称"酿王兼曲部尚书"，据说所酿家酒震惊京城。《云仙杂记》第二卷载："汝阳王琎，取云梦石，甃泛春渠以蓄酒，作金银龟鱼，浮沉其中，为酌酒具。"

事实上，唐朝长安的官宦和大户人家，自家酿酒者极多。姚合在《晦日宴刘值录事宅》中说："城中杯酒家家有，唯是君家酒送春。"夸的就是刘值的家酒。唐初太乐府小吏焦革，家中自酿酒闻名京城。著名诗人王绩为了喝上焦革酿的酒，简直是豁出去了，他坚决辞去原任官职，一定要当上焦革的顶头上司太乐丞，从而达到喝其自酿酒的目的。《全唐文》第一千六百卷说："时太乐有府史焦革，家善酿酒，冠绝当时。君苦求为太乐丞……数月而焦革死。妻袁氏，时送美酒。"

唐朝十大名酒排行榜

这样看来，唐朝的酿酒，有点儿类似于我们今天晚餐时家家炒的菜。同样一盘青椒炒肉丝，这家炒得好，那家炒得也成，大家的区别都不大。总之是全民上阵，土法上马，人人都懂一点儿，人人都不大精通。当然，也有李世民、魏徵这样的大咖精通酿酒。

虽然也有焦革这样的小人物酒酿得好，但一来人家大小也是个吏，老百姓还是惹不起；二来当时没有媒体广告宣传，也不知道他家的酒好；三来他家产量也不大啊，不够那么多人天天喝的。

那么，在唐朝有没有已经实现量产，能够在市场上大量供应，为广大群众所喜爱的名酒呢？

下面，我就隆重推出，那些年唐朝人一起喝过的"十大名酒"。

首先说明，这些名酒，基本都叫"春"。为什么唐朝的酒名多叫"春"？原因在于酿造时间。马端辰《毛诗传笺通释》："周制盖以冬酿酒，经春始成，因名春酒。"到了唐朝，春更成为酒的代名词。

唐朝第一名酒：郢州春　产地：湖北钟祥

唐朝第一名酒不是茅台，相信各位并不意外。各位意外的是，居然是湖北酒排在第一。这是有史料依据的。

第一条依据，《唐国史补》在提及唐朝名酒时，将"郢州之富水"排在第一位。郢州春，又可叫"富水春"或"郢水醪"。当然，如果这一条依据尚觉牵强的话，那么来看第二条，《新唐书·地理志》载，郢州"土贡：纻布、葛、蕉、春酒曲、枣、节米"，其中"春酒曲"，就是酿酒用的酒曲。郢州的酒曲，能够获得向朝廷进贡的资格，说明其质量引领全国啊。而酒曲好，是酿出好酒的重要前提条件。第三条依据，郢州春是唐朝国宴用酒，而皇宫之中皇家酒坊的名字，就叫作"郢酒坊"，这条依据，够分量了吧？

《唐六典》第十五卷《光禄寺·良酝署》记载，在张去奢担任郢州刺史时，将郢州的酿酒技术进献于皇宫，同时他还考虑周详地派去了郢州酒匠，就在宫中的"良酝署"进行直接操作，生产质量最好的郢州春。而且，张去奢此举，直接导致皇宫中的皇家酒坊改名"郢酒坊"。这一名称，可以在后来"牛李党争"的李党领袖、曾任过宰相的李德裕《述梦》诗中得到验证。"荷静蓬池鲙，冰寒郢水醪"一句，李德裕注释道："凡学士初上，赐食，皆悉是蓬池鱼鲙。夏至颁冰及酒，以酒味浓，和冰而饮。禁中有郢酒坊。"虽然今天湖北钟祥已没有名震全国的名酒，但是在唐朝，这里出产的"郢州春"，真的是很不错。

唐朝第二名酒：剑南春　产地：四川绵竹

这酒大家都知道。这也是唐朝名酒中，今天唯一一个仍然让我们如雷贯耳的名酒。

在今天剑南春广告语中，有一句是"唐时宫廷酒"。虽然该酒厂并没有付广告费给我，但我仍然要指出，这一广告语并没有吹牛。因为《新唐书·地理志》写得清清楚楚："成都府蜀郡……土贡：锦、单丝罗、高杼布、麻、蔗糖、梅煎、生春酒。"这酒真的曾经是贡品，是进贡到唐朝宫廷供皇帝享用的名酒。

在《唐国史补》中，该酒又被称为"剑南之烧春"，也可称"剑南酒""蜀酒""成都酒"。杜甫是喝过剑南春的，他在《戏题寄上汉中王三道》中有"蜀酒浓无敌，江鱼美可求"。

那么问题来了，同样是剑南春，《新唐书·地理志》说是"生春"，《唐国史补》又说是"烧春"，什么情况？

其实，都是剑南春，只不过是剑南春在不同生产阶段的称呼而已。

"生春"，是按照正常酿酒程序发酵成熟的酒。但是，这样酿成的酒，由于含糖量较高，仍然能在微生物的作用下，继续发酵，从而出现发酵过度的情况，导致酒味变酸。所以，生春酒要在发酵得刚刚好的时候，赶快喝掉。否则保存时间一长，就不好喝了。或者说，就变成醋了。

"烧春"，则是唐朝酿酒匠们所想出的解决上述问题的办法。这个办法是，把生春酒用微火慢燃的方式加热，当加热到一定温度时，就能杀灭酒中的微生物，从而实现防止酒液继续发酵的目的。

不得不佩服唐朝酒鬼们的智慧。直到19世纪60年代，法国科学家巴斯德才在该国的啤酒酿造技术中，发明并引入这一"低温灭菌法"，也叫"巴斯德消毒法"，以解决啤酒的继续发酵问题。

唐朝第三名酒：新丰酒　产地：西安临潼

新丰，在今天的西安临潼。"新丰"这一名字，指的是新的丰里，是由汉高祖刘邦命名的。《三辅旧事》载："太上皇不乐关中，思慕乡里。高祖徙丰沛屠儿，酤酒煮饼商人，立为新丰。"也就是说，刘邦当年建都长安，也把父亲接到长安尊为太上皇。但是刘老爹爹思念故乡，乖儿子刘邦就想办法，命令能工巧匠，在长安临潼把自己的故乡丰里复制了一遍，同时，也把家乡集贸市场上那些卖菜的、杀猪的、酿酒的也都一起迁来了。从此，新丰酒就享誉京城了。

新丰地处长安、洛阳之间的交通要道上，唐朝官员、文人墨客路过此地，品尝美酒，多有吟咏。因为这个原因，新丰酒似乎是唐朝民间的第一美酒。

储光羲喝过新丰酒，而且留下诗句，证明这酒是像竹叶一样的绿色："满酌香含北砌花，盈樽色泛南轩竹。"王维喝过新丰酒，留下名篇《少年行》："新丰美酒斗十千，咸阳游侠多少年。"李商隐也喝过新丰酒："心断新丰酒，销愁斗几千。"但是，只有李白最爱新丰酒。证据还是在他的诗里。据不完全统计，李白至少有六首诗提到了新丰酒，"南国新丰酒，东山小妓歌"；"君歌杨叛儿，妾劝新丰酒"；"多酤新丰醁，满载剡溪船"；"托交从剧孟，买醉入新丰"；"情人道来竟不来，何人共醉新丰酒"；"清歌弦古曲，美酒沽新丰"。

唐朝第四名酒：九酝酒　产地：湖北宜城

宜城自古就产名酒。《周礼·天官冢宰》云："淬泛然，如今宜城醪矣。"《释名·释饮食》说："犹酒言宜城醪。"宜城酒名"九酝酒"，是因为在酿造过程中采用了多次投料的工艺，这在当时已经是比较先进的酿酒技术了。

唐朝的诗人们，也很喜欢宜城九酝酒。比如王维："一罢宜城酌，还归洛阳社"（《过李楫宅》）；孟浩然："宜城多美酒，归与葛强游"（《九日怀襄阳》）。

唐朝第五名酒：若下酒　产地：浙江湖州

《通雅》第三十九卷："秦时有程林、乌金二家，善酿。南岸曰上若，北岸曰下若，均名若下酒。"《西吴里语》第一卷："秦有乌氏、程氏，各善造酒，合其姓为乌程县。"乌程县是古县名，今天其地已属浙江湖州。上述史料说明，若下酒在秦朝时就已出名。

到了唐朝，若下酒被记录在《元和郡县志》之中："若溪水，酿酒甚浓，俗称若下酒。"可见，若下酒在唐朝仍然是名酒之一，在《唐国史补》中的排名，是第二。

唐朝第六名酒：土窟春　产地：河南荥阳

土窟春在唐朝的史料，如今已付诸阙如。但成书于宋仁宗天圣二年（1024）的《酒谱》，曾提及"荥阳土窟春"，说明这一名酒到了宋朝还在生产，而且长期保持着名酒的荣誉。

唐朝第七名酒：石冻春　产地：陕西富平

唐诗中，石冻春出现过两次。一次是郑谷《赠富平李宰》诗，"易得连宵醉，千缸石冻春"，说明了该酒的产量很大；一次是段成式《怯酒赠周繇》诗，"太白东西飞正狂，新刍石冻杂梅香"，似乎暗示了该酒是梅花香型的名酒。明朝大名鼎鼎的唐伯虎，也是喝过石冻春的，因为他写过"野店三杯石冻春"（《言怀》）。

唐朝第八名酒：乾和酒　产地：山西

乾和酒，又叫"乾酿酒""乾榨酒""乾酢酒"。《山西通志》称："唐人言酒之美者有河东乾和。"被称为宋朝酒类文献力作的《北山酒经》，简要记录了乾和酒的酿造方法："晋人谓之乾榨酒，大抵用水随其汤黍之大小，斟酌之。若酸多水宽，亦不妨，要之米力胜于曲，曲力胜于水，即善矣。"

唐朝第九名酒：溢水酒　产地：江西九江

这是白居易在担任江州司马时喝过的名酒。他觉得此酒"甚浓"，"浔阳多美酒，可使杯不燥"（《首夏》），"浔阳酒甚浓，相劝时时醉"（《早秋晚望兼呈韦侍御》）。该酒是用流经九江的溢水所酿造的，而且由于酒精度比较高，白居易经常喝醉。溢水，又名溢浦，今名龙开河。白居易也是到过溢水的。他在《琵琶行》中说自己在江州"送客溢浦口"，指的就是这条河流。

唐朝第十名酒：葡萄酒　产地：山西

唐朝名酒，怎么能少了葡萄酒？

前面说的李世民酿造葡萄酒，那是皇帝偶一为之的事，无法实现量产。人家的主业是当皇帝，不可能天天生产葡萄酒。他要是消极怠工，魏徵还天天盯着呢。

唐朝引入葡萄之后，大规模种植是在山西，当时叫"河东"，具体一点儿说，就是在河东太原、汾州之间。这里，从此成为唐朝重要的葡萄产区，同时也成为唐朝优质的葡萄酒产区。

白居易《寄献北都留守裴令公》中有"燕姬酌蒲萄"，他自己注释说"葡萄酒出太原"。宋朝吴坰在《五总志》记载："葡萄酒自古称奇，本朝平河东，其酿法始入中都。余昔在太原，常饮此酝。"可见河东葡萄酒到了宋朝，仍有影响。

说完了唐朝十大名酒，最后需要特别指出的是，唐朝人还有饮用节令酒的习俗。除夕要饮柏叶酒，元旦要饮屠苏酒，端午要饮艾酒、菖蒲酒，重阳要饮茱萸酒、菊花酒，不一而足。这类节令酒，都是以发酵原酒为基酒，加入动植物的芳香物料、药材等，采用浸泡、掺兑等方法加工而成的酒。用什么基酒都有可能，可能会用郢州春作基酒，也可能会用新丰酒作基酒。所以，上述这些节令酒与产地无关，也不能进入本文"唐朝十大名酒"之列。

唐朝人在往基酒中加上述这些东西时，也有胆子特别大的。他们认为松树是长寿的象征，所以就把松树上的松脂、松节、松花、松叶，统统都投入酒中，这样酿出来的酒，称为"松醪春""松醪酒"，然后开始大喝特喝，以求长寿。这酒要搁今天，我是打死也不喝的。

　　其实，比起李世民等多位唐朝皇帝，为了长寿而把水银、矿石往肚里猛吞，最后把自己直接吃死的行为，其他人喝点儿松醪酒，已经算是"小巫见大巫"了。

武则天的红裙子

　　唐永徽元年（650）五月二十六日，长安城，唐高宗李治来到距离皇宫并不远的皇家寺院感业寺，为去世的父亲李世民敬香。这一天，是李世民去世一周年的忌日，他必须来。办完敬香这件正事，他还干了件私事，去见了一个人，准确地说，是一个女人。这位光头缁衣的女人一见到他就哭，说了好些"死鬼你怎么才来啊"之类的怨怼情话之后，还献上一首诗：

　　　　看朱成碧思纷纷，憔悴支离为忆君。
　　　　不信比来长下泪，开箱验取石榴裙。

　　这首诗叫《如意娘》。作者大家应该也猜到了，写这首诗时的身份是唐太宗李世民的小老婆，以后是唐高宗李治的大老婆，以前叫"武约"，进宫后叫"武媚"，未来叫"武曌"，史上叫"武则天"。

　　为了方便，我们还是叫她最有名的名字武则天算了，虽然她生前并不知道自己还叫这个名字。武则天在《全唐诗》中一共有四十七首诗留存。公认的是，这一首《如意娘》既是她艺术水平最高的一首诗，也是她生命中最为重要的一首诗。

因为，这首诗改变了她的命运。

整整一年前，李世民去世。武则天作为李世民生前的侍妾之一，同时也作为李治的庶母之一，按照唐朝皇室的制度，被迫来到感业寺出家。当上尼姑，无疑是武则天一生最深的低谷。在这一段时期，如果没有意外，她作为死去皇帝的弃妇，作为皇权时代的一介弱女子，99%的可能性是像过了季节的花朵一样，枯萎、凋落，"零落成泥碾作尘"，无声无息地消失在历史长河里。尼姑期间的生活如何？史无明载。可以想象，自然是"油灯共佛经一色，思念与眼泪齐飞"，那是相当的寂寞。

身处低谷的武尼姑在思念谁？就是她这次献诗的对象，从辈分上算是庶子的唐高宗李治。

看朱成碧思纷纷：首句是说，这一年来，我由于对你相思过度，以至于魂不守舍，在恍惚迷离中竟将红色看成了绿色。从诗词看，这里的"看朱成碧"，似乎是唐宋时人常用的习语。李白曾有诗："催弦拂柱与君饮，看朱成碧颜始红。"也可以说"看碧成朱"，如辛弃疾词："倚栏看碧成朱，等闲褪了香袍粉。"

憔悴支离为忆君：因为思念你，我变得瘦弱不支、心力交瘁，还是紧扣相思之苦。

不信比来长下泪：第三句是一个假设，如果你不相信我这一年来一直以泪洗面。

开箱验取石榴裙：第四句则是出示证据，那就请开箱看看我滴在石榴裙上的斑斑泪痕吧。

诗是好诗，但如果真要验取石榴裙，那裙上的泪痕怎么可能一年也没有干？也太夸张了。可见，武则天这最后一句的真实意图，是提醒李治忆起她身穿石榴裙的美丽旧时光。

诗意的含蓄的勾引，当然会成功。会写诗，才能愉快地谈恋爱。古今皆然。正是这首诗，再度燃起了李治对武则天的爱恋。有证据表明，两人此次见面，武则天在献诗一首之后，还献了身。两人小别胜新婚，武则天就在佛门净地感业寺，献了身。

也难怪武则天，本就是被迫入的佛门，也难守这些清规戒律。要不然，箱里还放着石榴裙干什么？

那么，说他们在佛门净地发生关系要有证据才行，否则岂不是凭空污人清白？证据其实就在史书里面。证据就是武则天和李治的长子李弘的出生时间。查一查李弘的出生时间，再对比一下武则天的入宫时间，就足以说明问题了。

首先，我们可以确认，武则天再次返回皇宫的时间是永徽三年（652）五月二十六日之后。她重新入宫后不久，官儿也升了，当上了正二品的昭仪。再看李弘的出生时间，《资治通鉴》第二百卷有记录，显庆元年（656），"春，正月，辛未……立皇后子代王弘为皇太子，生四年矣"。《旧唐书·孝敬皇帝传》记载，唐高宗上元二年（675），太子弘薨，年二十四。综合起来，可以推出，李弘生于永徽三年冬季。说白一点儿，武则天是大着肚子，再次返回皇宫的，而返回皇宫后不久就生下了李弘。永徽三年冬季生子，倒推十个月武则天本人可还在感业寺，并未进宫。

所以，龙种是在感业寺种下的。说武则天和李治发生关系，一点儿也没冤枉她。

这首诗之后，武则天和李治旧情复炽。在后者的帮助下，武则天由感业寺再入皇宫，由昭仪而皇后，由皇后而天后，由天后而大周皇帝，成为前无古人、后无来者的史上第一个女皇帝。

就是这首诗，抓住了李治的心。当然，还有那条石榴裙。

"裙"，原写作"帬"，最开始并非女性单独享用的衣服，而是男女共用的衣服。这是有道理的。苏格兰方格裙至今仍有男性在正式场合穿着，可见此言不虚。裙的起源是因为我们的祖先有了害羞观念，觉得应该遮蔽身体的隐私部位，就找了一些东西将身体的隐私部位遮蔽起来，于是产生了围裙。围裙裙幅不大，面料质地多为兽皮和树叶。裙到了先秦时期，被称为"裳"，往往穿在腰以下的部位，故也称"下裳"。

真正现在意义上的裙装出现在汉代。女性穿着裙子，上身搭配襦袄等短衣款式，在进入汉代以后逐渐成为风尚。到了唐朝，裙子成了女性服装的标配之一。唐朝女装标配三件宝，裙、襦衫、帔。也就是说，她们下身穿裙子，上身穿襦衫和帔。在史料中，这样的证据很多。唐朝宰相、"牛李党争"的领袖牛僧孺，闲着没事搞创作，留下来一部传奇小说集《玄怪录》。虽然是传奇小说，但其中记录的服饰器物，仍然是有史料意义的。

牛僧孺《玄怪录》曾这样记录一位平民女性的穿着："小童捧箱，内有故青裙、白衫子、绿帔子。"三件宝出来了：裙、衫、帔。

有钱的女性也这么穿。唐人小说《许志翁传》记载，益州士曹柳某的妻子李氏穿着"益都之盛服"——"黄罗银泥裙、五晕罗银泥衫子、单丝红地银泥帔子"。虽然装饰更为豪华，颜色更为丰富，但仍然是三件宝：裙、衫、帔。虽然是三件宝，这里只说唐朝女人们的裙子。

唐朝女人们的裙子长。其长度与前代相比，有明显的增加，裙裾曳地在当时是常见的现象。为了显示身材的修长，女人们在穿裙子时束腰很高，多将裙腰提到腋下，裙子的上限常常到达胸部，裙子的下摆则盖住脚面，有时在地上还拖曳一截。孟浩然就在《春情》诗中描述过这种长裙子，"坐时衣带萦纤草，行即裙裾扫落梅"。唐朝的女人们穿这样的长裙子，上身则往往罩以很薄的纱衣，且领口很低，完全就是现代低胸晚礼服的感觉。唐朝诗人们也将此类场景写入了诗里，如"慢束罗裙半露胸""胸前瑞雪灯斜照""粉胸半掩疑晴雪"等。

唐朝女人们的裙子宽。唐朝女人们的裙子，一般用六匹布帛制成，也有用七匹或八匹做的。按照当时步幅宽度计算的话，相当于3米以上的宽度，这就相当宽了。这样宽度的裙子，不仅会影响女人们的行动灵敏度，而且会造成布料上的极大浪费。要知道，在唐朝，布匹是非常珍贵的物品，有时甚至可以直接当作货币使用。所以，女人们的裙子问题，曾经一度引起了官方干涉，受到了皇帝们的亲自关注。唐高宗李治就曾经指出："其异色绫锦，并花间裙衣等，糜费既广，俱害女工。"唐文宗李昂直接要求："裙不过五幅，曳地不超过三寸"。看看，一条裙子，还惊动政府了。

按照李昂的要求，五幅的裙子，周长约合现在的2.65米，好像还是比较浪费布料。而且，上述规定，唐朝的女人们似乎并未认真执行。也是，谁这么无聊，看到一个女人穿着裙子，还非要人家脱下来，看看宽度是几幅，曳地是几寸？

唐朝女人们的裙子贵。唐朝贵妇的裙子，除了大量使用上等布料以外，还在裙子上面做各种装饰，包括花纹、金银、珍珠等。比如条纹裙，裙子上就有三五种颜色的竖条纹；比如画裙，就是在裙子布料上作画进行装饰；再比如晕裥裙，其色彩变化更多，布料颜色按照由深至浅、再由浅至深的色阶顺序排列，犹如浓色向两边扩散出晕影，故称"晕裥"。还有更贵重的裙子，是在裙子上装饰金银。在裙子上装饰金银，主要有两种方式：一种是泥金泥银，即将金粉或银粉，加入黏合剂制成金泥、银泥，再涂刷在印花板上，最后拍印到织物上；另一种是蹙金蹙银，就是将捶打至极薄的金箔、银箔，切成细缕，再将其缠绕于涂有黏合剂的丝线上，制成捻金钱、捻银线，用这种金线和银线在织物上制作花纹，最后用针线进行固定。著名的诗句"苦恨年年压金线，为他人作嫁衣裳"，说的就是用金线做这种蹙金裙子。也有在裙上镶嵌珍珠的，称为"真珠裙"。

　　唐朝最为名贵的一条裙子，叫作"百鸟毛裙"，为唐中宗李显的女儿安乐公主所有。而且，裙子的创意也来自于这位骄奢淫逸的安乐公主。传说她的这条裙子"正看为一色，旁看为一色，日中为一色，影中为一色，白鸟之状，并见裙中"。虽然有点儿吹牛，但裙子的色彩变幻莫测，可能是真的。

　　以上这些穿金戴银的裙子，是有钱的女人们穿的。唐朝的农家女以及城市中的平民妇女，是没有这个经济实力这样穿裙子的。她们的穿着相对朴素天然，一般只穿着纻、麻、葛一类质地较粗的布料做成的衫裙，而且往往也没有什么印染装饰。所以她们的裙子一般都是布料本身的颜色，比如白色裙子，就像刘禹锡在《插田歌》中说的"农妇白纻裙"。当然，也可以用靛蓝将裙子染成青色，以至于"青衣"一词，长期成为年轻侍婢们的代名词。

唐朝女人们的裙子花。她们的花裙子，一般有红色、绿色、黄色、紫色、白色等几种主要的颜色。通过对吐鲁番出土的唐代丝织物做色谱分析，发现唐朝女人们的裙子颜色非常丰富多彩，红色有银红、绛红、水红、猩红、绛紫五色，绿色有碧绿、翠绿、湖绿等二十四色，黄色有鹅黄、金黄、菊黄、杏黄、土黄、茶褐六色。"蔓草见罗裙""荷叶罗裙一色裁"，这是说绿裙，又叫"翠裙""翡翠裙"。"血色罗裙翻酒污""裙红妒杀石榴花""窣破罗裙红似火"，这是说红裙，也叫"石榴裙"。武则天的石榴裙，就是这种红裙子。

红裙是唐朝女人们的最爱。唐朝女人们偏爱这种鲜艳的带有强烈视觉刺激的色彩，表明她们不甘于平淡，想引起人的注意，也体现出她们热情洋溢、积极主动的性格。

根据色彩学原理，红色在可见光谱中波长最长，是积极的、扩张的、外向的暖调区域的颜色。而红色对人眼刺激效用最显著，最容易引人注目，同时也最能够使人产生情感共鸣。

那么，唐人为什么要用"石榴裙"来命名红裙子？

第一种说法：红裙子系用石榴花提炼出来的染料染成。

石榴花中的确含有红色素，但从相关典籍的记载来看，以石榴花作为植物染料的染色技术，显然在我国古代并未被广泛运用到实际生产中，这表明此种染料一定存在着某些不足。

既然石榴花染不了红色，唐朝的工匠们是怎么整出来的红色呢？原来，他们是用红花、茜草等传统染料染成红色的，这才是当时染色行业缔造红色的主流手段。因此，唐代风靡一时的石榴裙其实主要是由红花、茜草等植物染料染成的。

红花，又名"红蓝""黄蓝"，属菊科植物，是唐朝主要的红色染料。事实上，据史料记载，唐朝的关内道、河南道、山南道、剑南道等地均已有红花种植。

第二种说法：这种红裙子上装饰有石榴花的花纹，以示吉祥。石榴和石榴花为什么是吉祥的图案？因为石榴多子。古代多用裂开的石榴果实图案，来表示多子多孙的良好祝愿。

第三种说法：红裙子的裙形像石榴或石榴花。

综合三种说法，虽然唐朝并不是用石榴花将裙子布料染红的，但红裙子之所以被称为"石榴裙"，主要是由于其颜色、形制上的相近，再加以多子多孙的吉祥寓意。因此红裙子被诗人们、女人们赋予了一个浪漫的名字——石榴裙。

很明显，进取型人格的武则天，在积极主动、热情洋溢、不拘礼法、崇尚自由、思想开放的性格驱使下，一定觉得红裙子最合自己的心意，自己也最喜欢石榴裙。可以想象，在武则天的人生步步成功之时，她的衣箱里，肯定会多出很多条做工精致的石榴裙。

但是，我一直相信，武则天最爱穿的石榴裙，一定还是当年李治开箱验取的那一条。

那些年，唐朝人一起吃过的瓜

　　至德二年（757），大唐帝国正处于安史之乱的动荡之中。当时的广平王、天下兵马元帅，后来的唐代宗李豫，因为率军收复了长安、洛阳，派自己的心腹谋士李泌去灵武行在，向自己的父亲唐肃宗李亨报捷。

　　李泌，可是唐朝数得着的奇人之一。他不仅在少年时就以神童闻名朝野，而且成年以后淡泊名利、无意仕进，赢得了玄、肃、代、德四代皇帝的尊重。尤其难能可贵的是，他与唐肃宗、唐代宗、唐德宗三代皇帝，多年保持着亦师亦友的特殊关系。

　　所以，李泌见到唐肃宗李亨，既然是老熟人儿，自然要在正常工作汇报之外，闲聊几句。这就说到李亨的家务事上来了，说到了李亨在一年前赐死的第三个儿子、史上有"英毅有才略、善骑射"之称、对唐肃宗平叛大业有定策之功的建宁王李倓。

　　李亨解释了赐死亲子的原因："李倓想害他的兄长李豫。我为了社稷，只好忍痛割爱，将他赐死。"不料，李泌根本不认同这个说法，他直言不讳地指出，李亨是听了小人谗言，以致害死了一位雄才大略的亲儿子——"陛下此言得之谗口耳"。

李亨倒也不完全是糊涂人，此时也颇为后悔，边哭鼻子边说："事已至此，也无可奈何。"

可是，在李泌看来，李亨这事儿干一次可以，可千万不能再干第二次。为了进一步警告李亨，李泌给他讲了一段往事，还念了一首诗。

这段往事是：七十六年前，也就是永隆二年（681），武则天正策划着自己上台当皇帝，于是毒杀了大儿子李弘，立二儿子李贤为皇太子。李贤是个聪明人，在与两个弟弟李显、李旦一起侍奉父母的时候，就发现了亲爹不顶事、亲妈有企图。他知道，自己也必将是李弘的下场，同时又担忧两个幼弟的命运，"每日忧惕"，但又无法直说，只好作诗一首——《黄台瓜辞》。为了让武则天听到后，能够有所醒悟，他还让乐工"歌之"：

种瓜黄台下，瓜熟子离离。
一摘使瓜好，再摘使瓜稀。
三摘犹自可，摘绝抱蔓归。

此处应有乐谱，但是考古没发现。那就请大家比照贝多芬的第五交响曲《命运》，将就歌一歌，也就罢了。因为这首诗说的，正是李贤不可避免的悲剧命运。

念完这首诗，李泌告诫李亨，虽然你有十四个儿子，但真正成才的儿子却不多。建宁王你杀了就杀了，可别再听信谗言，再去杀广平王了（"已一摘矣，慎无再摘"）。

至此，通过李泌的转述，我们知道，李贤这首在《全唐诗》

中也收录了的诗，表达的意思很明显。李贤将自己的亲妈武则天比作"种瓜人"，把包括自己在内的武则天的儿女们都比作了"瓜"。

种瓜黄台下：武则天在黄台下种瓜。黄台，丘名。《穆天子传》说："天子南游黄台之丘，猎于萍泽。"当然，也有可能是，李贤当时所在的长安太极宫群和大明宫群中，本就有一个名叫黄台的地名。

瓜熟子离离：到了成熟的季节，瓜蔓上长满了成熟的瓜。离离，指瓜的果实繁茂众多，呈现出下垂的样子。《诗经·小雅·湛露》："其桐其椅，其实离离"。毛传解释："离离，垂也。"

一摘使瓜好：在瓜的生长过程中，摘掉一个瓜，能够使剩下的瓜更好地生长。因为一根瓜蔓能够提供的营养有限，所以为了均衡瓜的数量与质量之间的关系，在种瓜时从瓜蔓上摘掉一个瓜，更符合植物生长的原理。李贤可是唐朝人啊，但他当时就明白这样的植物优生学道理。

再摘使瓜稀：第二次再摘掉一个瓜，瓜蔓上的瓜就变得稀少了。

三摘犹自可：第三次摘掉瓜，当然也还将就着可以。

摘绝抱蔓归：把所有的瓜都摘掉了，武则天就只能收获瓜蔓了。

李贤此诗，不避重复，一连用了"一摘""再摘""三摘""摘绝"，强调的是武则天连续"摘瓜"，杀害亲生骨肉的少有亲妈行径。在诗中，"摘"就是"杀"。

《黄台瓜辞》在史上，是与曹植《七步诗》并列的名篇。相同的是，两人都面临亲人的迫害；略有不同的是，曹植面对的是亲哥，李贤面对的是亲妈。

"黄台瓜"是什么瓜？

虽然李贤在《黄台瓜辞》中所说的武则天种瓜这一事实并不存在，但是，和武则天同时代的唐朝人，肯定是种过瓜的。那么，唐朝人都能种什么瓜？

我们知道，时至今日，瓜还一直被分为蔬瓜和果瓜。黄瓜、冬瓜等，是蔬瓜；西瓜、木瓜等，是果瓜。唐朝已有黄瓜。西汉时期，黄瓜传入中原地区，初名"胡瓜"，因隋炀帝忌胡人，也忌胡名而改名"黄瓜"。唐朝已有冬瓜，因为冬瓜在汉魏时期就已遍布大江南北。唐朝还没有南瓜，要等到元朝，人们才能吃到南瓜。还要等到宋朝，人们才能吃到丝瓜。也还要等到明朝，人们才能吃到苦瓜。

所以，武则天如果种蔬瓜的话，她可以种黄瓜和冬瓜。可是，武则天贵为皇后，后来更成为空前绝后的女皇帝，如果她亲自下田耕种或亲临现场指导，种下黄瓜和冬瓜，是不是很不上档次？以李贤的皇太子身份，恐怕也会缺乏这样的农夫想象力。所以，我果断排除所有蔬瓜。

那么，来看规格稍高一点儿的果瓜。

首先要排除木瓜。唐朝木瓜倒是遍地都是，但是木瓜没有瓜蔓，不符合诗意。西瓜，则出现在稍晚于唐朝的五代时期，最早也应该是唐朝后期，肯定不在武则天的时代。五代时的胡峤，曾留下一本《陷虏记》："遂入平川，多草木，始食西瓜。云契丹破回纥得此种，以牛粪覆棚而种，大如中国冬瓜而味甘。"按照王国维先生所提倡的"二重证据法"，《陷虏记》的记载是"纸上证据"，而在1995年内蒙古赤峰市的辽墓壁画中，我们得到了这一记载的"地下证据"。在这一幅多达四十四人的壁画中，墓主人旁边的矮几上，摆放着三个西瓜！这是迄今为止我国最早的西瓜图画。所以，武则天也种不了西瓜。

那么，唐朝还有什么果瓜？

还是先来看看史上有关瓜的真实记录。

先把时间从武则天的时代，向后移那么一点点。《唐语林》记载：武则天的孙子、唐玄宗李隆基曾经问大诗人李白："朕于天后任人如何？"李白回答："天后任人如小儿市瓜，不择香味，惟取肥大。"李白的回答显示，他在长安城中的东市或西市，见到过卖瓜的摊贩，也见过长安的小孩子买瓜时，只选大的、不选对的。这是什么瓜？能够在首都市场上大量售卖？

时间再向前移。武则天的第一任老公兼公公唐太宗李世民，也有一则有关"瓜"的史料。在《新唐书》《旧唐书》的《杜如晦列传》中，都记载了同一件史实："太宗后因食瓜而美，怆然悼之，遂辍食之半，遣使奠于灵座。"说的是李世民吃瓜，觉得很美味，于是就想起了杜如晦，专门把吃剩下的一半瓜，让人送到杜如晦的灵前，祭奠这位为自己立下了汗马功劳的老伙计。那么问题来了，在这则见诸正史的记录中，李世民吃的是什么瓜？

时间再前移到南北朝时期。贾思勰在《齐民要术》中专辟"种瓜"一章，对到他为止的种瓜经验进行了系统总结。问题在于，贾思勰在书中一直在说瓜，但并未交代清楚到底是什么瓜？

同时期的《宋书·孝义传》说，南朝宋大明七年（463），以种瓜为业的郭原平，因天旱不能通运瓜之船，只好步行运瓜至钱塘售卖。郭原平种瓜的数量，竟然达到了用船贩运的地步，他种的是什么瓜？

再往前，看秦汉时期。1972年，考古人员惊动了在湖南长沙马王堆一号汉墓中沉睡了千年的辛追夫人。解剖发现，辛追夫人的消化道中，有一百多粒瓜子残存。看来，这位辛追夫人吃瓜时，很不淑女啊，居然连瓜子也吞了。那么，辛追夫人吃的是什么瓜呢？

司马迁写的《史记》，也在《萧相国世家》中提到了一位种瓜的人："召平者，故秦东陵侯。秦破，为布衣，贫，种瓜于长安城东，瓜美，故世俗谓之'东陵瓜'，从召平以为名也。"

《史记》正式向大家隆重推出了名震汉、唐、宋、元、明各朝，直到清朝才消失的我国古代第一名瓜——东陵瓜。这可是在古代堪比今日褚橙的名牌水果。而且，该名牌水果的出品人也不比现在的褚老爷子简单。人当年可是封过侯的人物——"召平"，又称"邵平"。

东陵瓜有多大的名声，我们来看看历朝历代的诗赋："昔闻东陵瓜，近在青门外"（晋朝阮籍）、"东陵出于秦谷，桂髓起于巫山"（晋朝陆机）、"青门种瓜人，旧日东陵侯"（唐朝李白）、"邵平能就我，开径剪蓬麻"（唐朝孟浩然）、"路旁时卖故侯瓜，门前学种先生柳"（唐朝王维）、"五色称珍，东陵咏佳"（唐朝柳宗元）、"此理一杯分付与，我思明哲在东陵"（宋朝黄庭坚）、"山田莘确苦多沙，学种东陵五色瓜"（明朝王宠）、"种出东陵子母瓜，伊州佳种莫相夸"（清朝纪晓岚）。从晋到清，这些如雷贯耳的名人，都吃过东陵瓜。

这么有名的东陵瓜，是什么瓜？

别急，咱接着把时间往前移。在东陵瓜之前，还有文字记录。我国现存最早的科学文献之一，也是现存最早的汉族农事历书《夏小正》记录说，"五月乃瓜"，说明在商周时期是五月种瓜的。《诗经》也频频提及瓜："七月食瓜"（《豳风·七月》）、"中田有庐，疆场有瓜"（《小雅·信南山》）、"麻麦幪幪，瓜瓞唪唪"（《大雅·生民》）、"绵绵瓜瓞"（《大雅·绵》）。《诗经》这么多次地提及瓜，只能说明瓜是当时主要的农产品之一，在人们的生活中占据着十分重要的地位。问题在于，这种早在五千多年前就已被中国人普遍种植的瓜，是什么瓜？关子也卖得够多了，来揭晓谜底吧。

以上所有的"瓜"，均指甜瓜。

甜瓜，系葫芦科黄瓜属一年生蔓性草本植物。果皮与果肉有绿、黄、白之分。中国是甜瓜的原产地之一。甜瓜又有薄皮和厚皮之分，厚皮甜瓜的典型是哈密瓜。但是，因为受到种植技术限制，直到清朝，哈密瓜还在作为贡品，由新疆千里迢迢进贡北京。可见，内地一直未能普遍种植哈密瓜。

结论一：我国古籍中，出现的"瓜"字，多指甜瓜，而且，一般指薄皮甜瓜。结论二：李贤诗中所说的"瓜"，指的是甜瓜。

"摘瓜人"武曌

在《黄台瓜辞》中，李贤说到了"一摘""再摘""三摘""摘绝"。那么，对李贤本人，是第几摘？或者换句话说，他是武则天摘掉的第几个瓜？

有人把李治和武则天的全部子女加在一起计算，共有八子四女。也有人把李治和武则天的亲生子女加在一起计算，共有四子二女。亲生四子：李弘、李贤、李显、李旦。庶出四子：李忠、李孝、李上金、李素节。亲生二女：安定公主、太平公主。庶出二女：义阳公主、宣城公主。

截至李贤写下《黄台瓜辞》时，武则天亲生的安定公主、庶出的前太子李忠、亲生的前太子李弘都非正常死亡，最大的嫌疑人就是武则天。这样一来，李贤就变成了第四个瓜，也就是"摘绝"的瓜。

但是，这两种算法均有问题。因为，以上两种算法中，安定公主均排在第一位，都算"一摘"。安定公主，就是那个传说中武则天为了当上皇后而亲手掐死的小公主。问题是，李贤作为后出生的儿子、安定公主的弟弟，绝对不可能掌握安定公主被武则天掐死的直接证据。实际上，安定公主的死，官方认定的凶手一直是王皇后。所以，在李贤的观念中，肯定只会认为是王皇后杀了安定公主，而不会认为是亲妈武则天杀死了亲姐。

另外，就算李贤天才地意识到安定公主为武则天所杀，也不会冷漠地在诗中说"一摘使瓜好"吧？毕竟，安定公主是他一母同胞的亲姐姐。

还有第三种算法，只算武则天亲生的四个儿子。那么，当时武则天有下手嫌疑的死去的子女中，只有亲生的前太子李弘一个人，李贤可以算作"再摘"的瓜。

但这仍然无法解释李贤在诗中"一摘使瓜好"的冷漠。要知道，李弘与李贤兄弟俩年龄只相差三岁，两人在宫中一起长大，肯定是有亲兄弟感情的。说李贤对于亲哥李弘的死，到了叫好的地步，实在让人难以置信。

所以，正确的算法应该是以皇太子之位为计算单位："一摘"指的是武则天废掉庶出儿子李忠的皇太子之位，并赐死；"再摘"指的是武则天毒死亲生儿子、皇太子李弘。李贤，就是"三摘犹自可"的第三个瓜。

李忠与李贤并非一母所生，而且年龄差距有十二岁之多，彼此自然没有什么感情。所以，李忠的皇太子之位被废，使得皇太子之位落入武则天亲生儿子一系。对此结果，李贤自然是乐见其成的，叫好也在情理之中。

封建王朝的皇太子，必须是现任皇后的亲儿子，这是公认的潜规则。只有从这个角度出发，才能够理解李贤对于李忠被废皇太子之位的态度。他从潜规则出发，认为理所当然，所以他才写下"一摘使瓜好"。

"再摘使瓜稀"，是告诉亲妈武则天，你再次摘瓜，毒杀亲儿子李弘，你就只剩下三个亲儿子了。"三摘犹自可"表明，李贤本人已经知道，自己必然不能幸免，所以已将生死置之度外。这是在向亲妈表态，把我杀了也可以。"摘绝抱蔓归"是警告。李贤在警告亲妈武则天，杀了李弘和自己以后，可不能

　　　　　　唐诗里的唐朝

再杀三弟李显和四弟李旦了。否则，就没有儿子给你养老送终了。

写完这首诗之后，李贤于调露二年（680），因谋逆罪被废为庶人，流放巴州。四年之后的文明元年（684），李贤被武则天派来的酷吏丘神勣逼令自尽，终年二十九岁。

武则天成功地把第三个瓜摘了。

没有史料表明，武则天曾经知悉《黄台瓜辞》的诗句，我们更不可能知道她对于这首诗的反应。但是，从李贤之后，武则天的确停止了残杀亲生子女的步伐。她的三儿子李显和四儿子李旦，虽然也曾经一度危如累卵，但最终有惊无险，保住了性命，还先后登上皇位，成了唐中宗和唐睿宗。当然，李显和李旦能够有此幸运，主要原因还在于武则天当时已经大权在握，这两个儿子已不再是其夺权路上的障碍。他们，才保住了性命。当然，我们也不能完全排除李贤《黄台瓜辞》的功劳。

在唐朝如何快乐退休

在唐朝宝历元年（825）萧瑟的秋风中，一位年已54岁的苏州刺史，脑海中突然闪过一个念头，急切地想告诉自己的朋友、和自己同岁的和州刺史。

和州，就是今天的安徽和县，距离苏州并不太远。既然不远，那就写首诗，把这个念头寄给他吧："好相收拾为闲伴，年齿官班约略同"——咱俩年龄资历都差不多，也都54岁了，一起收拾收拾，回到洛阳，相伴终老吧。

很快，那位和州刺史回了一首诗："烟水五湖如有伴，犹应堪作钓鱼翁"——好啊好啊，正合我意啊，咱俩一起回洛阳钓鱼去吧。

转眼又是一年。宝历二年（826）十月初，天边又刮起了萧瑟的秋风，已经罢任的前苏州刺史知道，自己该启程了，前方还有朋友在等呢。他风雨兼程一个月后，到达扬州的扬子津。

那位前和州刺史果然也如约而至，正站在寒风之中，向他微笑。

"你来了？"

"我来了。"

"我知道你会来的。"

"我当然会来。"

他在叹息："好长的一年。"

他也在叹息："好长的一年。"

"走，喝酒去。"

当晚酒酣之际，前苏州刺史感叹朋友多年来命运多舛、官运不济，向前和州刺史献上一首诗：

> 为我引杯添酒饮，与君把箸击盘歌。
>
> 诗称国手徒为尔，命压人头不奈何。
>
> 举眼风光长寂寞，满朝官职独蹉跎。
>
> 亦知合被才名折，二十三年折太多。

感念朋友的深情厚谊，同时也感叹自己的蹉跎人生，这位前和州刺史也在酒席之上，奉和了一首千古名诗：

> 巴山楚水凄凉地，二十三年弃置身。
>
> 怀旧空吟闻笛赋，到乡翻似烂柯人。
>
> 沉舟侧畔千帆过，病树前头万木春。
>
> 今日听君歌一曲，暂凭杯酒长精神。

对，这首诗名叫《酬乐天扬州初逢席上见赠》。这位前和州刺史，就是"诗豪"刘禹锡；而前苏州刺史，就是"诗王"白居易。

刘禹锡在这首诗中，伤感而未见悲观，沉郁而不失豪放，以"沉舟"自喻，以"病树"互勉，既伤感个人官场仕途的"蹉跎",同时也承认同岁的"刘白"两人均已过气的事实。基本上，以这首诗为标志，"刘白"二人在心态上，开始正式进入退休状态了。

刘禹锡曾被贬往朗州、夔州以及和州等地，其中朗州、和州为古楚地，夔州为古巴国，所以他在这里说"巴山楚水"。

刘禹锡是永贞元年（805）九月，初次被贬为连州刺史的，当年十月，又追贬为朗州司马。那一年，刘禹锡正当风华正茂的34岁。如今，刘禹锡已是年过半百的55岁了。所以，不是"二十三年弃置身"，而是"二十二年弃置身"。至于刘禹锡为什么要说"二十三年"呢？刘禹锡答：老夫当时喝多了，加上算术一直不好，行不行？

回想当年，他九月被贬为刺史，十月就又追贬为司马，显然是因为刘禹锡得罪了朝中大佬。他是因为什么惹得朝中大佬对自己如此仇恨呢？简言之，是因为他参与了一场政治改革。这场政治改革，虽然像晚清的"百日维新""戊戌变法"一样，也只持续了一百多天，但在唐史上却拥有一个专有名称——永贞革新。

用今天的眼光来看，永贞革新政治上是积极的，是进步的。从性质上讲，这是一场由唐朝进步官员发动的，以加强中央集权、反对藩镇割据、反对宦官专权、革除政治积弊为主要目的政治改革。如果这场政治改革幸而成功的话，应该是可以挽救大唐国运的。

主持这场政治改革的，是唐顺宗李诵；参与这场政治改革的，是"二王八司马"，即两个姓王的——王叔文、王伾，事败后被贬为州司马的八个人——刘禹锡、柳宗元、韦执谊、韩泰、陈谏、韩晔、凌准、程异。是的，今天我们喜欢的两个大诗人"刘柳"——刘禹锡、柳宗元，都在里面。

永贞革新的失败，主要失败在唐顺宗李诵糟糕的身体上。李诵空有一番重振大唐国运的雄心壮志，身体却不争气，登基不久之后即中风失语，导致掌控政局的能力瞬间锐减，进而给了反对他的宦官们发动政变的机会。权宦俱文珍等人趁机拥立唐宪宗李纯，唐顺宗李诵在被幽禁后不久去世，"二王八司马"随后遭到了残酷的政治清算。

刘禹锡在这十人之中，结局算是最好的了。从永贞元年（805）八月开始，到刘禹锡写这首诗的宝历二年（826）的这二十二年间，王叔文已被直接赐死，柳宗元、王伾、韦执谊、凌准、陈谏则均已死于贬所；程异虽然被重新起用，但也于元和十四年（819）死于长安；韩晔、韩泰虽然此时还在世，但在不久以后也将死于贬地。

只有刘禹锡一个人，活着回到了长安、洛阳，还活到了"人生七十古来稀"；也只有刘禹锡一个人，在历经政治迫害之后，还能在这晚白居易的酒席上，活着感叹自己"二十三年弃置身"。

怀旧空吟闻笛赋，到乡翻似烂柯人：我怀念旧友徒然吟诵闻笛赋，久谪归来恍如隔世，只觉世事全非。

所谓"闻笛赋"，就是指向秀的《思旧赋》。刘禹锡之所以称其为"闻笛赋"，是因为向秀《思旧赋》前有小序，说明他是闻笛声而创作此赋的："邻人有吹笛者，发声寥亮。追思曩昔游宴之好，感音而叹，故作赋云。"

《思旧赋》，是向秀怀念朋友嵇康、吕安的作品；这首诗，则是刘禹锡怀念自己的朋友"二王七司马"的作品。嵇康也是在政治高压之下被杀而死的，而永贞革新带来的政治高压同样也从未消退；"二王七司马"也是在这样的政治高压之下，一个接一个地付出了生命的代价。刘禹锡面对这样的局面，却无能为力，只能"空吟"《思旧赋》而已。

所谓"烂柯人"，引用的是传说中晋代王质遇见神仙下棋的典故。南朝梁任昉《述异记》记载："信安郡石室山，晋时王质伐木至，见童子数人，棋而歌，质因听之。童子以一物与质，如枣核，质含之，不觉饥。俄顷，童子谓曰：'何不去？'质起，视斧柯烂尽。既归，无复时人。"王质遇仙，不觉岁月流逝，以至烂柯。刘禹锡引用这个典故，来表达自己久谪归来恍如隔世的感慨。

刘禹锡这两句诗的感慨，当然还针对着永贞革新之后日愈腐败的朝廷政治和日渐衰微的大唐国运。永贞革新失败之后，朝堂之上，有宦官专权和朋党之争；朝堂之外，有藩镇割据。大唐帝国的政治，从此完全病入膏肓，跌入黑暗，再无扭转的余地。事实上，刘禹锡写这首诗时，距离大唐灭亡已不足百年了。

沉舟侧畔千帆过，病树前头万木春。这两句是千古名句。"沉舟""病树"，当然是刘禹锡的自比。自己年过半百，久谪外地，人生的天花板已现。但刘禹锡同时也是借此与白居易互勉。作为刘禹锡同龄人的白居易，虽然没有被笼罩在永贞革新的政治高压之下，其仕途却也未算通达，同样也可称为"沉舟""病树"了。

但刘禹锡毕竟还是坚信明天会更好的，毕竟还是把政治革新的希望、大唐国运的振兴寄托在年轻人身上的。所以，虽然他和白居易已是"沉舟"和"病树"，可以退休了，却还在盼望着"千帆过"和"万木春"。

这也是他这两句诗成为千古名句的原因。是的，今天的我们也应该这样：我们要永远相信，明天会更好。

今日听君歌一曲，暂凭杯酒长精神：今天听了您为我吟诵的诗篇，暂且借这一杯美酒振作精神。

看到"听君歌一曲"，我一直纳闷儿：难道当晚酒席中前面那首《醉赠刘二十八使君》，白居易是配上音乐演唱给刘禹锡听的吗？我想，即便不是演唱，白居易应该也是非常严肃、正式地吟诵给刘禹锡听的。

白居易在诗中赞誉刘禹锡的"才名""诗称国手"，同时也感叹他的官运不济，"命压人头""独蹉跎""折太多"。因为白居易的特殊身份，他的安慰，让刘禹锡觉得非常熨帖。

白居易的特殊身份之一在于，作为刘禹锡的同龄人，身在同一个官场的他却神奇地是永贞革新的局外人。白居易之所以有此幸运，当然不是他个人努力规避的结果，而是因为他进士登第比刘禹锡晚了7年。刘禹锡早在贞元九年（793）22岁时就已进士登第，而白居易则迟至贞元十六年（800）29岁时方才进士登第。

两人之间7年的官场资历差距，导致永贞元年（805）的永贞革新发生时，白居易还只是一个任职"秘书省校书郎"的官场新丁，以致未能进入"二王八司马"的法眼。当然，也幸亏如此。否则，我们白大诗人的人生轨迹，恐怕将从此转向刘禹锡式的人生悲剧了。

白居易的特殊身份之二，他同时也是刘禹锡的官场同路人。白居易虽然比刘禹锡晚了7年才正式进入帝国官场，但他当时就在长安，显然是目睹了永贞革新全过程的。大约也就是在那时，在贞元十九年（803）至永贞元年（805）之间，白居易和刘禹锡两个人，有了第一次见面，并且开始了互相了解。

所以，这首写于宝历二年（826）的《酬乐天扬州初逢席上见赠》中的"初逢"，大家不可视为两人之间直到55岁才有了第一次见面。请大家相信，白居易不会这样"交浅言深"，去和一个55岁才第一次见的人相约终老的。这里的"初逢"，可以理解为"久别之后的初次见面"。

正是在永贞革新中，白居易亲眼见到了刘禹锡等人那颗为国为民的滚烫的心。其实白居易本人也曾有此心，然而，他也有和刘禹锡一样的追贬经历，滚烫的心同样被浇了个透心凉。

元和十年（815）六月，白居易以"太子左赞善大夫"的身份，第一个上疏请求抓捕行刺宰相武元衡的刺客。虽然他说的很对，但讨厌他的人找了一个"东宫官员不应该先于台谏官员言事"的理由，将他贬到外地担任刺史。同时，他又和刘禹锡一样，被朝中大佬政治迫害，追贬为江州司马。

因此，作为具有同样追贬经历的官场同路人，白居易的安慰比之别人，显然来得更为熨帖，刘禹锡可以"暂凭杯酒长精神"了。

从现存诗作看，宝历年间"刘白"之间这次唱和，不是他们最早的唱和之作。目前至少可以追溯到元和五年（810）刘禹锡的《翰林白二十二学士见寄诗一百篇因以答贶》。

刘禹锡之所以写下这首诗，是因为时任翰林学士的官场红人白居易，不避嫌疑，主动地向已经贬在朗州任司马的官场弃儿刘禹锡，寄去了自己写的一百首诗。换句话说，"刘白"之间，"白"是主动的。这倒也符合"白"的性格。

"刘白"间的这第一次唱和，其实并不完整，原因在于"白"虽然主动给"刘"寄了一百首诗，但这些诗却不是为"刘"而写的；只有"刘"单方面地为"白"写了一首诗。

"刘白"之间的第一次完整唱和，发生在长庆三年（823）。这一年，刘禹锡是夔州刺史，白居易则已在杭州刺史任上。白居易又一次主动，给刘禹锡寄来了自己为杭州美丽的春天而作的《杭州春望》，刘禹锡不仅奉和了一首《白舍人自杭州寄新诗有"柳色春藏苏小家"之句因而戏酬兼寄浙东元相公》，还把这首诗同时寄给了两人的共同好友，时任越州刺史、浙东观察使的元稹。

写完《酬乐天扬州初逢席上见赠》之后，"刘白"两个罢任刺史在扬州玩了半个月之久。他们到处游玩，"何楼何塔不同登"。比如，"刘白"一起游玩了栖灵寺，登塔时两个不服老的老头子还互相搀扶着爬到第九层，有白居易《与梦得同登栖灵塔》为证。

在扬州玩了半个月之后，"刘白"一起，向着洛阳，踏上归途。他们经过京口（今江苏镇江），十二月间抵达楚州（今江苏淮安）。由于楚州刺史郭行余的热情挽留，又逗留至接近除日方才启程，白居易因此写诗《除日答梦得同发楚州》，刘禹锡也因此写诗《岁杪将发楚州呈乐天》。两人这你一首我一首的，真是得其所哉。

大和元年（827）春天，"刘白"二人经汴州（今河南开封）、荥阳（今河南荥阳），同返洛阳。刘禹锡的家在洛阳怀仁坊，白居易的家在洛阳履道坊，两个人的府第距离不过两坊之地而已。如果朝廷再无新的任用，他们也就开始享受退休生活了。

当然，此时的"刘白"，毕竟都还不到60岁，朝廷也还没有忘记他们。三月，朝廷征调白居易去长安，担任秘书监，赐金紫。次年春，除刑部侍郎，封晋阳县男。

一直是"弃置身"的刘禹锡，安排就稍差一些。他仍留洛阳，于大和元年（827）六月担任"主客郎中分司东都"的闲职。大约是此时顺风顺水的白居易加以了政治援手，第二年春天刘禹锡也到了长安，担任主客郎中、集贤殿学士。

这期间，"刘白"二人也是唱和不断，互动频繁。刘禹锡有《阙下待传点呈诸同舍》，白居易马上和以《和集贤刘学士早朝作》，还有《早春同刘郎中寄宣武令狐相公》《和刘郎中伤鄂姬》《闻新蝉赠刘二十八》等诗篇。此时此刻，白居易帮助刘禹锡扫除政治阴霾，摆脱"弃置身"，改变仕途被动局面的意图，极为明显。

大和三年（829）是"刘白"唱和史上的标志性年份。这年三月五日，白居易首次编成《刘白唱和集》二卷，一共收诗138首。后来，白居易又分别在大和六年（832）编成《刘白吴洛寄和卷》一卷，开成元年（836）编成《汝洛集》一卷，会昌五年（845）将未编唱和诗再编为一卷。合计起来，前后共编成《刘白唱和集》五卷。

在初次编成《刘白唱和集》时，白居易撰成《刘白唱和集解》一篇，开头就是："彭城刘梦得，诗豪者也，其锋森然，少敢当者。"我们今天称刘禹锡为"诗豪"，即由白居易此句而来。同时，在这篇文章里，白居易还指出："如梦得'雪里高山头白早，海中仙果子生迟''沉舟侧畔千帆过，病树前头万木春'之句之类，真谓神妙"。可见，在扬州酒酣的那晚，这两句诗给白居易的印象之深。

大和初年，是"刘白"二人最后一次同在长安，也是二人在朝廷政治中心的绝唱。到了大和三年（829）年初，主动向刘禹锡提出"回到洛阳，相伴终老"想法的白居易，等不及了。

58岁的他，重施宝历二年（826）在苏州的故技，在刑部侍郎任上请了"百日长假"，然后合理利用"百日假满自动解职"的规定，在这年春天，如愿以偿地"以太子宾客分司东都"，最后一次挥别长安，回到了洛阳，终老一生，再未离开。

白居易大和三年（829）四月初从长安出发，在走到长安到洛阳间的最后一个驿站，东距洛阳城只有五六里的临都驿时，还生怕刘禹锡忘记了两人在扬州那晚的约定，写下六言诗提醒他："扬子津头月下，临都驿里灯前。昨日老于前日，去年春似今年。"

时隔三年之后，白居易重提当年月下"扬子津头"的时间地点，问刘禹锡：我们已经一天天地老去了，你还记得当初的相约吗？刘禹锡呢，也和诗一首表明心迹："一政政官轧轧，一年年老骎骎。身外名何足算，别来诗且同吟。"放心吧，乐天，我都记得，身外之名算得什么，我会回归洛阳，与你吟诗唱和。

然而，毕竟两人都是官身，还是不得自由。人在洛阳的白居易，还得接受朝廷的征召，于大和四年（830）出任河南尹。考虑到任职地是洛阳，不必挪窝儿，白居易就勉勉强强地答应了。刘禹锡则在大和五年（831）离开长安，去出任白居易与他相约终老时所担任的苏州刺史。他在途中路过洛阳时，停留十五日，与白居易朝觞夕咏，"极平生之欢"。

在这十五天之中，对于刘禹锡出任苏州刺史，白居易当然也是为朋友高兴的，在送他赴任的诗中说："何似姑苏诗太守，吟诗相继有三人。"哪三人？韦应物、白居易、刘禹锡三人也。

但刘禹锡去苏州，一去就是三年。这其中，白居易先后有《寄刘苏州》《酬梦得秋夕不寐见寄》《忆梦得》《和梦得冬日晨兴》《赠晦叔忆梦得》等诗。听说刘禹锡在苏州因为政绩突出而赐金紫，又专门写诗《喜刘苏州恩赐金紫遥想贺宴以诗庆之》；刘禹锡知道白居易爱鹤，特地从苏州为他寄来华亭鹤，白居易又有诗《刘苏州以华亭一鹤远寄以诗谢之》。刘禹锡自己，当然也无时不在思念着白居易，思念着洛阳，"还思谢病今归去，同醉城东桃李花"。

然而事与愿违，大和九年（835），朝廷再度征调64岁的白居易出任同州刺史，因为任职地不在洛阳，白居易坚决不去。朝廷也拿他没办法，只好让刘禹锡去。于是这年十月，此前已由苏州调任汝州的刘禹锡，再次移任同州刺史。想到自己偷懒却让好友顶缸，白居易就连在梦里，也都怪不好意思的："昨夜梦梦得，初觉思踟蹰。忽忘来汝郡，犹疑在吴都。"

终于，一年之后，刘禹锡在开成元年（836）秋天，以"太子宾客分司东都"的职务，回了洛阳。白居易是真高兴啊，相约终老的这一天，终于在65岁这一年等到了！他在《喜梦得自冯翊归洛兼呈令公》中高兴地写道："甲子等头怜共老，文章敌手莫相猜。"

至此，刘禹锡归老洛阳，距离白居易当年的相约，已经过去了十年；比白居易主动归老洛阳，也已经晚了七年。七年之差，不仅仅是"刘白"二人在归老洛阳时间上的差距，更是"刘白"二人在人生理念上的差距。

简单地说，就人生理念而言，白居易是出世的，刘禹锡是入世的。人生理念的不同，决定了二人对于官场仕途、贬谪不同的态度。

刘禹锡一生，"二十三年弃置身"，不是在贬谪，就是在贬谪的路上。但他入世的理念，决定了他的勇于任事、兼济天下。大和五年（831），刘禹锡在我们今天已是退休年龄的60岁，仍然不顾白居易的一再提醒，毅然决定接受朝廷的任命，远赴苏州担任刺史，此后又辗转任职汝州、同州，直到65岁高龄才回到洛阳。他不顾高龄仍然任职三地的过程，就深刻体现了他的这一人生理念。

必须指出的是，这一过程显然不是因为刘禹锡的官瘾大，老都老了还想着当官。因为上述职务，与他贬谪所任的刺史并无太大的不同。刘禹锡此时的所思所想，仍然是坚持自己年轻时为国为民的梦想，在老之将至、精力衰退之前，他还要尽自己所能，多做一点事情，多做一点贡献。

　　白居易一生，只被贬谪了一次，就是元和十年（815）他由长安贬到江州担任司马这一次。可就是这一次的贬谪，彻底改变了白居易的人生理念。

　　就在贬到江州的这一年，白居易给好朋友元稹写了一封著名的《与元九书》。在这封信中，他向自己的人生知己敞开心扉。他决定，不再坚持入世的理念，不再"兼济天下"，不再追名逐利，从此以后"独善其身"、淡泊名利，进入出世的状态。

　　遭受朝廷如此不公正的待遇，贬谪江州时，白居易本来是想辞职走人的。但他到底没有这个硬气：一是从此没有了经济来源，毕竟他也是人，他也要吃喝拉撒，也有一大家子要养活；二是容易触怒皇帝，甚至招致杀身之祸。在封建专制时代，臣子的选择其实只有两个，要么不讲姿态地谄媚，要么姿态正确地赞美。任何远离或者不合作行为，都有可能会被视为反叛而遭到镇压。

　　那就继续留在官场，改变心态，混工资、混日子吧。怎么混？聪明的白居易发明了"中隐"："大隐住朝市，小隐入丘樊。丘樊太冷落，朝市太嚣喧。不如作中隐，隐在留司官。似出复似处，非忙亦非闲。不劳心与力，又免饥与寒。终岁无公事，随月有俸钱。"

　　所谓"留司官"，就是指刘禹锡此前当过的主客郎中分司东都，白居易此前当过的太子左庶子分司东都，和后来"刘白"二人均当过的太子宾客分司东都。这些职务后面，均有"分司东都"字样，就是留司官。而且，留司官最大的好处就是白居易诗中所说的"终岁无公事，随月有俸钱"——基本没事干，每月拿工资。这可是我们今天还在向往的大好事啊，难怪白居易将其作为人生目标。

白居易说到做到。在长庆二年（822）51岁时，他正担任中书舍人一职，在距离宰相只有一步之遥的时刻，突然自求外任，去杭州当刺史。然后在长庆四年（824）五月，如愿以偿当上了太子左庶子分司东都。这一年，他年仅53岁。

宝历元年（825）与刘禹锡相约终老时，白居易是以"百日假满自动解职"的方式离任苏州刺史、返回洛阳的；到了大和三年（829）春，他又一次合理利用"百日假满自动解职"的规定，离任刑部侍郎，归老洛阳。从此直到75岁高龄辞世，白居易一直猫在洛阳没有挪窝，安安稳稳、快快活活地"中隐"了二十多年。

刘禹锡一生都在贬谪，但他没有发明"中隐"；白居易一生只被贬谪一次，却发明了"中隐"。这就是两个人入世、出世的人生理念差异导致的。"刘白"二人，有没有高下之分？我想，这恐怕是一个仁者见仁、智者见智的问题。就我个人而言，我倒更为欣赏白居易在个人仕途方面上的洒脱和在个人幸福方面的追求。

开成元年（836）秋天，刘禹锡按照白居易十年前的约定，回到洛阳的时候，距离自己的生命尽头，还有六年；白居易距离自己的生命尽头，还有十年。这是"刘白"二人最后的退休生活，也是他们一生中最为安定、闲适、快乐的时光。

在这段时光里，"刘白"在洛阳都干了些什么事儿？

白居易有一首《赠梦得》，把这些事儿交代得清清楚楚：

"年颜老少与君同，眼未全昏耳未聋。放醉卧为春日伴，趁欢行入少年丛。寻花借马烦川守，弄水偷船恼令公。闻道洛城人尽怪，呼为刘白二狂翁。"

开成三年（838），白居易作《醉吟先生传》："与嵩山僧如满为空门友，平泉客韦楚为山水友，彭城刘梦得为诗友，安定皇甫朗之为酒友。每一相见，欣然忘归，洛城内外，六七十里间，凡观、寺、丘、墅，有泉石花竹者，靡不游；人家有美酒鸣琴者，靡不过；有图书歌舞者，靡不观。"

从《赠梦得》及《醉吟先生传》可以看出，他们的生活，基本上只剩下了四个字——"诗、酒、宴、乐"：游山玩水、歌舞宴集、吟诗作赋、好佛亲禅、纵情声色。当然这是对的，本来就应该这样，人老了，时间不多了，只见爱见的人，只做爱做的事。

而"刘白"比我的想象还要丰富的是，他们每见一个爱见的人、每做一件爱做的事，都有诗。比如喝酒：《长斋月满，携酒先与梦得对酌，醉中同赴令公之宴，戏赠梦得》，不仅喝了酒，而且当天还喝了第二场；《与梦得沽酒闲饮且约后期》，不仅喝了酒，当天还约了第二场。比如赏花：白居易约刘禹锡到洛阳城东"有杏花千株"的赵村，一起赏花，"明日期何处？杏花游赵村。"可以想见，相约看各种各样的花，是"刘白"二人相伴终老洛阳的主要内容之一："应怜洛下分司伴，冷宴闲游老看花。"

此时的"刘白"，关系好得如胶似漆，简直甜得发腻。彼此之间，就连其中一个人在家里独坐、赏月、发呆，都会想起

唐诗里的唐朝

另一个人，比如《答梦得秋庭独坐见赠》《酬梦得霜夜对月见怀》《酬梦得暮秋晴夜对月相忆》。

开成二年（837）三月三日，是一年一度的上巳节，白居易与裴度、李珏、刘禹锡等十五人，修禊于洛水之滨，"合宴于舟中，自晨及暮，前水嬉而后妓乐，左笔砚而右壶觞，望之若仙，观者如堵。裴公首赋一章，四座继和，乐天为十二韵以献"。

"刘白"在这样欢乐时刻的丰采，今天的我们也和当年围观他们的洛阳百姓是一样的感觉，"望之若仙"。人生如此，夫复何求？

会昌元年（841），都已70岁的白居易和刘禹锡，组织了一个"四老会"，白居易写了《雪暮偶与梦得同致仕裴宾客王尚书饮》纪念这个盛会："黄昏惨惨雪霏霏，白首相欢醉不归。四个老人三百岁，人间此会亦应稀。"这首诗白居易自注说："裴年九十余，王八十余，予与梦得俱七十，合三百余岁，可谓希有之会也。"这里的"裴"，指的是裴洽；这里的"王"，指的是王起。

"四老会"是"刘白"最后的欢乐时刻。他们的人生诀别，在转年夏天到来。会昌二年（842），71岁的白居易正式退休，"以刑部尚书致仕，给半俸"；七月，71岁的刘禹锡逝世。

白居易为刘禹锡作《哭刘尚书梦得二首》，以人生知己的身份，对他一生道德文章给出颇高的评价："四海齐名白与刘，百年交分两绸缪。同贫同病退闲日，一死一生临老头。杯酒英雄君与操，文章微婉我知丘。贤豪虽殁精灵在，应共微之地下游。"

至此，"刘白"二人、"沉舟"和"病树"的快乐退休生活，戛然而止。

唐诗里的唐朝

记一场马球对抗赛：
唐朝人民体育运动侧影

　　唐景龙四年（710）正月初七，长安太极宫梨园球场，一场马球比赛正在激烈进行，由大唐禁军代表队出战吐蕃使臣代表队。

　　这场比赛在史上真实存在，据唐人封演撰写的《封氏闻见记》载，这是一场应当时出使大唐的吐蕃使臣赞咄"臣部曲有善球者，请与汉敌"的要求，而举办的友谊赛。

　　虽然是友谊赛，但是一来大唐皇帝唐中宗李显及文武百官、吐蕃使团，均亲临梨园球场观球亭现场观看；二来毕竟牵涉大唐颜面，代表大唐禁军出战的十名队员都憋着劲儿呢，怎么着也得给皇帝挣个脸。

　　然而，理想丰满，现实骨感，吐蕃队果然厉害，"决数都，吐蕃皆胜"。这下，李显的脸上有点儿挂不住了，你们哪怕给朕赢一都（局）也好啊。他决定放大招，禁军代表队下，皇家代表队上。李显让皇家代表队尽遣主力，由当时的临淄王、后来的唐玄宗李隆基，嗣虢王李邕，驸马杨慎交、武延秀四人上场。呃，难道要四打十？对，就是要四打十，少打多，还要打赢，要赢回这个脸面！

皇家代表队还真不含糊。比赛重新开始后，李隆基在三个队友的配合下，大显身手，成了全场比赛的明星，成功上演"帽子戏法"，"东西驱突，风回电激，所向无前"。"吐蕃功不获施"，认栽了。终于找回了场子的李显，"甚悦，赐强明绢断百段。学士沈佺期、武平一等皆献诗"。

沈佺期作为观众之一，亲眼看见了这场激烈的唐蕃马球对抗赛。他献上的诗叫《幸梨园亭观打球应制》：

> 今春芳苑游，接武上琼楼。
> 宛转萦香骑，飘飖拂画球。
> 俯身迎未落，回辔逐傍流。
> 只为看花鸟，时时误失筹。

沈佺期，唐朝著名的才子诗人，与宋之问齐名，史称"属对精密"，"学者宗之，号为沈宋"。

诗题中的"梨园"，在长安城光化门之北、太极宫西的禁苑之内，真的栽有大量梨树，所以名叫"梨园"。此时举行马球对抗赛的梨园，还只仅仅是娱乐性质的场所，园内有梨园亭、球场等娱乐设施，以供皇家享用。至于梨园后来发展成为训练乐工、进行音乐艺术表演的专业机构，甚至成为戏曲行业的别称，还要等到唐玄宗李隆基上台后的开元二年（714）。此时，他还只是个临淄王呢。诗题中的"应制"，就是指按照皇帝的诏命作诗作文。廖道南的《殿阁词林记》说："凡被命有所述作则谓之应制。"诗题中最值得关注的两个字，是"打球"。这里的打球，指的是打马球。沈佺期的这首《幸梨园亭观打球应制》，描述的正是打马球的激烈场面：

今春芳苑游，接武上琼楼：今年春天我在梨园，和大家一起相继上梨园亭看球。前两句诗是交代时间、地点，其中的"接武"是足迹前后相接、相继而行的意思。

宛转萦香骑，飘飘拂画球：场上马匹来回奔跑，球员们把彩色的马球打得四处纷飞。

俯身迎未落，回辔逐傍流：球员们跟随着马球的动向，时刻调整缰绳指挥马匹追逐马球，其中一个球员正在俯身迎击还没有落地的马球。

只为看花鸟，时时误失筹：马球像花鸟一样灵活，上下翻飞，害得球员们一次一次地丧失射门得分的机会。

如果说，在唐朝有一种球类运动，能像今天的足球一样让大家热血沸腾、引得万人空巷，那一定就是马球。

马球，是大唐帝国当之无愧的国球。

风靡全国的"马球热"

在唐朝，人们不仅仅打马球，而且形成了"马球热"。上自皇帝贵族，中到官僚文人，下到诸军将士、普通百姓，都痴迷马球。不仅在长安宽阔的街道上可以见到有人练习马球，而且马球场遍布宫城禁苑、官僚宅第、诸道郡邑和军队驻地。

"百马攒蹄近相映"，"欢声四合壮士呼"，这是韩愈在《汴泗交流赠张仆射》一诗中记录他看到的马球比赛盛况；"动地三军唱好声"是杨巨源在《观打球有作》一诗中关于军队马球比赛的记录；而"数千人因之大呼笑，久而方止"，则是《唐摭言》关于单场马球比赛观众人数的记录；敦煌文书《丈夫百岁篇》中的"平民趁伴争球子，直到黄昏不忆家"，则体现了当时人们对于马球的痴迷。

马球是唐朝皇帝们的真爱，唐朝22个皇帝有18个痴迷马球。为了小小的马球，有的皇帝甚至到了玩物丧志，视军国大事如打马球的儿戏地步。

唐太宗李世民，是唐朝提倡马球运动的第一人。

唐人封演在他撰写的《封氏闻见记》中记载："太宗常御安福门，谓侍臣曰：'闻西蕃人好为打球，比令亦习，曾一度观之。'"史书未记载李世民个人的马球技术如何，但以他能够在战场上率领骑兵冲锋陷阵的马上技术，想来也不会差。

唐中宗李显，是唐朝马球运动的铁杆粉丝。

《资治通鉴》明确指出，"上好击球，由是风俗相尚"，可见李显引领了唐朝马球运动的时尚。在唐蕃马球对抗赛中，他还扮演了教练员的角色。但李显之于马球，似乎只是爱看、爱指导，并没有留下亲自下场一显身手的记录。

唐玄宗李隆基，是唐朝马球运动的"脑残粉"。

作为唐蕃马球对抗赛的大明星，李隆基其实从小就喜欢马球。他少年时就有民谣，说："三郎少时衣不整，迷恋马球忘回宫。"这里的"三郎"，就是指李隆基。到了天宝六年（747）十月，已六十二岁高龄的李隆基，还跟御林军的小伙子们，打了一场马球赛。在赛场上，李隆基率领近臣们，同心协力，"忽掷月杖争击"，"并球分镰，交臂叠迹……如电如雷，更生奇绝"，表现出了不凡的球技。都六十二的人了，怎么还这么不服老？因为此时此刻，场边有一双妙目，正注视和鼓励着场上的李隆基。他这才不顾高龄，忘我表现，搏命演出的。谁的妙目？这双妙目的主人，刚刚在天宝四年被册立为贵妃。

唐朝中后期的皇帝们，包括唐宪宗、唐穆宗、唐敬宗、唐宣宗、唐僖宗、唐昭宗，都是唐朝马球运动的狂热粉丝。

唐宪宗李纯一直关心马球运动。据《唐会要》记载，元和十五年（820），李纯生前最后一次到神策军驻地，就是去打球，"幸右军击球"。有一次，在召见大臣赵宗儒时，他还特地问道："朕听说你在荆州时，马球场地上都长草了，什么情况啊？"这句话把赵宗儒吓了一跳，他赶紧满头大汗地回答说："确有此事，但并没有妨碍打马球。"李纯一听没有影响马球训练，这才罢了，没有再追究。

唐穆宗李恒，不仅荒于政务，而且对马球酷爱到了发狂的程度，几乎到了身心不离球场的地步。然而，长庆二年（822）十一月，李恒在与宦官打马球时出了意外。打球过程中，一位宦官突然坠马，这个意外吓坏了李恒。他下马之后，突然一阵头晕目眩，双足不能履地，中风了，从此卧病在床，离开了他心爱的马球球场。

唐敬宗李湛嗜球成癖。在他的人生字典中，只有击球、宴乐等少数几个词。李湛在刚刚当上皇帝的第一年，就马不停蹄地开始了一系列马球运动，"丁未，击鞠于中和殿"，"戊申，击鞠于飞龙院"，"己酉，击鞠"，"四月丙申，击鞠于清思殿"。即使是苏玄明、张韶攻入宫中发动叛乱时，他也正在清思殿忙着打马球。他在年仅十八岁时被人杀害，其被害的地点，也是在马球场上。说李湛把自己短短的一生都献给了他热爱的马球事业，恰如其分。

唐宣宗李忱，应该是唐朝皇帝中技术仅次于唐玄宗李隆基的又一个马球高手。为了保持自己的技战术水平，李忱每月都要约上皇室成员打几次马球，"以娱圣心"。

唐僖宗李儇在广明元年（880）三月，更是搞出了一件"击球赌三川"的著名荒唐事。当时，黄巢的农民起义军逼近长安，专权的宦官田令孜暗中进行着皇帝入蜀避难的准备。为此，他要先派自己放心的人去三川当节度使。田令孜向李儇提出，让左金吾大将军、自己的哥哥陈敬瑄和另外三个自己的心腹杨师立、牛勖、罗元杲去镇守三川。三川，即剑南西道、剑南东道和山南西道，其中剑南西道又称"西川"，驻所在成都，位置最为重要。结果，在由谁出任西川节度使的问题上，两人犯了难，感到难以抉择。最后，还是唐僖宗李儇聪明，竟然令四人"击球赌三川"。比赛中陈敬瑄打进了第一个球，"得第一筹，即以为西川节度使"。

唐朝倒数第二个皇帝唐昭宗李晔，在其被朱温赶出长安时，还念念不忘，要带上"打球供奉"。

马球，也得到了唐朝大臣们乃至平头老百姓的喜爱。

唐蕃马球对抗赛的四大明星之三，嗣虢王李邕，驸马杨慎交、武延秀，都是马球场上的高手。唐中期名将、徐泗濠节度使张建封，也爱马球，留下了《酬韩校书愈打球歌》的名篇。

周宝，"官不进，自请以球见，武宗称其能，擢金吾将军。以球丧一目。进检校工部尚书、泾原节度使"。他打球打瞎了一只眼睛，但也先后换来了金吾将军、泾原节度使这样的高官，划算。

著名奸相李林甫，也爱马球，准确地说，他爱的是把马换成驴的驴球。"唐右丞相李公林甫，年二十尚未读书，在东都，好游猎打球，驰逐鹰狗。每于城下槐坛骑驴击鞠，略无休日。"

曾任黔南观察使的崔承宠，也好这一口："崔承宠少从军，善驴鞠，逗脱杖捷如胶焉。"

不仅节度使这样的高官爱马球，低级官吏也爱马球。裴光远，"唐龙纪己酉岁，调授滑州卫南县尉……尤好击鞠"；李生，"家河朔间……后至深州录事参军……至于击鞠饮酒，皆号为能"；王锷，"为辛杲下偏裨……一旦击球，驰骋既酣"。就连平头老百姓，也爱马球。比如杜牧《唐故范阳卢秀才墓志》中的卢秀才："生年二十，未知古有人曰周公、孔夫子者，击球饮酒，马射走兔，语言习尚，无非攻守战斗之事。"又如冯燕："少以意气任侠，专为击球斗鸡戏。"

打好马球要有好装备

据说在美国，一直流传着这样一句话："如果你年薪两万，可以玩高尔夫；如果你年薪两千万，那就去玩马球。"的确，马球运动配套装备贵，运动技巧难，受伤风险大。无论在唐朝还是在今天，都是名副其实的"王者运动"。

现代人打个网球、羽毛球，都要去买价格不菲的好球拍；跑个马拉松，就要去买好球鞋，速干衣裤、运动手表也一个不能少。可是，上述这些装备虽然也贵，但相对于马球的配套装备而言，都不算什么。

马球第一装备：马球马。马球马，指的是适应马球比赛要求的专用马匹。

打马球时，骑手要专注于持杖击球，因此要尽可能地做到人马合一。起码的要求是"马不鞭，蹄自急"，不要让骑手做多余的动作；更高的要求则是"珠球到处玉蹄知"，即马球一到马身边，马就知道应该怎么动了。这哪是人在打球，简直是马在打球。

马球马并不是指千里马，甚至可以说，马球马比千里马的要求还要高。据《松窗杂录》记载，德宗以望雅打球，此马虽神骏非常，但却不适用于球猎——打马球之佳者，不视其高大而视其灵活与否。元稹在《进马状》中也强调："同州防御使供进乌马一匹，八岁，堪打球及猎……解击球者，每嘉其环回斗转，动可惬心。"总的来说，就是马球马一定要灵活，要善于"环回斗转"。马球马在比赛时，还要剪短鬃毛，束起马尾，以防止在赛场拼抢过程中互相缠绕，发生意外。

马球第二装备：马球。马球的比赛用球，"状小如拳"，用质量轻而有韧性的木料制成，中间挖空，外涂红色或彩绘花纹。

韩愈在《寒食直归遇雨》中有"不见红球上，那论彩索飞"一句，句中的"红球"就是外涂红色的红漆马球；沈佺期在《幸梨园亭观打球应制》记录的唐蕃马球对抗赛中的比赛用球，就是上有彩绘花纹的马球，诗人称之为"画球"。马球涂以鲜艳颜色或绘以彩色花纹，一是为了使马球漂亮美观，增加比赛的观赏性；二是为了使马球在比赛中显得更加醒目，方便球员们第一时间拼抢，增强比赛的对抗性。

马球第三装备：马球杖。马球杖，又称为"月杖""鞠杖"。球杖由握柄、杖杆、杖头三部分组成，杖头处自然弯曲成月牙形状，有点儿类似于今天曲棍球运动的球杖。所以《金史》里说，"已而击球，各乘所常习马，持鞠杖。杖长数尺，其端如偃月"。

考虑到马球运动的激烈对抗性，马球杖应该不单单是由木、竹、藤等材料制成，很可能是以木、竹、藤等材料为芯，外包牛皮等动物皮，以增强韧性。最后再在表面涂漆，或者雕刻花纹，以求美观。唐朝已经出现了专门负责制作马球杖的工匠。唐人杜光庭的《录异记》中就有一位："苏校书者，好酒，唱《望江南》，善制球杖。每有所阙，即以球杖干于人，得所酬之金以易酒。"一个马球杖就能换顿酒喝，可见价格不便宜。

马球第四装备：马球衣。据《旧唐书》中的"长庆四年西川节度使杜元颖进罨画打球衣五百"显示，唐人打马球穿的是专用的马球衣。敦煌文书中有一首《杖前飞·马球》诗，多处提及马球衣。打马球之前要换上球衣，"脱绯紫，着锦衣"，"锦衣"即马球衣。这种球衣又分为青、红两种颜色，"青一队，红一队"；而且由于运动强度大，马球衣很容易汗湿，"人衣湿，马汗流"。球衣被汗浸湿了怎么办？可以换。李廓在《长安少年行》中说，"数换打球衣"。具体来讲，马球衣就是圆领锦袍，窄袖宽身，两侧开衩，袍长及小腿。这种锦袍与球员头上戴的幞头、腰间围的腰带、脚下穿的六合靴，搭配成一套完整的马球比赛服装。

马球第五装备：马球场。1956年，在唐朝大明宫考古中出土了刻有"含光殿及球场等大唐大和辛亥岁乙未月建"字样的石碑，清楚地表明当年在修建含光殿的同时，也修建了一个马球场。据史籍记载，长安皇宫中还有中和殿、飞龙院、保宁殿、清思殿等多处建有马球场。还有土豪级别的官员，甚至在家中自建马球场。唐蕃马球对抗赛四大明星之一的杨慎交在靖恭坊的家中，唐德宗时的司徒兼中书令李晟在永崇坊的家中，唐文宗时的翰林承旨学士王源中在太平坊的家中，都自建了马球场。我只能说，他们家真大。

马球场的大小和形制，韩愈在《汴泗交流赠张仆射》中有三句比较关键的诗，分别是"筑场千步平如削""短垣三面缭逶迤""击鼓腾腾树赤旗"。"筑场千步"，有人说是周长一千步，有人说是单边长一千步。我更倾向于后者。因为正常人一步长约0.7米，周长都只有700米的球场，恐怕很难同时容纳20匹马在场上奔驰；只有单边长达700米的球场，方能容纳马匹的纵横驰奔。

"短垣三面缭逶迤"，是指马球场的三面，用短墙环绕，以防备马球在拼抢中飞出球场之外。还有一面，据我估计也有短墙，但可能是上面建有亭台楼阁的短墙，以备观众看球，也就是沈佺期《幸梨园亭观打球应制》中所说的"琼楼"。同时，可能在这一面的短墙上留有可供开闭的门，以供球员和马匹进出。

"击鼓腾腾树赤旗"：马球场四周插满红旗，在马球比赛时要擂鼓助威。重大比赛，还备有乐队奏乐助兴。

至于马球场的地面，由于当时没有水泥，要建造平整的马球场，做到"筑场千步平如削""亲扫球场平如砥"，只能用土夯筑。为了防止土质球场在比赛时尘土飞扬影响比赛，唐人想出了在泥土中加入油脂的办法，"崇训与驸马都尉杨慎交注膏筑场，以利其泽"。更叫人惊奇的是，当时还出现了"灯光球场"。《资治通鉴》说，杨渥"燃十围之烛以击球，一烛费钱数万"。真是有钱任性。

我们可以在史籍中发现，马球场不仅在长安城有，洛阳城有，而且遍布了大唐帝国的大小城市。在关内道邠州，河南道滑州、泗州、宋州、郓州、汴州，河东道潞州，河北道常山郡、深州、魏州、幽州，淮南道，江南道长沙、宣州，山南道荆州，剑南道成都，陇右道沙州，岭南道桂州，我们都可以从史书中找到建有马球场的记录，可以想见当时马球在大唐帝国的普及程度。

马球第六装备：马球门。马球门，一般是在一个木板墙的下部，开一个一尺大小的小洞，洞后结有网囊，以备射门。大概也就是我们现代足球球门的缩微版。

张建封《酬韩校书愈打球歌》中"齐观百步透短门，谁羡养由遥破的"，此处的"短门"就是指马球门；《杖前飞·马球》中"球似星，杖如月，骤马随风直冲穴"，此处的"穴"也是指马球门；徐黄《尚书打球小聪步骤最奇因有所赠》中"逐将白日驰青汉，衔得流星入画门"，此处的"画门"也是指马球门。所不同的是，"画门"指的是涂有色彩或雕刻有花纹的马球门。

马球比赛规则：得筹多者胜。唐朝马球比赛，球员分两队上场，青色球衣队十一人，红色球衣队十一人，每队派出一人负责在球门前守门。同时，场上还有一个骑马人，穿着与众不同的淡绿色袍，不持球杖，作为裁判。球员每攻入一球，唐朝称之为"得一筹"，以马球攻入对方球门的多寡决定胜负。基本上，和今天足球运动的胜负规则一样。值得指出的是，唐朝马球比赛的出场队员人数，是允许不对等的。比如在这场唐蕃马球对抗赛中，就是李隆基等四人对阵吐蕃十人。

唐朝的马球明星

唐朝的马球运动兴盛达三百年之久，其中涌现了不少马球明星。那些年，唐朝人一起追过的马球明星，都在"大唐马球明星排行榜"之中。

第一名：进士刘覃

乾符四年（877），新科进士在月灯阁举行打球会。当时，有神策军打球军将（马球职业运动员）临时提出，想和他们比赛马球。正在束手无策之际，进士刘覃挺身而出，对同年们说："仆能为群公小挫彼骄，必令解去，如何？""状元已下应声请之。覃因跨马执杖，跃而揖之曰：'新进士刘覃拟陪奉，可乎？'诸辈皆喜。"比赛开始后，刘覃"驰骤击拂，风驱雷逝，彼皆愕视。俄策得球子，向空磔之，莫知所在"。比赛的最后，神策军"数辈惭沮，俛俯而去"。"时阁下数千人因之大呼笑，久而方止"。刘覃一介儒生，完胜多名马球职业运动员，简直是马球高手中的高手。这是有据可查的，也是实实在在的战绩，所以刘覃当之无愧，名列"大唐马球明星排行榜"第一名。

第二名：唐玄宗李隆基，嗣虢王李邕，驸马杨慎交、武延秀

将这四人并列为第二名，当然是由于他们在唐蕃马球对抗赛中的出色战绩。但是四打十毕竟不如刘覃的一打多，所以屈居第二名。

第三名：唐宣宗李忱

《唐语林》载："宣宗弧矢击鞠，皆尽其妙。所御马，衔勒之外，不加雕饰，而马尤矫捷；每持鞠杖，乘势奔跃，运鞠于空中，连击至数百，而马驰不止，迅若流电。二军老手，咸服其能。"从以上文字来看，李忱的马球技术的确高超。但只有技术描述，并无战绩记录，所以只好让他屈居第三名。

第四名：夏将军

《酉阳杂俎》载："建中初，有河北将军姓夏，弯弓数百斤。常于球场中，累钱十余，走马，以击鞠杖击之。一击一钱飞起，高六七丈，其妙如此。""状小如拳"的马球，怎么也有拳头大小，铜钱的厚度，则不到一厘米。夏将军能够用马球杖将如此之薄的铜钱一枚一枚地击起，这手上的准头，实在是精准得很了。但夏将军的问题仍然是只有技术描述，并无战绩记录，只好屈居第四名了。

第五名：唐僖宗李儇

那位搞出了"击球赌三川"荒唐事的唐僖宗李儇，"尤善击球"。他对于自己的马球技术，自视极高，曾对身边的优人石野猪说："朕若应击球进士举，须为状元。"不料石野猪毫不迎合，居然说："如果遇上尧、舜做礼部侍郎当考官，恐怕陛下就要名落孙山了。"

　　　　　　唐诗里的唐朝

怎样才能把荔枝快递给杨贵妃？

在自己生命中的最后一年，时任中书舍人的杜牧，经过了长安城郊外的华清宫。这一年是唐宣宗大中六年（852），杜牧正好年满五十岁。杜牧是土生土长的长安人，此地他以前也来过，但这次来却感慨更多。因为，他已到了"知天命"的年龄，还因为他已预感到，自己来日无多。作为唐德宗朝宰相杜佑的孙子，也作为一个久历宦海的朝中官员，杜牧深知大唐国势日颓，已经不可收拾了。此时此际，他有太多的理由为大唐担心和扼腕了。大唐本来是形势一片大好的啊，为什么会落到今日这步田地？因为安史之乱啊。又是谁诱发了安史之乱，一手葬送了安定团结、繁荣发展的大好局面？经常在华清宫鬼混的唐玄宗李隆基啊。于是，杜牧挥毫写下了《华清宫三十韵》《过华清宫绝句三首》等与华清宫有关的名篇。其中的字字句句，都是在指责唐玄宗李隆基，同时，也指责了杨贵妃杨玉环。

比如《过华清宫绝句三首》中的第一首：

> 长安回望绣成堆，山顶千门次第开。
> 一骑红尘妃子笑，无人知是荔枝来。

长安回望绣成堆：从长安回头，远望骊山，东绣岭和西绣岭两个山峰，绿树葱茏，郁郁苍苍。

山顶千门次第开：突然，西绣岭上华清宫的重重宫门，依次打开。

一骑红尘妃子笑：望着尘烟中飞驰而来跑进宫门的一骑人马，妃子笑了。这个笑了的妃子，指的就是大名鼎鼎的杨贵妃杨玉环。她为什么笑了？答案在下一句。

无人知是荔枝来：除了杨贵妃，没有人知道，那驰进宫门的一骑人马，送来的是远方的荔枝。

现在我们知道了杨贵妃笑的原因，原来，是她的快递到了，她最爱的美食荔枝到了。所以，她满足地笑了。其实，古今中外的美女们，收到快递时的满足感，和由满足感而流露到脸上的笑容，都是一样的。无论她当时收到的是荔枝，还是LV。

达·芬奇笔下的《蒙娜丽莎》，让无数人倾倒，而蒙娜丽莎微笑的原因，也成了千古之谜。有人说她是怀孕了所以微笑，有人说她是看到了情人达·芬奇所以微笑，总之说法很多。在我看来，蒙娜丽莎之所以会微笑，原因其实非常简单——她的快递到了。

杨贵妃吃的是哪里的荔枝？

杨贵妃爱吃荔枝，青史留名。

荔枝是中国的原产水果。关于荔枝的最早记载，见于西汉司马相如的《上林赋》。这位娶了美女卓文君的大才子写道："于是乎卢橘夏熟，黄甘橙楱，枇杷橪柿，亭奈厚朴，樗枣

　　　　唐诗里的唐朝

杨梅，樱桃蒲陶，隐夫薁棣，荅遝离支，罗乎后宫，列乎北园。"司马相如在这里列举了长安城上林苑的各种水果，其中"樱桃蒲陶"我们最熟悉。不熟悉的水果中，就有"离支"。

"离支"，就是荔枝。《扶南记》解释说，"此木结实时，枝弱而蒂牢，不可摘取，必以刀斧取其枝，故以为名"，所以叫"离支"。

聪明如你，通过上面的文字，一定发现了：上林苑？那地处长安城啊。原来在汉朝长安城的上林苑，司马相如就已经见到荔枝了。那唐朝的杨贵妃想吃荔枝，还算什么难事？叫高力士带着人去种，种好了，再去摘不就可以了？

问题是，长安种荔枝，种不活，在汉朝就种不活。为这事，不懂科学的汉武帝，可没少杀人。

汉朝记载长安城建设的书《三辅黄图》说："元鼎六年破南越，起扶荔宫，植所得奇草异木。荔枝自交趾移植百株，无一生者。连年犹移植不息，偶一株茂，终无华实，帝亦珍惜之。一旦萎死，守吏坐诛者十人，遂不复莳矣，其实则岁贡焉。邮传者疲毙于道，极为生民之患。"

汉武帝原来和杨贵妃一样，也是荔枝的铁杆粉丝。为了表达对荔枝的喜爱，宫殿都命名"扶荔宫"；因为荔枝树在长安上林苑的枯萎死亡，他可以杀人；为了每年吃上一颗荔枝，他也可以不顾"邮传者疲毙于道"。

汉武帝在长安种荔枝，并为此而杀人，那是因为他不懂科学。查一查竺可桢先生的《中国近五千年来气候变迁的初步研究》可知：即便是在汉唐时期，平均温度高于今天、整体气候比今天相对温暖的条件下，荔枝生长的北限，在我国东海沿岸是福州，在我国西部内陆则是成都。在过了这两个北限的长安，荔枝当然就种不活了。可见，即使贵为皇帝，有些事也是强求不来的。

于是，到了唐玄宗时，长安还是种不活荔枝。那就只有依靠种得活荔枝的地方进贡了。到哪里去找来新鲜荔枝，哄杨贵妃开心呢？李隆基很是烦恼。还好，他管的地方大。《新唐书·地理志》等史料表明，杨贵妃至少吃过四川、广东、广西、福建四个省的荔枝。当然，这四个省是我们今天熟悉的行政区划。如果按照唐朝的行政区划，大致是剑南道、岭南道、山南道、江南道等地的诸州。

围绕杨贵妃到底吃过哪些地方的荔枝，自唐以来，就一直有争论。而且，在这些争论中，还出现了一些非常有趣的现象。

有趣现象之一：认为杨贵妃吃过四川荔枝的，都是宋朝人。

在唐朝，四川不仅出产荔枝，而且产量很大。据《元和郡县图志》第三十一卷载，当时戎州、忠州、涪州都出产荔枝，其中"戎州僰道县出荔枝，一树可收一百五十斗"。可见四川荔枝产量之高。

在这样的背景下，大胡子苏轼认为："天宝岁贡取之涪。"他还特别注释说："唐天宝中，盖取涪州荔支，自子午谷路进入。"范成大在《吴船录》云："自眉嘉至此，皆产荔支。唐以涪州任贡，杨太真所嗜，去州数里，有妃子园，然品实不高。"成书于南宋、由王象之编纂的《舆地纪胜》，在第一百七十四卷《涪州》中记录："妃子园在州之西，去城十五里，荔枝百余株，颗肥肉肥，唐杨妃所喜。"南宋诗人谢枋得所著《注解二泉选唐诗》中说："明皇天宝间，涪州贡荔枝到长安，色香不变，贵妃乃喜，州县以邮传疾走称上意，人马僵毙，相望于道。"宋朝人吴曾所著《能改斋漫录》中说："近见涪州图经，及询士人，云，涪州有妃子园荔枝，盖妃嗜生荔枝，以驿骑传递，自涪至长安有便路，不七日到。"再晚一点儿的明朝人王士性，在所著《广志绎》中说："唐诗'一骑红尘妃子笑'，乃涪州荔园所贡也，故飞骑由子午谷七日而达长安，荔子尚鲜。"

以上所说的涪州，指的是涪陵，我们今天知道这个地方是因为榨菜。嘉州指乐山，眉州指眉山，都在四川（涪陵现属重庆）。

宋朝大才子宋祁在其《益部方物略记》中认为："荔枝出嘉、戎等州，此去长安差近，疑即妃所取。"宋人罗大经在《鹤林玉露》中说："又如荔枝，明皇时所谓'一骑红尘妃子笑'者，谓泸戎产也，故杜子美有'忆过泸戎摘荔枝'之句。"

泸州就是今日酒徒们都知道的"泸州老窖"产地，戎州是宜宾，还是在四川。

另有宋朝人张君房，他细读白居易任忠州刺史所作的《荔枝图序》，认为杨贵妃吃的是忠州的荔枝。这个忠州是忠县，现属重庆市。

说杨贵妃吃过四川的荔枝，比较符合逻辑。因为杨贵妃可以算是四川人，而且幼年时期在四川生活过。她在当年就吃过四川的荔枝，长大富贵后还想着幼年的那一口儿，太正常了。

有趣现象之二：认为杨贵妃吃过广东、广西荔枝的，几乎都是唐朝人。

和杨贵妃同一时代的大诗人杜甫，写下《病橘》诗说："忆昔南海使，奔腾献荔支。"又写《解闷》诗说："炎方每续朱樱献，玉座应悲白露团。"杜甫这里的"南海""炎方"，我们都可以当作广东和广西来理解。

唐朝天宝末年的鲍防在《杂感诗》中说："五月荔枝初破颜，朝离象郡夕函关。雁飞不到桂阳岭，马走先过林邑山。""象郡""林邑"，我们可以理解为广西。生卒年不详，但唐宪宗元和年间还在世的李肇，在其《唐国史补》中写道："杨贵妃生于蜀，好食荔枝。南海所生，尤胜蜀者，故每岁飞驰以进。"唐朝人袁郊所撰《甘泽谣》中载："天宝十四载六月一日，贵妃诞辰，驾幸骊山，命小部音声，奏乐长生殿。进新曲，未有名。会南海献荔枝，因名《荔枝香》。"

司马光算是宋朝人持此观点的另类了。他在《资治通鉴》第二百一十五卷中说："妃欲得生荔支，岁命岭南驰驿致之。比至长安，色味不变。"宋朝大型类书《太平御览》也持此观点："妃子生于蜀，好荔枝，南海生胜蜀，每岁飞驰以进，则涪不进久矣。"捎带手的，还否定了一下涪州荔枝。

其实，说杨贵妃吃过广东、广西的荔枝，也比较符合逻辑。因为在唐玄宗和杨贵妃的身边就有两个广东人，颇受他们夫妻俩的信任。一个贴心宦官高力士，是潘州即广东茂名人；一个当朝宰相张九龄，是韶州即广东韶关人。这二位广东人，看到杨贵妃好这一口儿，就隆重推荐自己家乡所产，也在情理之中。

清朝历任漕运总督、湖广总督、两广总督、云贵总督等职，人称"三朝阁老、九省疆臣、一代文宗"的阮元，就有过类似的推测："新歌初谱荔枝香，岂独杨妃带笑尝。应是殿前高力士，最将风味念家乡。"

高力士家乡的荔枝，还是无核荔枝。据段公路《北户录》第三卷《无核荔枝》记载，潘州荔枝，"鸡卵大者，其肪莹白，不减水精，性热液甘，乃奇实也"。这样的好东西，高力士岂能不向杨贵妃推荐？

《新唐书·后妃传》中更留有张九龄向杨贵妃推荐家乡特产的证据："杨贵妃嗜鲜荔枝，岭南节度使张九章乃置骑传送，奔走数千里至京师。"这个张九章，就是张九龄的亲弟弟。为此，张九章还得了个大彩头——"于是岭南节度使张九章、广陵长史王翼以所献最，进九章银青阶，擢翼户部侍郎，天下风靡"。

有趣现象之三：几乎没有人认为杨贵妃吃过福建的荔枝。

据一个不大正宗的史料《影灯记》记载，杨贵妃那个"霸总"皇帝老公李隆基曾经"于长春殿漫撒闽中红绵荔枝，令宫人争拾之"。正由于史料不大正宗，于是就有人说，没有证据表明，杨贵妃吃过福建的荔枝。

福建的荔枝，其实质量最好。宋朝的蔡襄，曾撰《荔枝谱》说，福建荔枝"数福州最多，而兴化郡最为奇特，泉、漳时亦知名"。这样好的东西，不进贡给杨贵妃尝尝，你让江南道的大小官员们情何以堪？

事实上，杨贵妃得宠之时，全国各地官员争先恐后地进贡，那是史实。《新唐书·后妃传》说："四方争为怪珍入贡，动骇耳目。"《旧唐书·后妃传》说："扬、益、岭表刺史，必求良工造作奇器异服，以奉贵妃献贺，因致擢居显位。"看看，一是四方进贡，到了"动骇耳目"的地步；二是典型引领，扬、益等地刺史因进贡而升官。

虽然没有明文记载，唐时隶属于江南道的福建地区曾向杨贵妃进贡荔枝，但在中国史上的历朝历代，都请不要低估了各地官员向中央进贡表忠心的积极性与创造性。他们，一定会排除万难，以"有条件要进贡，没有条件创造条件也要进贡"的精神，给杨贵妃送去福建荔枝的。

据此，我认为，杨贵妃可能也是吃过福建荔枝的。

综上所述，四川、广东、广西、福建的荔枝，杨贵妃一律通吃。

荔枝快递走哪条路？

荔枝的快递，是由杨贵妃的老公李隆基，动用官方驿站系统完成的。

在古代，通过官方系统传递文书或物品，用车叫传，用马叫驿，步行叫邮，统称为置。唐朝高度重视驿站建设，在天下的交通要道，"凡三十里一驿"，共设有"凡一千六百三十九所"驿站。其中水驿260个，陆驿1297个，水陆兼驿86个。

至于当时驿站传递文件或物品的速度，唐朝法律规定："乘传者日四驿，乘驿日六驿。"也就是说，乘车每天一百二十里，乘马每天一百八十里。

当然也有加速的情况。举个例子：

天宝十四年（755）十一月九日，安禄山在范阳起兵造反，当时唐玄宗李隆基和杨贵妃两个人，正腻在华清宫。范阳和华清宫，两地相隔三千里。六天之后，李隆基就知道了这一消息。可见快递紧急军情，最高速度达到了每天五百里。

荔枝既是皇帝女人的爱物，又需要保鲜，而且达到了杜甫描述的"百马死山谷，到今耆旧悲"的地步，其快递的速度肯定是当时所能达到的最高速度了。而据著名历史学家严耕望先生在《唐代交通图考》一书中推测，快递荔枝的速度，还要高于安禄山造反的军情传递速度，"驿送荔枝更加速至日行六百里以上至七百里也"。

快递四川荔枝，走的是专修的"荔枝道"。为了不冤枉唐玄宗李隆基，还是说清楚比较好。"荔枝道"分为南北两段。"荔枝道"南段是专修的荔枝快递专用道，从今天重庆市涪陵区北上，经达州市、万源县、镇巴县、石泉县、宁陕县，就进入了"荔枝道"北段。北段是旧有道路，就是开辟于西汉平帝时期的子午道，由此穿越秦岭著名的子午谷，到达长安。据蓝勇先生在《四川古代交通路线史》中考证，这条"荔枝道"在汉中到关中的道路之间取直而行，路程因此大大缩短，仅一千公里左右，成为一条捷径。四川荔枝经过这条"荔枝道"，仅需三天，即可抵达长安，成为吃货杨贵妃口中的美食。所以，南宋《方舆胜览》第六十八卷引《洋川志》说："杨妃嗜生荔支，诏驿自涪陵由达州，取西乡，入子午谷，至长安才三日，香色俱未变。"

然而，《涪州志》的记录，则显示荔枝经此道，需行七日。目前看，这个记录失实。严耕望先生就分析说，涪州至长安，陆路不过两千里，唐代急驿日行五百里，为杨贵妃特嗜，可能更增加速度，"飞骑日行近七百里"，所以"人马毙于路者甚众，百姓苦之"。若需要七日，则一日只行三百里，何致人马倒毙耶？当然，这条路要穿越秦岭，行路之难是可想而知的。

要说明的是，在陈仓道、褒斜道、傥骆道、义谷道、米仓道、金牛道等众多蜀道中，"荔枝道"是唯一一条用水果名称命名的蜀道。可见，杨贵妃的魅力之大。

今天，这条"荔枝道"大致就是包茂高速的路径，电子地图显示约九百一十六公里，以本人资深司机的速度，自驾需要十一小时。古今分际，仅此而已。

至于广东、广西的荔枝，根据唐宪宗年间成书的《元和郡县图志》，从广东到长安的路有两条："西北至上都郴州路四千二百一十里，取虔州大庾岭路五千二百一十里。"即使按照每天七百里的极限速度计算，这两条路也分别需要六到八天。福建荔枝，更是需要十天半月，才能送到杨贵妃眼前。

荔枝在快递过程中如何保鲜？

四川的荔枝，走"荔枝道"只需要三天，使杨贵妃有了吃上鲜荔枝的可能；那广东、广西、福建的荔枝，动辄就需要十天半月才能送到，怎么保鲜呢？

唐朝的白居易老先生，就曾经关注到了荔枝的保鲜问题。他在《荔枝图序》中曾详细描述了荔枝的保存时限："若离本枝，一日而色变，二日而香变，三日而味变，四五日外，色香味尽去矣。"看看，过了三天就不行了。

有人说，杨贵妃吃的是荔枝干，但杨贵妃肯定不同意。

《新唐书》上说："妃嗜荔支，必欲生致之，乃置骑传送，

　　　　　唐诗里的唐朝

走数千里，味未变已至京师。"《资治通鉴》上说："天宝五载七月，妃欲得生荔枝，岁命岭南驰驿致之。"

什么叫"生荔枝""生致之""味未变"？那就是说，杨贵妃只吃新鲜荔枝，荔枝干、荔枝煎都不吃，虽然当时也有进贡。

那么，唐朝人是如何在荔枝的长时间动态快递中进行保鲜的呢？由史书记载推测，可能有以下几种办法。

一是蜡藏法。《隋书·五行志》载："隋文帝嗜柑，蜀中摘黄柑，皆以蜡封蒂献，日久尤鲜。"这也是至今还在用的水果保鲜办法。水果涂上蜡后，表面上形成蜡质薄膜，隔绝了水果与空气的接触，减少了水果水分蒸发，降低了水果的呼吸作用，从而达到保鲜的目的。这个办法说的是隋人对黄柑的保鲜，但之所以有可能被唐朝人用于荔枝保鲜，一是因为隋唐相隔时间不远，隋朝的一些先进技术被唐朝直接继承的可能性很大；二是因为黄柑和荔枝一样，都是由四川送往长安。

二是包裹法。即用茅草、纸甚至细布，对水果表面加以包裹，以减少其在运输中碰撞挤压所受到的损害。《全唐文》第四百二十五卷说："中使某乙至，奉宣进止：赐臣前件柑子。伏以江潭所出，见重于南州；包茅入贡，远归于北阙。""包茅"就是用的茅草；刘肃在《大唐新语》中有"益州每岁进柑子，皆以纸裹之。他时长吏嫌纸不敬，代以细布"的记录，这就是用纸或者细布包裹。

三是竹筒法。新砍下来的大根新鲜楠竹竹筒，在一端竹节处凿孔，把荔枝投入，原样合拢，密封，外裹以湿泥。这是利用竹子的天然生理活动，来达到保湿保鲜的目的。中唐时期的仲子陵曾写有《洞庭献新桔赋》："已去霜蒂，初辞绿茎，然后盛以潇湘之竹，束以江淮之箐……足以附荔枝于末叶，遗槟榔于后尘。"他在洞庭湖拍皇帝马屁，用竹筒法长途快递橘子，但又提及了"荔枝"，可见此法也曾用于荔枝的保鲜。宋朝文学家文同，在四川邛崃担任知州时，曾收到至少五百里之外的泸州友人用"筼筤包荔子，四角具封印"带来的荔枝，保鲜效果相当好，"颗颗红且润"。以当时四川的交通条件，这样的行程当不在五天之下。而文同诗中的"筼筤"，就是指竹制的筒匣，可知这一次带来的荔枝是用竹筒法保鲜的。

清朝谭莹所著《岭南荔枝词》，"藏得鲜红数月迟，棕包竹裹亦何痴"一句中的"棕包竹裹"，自己注释说"闽藏荔法也"。说明清朝的福建，还在用竹筒法保鲜荔枝。

最后是盐渍法。盐分可以防止水果与空气过多接触导致的变质腐败。宋朝人钱易，写了一本《南部新书》，其内容都是唐朝、五代的事。该书记载："旧制，东川每岁进浸荔枝，以银瓶贮之，盖以盐渍其新者，今吴越谓之'鄞荔枝'是也。"这便是唐朝五代时期用盐渍法进行荔枝保鲜的实证。

其实，对于三天的短途快递而言，上述的荔枝保鲜办法可能还管点儿用。但若是十天半月的长途快递，这些办法都不管用了。

真正的大招，是这个办法——挖出整棵荔枝树，装入木桶，再长途快递！

实践证明，这个办法的效果最好。但唯一的难处在于，挖树的时间要根据进贡路程进行把握。挖晚了，荔枝在快递途中成熟，沿途脱落，既不好运，运到了杨贵妃的口感也不好；挖早了，到了长安荔枝也没成熟，杨贵妃看在眼里吃不进嘴里，发起脾气来也未可知。所以要根据多年的进贡经验，才能掌握最佳挖树时间，实现送到长安时荔枝品质最佳、口感最好的效果。

关于这种进贡荔枝的办法，清朝有一个"哈密瓜贡"可以参照："起贡时，瓜只熟至六分，途间封闭包束，瓜气互相郁蒸，至京可熟至八分。如以熟八九分者贮运，则蒸而霉烂矣。"

但是，这种竭泽而渔的进贡法，其实并不受民间欢迎。因为今年把树挖了，明年怎么办？要知道，古代荔枝树要经过至少十二年才能成熟挂果。所以，到了荔枝进贡时节，某树一旦选为贡品，官府即派小吏日夜坐守。若碰上贪吏强摊贱价，那些唐朝时名叫"荔枝户"的果农们，就更加苦不堪言，正所谓"一颗荔枝供宫阙，十家五家民力竭"。但是，荔枝树仍然被整棵挖出来进贡，这一任官员只管自己任内有荔枝进贡，讨得皇帝和贵妃欢心，好升迁调任，谁还管下一任官员有没有荔枝进贡和老百姓的死活？

唐朝的荔枝如此进贡，所以到了宋朝，诗人宋翰写的《涪州》诗，就有了"荔枝妃子国，不复曩时输"的感慨；陆游途经涪州时，也发出了"不见荔枝空远游"的感叹。荔枝树都被挖没了，当然就不见荔枝了。于是《涪州志》说："涪人惩荔枝之害，芟荑不遗中。"涪陵人宁愿自己不再吃荔枝，也不愿意再种荔枝树。在苍梧，也有"荔枝奴"的说法，意思是说栽种荔枝，就是永远做了贡奴。可见荔枝进贡的劳役之苦，影响深远。

宋朝也用过这个大招进贡荔枝。南宋《三山志》第三十九卷小注云："宣和间，以小株结实者置瓦器中，航海至阙下，移植宣和殿……"清朝宫中档案《哈密瓜蜜荔枝底簿》也记录了这个大招："乾隆二十五年（1760）六月十八日福建巡抚吴士功进鲜荔枝树五十八桶，共结荔枝二百二十个，本日交吊下荔枝三十六个之内，拿十个进宫供佛，其余随晚膳后呈进。旨明日早膳送，钦此。于六月十九日御茶房将荔枝三十六个，新交荔枝四个，共四十个，早膳毕，呈上览过。奉旨恭进皇太后鲜荔枝二个。差御茶房首领萧云鹏进讫，温惠皇贵太妃、裕贵妃每位鲜荔枝一个。赐皇后、令贵妃、舒妃、愉妃、庆妃、颖妃、婉嫔、忻嫔、豫嫔、林贵人、兰贵人、郭贵人、伊贵人、和贵人、瑞贵人，每位鲜荔枝一个。"

这一资料的珍贵之处在于：一是说明直到清朝，新鲜荔枝仍是宫中珍品，贵为皇太后、皇后，都只能分得一两个；二是从"鲜荔枝树五十八桶"中可以看出，清朝时荔枝从福建进贡到北京，还是用整棵荔枝树装桶快递的老办法。这个办法，在乾隆的《荔枝》诗中也有记录："分根植桶土栽培，度岭便船载以来。"

所以，只有挖出整棵荔枝树，装入木桶，再长途快递这样的大招，才能让杨贵妃吃上新鲜荔枝。话说这些进贡的官员，也是蛮拼的。

爱吃荔枝的杨贵妃其实并非"祸水红颜"

杨贵妃爱吃荔枝不假，而因为她好这一口儿，她的老公李隆基动用国家力量为她运送荔枝也不假。但是，包括杜牧在内的一大票人，恨不得将"安史之乱"、唐朝灭亡，都归咎于杨贵妃，归咎于杨贵妃爱吃荔枝，这就不大厚道了。

首先，荔枝进贡并非因她而始。荔枝进贡的最早记录，在西汉。西汉刘歆在《西京杂记》记载："南越王佗献高帝鲛鱼、荔枝。帝报以葡萄锦四匹。"这个"帝"，指的是刘邦。

从汉朝文献可知，汉朝进贡鲜荔枝成年度惯例，是从西汉武帝刘彻开始，直到东汉和帝下令罢贡才结束的，前后跨越了两汉十二代皇帝，时间长达230年。如果上溯到汉高祖刘邦，则长达300年之久。而且，汉朝的荔枝进贡，照样是"十里一置，五里一候，奔腾阻险，死者继路"。进贡路上的惨烈状况，是由当时的道路交通条件所致，并非由于杨贵妃特别喜欢吃新鲜荔枝。

其实在唐朝初年，荔枝就已正常入贡长安；只是杨贵妃好这一口儿闹得天下皆知，地方官员又进贡心切，造成了不必要的人马伤亡，加之杜牧等人诗歌宣传，这才有了杨贵妃的不好名声。

其次，荔枝进贡并未因她而止。杜甫就指出："先帝贵妃今寂寞，荔枝还复入长安。"也就是说，杨贵妃在"安史之乱"中死去以后，荔枝仍然入贡长安。这难道还是因为杨贵妃爱吃荔枝而进贡的？

同样是据唐朝的《杜阳杂编》记载，唐敬宗宝历二年（826）时，浙东国进献舞女二人，名曰"飞鸾"和"轻凤"。唐敬宗特别喜欢这两个舞女，因此她们吃的食物"多荔枝榧实，金屑龙脑之类"。显然，两个舞女在长安吃的荔枝，亦由进贡而来。怎么未见诗人们指责这两个舞女贪吃亡国？

事实上，荔枝贡从汉朝一直延续到清朝，中间只有少数时段因皇帝的亲民作秀而短暂中断。所以，仅仅指责杨贵妃爱吃荔枝而导致国家灭亡，并不公平。

需要指出的是，作为皇帝李隆基宠爱的女人，李隆基为她不理政事，甚至动用国家力量运送新鲜荔枝讨她欢心，那是事实；但杨贵妃本人，在史上几乎没有舞弊干政的事例，说她贪吃荔枝导致亡国，说她是"红颜祸水"，她真比窦娥还冤。特别是在动用驿马快递荔枝这个问题上，可以套用一句诗作为杨贵妃的心曲："君在外头动驿马，妾在深宫哪得知？"

另外，杜牧此诗，在荔枝快递到达长安的时间上，也有些冤枉杨贵妃。据唐朝史书记录，不仅李隆基、杨贵妃，唐朝的历代皇帝，基本都是在每年的秋冬季节驻跸华清宫，泡泡温泉，祛寒防病。

而到了荔枝成熟的入夏时节，李杨二人应该早已回到了长安。也就是说，杨贵妃不大可能在华清宫里，看着宫门次第打开，迎接荔枝的到来。她更应该是在长安城的大明宫里，笑容满脸地打开她的快递，开吃新鲜荔枝。

杨贵妃的霓裳羽衣

天宝年间的一天，杨贵妃的贴身宫女张云容，陪同唐玄宗、杨贵妃，沿着西起长安、东至洛阳的崤函古道，来到了位于陕州硖石县（今河南渑池）的绣岭宫。

宫中欢宴之余，张云容献上一支"霓裳羽衣舞"。她果然不愧为杨贵妃的亲传弟子，一曲舞下来，绰约多姿，传神逼真，一招一式直追杨贵妃。师父杨贵妃很高兴，作诗《赠张云容舞》：

> 罗袖动香香不已，红蕖袅袅秋烟里。
> 轻云岭上乍摇风，嫩柳池边初拂水。

罗袖动香香不已：张云容轻抖罗袖，翩翩起舞，所过之处，芳香四溢。

唐朝的美女们，在宴饮、起居、出游、劳作等场合，多穿小袖的窄衣；只有在需要盛装出席的重大礼仪场合或者表演舞蹈的乐舞场合，才穿大袖宽衣。所以，张云容在献舞时，抖起来的是"罗袖"。

红蕖袅袅秋烟里：那一双穿着红色宫鞋的双脚，在烟雾之中若隐若现，朦胧绰约。

此句中的"红蕖"，本义是指红色荷花，也可喻指女子的红鞋。目前所看到的所有关于此诗的解读，均认为从此句起，作者就使用"红蕖"的第一层意思，开始了对舞者的比喻。此句是比喻舞者像红色荷花一样。

在我看来，此处作者用的是"红蕖"的第二层意思。因为诗的第一句和第二句是对仗关系。第一句说的是舞者的"罗袖"，正好对仗第二句舞者脚上的"红鞋"。上对下，手对脚，没毛病。

轻云岭上乍摇风：张云容的舞姿，正如岭上的白云，乍遇微风，轻柔舒缓。

嫩柳池边初拂水：又如池边的嫩柳，轻拂水面，婀娜多姿。

诗中的张云容，不仅是杨贵妃的贴身宫女，而且还是"宠幸愈于群辈"的贴身宫女。张云容由于身份低微，史籍未见正式传记。但在《太平广记》第六十九卷中，还可以看到她的一些记录："长曰云容，张氏……容曰：'某乃开元中杨贵妃之侍儿也。妃甚爱惜，常令独舞《霓裳》于绣岭宫。妃赠我诗曰："罗袖动香香不已……"诗成，明皇吟咏久之，亦有继和，但不记耳。遂赠双金扼臂，因此宠幸愈于群辈。'"原来，当时杨贵妃写出《赠张云容舞》之后，唐玄宗也写了和诗。可惜张云容记性太差，没有记住。

尽管张云容只记住了一首诗，但她能得到杨贵妃如此称赞，相当不易。作为盛唐时期舞蹈家级别的人物，作为教授张云容这个舞蹈的师父，作为在史上只留下了这一首诗的"四大美女"之一，杨贵妃居然能够为她写首诗，张云容应该感到相当荣幸了。

当然，就诗而言，《赠张云容舞》并非佳作。但考虑到史上的杨贵妃，是以色闻名而非以诗闻名，有此颜值居然还能写诗，已经很牛了。用我们今天跨界的眼光来看，杨贵妃不一定是美女里面最会写诗的，但她一定是诗人里面最美的。

曲舞情深

张云容的"霓裳羽衣舞"是在大唐第一名曲《霓裳羽衣曲》的伴奏之下进行表演的。

所谓"霓裳"，以霓为裳；"羽衣"，以羽为衣。"霓"，《尔雅》说："雄曰虹，雌曰霓……青白色谓之霓。""羽"，《说文》说："鸟长羽毛也。"至于"衣""裳"，《说文》说："上曰衣，下曰裳。"

所以，表演霓裳羽衣舞的张云容，一定是穿着羽毛装饰的上衣，下身穿着青白色的舞裙，极尽美轮美奂之能事。这种搭配的演出服装，我们也可以从"霓作舞衣裳""新换霓裳月色裙""人惜曲终更羽衣""春风荡漾霓裳翻"等诗句中得到验证。

无论是《霓裳羽衣曲》还是霓裳羽衣舞，都与张云容此时的两个观众——唐玄宗和杨贵妃相关。

唐玄宗李隆基，即使不是《霓裳羽衣曲》的原创者，也是这一史上名曲的改良者和定型者。

《霓裳羽衣曲》的来源很神奇，传说是李隆基梦游的产物。"开元六年，上皇与申天师中秋夜间同游月中，见一大宫府，匾曰'广寒清虚之府'，兵卫守门不得入……素娥十余人，舞笑于广庭大树下，乐音嘈杂清丽。上皇归，编律成音，制《霓裳羽衣曲》。"

李隆基偶然在申天师的陪同下，梦游了一次月宫，听到了"只应天上有"的此曲，记了下来，"编律成音"，将它变成了"人间能得几回闻"的曲子。

类似的说法，大诗人刘禹锡也是相信的。他在《三乡驿楼伏睹玄宗望女几山诗，小臣斐然有感》中写道："开元天子万事足，唯惜当年光景促。三乡陌上望仙山，归作《霓裳羽衣曲》。"

今天看来，比较靠谱的说法是此曲并非由一人创作于一时一地，而是在河西节度使杨敬述进献的印度神曲《婆罗门》的基础上，经过李隆基之手进行了润色和改良，实现了"蕃汉合奏"，才得以最终定型的。时间大约在开元二十九年（741）前后。

《霓裳羽衣曲》可由磬、箫、筝、笛、箜篌、笙、琵琶、琴等多种乐器合奏而出，也可由笛、琴这样的单一乐器独奏。

作为唐朝的名曲，它从诞生的那天起就成了宫中欢宴的必奏曲目。而在它还未失传的数百年间，能否演奏此曲，是衡量乐工水平高低的一把重要尺子。

在历史上，是先有的《霓裳羽衣曲》，后有的霓裳羽衣舞。而霓裳羽衣舞能够出现，杨贵妃功不可没。

杨贵妃，是霓裳羽衣舞的编舞者和首演者。

杨贵妃对于《霓裳羽衣曲》并不陌生，在她被册封为贵妃的那一天，宫中演奏的就是《霓裳羽衣曲》。《杨太真外传》

载："天宝四载七月，册左卫中郎将韦昭训女配寿邸。是月，于凤凰园册太真宫女道士杨氏为贵妃，半后服用。进见之日，奏《霓裳羽衣曲》。"

在如此重要的人生时刻，耳中传来的是《霓裳羽衣曲》，怎能不让杨贵妃对此曲印象深刻、情有独钟呢？也许，她要为此曲编舞的想法，就萌发于这个时刻。

"上又宴诸王于木兰殿，时木兰花发，皇情不悦。妃醉中舞《霓裳羽衣》一曲，天颜大悦，方知回雪流风，可以回天转地。"这是《杨太真外传》关于史上霓裳羽衣舞第一次演出的记载，时间是天宝十年（751）的上元节。霓裳羽衣舞就在杨贵妃的微醺之中，一气呵成。

杨贵妃的首演和张云容在绣岭宫的表演，都是独舞。而按照杨贵妃的编舞，霓裳羽衣舞可以是独舞，也可以是群舞。唐宣宗时期的诗人郑嵎，应该是见过霓裳羽衣舞的群舞。他在《津阳门诗并序》中回忆道："上始以诞圣日为千秋节，每大酺会，必于勤政楼下使华夷纵观……又令宫妓梳九绮仙髻，衣孔雀翠衣，佩七宝璎珞，为《霓裳羽衣》之类。曲终，珠翠可扫。"看来，宫女们的表演非常卖力，以至于大部分人的首饰都掉在了地上，到了"珠翠可扫"的地步。《唐语林》则记录了一次群舞的人数，可以达到数百人之多，"至日，出数百人，衣以珠翠缇绣，分行列队，连袂而歌"。

就是因为《霓裳羽衣曲》和霓裳羽衣舞，我才一直认为，李隆基和杨玉环两个人之间是有过爱情的，这是他们二人共同爱好的结晶。多么高雅的共同爱好，多么美好的爱情结晶。普通夫妻，只能你耕田来我织布；李隆基和杨玉环，可是你作曲来我编舞。

李隆基本就具有极高的音乐艺术才能。史称他"性英断多艺，尤知音律"。乐器方面，"自执丝竹"，尤爱羯鼓，认为"羯鼓，八音之领袖，诸乐不可方也"。李隆基还被称为"梨园祖师爷"，因为他"于听政之暇，教太常乐工子弟三百人为丝竹之戏，音响齐发，有一声误，玄宗必觉而正之。号为皇帝弟子，又云梨园弟子，以置院近于禁苑之梨园"。李隆基一生，除《霓裳羽衣曲》之外，还"制新曲四十余，又新制乐谱"，著名的曲子有《紫云回》《龙池乐》《凌波仙》《得宝子》等。

比之李隆基的音乐才能，杨玉环也堪称"音乐小才女"。正史说她"姿质丰艳，善歌舞，通音律""善歌舞，邃晓音律""多曲艺，最善击磬。拊搏之音，玲玲然多新声，虽太常梨园之能人，莫能加也"。《太平广记》还记录说："杨妃每抱是琵琶，奏于梨园，音韵凄清，飘如云外。而诸王贵主，泊虢国以下，号为贵妃琵琶弟子。"所以，人家不仅仅是杨贵妃，还是杨老师。

夫妻俩都通音律，一个善击鼓，一个善击磬，一个作曲，一个编舞，这才有了《霓裳羽衣曲》和霓裳羽衣舞的完美搭配，这才有了醉心于共同爱好、逐步滋生爱情的天作之合。此时，对于他们两个人来说，都是一生中最难得的幸福时刻。

杨贵妃最爱的黄裙子

其实，我一直怀疑，史上的杨贵妃是否曾经真的穿着羽毛装饰的上衣和青白色的舞裙，表演过霓裳羽衣舞。因为，说到裙子，杨贵妃最爱的还是黄裙子。

杨贵妃喜欢黄裙子，那可是见诸正史的。《新唐书·五行志》说："杨贵妃常以假鬓为首饰，而好服黄裙。近服妖也。时人为之语曰：'义髻抛河里，黄裙逐水流。'"这条记录，说了杨贵妃的两个私人爱好，一是戴假发，二是穿黄裙子。

先说假发。不看到这样的史书记录，我还真想不到她会喜欢假发这个东西。莫非这位名列"四大美女"之一的杨贵妃，自己的头发长得不好？

在杨贵妃之前，早在春秋时期，我国就已有使用假发的记录了。《诗经·鄘风·君子偕老》中有一句"鬒发如云，不屑髢也"。这里的"鬒"，指黑而稠密的真头发；"髢"，则是指假发。可见，早在春秋时期，就已经有人因为头发不好而戴假发了。

那么问题来了，杨贵妃所戴的假发，从哪里来？据学者考证，居然是来自朝鲜半岛的新罗王国。

现存历史最早的有关新罗、高句丽、百济的历史著作——《三国史记》记载，新罗曾分别在唐玄宗开元十一年（723）、开元十八年（730）、开元二十二年（734），三次向唐帝国进贡头发。

开元十一年，"夏四月，遣使入唐，献果下马一匹，牛黄、人参、美髢";开元十八年,"春二月,遣王族志满朝唐,献小马五匹,狗一头,金二千两,头发八十两";开元二十二年,"夏四月,遣大臣金端竭丹入唐贺正……献小马两匹、狗三头……头发一百两"。

这些由新罗在开元年间进贡而来的假发,戴到天宝年间杨贵妃的头上,可能性相当之大。

再说杨贵妃喜欢的黄裙子。

首先要指出,黄裙子并不是唐朝美女裙子颜色的主流,而是另类。唐朝美女们,穿石榴裙这样的红裙子居多,绿裙子也不少,这是主流;黄裙子、紫裙子、蓝裙子、藕色裙子、月白色裙子,则不多,算是当年的奇装异服,所以才会被人认为是"近服妖也"。

唐朝皇帝们自认土德,颜色尚黄。所以赭黄色一贯为皇室专用,皇室成员之外的唐朝男人们,最好不要穿黄色衣服,否则就是僭越。对于美女们的黄裙子,一开始倒也不是那么严格,所以杨贵妃才有了穿奇装异服的机会。

但到了大和六年(832),唐文宗以朝廷诏书的形式,很严肃地对美女们的裙子颜色,进行了规定。这个诏书记载在《唐会要》第三十一卷之中:"其女人不得服黄紫为裙,及银泥罨画锦绣等。余请依令式。"但唐文宗晚于唐玄宗、杨贵妃一百多年,是他们的曾孙。所以杨贵妃祖奶奶要是任性,非要穿个黄裙子,我估计唐文宗这曾孙子,也不敢管。

事实上,即使是在自己的管辖范围内,唐文宗到底还是没管住美女们的裙子颜色。黄裙子在唐人的著作中,照样大量存在。

戴孚《广异记》中曲沃县尉孙顷之母"曾着黄裙白裨襦"；高彦休《唐阙史·韦进士见亡妓》中的亡妓穿着黄裙；杜光庭《仙传拾遗》中的益州士曹之妻"着黄罗银泥裙"。

就连唐朝的妖精，也穿黄裙子。《广异记》中就有一个穿黄裙子的狐狸精——"有黄裙妇人自称阿胡"。

到了唐朝诗人那里，黄裙子也被叫作"郁金裙"。杜牧有诗"看舞郁金裙"，李商隐也有诗"招腰争舞郁金裙"，说的都是黄裙子。

唐朝以后，诗人们甚至直接以"杨妃裙"指代秋天的黄色菊花。《百菊集谱》第三卷载："有《菊》诗云：杨妃只有黄裙在，且问风霜留得无？所谓杨妃裙，盖菊名也。"

在考古发现中，黄裙子亦时有发现。在唐永泰公主墓壁画、唐章怀太子墓壁画中，均可看到穿着黄色襦裙装的人物。

唐朝美女们的黄裙子，多用栀子、槐花、姜黄、黄芩、黄檗、黄栌、荩草、郁金等植物性染料染色而来。

这其中特别值得一提的是郁金。《本草衍义》载："郁金不香，今人将染妇人衣最鲜明，然不耐日炙。染成衣，则微有郁金之气。"然而，这是指姜黄属的郁金。

杨贵妃时期，还有另一种番红花属的郁金香可供使用，也就是通过丝绸之路，从今天的印度、越南、伊朗等地而来的名贵香料郁金香。

唐朝诗人许浑《十二月拜起居表回》中有一句："周人谁识郁金袍？"既然周人不识，显然诗中这个皇帝所穿的"郁金袍"，不是用大唐所产的姜黄属郁金所染，而是用从名贵香料郁金香中所提取的黄色染料所染。

由于郁金香是昂贵的外来香料，普通的唐人未必有实力用其来染衣，但皇帝和杨贵妃，其衣服用带有浓郁香味的郁金香来染色，还是没有问题的。

郁金香还有另外一种普通用途，就是熏衣。沈佺期《李员外秦援宅观妓》中的"罗袖郁金香"，其道理就与杨贵妃《赠张云容舞》中的"罗袖动香香不已"一样。虽然我们不能肯定张云容的罗袖，也是用名贵的郁金香所熏，但能够"香不已"，肯定是用香料熏过的。

探究起来，杨贵妃之所以喜欢穿黄裙子，恐怕至少有两个原因。第一个原因当然是标新立异。在唐朝，宫廷贵族女性群体，是引领时尚潮流的风向标。一个不到三十岁的美女，被皇帝看中而名满天下，她不搞搞新意思，不穿穿奇装异服，不是白活了吗？第二个原因则是道教信仰。杨贵妃曾经从开元二十九年（741）正月初二到天宝四年（745）八月，假模假式地当了四五年的宫中女道士。在当时道教的法服之中，有"绛裙""青裙""黄裙"等不同颜色的法服，不同颜色也代表着不同等级。在刚开始当女道士的时候，也许杨贵妃就选择了相对比较喜欢的黄裙子，并且一穿就是四五年。结果，临时性选择变成了习惯性喜好，对黄裙子喜欢了一辈子。

除了黄裙子之外，杨贵妃和唐朝其他美女们一样，也会在上衣之外披上帔帛，作为美美的装饰。

杨贵妃肩上的帔帛，不仅有着保暖、美观的作用，还另有娱乐用途。《开元天宝遗事》载："明皇与贵妃，每至酒酣，使妃子统宫妓百余人，帝统小中贵百余人，排两阵于掖庭中，目为'风流阵'。以霞帔锦被张之为旗帜，攻击相斗，败者罚之巨舰，以戏笑。"

所谓"霞帔"，就是指有霞纹的帔帛。此时看着霞帔飘扬，并且在"风流阵"中玩得开心的杨贵妃，绝对不会想到，在自己生命的最后时刻，勒住她的脖子让她窒息而死的，正是这样一条她平时披在肩上的帔帛。

杨玉环之死

众所周知，杨贵妃死在"马嵬之变"中。

说起来，在"四大美女"中，杨贵妃是嫁得最好的一个，因为她老公先是皇子，后是皇帝；但她也是史书明文记载中下场最惨的一个，是唯一一死于非命的一个。作为一代美女，她的生命终结于三十八岁，活生生地被"缢死于佛室"。

马嵬之变是唐史上的著名事变之一，不仅直接导致了杨贵妃的死亡，而且直接导致了皇权的更替。其全部过程，《资治通鉴》记录甚详。

安史之乱爆发后，李隆基和杨玉环决定西逃蜀地。天宝十五年（756）六月十三日，他俩只带着太子、亲王，还有宰相杨国忠、韦见素，高力士、陈玄礼及侍从禁军，离开了长安。六月十四日中午，他们到达了马嵬驿。就在这里，据说是因为"将士饥疲，皆愤怒"，禁军突然发生了兵变。兵变士兵首先杀死了宰相杨国忠，"国忠走至西门内，军士追杀之，屠割支体，以枪揭其首于驿门外"，再杀死了御史大夫魏方进，并打伤了宰相韦见素。然后，杀红了眼的士兵们围住了李隆基和杨玉环在驿站的住地，场面紧张万分，到了一触即发的地步。天知道这些情绪激动的士兵们，还会想杀谁？

李隆基亲自出门，抚慰将士，要求收队，结果他们不动。李隆基让高力士去问他们不肯收队的原因，掌管禁军的将领陈玄礼代表大家回答："国忠谋反，贵妃不宜供奉，愿陛下割恩正法。"

李隆基顿觉五雷轰顶，意识到宠妃的死期到了。他辩解道："贵妃常居深宫，安知国忠反谋！"高力士劝他："贵妃诚无罪，然将士已杀国忠，而贵妃在陛下左右，岂敢自安！愿陛下审思之，将士安，则陛下安矣。"高力士这句话，实际上是告诉李隆基，如果不丢掉杨贵妃这个车，他李隆基这个帅也可能保不住了。

到底还是自己的命重要一些。李隆基权衡再三，只好缢杀了杨贵妃，并"舆尸置驿庭，召玄礼等入视之"。至此，一场兵变平息了，"玄礼等乃免胄释甲，顿首请罪，上慰劳之，令晓谕军士。玄礼等呼万岁，再拜而出，于是始整部伍为行计"。

那么，在以上的马嵬之变中，到底是谁手这么黑，整死了最后一个"四大美女"？

从表面看，是禁军将领时任龙武将军的陈玄礼。因为在事变中，是他不能约束手下的士兵而导致兵变，而且是他第一个提出要杀死杨贵妃的。

然而真凶并不是他。关于陈玄礼在马嵬之变中的作用，在唐朝就已公认的是，他允许手下士兵杀死杨国忠，是正义的行动，也是有利于唐王朝大局的行动。兵变之后，当时的人包括李隆基本人在内，从未怀疑过陈玄礼对唐玄宗的忠诚度，所以此事之后李隆基仍然允许陈玄礼掌管禁军，扈从自己幸蜀，后来还护送自己回到长安。陈玄礼个人没有野心，其目的只是杀掉祸国殃民的宰相杨国忠。他的背后，还有人，关键是找出陈玄礼背后的这个人来。

这个背后指使陈玄礼的人，是谁呢？著名唐史大家黄永年先生说是高力士，但这种可能性实在不大。和陈玄礼一样，兵变之后的高力士，仍然深得李隆基的信任，随他入蜀，后又随他回到长安。在长安，高力士还因为对李隆基的忠诚，遭到了唐肃宗的猜忌，被流放巫州。后来在遇赦回京的途中，高力士听说李隆基逝世，"北望号恸，呕血而卒"。这样一个至死都对李隆基很忠诚的人，你说他主谋发动兵变，杀死李隆基的宠妃，还可能会杀死李隆基本人，我不知道大家信不信，反正我是不信的。

从兵变的最大受益者来看，陈玄礼背后的人，只能是当时的东宫太子、兵变28天后即自封皇帝的李亨。

史书显示，李亨，包括他发动兵变的主要助手宦官李辅国，两个儿子广平王李豫、建宁王李倓，在兵变前后都活跃异常。《资治通鉴》第二百一十八卷："陈玄礼以祸由杨国忠，欲诛之，因东宫宦者李辅国以告太子，太子未决。"其实太子不是"未决"，而是迅速做出了兵变的决定。史书这样写，是因为原始记录被他修改过，没有揭他的老底而已。《旧唐书》多处记录李亨参与了诛杀杨国忠、发动兵变的密谋，"龙武将军陈玄礼惧其乱，乃与飞龙马家李护国谋于皇太子，请诛国忠，以慰士心"，"禁军大将军陈玄礼密启太子，诛国忠父子"。

李亨当时也有发动兵变的力量，不仅掌管全部禁军的陈玄礼愿意与其合作，他自己也直接掌握着一部分禁军力量。《旧唐书》记录"玄宗幸蜀"时，李亨的两个儿子——广平王李豫、建宁王李俶，"典亲兵扈从"。

李亨为什么要杀杨国忠？因为旧恨新仇。

旧恨，由来已久。作为宰相的杨国忠，想拥立的太子是杨玉环的前任老公、寿王李瑁，而不是李亨。即使在李亨当上皇太子之后，杨国忠仍不死心，伙同李林甫一起数兴大狱，"上几危者数四"；杨国忠还"依倚妃家，恣为褒秽，惧上英武，潜谋不利，为患久之"。两人之间的梁子，一直就在。

新仇，则刚刚发生。安史之乱爆发之后，杨国忠、杨贵妃，还有杨氏家族在内，都直接参与了阻止李亨接替皇位的行动。

"及禄山叛，露檄数国忠之罪。河北盗起，玄宗以皇太子为天下兵马元帅，兼抚军国事。国忠大惧，诸杨聚哭，贵妃衔土陈请，帝遂不行内禅。"

旧恨加上新仇，可以想见李亨对杨国忠的仇恨程度。但在唐玄宗李隆基大权在握的长安城，李亨只能隐忍不发。直到"安史之乱"爆发，李隆基、杨国忠离开长安，身边仅有少量禁军扈从时，他才看到了机会。

虽然离开了长安，但李亨却不想去蜀地。原因之一，是杨国忠在蜀地势力强大，"自禄山兵起，国忠以身领剑南节制，乃布置心腹于梁、益间，以图自全之计"。在双方仇恨如此之深的情况下，李亨深入杨国忠势力更强的蜀地，无异于自寻死路。原因之二，李亨到这一年，已是四十六岁的老太子了，他等不起了。如果李亨跟随父亲到达蜀地，继续在父亲的卵翼之下再活个五到十年，即使还能够成功继位，他这一生也基本算是废了。

　　　　　唐诗里的唐朝

因此，当陈玄礼在马嵬驿找上门来时，李亨马上就做出了决定，发动兵变，杀掉杨国忠，然后脱离父亲，北上灵武，登上皇位，领导平叛。所以在马嵬之变中，李亨要杀的主要目标，是杨国忠。至于杨贵妃，只是他要杀的次要目标而已。

可惜，在这样你死我活的政治斗争中，无论是主要目标还是次要目标，都是要付出生命的代价的。更何况，杨贵妃曾经"衔土陈请"，深深陷入杨氏家族阻止李隆基禅位李亨的行动之中。

这，还真就怪不得李亨手黑了。

一颗樱桃的命运：安史之乱的另一面

唐肃宗上元元年（760）四月，东都洛阳的樱桃熟了。吃着新鲜的樱桃，洛阳的新主人想起了此时远在相州（今河南安阳）的大儿子。这位父亲决定，让手下人快马加鞭六百里，给他送一篮子樱桃去，让他也尝尝鲜。同时，爱子殷殷的父亲还附上便条，上写《樱桃子诗》一首：

樱桃一篮子，半赤半已黄。

一半与怀王，一半与周至。

这一篮子盛的哪是樱桃，简直就是满满的父爱啊。这充满着父子亲情的一首诗，虽然接近大白话，但我们还是来看看诗的意思：

樱桃一篮子，半赤半已黄：樱桃，一半是红色，一半是黄色，红黄相间，很是好看。还有黄色的樱桃？有的，一直就有。

樱桃，又名朱樱、莺桃、含桃、朱荣、麦英、楔荆桃，大而甘者谓之崖蜜。因果实颜色不同，在唐朝有几种叫法：果实深红色者谓之朱樱，紫色皮里有细黄点味甘美者谓之紫樱，黄色透明者谓之蜡樱，小而红者谓之樱珠。看来，这位父亲给儿子送去的，是蜡樱。

一半与怀王，一半与周至：父亲在便条中要求，这一篮子蜡樱，一半给儿子怀王吃，一半给儿子的得力助手周至吃。可见，父亲爱屋及乌，连儿子的助手都考虑到了，真是一位为儿子营造良好工作环境的好父亲。

这位父亲之所以给儿子和臣下送去樱桃，在当时，那可是大有讲究的。因为，樱桃是唐朝排名第一的"政治水果"。

樱桃在唐朝受欢迎的程度，完全超出我们现代人的想象。就这么一颗小小的樱桃，上至皇帝，下至百姓，人人珍而重之，喜而爱之，乐而癫之。皇帝用樱桃来祭祀祖先，用樱桃来赏赐大臣；人们用樱桃来互相馈赠，甚至为之举办"樱桃宴"。到了樱桃接近成熟的季节，大家赏樱花，享受樱桃鲜果，饮酒作乐，吟诗作赋。据不完全统计，《全唐诗》中涉有樱桃的诗篇，就有几百首。杜甫、白居易、王维等诗人，都留有樱桃名篇。

小小一颗樱桃，为什么让唐朝上下如此追捧？有人说了，那会儿的人比较惨，没有什么水果吃。

在都城长安，附近的终南山下就有万株果树，水果品种良多。当时以北方为主产区的水果，有桃、李、梨、柰、杏、胡桃、樱桃、葡萄、林檎、木瓜、安石榴等。以南方为主产区的水果，则有柑、橘、柚、橙、枇杷、橄榄、荔枝、龙眼，还有热带水果甘蔗、杧果、椰子、益智子、槟榔等。新栽培或新引进的果树主要有杧果、偏桃、无花果、木菠萝、油橄榄、猕猴桃、波斯枣等。看看，是不是不少？

所以，樱桃能有第一政治水果的地位，另有原因。原因其实也特别简单，它成熟早，所谓"春归樱桃第一枝"。那成熟早，有什么好处？

新年伊春，樱桃在百果之先成熟，古人都不敢自己先享用，而是要"荐新"。所谓荐新，就是向祖宗推荐新果，要将樱桃供奉于宗庙社稷之前，以祭祀祖先亡灵。《吕氏春秋·仲夏纪》："是月也，天子以雏尝黍，羞以含桃，先荐寝庙。"这里的"含桃"，就是樱桃。可见秦汉以降，在每年樱桃成熟时向宗庙荐新，是朝廷常礼。请祖宗吃了之后，就可以自己吃了，这叫"尝新"。尝新时，皇帝不仅自己吃，还叫上文武百官一起吃，吃完还让带回家。

有两段记录非常有意思：

《旧唐书·中宗纪》："夏四月丁亥，上游樱桃园，引中书门下五品以上诸司长官学士等入芳林园尝樱桃，便令马上口摘，置酒为乐。"

《唐语林》："明皇紫宸殿樱桃熟，命百官口摘之。"

两段记录中都有引人注意的"口摘"。意思是，直接用嘴在枝头上将樱桃摘下来，吃掉。

多位唐朝诗人，作为大臣，都有过被赐樱桃的荣幸，也留下过诗篇。

每年初夏，有了樱桃之后，再加上另一时新之物竹笋，朝廷百官的日常工作午餐，就以这两样东西为主料，而且还有一个专有名称，叫"樱笋厨"。其中宰相们吃的工作午餐，由"政事堂厨"供给，类似于小灶食堂，供馔尤丰。"政事堂厨"不仅结合时鲜供给日常工作午餐，遇上节日还另发过节物资，比如寒食节发麦粥，正月七日、三月三日发煎饼，正月十五日、晦日发膏糜，五月五日发粽子，七月七日发研饼，九月九日发麻葛糕，十月一日发黍臛。福利很好。

而每年樱桃成熟时，正是新进士们放榜的时节。欢天喜地的新进士们岂能放过这个绝佳的题目？于是就有了"樱桃宴"。唐朝新进士们在金榜题名之后，按照历年惯例，一共有"大相识宴""次相识宴""小相识宴""闻喜宴""樱桃宴""月灯宴""打球宴""牡丹宴""看佛牙宴"九场宴会。"樱桃宴"排在第五场，宴会地点在长安崇德坊崇圣寺佛牙阁。史称，"新进士尤重樱桃宴"。白居易在中举做官多年以后，还写诗"相思莫忘樱桃会，一放狂歌一破颜"，可见对此欢宴一直留有美好的记忆。

唐朝人吃樱桃，可不仅限于"口摘"那种不讲卫生的方式，还发明了多种吃法。

樱桃初熟，口感不大好时，用糖、奶酪拌着吃。

樱桃性温热、吃多了容易上火的特点，唐朝人也发现了。唐朝人又管不住嘴，又怕上火，那怎么办呀？唐朝人有唐朝人的办法，大诗人王维用诗句记录下来了，"饱食不须愁内热，大官还有蔗浆寒"。也就是说，吃完樱桃，再喝下冷甘蔗汁，以防止上火。

唐朝最著名的樱桃食品，叫"樱桃饆饠"。饆饠又作"毕罗"，何义？现在有争议，有说"手抓饭"的，也有说"比萨饼"的。考虑到段成式《酉阳杂俎》中记载，樱桃成品的主要特点是樱桃的色泽不变，再结合我个人作为一个资深厨子的实际经验，我更倾向于唐朝的樱桃饆饠，就是点缀有樱桃、奶酪的比萨饼。唐朝人有口福啊。

好，说完樱桃，还回到诗。这一首《樱桃子诗》念下来总感觉不大对，哪儿不对呢？不大押韵。

如果将第三句和第四句对调，这样第四句末字"王"就与第二句末字"黄"，押韵了。唐朝懂诗的人多啊。当时就有一位名叫龙潭的小吏向这位爱子心切的父亲指出了这一点："请改为'一半与周至，一半与怀王'，则声韵相协。"不料这更激起了这位父亲对儿子的怜爱，他怒吼道："韵是何物？岂可以我儿在周至之下？！"也就是说，这位父亲的逻辑是，押韵事小，排名事大。他的儿子是怀王，岂能排名到大臣之后？多么温馨的父子深情啊。不过，此时深情款款、父爱泛滥的这位父亲并没有想到，明年的樱桃，他是没有命吃了。因为，在明年樱桃成熟前，他此刻还在挂念着的大儿子，会用一根绳子结果他的性命。

是的，这位父亲姓史，史思明。而此时史思明送樱桃的大儿子怀王，就是史朝义。

唐肃宗上元二年（761）三月的某天，在洛阳的樱桃再一次成熟之前，就在距离洛阳不远的陕州（今河南三门峡），儿子史朝义缢杀了老爹史思明。

这父子俩是怎么了？怎么就从温情脉脉走向了刀兵相见？

史思明（703—761），本姓阿史那，名窣干。营州柳城（今辽宁朝阳）人，懂六番语。很明显，这和今天一样，史思明是外语专业的小语种人才。

史思明和安禄山同年出生，史思明只大安禄山一天，两人又是老乡，都是"营州柳城杂种胡人"。

唐诗里的唐朝

到了唐朝所在的中古时期，在唐朝西部和北部边疆，各种族通婚频繁。相互通婚的中亚民族中，可能包括昭武九姓粟特人、于阗人、波斯人、塞人等伊朗系白种人，也包括突厥人、奚人、契丹人等阿尔泰系人种。在中亚一带，他们更接近于胡族；在突厥、铁勒、奚契丹等蕃部中，他们则已融入蕃族。在体貌特征上，像史思明一样"姿癯露，鸢肩伛背，偾目侧鼻，寡须发"，就长得不像中原地区的汉人了。于是中原地区的人对于这类异族人士，一律以"杂种胡"称之。

　　安禄山和史思明从小就是好朋友。两个人可能是同时于开元五年（717），从中亚地区来到营州讨生活的。因为这一年，营州都督宋庆礼开始召集胡商，以繁荣边疆经济。安史二人就夹杂在新一批应召而来的昭武九姓人当中，开始了他们闹腾的人生。两个十几岁的异族少年，跑到人生地不熟的营州，能干点儿什么呢？两个人虽然受教育程度不高，但他们的成长环境，赋予了他们两个特长：一是语言能力强，"通六蕃语"；二是动手能力强，骑射功夫自小练就，会打斗。因为这两人长期在游牧民族中生活，那本来就是一种崇尚武功、推崇骑射的生长环境。稀缺的小语种语言能力，很快为他们找到了工作，安史二人一起做上了"互市牙郎"，也就是经过唐朝官府认定的经纪人兼翻译。

　　所谓"互市"，就是唐朝在西北、正北、东北三处国境沿线地点上，所开设的绢马互市。唐朝用茶叶、铁器、布帛和酒食与游牧民族交换马匹、毛皮和奶制品。唐朝对于互市的需求主要是马匹，而游牧民族不会织布，不会冶炼，不会耕地，所以主要需求在于生活用品。

然而，这样的互市牙郎生涯，并没有持续多久。因为互市不久就因为边境关系紧张，经常打仗而停止了。安史二人失业了。好在他们还有会打架的特长，因此，很快就找到了新工作。他们同时投奔到当时幽州节度使张守珪手下，当上了"捉生将"。

　　捉生将，大致类似于现在的侦察兵角色，专门负责在战斗中抓活的。这样的人肯定武艺高强，所以也战功频频，得到了张守珪的器重。

　　到了天宝初年，史思明已经是高级将领了，官拜将军、知平卢军事。发小安禄山则更上档次，已经是平卢节度使这样的封疆大吏了，也是他的顶头上司。

　　天宝二年（743），史思明到长安奏事，第一次见到了唐玄宗李隆基。李隆基和他一番交谈之下，"甚奇之"，问他多大年龄了，史思明说自己四十了。李隆基安慰他道："卿贵在后，勉之。"大概是觉得他当时的名字"窣干"太土，于是李隆基以皇帝之尊赐名"思明"，同时升了他的官，让他做大将军、北平太守，后又兼平卢节度都知兵马使。

　　大将军，这是军事上的级别，正三品。北平太守，就是北平刺史，这是行政职务，正四品下。因为北平只是下辖三个县的下州，所以行政一把手只能是这个级别。上州的刺史、太守，可以达到从三品的级别。平卢节度都知兵马使，是平卢节度使安禄山之下职权最大的军官。所谓都知兵马使，又称"都头""都将"，是唐代方镇使府位尊权重的武职，都知兵马使是行军作战的实际指挥官，拥有军队的实际指挥权。后来，这一职务更是演变为藩镇的储帅，可以直接接任节度使的位置。

我们知道，到安禄山发动叛乱时，他一共兼了三个节度使，即平卢节度使、范阳节度使、河东节度使。史思明任平卢节度都知兵马使，表明他是安禄山在平卢节度使任上的主要军事助手。

直到安禄山以自己控制的全国五分之一的领土和三分之一的兵力，发动了那场安史之乱。

其实，安史之乱是后来史家的说法。因为这场长达八年的叛乱，前期基本上是安禄山和安庆绪父子俩在闹腾，后期基本上是史思明和史朝义父子俩在闹腾。但你要拿这个安史之乱去跟安禄山说，他肯定不同意，一开始起兵就是我安禄山一个人的事，关他姓史的什么事？凭什么他还得挂个名？

安禄山说的是真事。一开始，这场大叛乱，还真没他史思明什么事。因为，安禄山在一开始对史思明是比较猜忌和防范的。安禄山为什么要猜忌和防范史思明？很简单，一是因为史思明的资历几乎与他相当，特别是两个人都受到过唐玄宗李隆基的亲自接见；二是因为安禄山知道，史思明打仗很有本事。

叛乱一开始，安禄山就率大军直扑洛阳、长安。但这样重大的军事行动，史思明却并没有参与。《资治通鉴》说，"禄山初以卒三千授思明，使定河北，至是，河北皆下之"。安禄山只给了史思明三千兵马。作战区域呢，河北道。唐朝的这个河北道可不是今天的河北省，大约相当于今天的河北省大部，河南省、山西省、北京市、天津市的一部分。

安禄山起兵叛乱，重要的战场只有两个地方，一个是洛阳、长安前线，一个是范阳（今北京）老巢。可见，安禄山派给史思明的作战区域，并不是重要区域，让他敲敲边鼓，不添乱就行了。

但是，人算不如天算。没戏不要紧，人家会抢戏。

安禄山的后勤补给，都是从平卢、范阳，经过河北道运来。但安禄山一开始并没有认识到河东地区（今山西省）的重要性，也低估了郭子仪、李光弼所率领的西北边防军的战斗力，从而导致自己的补给线右翼不断受到唐军的攻击。

在郭子仪、李光弼从山西东进的攻击下，在大书法家平原（今山东德州）太守颜真卿、常山（今河北正定）太守颜杲卿兄弟的就地反抗下，安禄山前线与老巢之间的交通线一度断绝，叛军往来都只能是轻骑偷过，多有被擒者。

事实上，整个安史之乱期间，叛军后方平卢、范阳到前线洛阳之间的交通补给线，一直就是一个被动挨打的一字长蛇阵。这条长蛇，曾经多次被斩断，也曾几乎导致了前线的全面溃败。

还好，安禄山有史思明。

史思明确实能打，他凭着手下少量的兵力，在安禄山叛乱的前期，保持了范阳至洛阳交通补给线的联通。在这个过程中，史思明也艰难地发展了自己的势力，为自己挣到了由安禄山加封的范阳节度使的位置。

然后，安禄山的叛军就开始内乱。至德二年（757）正月初一，安禄山被自己的儿子安庆绪杀了。再然后，史思明杀掉了安庆绪，当上了大燕皇帝。

所以，写《樱桃子诗》的时候，史思明是以大燕皇帝的身份，向自己的儿子怀王和大臣周至显示父爱殷殷和皇恩浩荡的。送完樱桃之后，史思明继续向西攻击长安。唐肃宗上元二年（761）二月，史思明开始攻击陕州。

陕州，就是今天河南省三门峡市的陕州区。此地西接潼关、秦川，扼东西交通之要道，是古来兵家的战略要地，更是史思明西进攻占长安的必经之地。

然而，应召而来担任先锋的儿子史朝义不争气，居然攻击陕州失败了。史思明很生气，后果很严重。他将史朝义和骆悦、蔡文景、许季常等人绑了起来，准备杀了算了。后来想想，只骂了一通，就将他们放了。这件事，把史朝义吓了个半死，那心尖儿，一颤一颤的。

史思明放了史朝义之后，在这年三月的某一天，又给他派了个活儿，让他率兵筑一座三角城，以储藏军粮。结果等到史思明来检查工程进度的时候，发现城墙倒是筑好了，但还没有抹泥加固。当史思明怒气冲冲地质问史朝义时，史朝义回答说："士兵们累了，歇一会儿再干。"史思明更怒了："你为了爱惜士兵的体力，却违反我的军令？"立马要求史朝义率兵再干，并看着他们干完了活儿才走，走前还对史朝义丢下一句："我早上打下陕州，晚上就宰了你！"

正是这句话，彻底激化了父子之间的矛盾。

既然你会在打下陕州后杀了我，那还不如我先动手，今晚就杀了你！

史朝义在手下人的怂恿下，很快就决定动手了。他们买通了负责史思明宿卫安全的曹将军，开始了刺杀行动。刺杀行动由骆悦具体负责。史思明当晚的睡眠，也不好，在骆悦的刺杀开始前，他突然醒了，然后去厕所。骆悦进来之后，看床上没有人，就问史思明身边的人，有人指厕所。史思明也很厉害，这时还能感觉情形不对，立刻翻墙而出，准备骑马逃命。骆悦手下人周子俊一箭射出，正中史思明手臂，他疼得掉下马来。史思明落马之后，被绑了起来。他问骆悦等人发生了什么，骆悦等人说："怀王派我们来的。"史思明马上明白了，说："我今天白天说了过激的话，该有此难。但你们杀我太早了。你们应该等我进了长安再动手，如今这样一搞，我们的大事没戏了！"然后，史思明又大呼三声史朝义的名字，说："把我囚禁起来算了，不要背上杀父的恶名！"

史朝义一开始倒也真没有下得去手，只是把史思明囚禁了起来。然而，骆悦等人不干了，到了柳泉驿，到底还是不放心，在史朝义的默许下，用一根绳子把史思明"缢杀之"。史思明在《樱桃子诗》中提到的周至，因为显示出了对史思明的忠心，也被杀掉了。

史思明被杀的柳泉驿，就是今天的河南省宜阳县柳泉镇，距离洛阳不过百把里地。由柳泉驿出发，经甘棠馆、寿安山馆、三泉驿、甘水驿、临都驿五个驿站，就可以到达东都洛阳。

史思明被杀的时间是三月。此时，洛阳城的樱桃，也快成熟了。一年前，父子俩在愉快地分享樱桃；一年后，儿子在樱桃成熟前，杀掉了父亲。

原因，还不仅仅在于史思明的"朝下陕，夕斩是贼"那句话。那句话只是导火索，真正的原因在于，史思明当上大燕皇帝后，儿子史朝义只是加封为怀王，皇太子却是最小的儿子史朝清，此时正在幽州舒舒服服地留守。

也难怪史朝义上火。同样是儿子，我在前线累死累活，时刻不是担心被敌人杀死就是担心被老爹杀死，还只封个怀王；你

　　　　唐诗里的唐朝

在幽州舒舒服服，每天吃香的喝辣的，却轻轻松松地当上了皇太子。同样是儿子，怎么就区别这么大呢？

大师陈寅恪先生分析，安禄山和史思明之所以都被较为年长的儿子杀掉，直接原因是他们宠爱幼子，而深层次的原因是他们深受"幼子守产"这种游牧民族习俗的影响。大师就是大师，这是有道理的。因为《新唐书》有明文记载："思明诸子无嫡庶分，以少者为尊。"

游牧民族"幼子守产"，是与中原王朝"立嫡以长"截然不同的传承制度。所谓"立嫡以长"，就是说嫡长子优先继承父母的多数遗产；"幼子守产"，是说年长诸子成人后离家自立门户，同时可带走家中部分财产，但最小的儿子则不离开父母，并继承其大部分遗产。

比如，史上并不存在的郭靖郭大侠，他所结拜的兄弟拖雷，就是成吉思汗铁木真的幼子。拖雷虽然未能继承汗位，但他却获得了铁木真直接统领的蒙古诸部和绝大多数的军队。

其实，这在汉族也时有体现。"爹娘疼满崽，爷奶爱长孙"，就是这个道理。

史思明正是因为这种"幼子守产"的搞法，把自己送上了不归路。

史朝义杀了老爹之后，又派人去幽州，杀了老爹疼爱的幼子史朝清，然后开始自己当老大。但是，他很快发现，自己这个老大，没有几个人认同，他根本指挥不动老爹的军队。从此，叛军也完全失去了攻入长安的可能性。

宝应元年（762）十月，唐朝军队借回纥兵之力开始反攻，攻破史朝义的首都洛阳。他北逃莫州（今河北任丘），然后遭遇众叛亲离，尤其是主要将领田承嗣、李怀仙等相继背叛，使得他最后势单力孤，自缢而死。

以史朝义的死为标志，祸害唐朝天下达八年之久的安史之乱，结束了。

据《新唐书》记载，史朝义在兵败后四处奔逃之际，还在百忙之中路过了良乡（今北京房山），去拜祭了父亲史思明的墓。不知他站在墓前的那一刻，可曾想起父亲派人快马加鞭送来的那一篮盛满父爱的樱桃？

唐诗里的唐朝

大唐音乐家的非凡朋友圈

唐朝大历五年（770）的春天，是杜甫生命中的最后一个春天。暮春的一天，杜甫在潭州（湖南长沙）出席湘中采访使的宴会。

宴会安排的歌舞节目中，忽有歌者越众而出，演唱的都是"诗佛"王维当年为"梨园"所作的名篇。第一首是"红豆生南国，春来发几枝。愿君多采撷，此物最相思"，第二首是"清风明月苦相思，荡子从戎十载余。征人去日殷勤嘱，归雁来时数附书。"

这一年已经59岁，老眼昏花的杜甫，仔细一看这位歌者，却原来是自己的故人——李龟年。四十多年没见了啊！老友久别重逢，真是值得高兴的大喜事。喜事助佳兴，杜甫提笔写下了这首《江南逢李龟年》：

> 岐王宅里寻常见，崔九堂前几度闻。
> 正是江南好风景，落花时节又逢君。

这是杜甫一生水平最高的七绝名篇，绝对的唐诗经典。

一

前两句诗，杜甫是在跟久别重逢的老朋友李龟年拉家常，回忆往事。安史之乱，流离失所，劫后重逢，惊喜交集。就像今天的我们久别重逢一样，又是搂又是抱，还一直拉着老朋友的手不放，聊着聊着就哭了，聊着聊着就笑了。

第一句诗里的"岐王"，指的是唐玄宗李隆基的四弟李隆范，后因为避讳"隆"字，改名李范。他们兄弟关系很好，在李隆基当上皇帝之前，李范还跟随他发动政变，除掉了皇帝之路上的最大政敌太平公主。

李隆基当上皇帝之后，与大哥宋王李宪、二哥申王李捴、四弟岐王李范、五弟薛王李业等亲兄弟，一直保持着亲密的关系。皇帝与兄弟们之间这种史上少有的亲密关系，《资治通鉴》是这样记录的：

"上素友爱，近世帝王莫能及。初即位，为长枕大被，与兄弟同寝。诸王每旦朝于侧门，退则相从宴饮、斗鸡、击球，或猎于近郊，游赏别墅，中使存问相望于道。上听朝罢，多从诸王游，在禁中，拜跪如家人礼，饮食起居，相与同之。于殿中设五幄，与诸王更处其中，谓之五王帐。或讲论赋诗，间以饮酒、博弈、游猎，或自执丝竹；成器善笛，范善琵琶，与上共奏之。"

按照上述这段记录的顺序，唐玄宗李隆基与岐王李范等兄弟们在一起的主要娱乐活动，大致包括：睡觉、宴饮、斗鸡、击球、打猎、讲论、赋诗、博弈、奏乐。

唐诗里的唐朝

最后的这个"奏乐"，《资治通鉴》还具体描述说，大哥宁王李宪"善笛"，老四岐王李范"善琵琶"，二人同时与"自执丝竹"的皇帝李隆基"共奏之"。我们完全可以想见，在这样的皇帝兄弟棠棣友爱、丝竹悦耳的场合，当然少不了顶级音乐家李龟年的专业表演。

李龟年应该就是通过这个途径，与岐王李范相识相熟，得以出入"岐王宅"进行表演助兴的。

史称，岐王李范"好学工书，雅爱文章之士。士无贵贱，皆尽礼接待"。王维留有《从岐王夜宴卫家山池应教》，崔颢留有《岐王席观妓》等诗篇，充分证明了李范的上述性格特点。而正是因为李范的这一性格特点，才使得当时年龄尚是少年、身份尚属低贱的杜甫，得以出入"岐王宅"。

就这样，李龟年借由音乐，杜甫借由文学，二人相遇于"岐王宅"。

第二句诗里的"崔九"，指的是崔涤，又一位唐玄宗李隆基的亲信大臣、眼前红人。

崔涤出身唐朝的天下第一名门——博陵崔氏。说博陵崔氏是唐朝天下第一名门绝不夸张，而是有实证的。在贞观六年（632），唐太宗李世民为了革除当时社会上的士族卖婚陋习，下令吏部尚书高士廉、御史大夫韦挺、中书侍郎岑文本、礼部侍郎令狐德棻编撰唐朝第一部记载宗族谱系的图书——《氏族志》。

可是六年之后，当第一版的《氏族志》呈送到唐太宗李世民面前的时候，直接把他气得七窍生烟。他大发脾气是因为他所在的陇西李氏，居然不是《氏族志》所评定的天下第一士族。

恰恰相反，时任区区地方刺史的博陵崔氏的崔民干，竟然仍位列为天下第一士族榜首。

换句话说，大唐姓李的皇帝，又是出钱又是出人，由朝廷官方编撰的《氏族志》，所评定的天下第一士族，竟然就不是李唐皇族的陇西李氏，而是博陵崔氏！

皇帝毕竟还是要说了算的。唐太宗李世民大发脾气，要求推倒重来，并且明确指示："不须论数世以前，止取今日官爵高下作等级"。意思就是：别跟我说"祖上曾经阔过"，只比今天的官爵，官大的在前，官小的在后。朕所出身的陇西李氏皇族，当然要排在第一了。

在如此赤裸裸的要求之下，第二版的《氏族志》，终于如皇帝所愿了：以皇族为首，外戚次之，博陵崔氏的崔民干被降为第三等。

唐太宗李世民以皇权作后盾，都还要发脾气、使小性儿，才能改版《氏族志》，才能把崔民干降为第三等。可见博陵崔氏的家族影响力，已经到了让皇帝都妒忌的地步了。

博陵崔氏，传说始自受封于齐国的姜子牙。其嫡孙季子让位于庶孙叔乙，采食崔邑，获此封姓。因世居博陵安平，故称博陵崔氏。博陵崔氏自东汉以来，就以文化世家著称于世，有"儒家文林""崔为文宗，世禅雕龙"之美誉。有唐一代，博陵崔氏入仕率高达九成以上，得拜相者达十五人之多。

具体到了崔涤这一家，一门两相：崔涤祖父崔仁师曾任宰相，崔涤长兄崔湜三度入相；一门两爵：崔涤二兄崔液受封安平县男，崔涤本人受封安喜县子；父子同任侍郎：崔涤父亲崔挹任礼部侍郎，崔涤长兄崔湜任兵部侍郎；爷孙同任舍人：崔涤祖父曾任中书舍人、知制诰，崔涤长兄崔湜也曾任中书舍人、知制诰。

有意思的是，在武则天到唐玄宗时期激烈的政治斗争中，崔湜、崔涤两兄弟做出了截然对立的选择。崔湜选择了当时势力强大的太平公主，崔涤则选择了当时势力相对弱小、和自己"与里同居"的李隆基。

崔湜依附太平公主，仕途顺风顺水，38岁就成了宰相；崔涤则一直陪着李隆基。在李隆基被贬为潞州别驾这个最倒霉的时候，崔涤不仅不避嫌疑出城远送，而且一送再送，奠定了两人牢固的友谊基础。

李隆基后来发动政变，杀死太平公主，咸鱼翻身成了皇帝。按理说崔涤总算是把冷灶烧热了吧？可惜，因为他的长兄崔湜是太平公主的亲信，又导致三兄弟被集体流放。

崔涤流传到今天的唯一存诗《望韩公堆》，就写于流放之路上的蓝田县韩公堆驿："韩公堆上望秦川，渺渺关山西接连。孤客一身千里外，未知归日是何年。"

崔涤其实不用担心"归日"，因为唐玄宗李隆基一直记得他这位老朋友。唐玄宗李隆基虽然追贬赐死了流放途中还在幻想"家弟承恩，或寄宽宥"的崔湜，但赦免放归了崔液、崔涤二兄弟。

崔液不幸，病死于返京途中。崔涤从流放地回到长安以后，以一个流放罪官的身份，被唐玄宗李隆基直接提拔为秘书监这样的三品大员，"宠昵甚"。

崔涤在唐玄宗李隆基面前，可谓炙手可热，权倾朝野。他可以自由出入禁中，而且每逢宴席，"诸王不让席坐，而坐或在宁王之上"。宁王李宪是唐玄宗李隆基的长兄，崔涤居然偶尔座位还在他之上，可见崔涤在皇帝心中的地位。

崔涤后来被唐玄宗李隆基赐名为"澄"，因此，我们也可以叫这位诗中的"崔九"为"崔澄"。

那么，这首诗中的"岐王宅""崔九堂"在哪里？是在当时的西京长安呢，还是在当时的东都洛阳呢？

诗中"岐王宅""崔九堂"在西京长安的可能性，几乎没有。因为岐王李范、崔涤均去世于开元十四年（726）。而在此年之前，杜甫从未去过长安。杜甫出现在长安，至少还要等到开元二十三年（735）。那已是岐王李范、崔涤去世十年之后了。

那就只能在东都洛阳了。

首先地点没问题。唐朝实行两京制，皇帝经常在长安和洛阳之间往返，所以达官贵人们在这两个城市均有府第。洛阳的"岐王宅"，在尚善坊；洛阳的"崔九堂"，在遵化坊。杜甫当时住在洛阳仁风坊的二姑家里。同处一城之中，有交往的可能性。

其次是时间没问题。开元十二年（724）十一月，唐玄宗李隆基为举行泰山封禅大典而来到洛阳，包括岐王李范、秘书监"崔九"崔涤在内的达官贵人均随侍在旁。开元十三年（725）几乎整整一年，他们都在洛阳，等待封禅大典的各项准备工作就绪。

所谓封禅，封为"祭天"，禅为"祭地"，是指中国古代帝王在太平盛世或天降祥瑞之时，祭祀天地的大型典礼。此时，唐玄宗李隆基登基已有十多年，太平盛世端倪已现，所以朝野上下才有了泰山封禅大典的提议。而面对这样历代皇帝很少厚颜举行的大典，唐玄宗李隆基居然脸都没怎么红地同意了。

这样一来，在东都洛阳等待大典的人们，就一直沉浸在歌舞升平的盛世氛围之中。"岐王宅"里，"崔九堂"上，李龟年、杜甫的同时出现并相识，也就顺理成章了。

唯一的问题是，开元十三年（725）的杜甫，年龄还太小，才刚刚14岁的年龄，相当于我们今天的一个中学生。

人们不禁有些疑惑：论身份而言，岐王李范、秘书监崔涤、宫廷乐师李龟年，都是皇帝身边的红人，他们愿意和一个尚未取得功名的中学生交友往来吗？论年龄而言，上述三人至少已是三十出头的中年人，他们愿意对一个14岁的少年折节下交吗？

好在杜甫自己留下了证据。杜甫晚年，曾留下一首自传性质的叙事诗《壮游》。诗中回忆自己七岁学诗："七龄思即壮，开口咏凤凰"；九岁学书："九龄书大字，有作成一囊"。

更关键的信息是，杜甫回忆自己从十四五岁就开始了社交活动："往昔十四五，出游翰墨场"；而且结交的朋友与自己年龄悬殊较大："脱略小时辈，结交皆老苍"。最后这句诗中的"老苍"，固然可以解释为"学问精深的朋友"，当然也可以解释为"年龄很大的朋友"。

从《壮游》诗来看，当年还是初中生的杜甫，就能够出入于"岐王宅"和"崔九堂"，与岐王李范、秘书监崔涤、宫廷乐师李龟年这些朝廷红人们相识并结交了。而且，这些人对于少年杜甫的评价还相当之高——"斯文崔魏徒，以我似班扬"。

到底是"诗圣"啊，早慧如斯。

二

第三、四句诗，正是江南好风景，落花时节又逢君：如今在这大好风景的江南，恰好是暮春落花的时节，我又与你这位老熟人重逢了。

两年前的大历三年（768）春，杜甫因接到弟弟杜观促他还乡的信，加上蜀中兵祸又起，终于下定决心，放舟东下。在接下来的两年时间里，杜甫携妇将雏，以船为家，浪迹于江陵、公安、岳阳、潭州、衡州之间，贫病交集，羁旅穷途，漂泊在江南的山山水水之间。

到了大历五年（770）的"江南好风景"，已是杜甫一生最后的好风景。因为这年的冬天，杜甫就将到达自己人生的终点。

在人生终点之前，在这年暮春落花的时节，同样作为太平盛世的见证者和"安史之乱"的幸存者，"诗圣"杜甫重逢了这位"君"——李龟年。

李龟年，一个因《江南逢李龟年》而名垂青史的大唐音乐家，一个"诗圣""诗仙""诗佛"都很熟的人。

作为官方身份低微的宫廷乐人，李龟年的生平，正史之中当然不会有记载。但关于他个人的历史印记，我们可以在《明皇杂录》《唐语林》等唐朝笔记史料之中找到一些细节。

我们不知道，李龟年生于哪一年、死于哪一年；我们也不知道，他从哪里来、到哪里去。

我们知道，李龟年出身于音乐世家，有两个兄弟，分别叫李彭年、李鹤年；我们知道，李彭年善舞，李龟年、李鹤年善歌；我们还知道，李龟年善吹一种木管乐器，觱篥，还擅长羯鼓，一种类似今天腰鼓的乐器。

在羯鼓这件乐器上，李龟年和唐玄宗李隆基，虽然彼此身份悬殊，但完全可以算是知音。《唐语林》记载了一个两人就苦练羯鼓技艺进行艺术交流的小故事：

有一天，唐玄宗李隆基问李龟年："你练习羯鼓，打断了多少根鼓杖了？"李龟年回答："臣打断五千根了。"李隆基说："那你这还远远不够呢，我都打断三竖柜了！"

从这个小故事来看，唐玄宗李隆基的三竖柜，要多于李龟年的五千根。所以在羯鼓技艺上，唐玄宗李隆基比之李龟年，练习得更勤，所下的功夫更深、更苦。李隆基真的是一个被做皇帝耽误的艺术家啊。

李龟年擅长音乐创作，能作曲，"尤妙制《渭川》"。他还创作了名曲《荔枝香》。据南宋王灼《碧鸡漫志》记载："天宝四年夏，荔枝滋甚，比开笼时，香满一室，供奉李龟年撰此曲进之，宣赐甚厚。"李龟年创作了新曲，还未命名，适逢荔枝贡到，于是唐玄宗李隆基将新曲命名为《荔枝香》。

李龟年还擅长我们今天的"模仿秀"。《旧唐书》《新唐书》均曾记载，安禄山造反之前，曾经非常畏惧奸相李林甫，"每见，虽盛寒必流汗"。安禄山每次派使者入朝奏事回到范阳后，必问李林甫的态度，"有好言辄喜"；若无好言，安禄山就会感到很畏惧，还会"反手据床"说："完了，完了，我要死了，我要死了！"

安禄山这个糗样儿，李龟年曾经在唐玄宗李隆基面前上演

"模仿秀"，表演安禄山对李林甫畏之如虎的样子。唐玄宗李隆基的反应，《旧唐书》说"以为笑乐"，《新唐书》则说"帝以为荣"。要是唐玄宗李隆基能够预知此时李龟年"模仿秀"的这个安禄山未来将给自己带来何等的痛苦，不知道是否还"笑"得出来、"荣"得起来？

唐朝乐人，虽都隶属于太常寺管辖，但分属教坊、梨园两大系统。教坊设立于唐高祖李渊的武德年间，是唐朝专门管理音乐、教习音乐和领导乐工艺人的政府机构。

梨园，则是皇帝宫中的一个果园。其最初的功能，是游乐宴赏。《新唐书》指出："凡天子飨会游豫，唯宰相及学士得从。春幸梨园，并渭水祓除，则赐细柳圈辟疠；夏宴蒲萄园，赐朱樱；秋登慈恩浮图，献菊花酒称寿；冬幸新丰……"可见，梨园只是皇帝与宰相、学士们，在长安四季游乐宴赏、饮酒赋诗的春季目的地之一。

皇帝的此类春季宴会，往往会有饮酒、赋诗、拔河、打马球等娱乐活动，这样一来，当然就免不了音乐伴奏。于是，就有了在梨园设置专门音乐机构的必要。

《旧唐书》载，大约在开元二年（714）的时候，"玄宗又于听政之暇，教太常乐工子弟三百人为丝竹之戏，音响齐发，有一声误，玄宗必觉而正之，号为皇帝弟子，又云梨园弟子，以置院近于禁苑之梨园"。

李龟年，就是这"太常乐工子弟三百人"中的一员。

由上可知，李龟年其实是唐玄宗李隆基的亲传弟子。前面所述的两人就苦练羯鼓技艺进行艺术交流的小故事，其实也是一个师傅督促徒弟勤练功夫的励志故事。

所以，至今我们仍然把戏班、剧团称为"梨园"，把戏曲演员称为"梨园子弟"，把戏剧界称为"梨园界"，而"梨园界"至今还奉李隆基为祖师爷。

梨园弟子本就是由太常寺乐工中优中选优而出，再由皇帝和杨贵妃亲自教习，"伴教霓裳有贵妃，从初直到曲成时"。所以，不仅梨园弟子的地位特殊，而且其艺术水准也是当时帝国上下的最高水平，拥有许多其他乐工不曾具备的技艺，"旋翻新谱声初足，除却梨园未教人"。

单就李龟年而言，他的音乐水平就很高，甚至高到了神乎其技的地步。据唐朝冯贽《云仙杂记》记载：有一次，也是在"岐王宅"，听到有人弹琵琶，李龟年说："此秦声。"过了一会儿，琵琶声再响，李龟年说："此楚声。"岐王李范一问，前一个弹奏者是"陇西沈妍"，后一个弹奏者是"扬州薛满二妓"，于是"大服"。

就这样，让岐王"大服"的音乐奇才李龟年，杜甫自然可以"岐王宅里寻常见"了。

其实岂止是"岐王宅"？就连皇宫禁苑，李龟年也是畅通无阻的常客。据唐朝姚汝能《安禄山事迹》记载，唐玄宗李隆基与李龟年曾经一起审定龟兹进贡的音乐曲目，突然发现其中有一个曲子名叫《北洛背代》。李隆基觉得曲名不祥，"深恶之"，对李龟年说："何物音乐为如此不祥之名？"于是下令改名。后来，李龟年听说安禄山造反了，说："曲名先兆，果不虚矣"。

根据龟兹进贡的音乐曲目，就能预兆安禄山即将造反，在今天的我们看来，当然是无稽之谈。但此事揭示，唐玄宗李隆基与李龟年两人因为共同的音乐爱好见面非常容易，互动非常频繁。

就因为两人关系不一般，唐朝郑处诲《明皇杂录》就说唐玄宗李隆基特别宠幸李龟年，"唐开元中，乐工李龟年……特承顾遇。于东都大起第宅，僭侈之制，逾于公侯。宅在东都通远里，中堂制度甲于都下"。

也就是说，在皇帝的宠幸之下，李龟年小小一个乐人的府第，就可以僭越制度，超越朝廷众多高官，成为东都第一了。

三

在《江南逢李龟年》这首诗里，"诗圣"杜甫在与李龟年的重逢时刻，表达了对大唐盛世繁华的怀念。显然，在"诗圣"杜甫的心中，曾经在华清宫里、太液池边、沉香亭畔、曲江池上、浅吟低唱、且歌且舞的李龟年，就是大唐盛世繁华的见证人和代表人。

其实，李龟年不仅见证了大唐盛世繁华，还跟我们今天人人喜欢的"诗圣""诗仙""诗佛"都很熟，见证了他们创作传世名篇的唐诗现场。

李龟年见证了"诗圣"杜甫这篇《江南逢李龟年》的创作现场，自不待言；不仅如此，李龟年还同时见证了"诗仙"李白"云想衣裳花想容，春风拂槛露华浓"名句的创作现场。

据唐朝李濬《松窗杂录》记载，就在唐玄宗李隆基和杨贵妃"岁月静好"的天宝初年，某一个月夜，兴庆宫沉香亭边的牡丹花，开得正艳。唐玄宗李隆基紧急召见杨贵妃一起赏花，同时让李龟年准备音乐伴奏。"李龟年以歌擅一时之名，手捧檀板，押众乐前，欲歌之。"

不料唐玄宗李隆基突然阻止了李龟年的演唱："赏名花，对妃子，焉用旧乐词为！"这样美的牡丹花，这样美的杨贵妃，伴奏的音乐怎么能用旧词呢？于是，唐玄宗李隆基派遣李龟年手持金花笺，去找翰林学士李白要新词。

可巧的是，我们的"诗仙"李白，这天晚上又多喝了几杯，此时有点"宿醒未解"。但皇帝圣旨难违，李白只好强打精神，写出了《清平调》三章。果然微醺是艺术创作的最佳状态，李白开头就是"云想衣裳花想容，春风拂槛露华浓"这样的千古名句。

李龟年迅速呈上李白所撰的《清平调》新词，于是唐玄宗李隆基"命梨园弟子约略调抚丝竹"，准备好伴奏，同时催促李龟年演唱。在李龟年演唱过程中，唐玄宗李隆基还亲自下场参与伴奏，"因调玉笛以倚曲"，并且在曲调转换之际，还特意拖长曲调，"迟其声以媚之"。"媚"谁？当然是杨贵妃了！

在李龟年演唱"诗仙"李白新词的歌声之中，杨贵妃这酒，就喝得很尽兴："持颇梨七宝杯，酌西凉州蒲萄酒，笑领歌词，意甚厚"，"饮罢，敛绣巾重拜"，感谢皇恩浩荡。大家又唱又跳，又吃又喝，度过了一个难忘的欢乐夜晚。

在当时的人们看来，杨贵妃当然是这个欢乐夜晚当之无愧的幸运儿；而在今天的我们看来，在那个欢乐夜晚，其实最幸运的是李龟年。试问古往今来，有几个人享有如此幸运：站在"诗仙"李白身边，看着千古名句在自己眼前诞生？

另外，虽然没有直接史料证明，但我却完全可以判断，李龟年与"诗佛"王维之间的关系非同一般。

在"诗圣"杜甫这首《江南逢李龟年》的创作现场，李龟年为什么会在湘中采访使的宴会上演唱王维的名篇《相思》——"红豆生南国，春来发几枝。愿君多采撷，此物最相思"？

因为，这首名篇本来就是写给李龟年的。这首《相思》，本名是《江上赠李龟年》。诗题写得清清楚楚，本就是王维为了两人之间的友情而创作的，而不像我们今天所想象的那样，是为了爱情而创作的。

而我也有理由相信，李龟年与王维之所以成为朋友，仍然是基于共同的音乐爱好。

王维出身音乐世家，极具音乐才能。唐朝薛用弱《集异记》载："王维妙能琵琶，为岐王所眷重，维方将应举，求应岐王，岐王令维着锦绣，赍琵琶，同至公主府。令奏新曲，声调哀切，满座动容。公主曰：'此曲何名？'维起曰：'号《郁轮袍》。'公主大奇之。"

王维经过科举考中状元之后，所担任的第一个职务就是太乐丞。太乐丞，是隶属于太常寺的八个署之一太乐署的副手。这就是一个掌管朝廷音乐礼仪事务的机构。

值得一提的是，大历五年（770）春天湘中采访使的宴会上，李龟年演唱的另一首诗，"清风明月苦相思，荡子从戎十载余。征人去日殷勤嘱，归雁来时数附书"，还是"诗佛"王维的《伊州歌》。

史称，李龟年当时唱完王维的这两首诗之后，曾经昏迷了长达四天之久："忽闷绝仆地，以左耳微暖，妻子未忍殡殓，经四日乃苏。"

李龟年昏迷的原因，据说是因为安史之乱后离乱的人们包括李龟年在内，"莫不望行在而惨然"，过度思念唐玄宗李隆基所致。然而，焉知李龟年不是过度思念知音好友王维所致？

李龟年的人生结局如何，史无明载。有说他终老于江南的，也有说他流浪于金陵的。

"大历十才子"之一，生活时代稍晚于杜甫、李龟年的李端，留下了一首《赠李龟年》。这首诗告诉我们，在重逢杜甫之后，李龟年还是返回了帝国的首都长安。

李端的这首《赠李龟年》，夸赞了李龟年的音乐才能，"遍识才人字，多知旧曲名"。最引起我们注意的还是开头两句诗——"青春事汉主，白首入秦城"。

显然，李端这是在叙述李龟年的一生经历：年少青春时，李龟年侍奉唐玄宗李隆基；到了晚年白首之时，李龟年再次进入了长安。据李端的这两句诗推测，李龟年最后应该也是终老于长安了。这就对了，这才是我们期望于他的人生结局。

需要说明的是，"秦城"在唐诗中，特指"长安"。略举一例，唐朝诗人李涉《寄河阳从事杨潜》"洛邑秦城少年别，两都陈事空闻说"中，"两都"对应"洛邑""秦城"，"洛邑"指东都洛阳，"秦城"则指西京长安。

在《江南逢李龟年》的大历五年（770）冬，"诗圣"杜甫就驾鹤西去了；在此前八年的宝应元年（762），"诗仙"李白也去了；更前一年的上元二年（761），"诗佛"王维早就去了。

"曾经并肩往前的伙伴，在举杯祝福后都走散。只是那个夜晚，我深深地都留藏在心坎"。我们不知道的是，终老于长安的李龟年，在人生的最后时刻，可曾想起过"诗圣""诗仙""诗佛"，可曾吟唱他们给他写的千古名句，可曾记起和他们在一起的美好时光？

陆放翁的松滋两日游

南宋乾道六年（1170）十月初三傍晚，夕阳西下之际，一艘长江上常见的入峡船载着客人和货物逆流而上，缓缓停泊于长江南岸的灌子口码头。

零星几位客人中，有一位近五十岁的中年人独立船头，看着自己年岁尚幼的儿子女儿们雀跃着准备上岸，一解长期的舟行之苦，微笑中透着落寞。船户赵青、"招头"（水手长）程小八等人则开始张罗着上岸买菜沽酒，准备晚饭，看来今晚船就停在这里不走了。当晚船上家人小酌时，中年人即席吟诗一首：

> 西游六千里，此地最凄凉。
> 骚客久埋骨，巴歌犹断肠。
> 风声撼云梦，雪意接潇湘。
> 万古茫茫恨，悠然付一觞。

这位中年人，就是大名鼎鼎的陆游，那位后来写出了"王师北定中原日，家祭无忘告乃翁"等无数名句名篇的大诗人。陆游此行是去上任的，文雅一些叫"宦游"，直白一点叫"公款旅游"。所以，虽然身处贬谪途中，仍然有心情作诗。

来看看诗的意思：

西游六千里：这次陆游由家乡山阴（今浙江绍兴）出发，目的地是夔州（今重庆奉节），的确是由东向西"西游"。但"六千里"的距离，则是诗人艺术的夸张。事实上，全程距离也就3000里左右。但这是写诗，不是写实，可以理解。

此地最凄凉："此地"是哪里？就是今天的湖北省松滋市，因为这首诗的名字就叫《松滋小酌》。而灌子口码头，又名松滋渡。在公元1170年十月初三傍晚，大诗人陆游来到了长江中游南岸的这个自晋至今一直叫"松滋"的小城市。

那为什么"最凄凉"？在松滋，让陆游有凄凉之感的原因有二：一是天气原因。时已阴历十月，江上凉意渐浓。在此前的九月十九，船停江陵时，陆游已在他后来被文学史称为"宋代游记体散文扛鼎之作"的《入蜀记》中记录，"是日极寒如穷冬。土人云，此月初已尝有雪"；二是人事原因。在前几站停船靠岸时，按照陆游自己的记录，他要么上岸游览风景名胜、佛寺道观，要么与前来迎迓的当地官吏应酬。在松滋则一样也没有，当然备感凄凉。

骚客久埋骨，巴歌犹断肠：这两句一般的理解，意思是说骚客、诗人早已死去，但巴人的歌谣听起来仍然令人断肠。似乎这个"骚客"并无实指。

但据我的判断，陆游写这首诗时，这个"骚客"是有实指的，他指向的只有可能是一个人——唐朝的刘禹锡。因为，此时此地，此景此诗，陆游有无数个理由，让他想起刘禹锡：

最直接的理由，就是陆游在这一天到达松滋渡所作的《入蜀记》原文中，直接提到了刘禹锡："刘宾客有诗云：巴人泪应猿声落，蜀客船从鸟道回。"这个"刘宾客"就是刘禹锡，因他曾任太子宾客，所以陆游以"刘宾客"尊称。陆游这里提到的两句诗，出自刘禹锡于唐长庆元年（821）停泊在同一个渡口所作的《松滋渡望峡中》：

> 渡头轻雨洒寒梅，云际溶溶雪水来。
> 梦渚草长迷楚望，夷陵土黑有秦灰。
> 巴人泪应猿声落，蜀客船从鸟道回。
> 十二碧峰何处所，永安宫外是荒台。

更巧的是，陆游与刘禹锡都是在贬谪赴任夔州途中，停泊于松滋渡作诗的。只是两人赴任的职务不同，刘禹锡是夔州刺史，陆游则是夔州通判。虽然唐宋两朝官制不同，但刘禹锡的官明显还是大些。

同样是在松滋渡，同样是由东向西溯江而上，同样是赴任夔州的途中，陆游要想不想起刘禹锡，只怕都很难。

下一句的"巴歌"更是为我们判断陆游想起的是刘禹锡而不是别人提供了线索。因为，刘禹锡恰恰是唐宋诗人中创作"巴歌"的典型代表人物。

所谓"巴歌"，是指流传于巴蜀一带的巴人民歌。这样的"巴歌"，准确的名称应该叫"竹枝词"。

刘禹锡在担任夔州刺史时，接触到了竹枝词，并被其艺术魅力所吸引，连续创作了《竹枝词》《杨柳枝词》《踏歌行》《浪淘沙九首》等一系列作品。

在谈及创作《竹枝词》的动机时，刘禹锡说："余来建平，里中儿联歌《竹枝》，吹短笛，击鼓以赴节……昔屈原居沅湘间，其民迎神，词多鄙陋，乃为作《九歌》，到于今荆楚鼓舞之。故余亦作《竹枝词》九篇，俾善歌者飏之"。

可见，刘禹锡希望自己的《竹枝词》像屈原的《九歌》一样，在荆楚之地永远流传下去。

如今三百多年过去了，诗人刘禹锡虽然早已逝去，但他创作并提倡的巴歌仍然在荆楚之地流传，听来让人断肠——这，才是"骚客久埋骨，巴歌犹断肠"的正确打开姿势。

陆游此时想起刘禹锡，恐怕不仅仅在于"巴歌"，还因为两人有着相同的命运。两个人都是在短暂的任职京官之后，因为与当权者政见不合而被贬外放，从此在地方官任上漂泊。此时，陆游已经知道，刘禹锡的一生共度过了二十三年流放生活；此时，他还不知道，自己的流放生活，比刘禹锡还要多上四年。事实上，正是基于同命相怜的原因，陆游在入蜀之路上多次想起刘禹锡，这在他的《入蜀记》多次记载。

风声撼云梦，雪意接潇湘：这两句很好理解，是描述松滋所在的地理位置，距离云梦泽、潇湘大地都很近。

万古茫茫恨，悠然付一觞：这两句更好理解，终于说到正题了，要喝酒了。

陆游一生好酒，留下有关喝酒的诗篇数量，在古代诗人中是数一数二的。不仅有咏酒诗、饮酒诗，还有醉酒诗。

陆游不喜欢口感较甜的酒，喜欢喝高度酒，他称之为劲酒，当然不是今天"劲酒虽好，可不要贪杯哦"的劲酒。他留有《以石芥送刘韶美礼部，刘比酿酒劲甚，因以为戏》一诗为证："长安官酒甜如蜜，风月虽佳懒举觞。持送盘蔬还会否，与公新酿斗端方。"长安官办酒坊卖的酒太甜，陆游不爱喝，刘韶美自酿的酒度数高，够劲，所以陆游自己带菜，两人一起开喝，看谁酒量大。

因此，陆游每到一地，都要品尝名酒，比如在家乡喝"兰亭酒"，在四川眉州品尝当地 "玻璃春"，在汉州则喝"鹅黄酒"。这次松滋小酌，喝的自然也是松滋的酒。松滋名酒有"白云边"，至于喝的是不是它，我不知道。

陆游酒量也大。诗中经常出现这类形容自己酒量大的诗句，比如"江楼豪饮夜淋漓""醉眼朦胧万事空，今年痛饮瀼西东""一饮犹能三百杯"等。虽然难免有吹牛的成分，但酒量至少不差。

那么，他何来的"万古茫茫恨？"

我们知道，陆游在南宋朝廷，是众所周知的主战派。那么，充塞于陆游心中的恨，自然是和近三十年前冤死于风波亭的岳飞所描述的那样："靖康耻，犹未雪。臣子恨，何时灭。"在主和派占主流的偏安小朝廷里，岳飞身为手握重兵的军事将领尚且死无葬身之地，陆游一介书生居然敢于言战，自然不会有什么好下场。

作为淮南转运副使的儿子，"官二代"陆游在34岁时才踏上仕途，从福建宁德县主簿起步。宋孝宗继位后，因"力学有闻，言论剀切"，赐予同进士出身，迁官枢密院编修，兼圣政所检讨官。

隆兴元年（1163），陆游因批评议论当权的宠臣龙大渊与曾觌而触怒了宋孝宗，于当年五月被免去枢密院编修一职，外放为镇江通判，由京官变为地方官，开始了其坎坷不平的贬谪生涯。

陆游在镇江碰到了一个人，正是这个人，让他深深地打上了主战派的烙印。这个人就是魏国公、都督江淮东西路军马张浚。

张浚、陆游意气相投，因为两人都是主战派，都主张北伐收复中原。只是可惜张浚的北伐很快失败，并导致他本人被解职，陆游也受到牵连，于乾道二年（1166）调任隆兴府（今江西南昌）通判。不久又受到此事进一步的牵连，以"交结台谏，鼓唱是非，力说张浚用兵"的罪名罢官。此后，陆游便一直在故乡山阴赋闲，直到这次收到任职夔州通判的朝命。

所以，陆游心中有恨。只是，此时他已淡然，可以"悠然付一觞"了。

值得一提的是，这是陆游生平第一次踏上湖北省的土地。

此前，陆游的第一个任职地点是福建宁德，第二个任职地点是福建福州，第三个任职地点是临安（今浙江杭州），足迹仅限于今天的浙江、福建两省。

陆游的第四个任职地点是江苏镇江，第五个任职地点则是隆兴府（今江西南昌）。因为要从江苏镇江去江西南昌，陆游还经过了安徽繁昌、铜陵等地，足迹到达了今天的江苏、安徽、江西三省。

而夔州，将是他的第六个任职地点。为了从家乡绍兴到达第六个任职地点，他经过了湖北松滋。而他首次履足的湖北，也以自己绚丽的风光、丰饶的物产款待了这位爱国大诗人。

陆游是于八月十三日到达他在湖北的第一站"阳新县富池口"的。在富池口，他拜谒了三国时期孙吴名将甘兴霸的庙。

八月十五日，陆游在蕲口镇度过了中秋节，晚上还特意带着孩子们上岸赏月，估计陆游本人也是第一次在江上赏月，所以记述详细，认为"动心骇目"："夜与诸子登岸，临大江观月。江面远与天接，月影入水，荡摇不定，正如金虹，动心骇目之观也。"

八月十六日，陆游在大冶再度赏月，因为十五的月亮十六圆，他大饱眼福："前一夕，月犹未极圆，盖望正在是夕。空江万顷，月如紫金盘，自水中涌出，平生无此中秋也。"

八月十八日，陆游船到黄州。次日出于对苏东坡的景仰，陆游特地专程游览东坡，记述甚详。

八月二十一日，到达今天武汉市的阳逻，发现"鱼贱如土"，而且鱼多巨大，陆游想找几条小鱼喂船上的小猫，居然找不到。

二十五日陆游还在武昌"观大军教习水战，有大舰七百艘，皆长三十丈，破巨浪往来，捷如飞翔，观者数万人"，他称之为"实天下壮观也"。南宋偏安一隅，长江防线的安全至为重要，所以重视水战操练。

陆游在武昌一直应酬、游玩到八月三十日才放舟西去，在今天武汉市沌口开发区附近江面的金鸡洑上，船户购得缩项鳊鱼，重达十斤。这个"缩项鳊鱼"，就是著名的武昌鱼了。而且这条武昌鱼居然重达十斤，今天即使在武昌鱼原产地也已难以见到。要知道，宋代的一斤大约比现在的一斤要重150克左右，需要达到650克才算一斤，这么重的武昌鱼，让今天的武汉人都觉得难以想象。陆游有口福，这就算是吃上湖北最著名的武昌鱼了。

九月初九，陆游在石首境内的塔子矶度过重阳节。虽在旅途中，陆游仍上岸"买羊置酒"，"求菊花于江上人家，得数枝，芬馥可爱"，他不由得"为之颓然径醉。"

九月十六日，陆游到达沙市。次日，换乘船户赵青的入峡船。

原来，陆游此次入蜀，并非一船坐到底，而是换了六次船：

第一条船是从绍兴出发的小船，第二条船是从小船换乘当地税务部门提供的船只（即陆游所谓的"漕司所假舟"）沿浙东运河北上，到了七月二十再换嘉州王知义船，是他此行所坐的第三条船。第四条船，就是这次在沙市所换的船户赵青的入峡船。然而不久，由于这个赵青过于贪婪，在船上装了太多的陶器，导致触礁，"船底为石所损"，害得陆游不得不于十月十三日换乘第五条船，也是一条入峡船。十月十八日，陆游第六次也是最后一次换船，这次是平底船，"底阔而轻，于上滩为便"。

当时长江水上交通之艰难，从陆游的六次换船，可见一斑。

第四次换船后，陆游在沙市一直应酬到九月二十七日才解缆离开。

直到，十月初三，陆游来到松滋渡。

其实，陆游在松滋渡诗兴大发，还留下了《晚泊松滋渡口》

两首，为避免各位看得烦，就不再引用了，有兴趣的自己去网络搜索吧。

需要提及的是，陆游一生写的诗，保存到今天的一共有9000余首。而松滋作为一个小城市，既非陆游出生地，亦非陆游任职地，仅仅只是"亘古男儿一放翁"——陆游生命中路过的一个小地方，就有其中3首，荣幸之至。

只是陆游好像对松滋的印象并不好，因为《晚泊松滋渡口》有一句"乱山孤店是松滋"。看来，他还是嫌松滋地方太偏哪。

十月初四，陆游的船还是在松滋航行，"过杨木寨"，停泊于松滋的龙湾渡口。陆游还记载说当时的松滋有四寨，分别叫"杨木、车羊、高平、税家云"。如今，要是拿这些个地名去问现在的松滋人，恐怕也是一片茫然吧？反正作为松滋"土著"，我也是不知道的。

十月初五，陆游到达宜都，十月初八还在宜昌去了三游洞，后经秭归、巴东，于十月二十三日离开湖北进入蜀地。

此后，陆游在蜀八年，转任多个职务后，于淳熙五年（1178）二月携家眷买舟东下。此次出蜀，从他留下的出蜀组诗来看，他再次在宜昌停泊，留下《初发夷陵》等诗7首，也在荆州停泊，留下《醉归》等诗6首。也就是说，陆游此次出蜀，肯定经过了松滋江面，肯定没有再在松滋写诗，但是否在松滋渡口停泊，并喝上一口松滋的美酒，则已不可考。

东归以后，陆游还曾先后任职福建、江西、浙江等地，被罢官后长期隐居于老家绍兴，直到他以85岁高龄谢世，再未来过湖北和松滋。

于是，乾道六年（1170）十月初三、初四那两天，成了大诗人陆游与小城市松滋唯一的交集，也成了松滋的文化幸事之一。

唐诗里的唐朝